KB096466

太宰治
斜陽

·

사양

창 비 세 계 문 학

44

•

사양

•

다자이 오사무

신현선 옮김

창비

차례

•

일러두기

1. 이 책은 太宰治 『太宰治全集』(전12권, 筑摩書房 1978~79)에 수록된 작품을 번역 저
   본으로 삼았다.
2. 본문 중의 각주는 옮긴이의 것이다.
3. 외국어는 되도록 현지 발음에 가깝게 표기하되, 우리말 표기가 굳어진 것은 관용을
   따랐다.
4. 원문의 강조점은 중고딕으로 표기했다.

등롱
燈籠

말을 하면 할수록 사람들은 저를 믿어주지 않아요. 만나는 사람마다 모두 저를 경계한답니다. 단지 그립고, 얼굴이 보고 싶어서 찾아가도 뭣하러 왔느냐는 눈빛으로 저를 대합니다. 견딜 수가 없어요.

이제 그 어디에도 가고 싶지 않습니다. 바로 집 근처 목욕탕에 가더라도 꼭 해 질 무렵만 골라서 간답니다. 그 누구에게도 얼굴을 보이고 싶지 않아서지요. 그럼에도 저는 한여름 땅거미 속에 제 유까따[1]가 하얗게 드러나 눈에 확 띌 것 같은 느낌이 들어 죽고 싶을 만큼 당혹스러워요. 어제오늘 부쩍 선선해졌고, 슬슬 써지serge 옷을 입는 계절이 다가왔으니 당장 검은 홑겹 옷으로 갈아입을 생각이에요. 이런 상태로 가을도 지나고, 겨울도 지나고, 봄도 지나고,

1 일본 전통 의상으로 여름이나 잠잘 때 또는 목욕 후에 입는 무명 홑옷.

또다시 여름이 찾아와 다시 흰 유까따를 입고 다녀야 한다면, 그건 정말 너무나 힘든 일일 거예요. 적어도 내년 여름까지는 이 나팔꽃 무늬 유까따를 주눅 들지 않고 입고 다닐 수 있는 신분이 되고 싶어요. 옅게 화장한 얼굴로 녹색의 날緑の日[2] 혼잡한 인파 속을 걸어보고 싶어요. 그때의 기쁨을 생각하면 벌써부터 가슴이 뛴답니다.

도둑질을 했습니다. 그건 분명합니다. 좋은 일을 했다고는 생각하지 않아요. 하지만, ──아니, 처음부터 말씀드리죠. 저는 신을 향해 말씀드리는 거예요. 저는 사람을 신뢰하지 않아요. 제 이야기를 듣고 믿을 수 있는 사람은 제발 믿어주셨으면 좋겠습니다.

저는 가난한 게따 가겟집의, 그것도 외동딸입니다. 어젯밤 부엌에 앉아 파를 썰고 있는데 뒤꼍 공터에서 언니! 하고 울며 부르는 아이 소리가 애처롭게 들렸습니다. 저는 문득 일손을 멈추고 생각했습니다. 나에게도 저리 사무치게 울며 애타게 불러주는 여동생이나 남동생이 있었더라면 이렇게 쓸쓸한 신세가 되지 않았을지도 모르겠다는 생각이 들더군요. 그러자 파 냄새가 밴 눈에서 뜨거운 눈물이 흘러나왔습니다. 손등으로 눈물을 훔쳤더니 파 냄새에 더 자극받아 눈물이 멈추지 않고 계속 나와서 어찌해야 좋을지 모르게 되었습니다.

저 제멋대로인 딸이 드디어 남자에 미쳤다고 미장원에서부터 소문이 나기 시작한 건 올봄 벚나무에 꽃이 지고 새잎이 날 무렵으로, 녹색의 날 야간 노점에 패랭이꽃과 붓꽃이 얼굴을 막 내밀기 시작할 때였지요. 하지만 그래도 그때는 정말 즐거웠습니다. 미즈노 씨는 날이 저물면 저를 데리러 와주었습니다. 저는 해가 저물

────────────
2 "자연을 아끼면서 그 은혜에 감사하고 풍부한 마음을 기른다"는 취지에서 정한 일본의 국가공휴일로 5월 4일이다.

기 한참 전부터 이미 키모노를 단정하게 갈아입고 화장도 마친 채 몇번이나 계속 문간을 들락거리곤 했습니다. 전 동네 사람들이 그런 제 모습을 보고, 저 게따 가겟집 사끼꼬, 남자에 미쳤구면, 하고 뒤에서 손가락질하며 수군거리면서 비웃었다는 사실을 나중에야 알게 되었지요. 아버지와 어머니도 어렴풋이 눈치채고 계셨겠지만 그래도 아무 말 하지 않으셨습니다. 제가 올해로 스물넷이 되었는데도 시집도 못 가고 신랑도 얻지 못하는 것은 우리 집이 가난하기 때문이기도 합니다. 어머니는 이 마을에서 꽤 권세 있는 지주의 첩이었는데 저의 아버지와 눈이 맞아 지주의 은혜를 저버리고 아버지의 집으로 도망쳐와 얼마 지나지 않아 저를 낳았습니다. 그런데 저의 얼굴 생김새가 지주와도 다르고, 아버지와도 닮지 않았다고 해서 점점 사람들이 상대를 안해주고 한때는 범죄자 취급을 받았던 모양이에요. 그런 집 딸이니 연분을 찾지 못하는 것은 당연한 일이겠죠. 하긴 이런 외모로는 부자인 귀족 집안에 태어난다 해도 역시 연분을 찾지 못할지도 모르겠지만요. 그래도 저는 우리 아버지를 원망하지 않습니다. 어머니를 원망하지도 않고요. 저는 아버지의 친딸입니다. 누가 뭐라고 해도 저는 그렇게 믿고 있습니다. 아버지와 어머니는 저를 애지중지하십니다. 저도 부모님을 아주 소중히 여기죠. 아버지 어머니 모두 여린 사람들입니다. 친딸인 저에게조차도 여러모로 조심하시죠. 여리고 두려움 많은 사람을 모두 살갑게 돌봐주어야 한다고 생각합니다. 저는 부모님을 위해서라면 그 어떤 괴롭고 쓸쓸한 일이 있더라도 참고 견뎌나가겠다고 마음먹었습니다. 하지만 미즈노 씨를 알고부터는 역시 효도에 좀 소홀해져버렸습니다.

말씀드리기도 부끄러운 일입니다. 미즈노 씨는 저보다 다섯살이

나 어린 상업학교 학생입니다. 하지만 용서해주세요. 제겐 달리 방법이 없었습니다. 올봄 저는 왼쪽 눈에 병이 나서 근처 안과에 다녔는데, 미즈노 씨를 그 병원 대기실에서 알게 되었습니다. 저는 첫눈에 반하는 스타일입니다. 역시 저와 마찬가지로 왼쪽 눈에 흰 안대를 하고 불쾌한 듯 눈썹을 찡그리면서 작은 사전의 페이지를 여기저기 넘기며 찾고 있는 그 모습이 너무도 안쓰러워 보였습니다. 저 또한 안대 때문에 울적하니 기분이 우울해서 창문 밖 밤나무의 어린 새잎을 바라보고 있었습니다. 밤나무 잎이 짙은 아지랑이에 휩싸여 푸르게 활활 타오르는 것처럼 보였고, 바깥세상의 모든 게 머나먼 옛날이야기 속에 있는 것처럼 느껴졌습니다. 미즈노 씨의 얼굴이 그렇게 이 세상 사람이 아닌 것처럼 아름답고 고귀하게 느껴진 것은 분명 제 안대가 마법을 부렸기 때문이라고 생각합니다.

미즈노 씨는 고아입니다. 육친처럼 챙겨주는 사람이 아무도 없습니다. 미즈노 씨의 집은 원래 꽤 큰 약재 도매상을 했는데, 어머니는 미즈노 씨가 갓난아기 때 돌아가셨고, 아버지도 미즈노 씨가 열두살 때 돌아가셨습니다. 그후로 집안 형편이 어려워져서 두 형과 누나 하나 모두가 뿔뿔이 흩어져 먼 친척들에게 맡겨졌다고 합니다. 막내인 미즈노 씨는 상점 지배인의 양자로 들어가게 되었고, 지금은 상업학교에 다니고 있습니다. 그렇지만 몹시 답답하고 쓸쓸한 하루하루를 보내는 듯 저랑 산책하는 시간만이 즐겁다고 진지하게 말한 적이 있습니다. 일상에서도 여러모로 자유롭지 못한 점이 있는 것 같은데, 올여름 친구와 바다에 수영하러 갈 약속을 했다고 하면서도 조금도 즐거워하는 기색을 보이지 않고 오히려 풀이 죽어 있었지요. 그날 밤, 저는 도둑질을 했습니다. 남자 수영복 한벌을 훔친 것이지요.

동네에서 가장 규모가 큰 다이마루 상점에 불쑥 들어가서 여자 원피스를 이것저것 고르는 척하다가 뒤쪽에 있는 검정 수영복을 슬쩍 끌어당겨 겨드랑이 아래쪽에 바짝 끼우고는 조용히 가게를 나왔어요. 그런데 두어걸음 걷는데 뒤에서 이봐요, 하고 누가 부르는 거예요. 저는 으악! 하고 큰 소리를 내지를 정도의 공포에 사로잡혀 미친 사람처럼 내달렸습니다. 뒤에서 도둑이야! 하고 외치는 굵직한 소리가 들려왔어요. 그리고 나서 쿵 하고 어깨를 얻어맞았습니다. 비틀거리다가 획 뒤돌아봤는데 누군가 제 뺨을 철썩 때리더군요.

저는 파출소에 끌려갔답니다. 파출소 앞으로 사람들이 새까맣게 모여들더군요. 모두 동네에서 알고 지내던 사람들뿐이었어요. 제 머리는 풀어 흐트러졌고 유까따 옷자락 아래로 무릎까지 나와 있었어요. 참 비참한 모습이었죠.

순경은 타따미를 깐 파출소 안쪽의 좁은 방에 저를 앉히고 이것 저것 캐물었습니다. 피부가 하얗고 갸름한 얼굴에 금테 안경을 쓴, 스물일고여덟 정도 되어 보이는 기분 나쁘게 생긴 순경이었습니다. 대강 제 이름과 주소, 나이를 묻고는 그걸 일일이 수첩에 받아쓰더니 갑자기 히죽히죽 웃으며,

——이번이 몇번째지?

하고 물었습니다. 저는 오싹하니 한기를 느꼈습니다. 제겐 딱히 대답할 말이 떠오르지 않았습니다. 우물쭈물하고 있다가는 감옥에 끌려간다, 무거운 죄명을 뒤집어쓰게 된다, 어떻게든 잘 둘러대서 빠져나가야겠다 싶어 필사적으로 변명할 말을 찾았지만 뭐라고 우기면 좋을지 갈피를 잡지 못한 채 안개 속을 헤매는 듯했지요. 너무나 무서웠습니다. 소리를 지르듯 하며 겨우 꺼낸 말은 제가 생각

해도 꼴사나우리만큼 당돌했습니다. 그래도 한번 말을 꺼내기 시작하니 마치 여우에게 홀린 듯 그칠 줄 모르고 지껄여 어쩐지 미친 것 같았습니다.

—저를 감옥에 가두시면 안돼요. 전 잘못이 없어요. 저는 스물 넷이에요. 이십사년간 부모님께 효도했어요. 아버지와 어머니를 온 정성을 다해 섬겨왔어요. 제가 뭘 잘못한 거죠? 저는 남에게서 뒷손가락질 받은 적이 없어요. 미즈노 씨는 훌륭한 분이에요. 머지않아 틀림없이 높으신 분이 될 거예요. 그건 제가 잘 알아요. 저는 그분을 부끄럽게 해드리고 싶지 않았어요. 전 미즈노 씨가 친구랑 바다에 갈 약속을 했다기에 남들처럼 준비시켜서 바다에 보내고 싶었을 뿐이에요. 그게 왜 잘못인가요. 저는 바보예요. 바보지만 그래도 전 미즈노 씨를 멋지게 준비시켜서 보내고 싶었어요. 그분은 고귀한 태생의 사람이에요. 다른 사람과는 달라요. 저는 아무래도 상관없어요. 그분이 훌륭하게 세상에 나아갈 수 있다면 그걸로 충분해요. 전 할 일이 있어요. 저를 감옥에 가두시면 안돼요. 저는 스물넷이 되기까지 단 한번도 나쁜 짓을 한 적이 없어요. 여리신 부모님을 열심히 돌봐드렸어요. 싫어요, 싫어요. 저를 감옥에 가두시면 안돼요. 전 감옥에 갇힐 이유가 없어요. 이십사년간 노력하고 또 노력했는데 단 하룻밤 실수로 손을 우연히 잘못 놀렸다고 해서 그런 일로 이십사년간, 아니, 제 한평생을 엉망으로 만들 순 없어요. 그건 잘못된 일이에요. 저는 아주 이상해서 견딜 수가 없네요. 한평생 단 한번, 무심결에 오른손이 일척쯤 움직였다고 그게 손버릇이 나쁘다는 증거가 되나요? 너무하네요, 진짜 너무해요. 단 한번, 겨우 이삼분 만에 있었던 일이 아닌가요. 전 아직 젊어요. 이제부터 본격적인 삶이 시작된다고요. 전 지금까지와 마찬가지로 괴

14

롭고 가난한 삶을 인내하며 살 거예요. 그뿐이에요. 저는 아무것도 변한 게 없어요. 어제의 그 사끼꼬라고요. 수영복 하나로 다이마루 상점에 어떤 피해가 가나요? 남을 속여 천 엔, 이천 엔을 착취해도, 아니, 한 집안을 망하게 해도 모두에게 칭찬받는 사람도 있지 않나요? 감옥은 도대체 누구를 위해 있는 거죠? 돈 없는 사람들만 감옥에 갇혀 있어요. 그 사람들은 남을 속이지 못하는, 여리고 정직한 사람들이에요. 남을 속여서 편히 잘살 정도로 영악하지 못하니 점점 궁지에 몰려 그런 바보 같은 짓을 한 거라고요. 이삼 엔을 강탈한 일로 오년, 십년을 감옥에 갇혀 있어야 하다니, 하하하하, 이상하군, 정말 이상해. 이게 무슨 일이람. 아아, 진짜 기가 막혀.

저는 분명 미쳐 있었던 거예요. 틀림없어요. 순경은 창백한 얼굴로 물끄러미 저를 바라보았습니다. 저는 문득 그 순경에게 호의적인 생각이 들었습니다. 그래서 울면서도 억지로 미소를 지었습니다. 아무래도 저는 정신병자 취급을 받았던 모양입니다. 순경은 종기를 만지듯 조심스럽게 저를 경찰서로 데려갔습니다. 그날 밤에 유치장에 갇혀 있다가 아침이 되어 아버지가 데리러 오셔서 저는 집으로 돌아왔습니다. 아버지는 집으로 오는 도중에 제가 맞지나 않았는지 제게 한마디 슬쩍 물어보셨을 뿐, 달리 아무 말씀도 없으셨습니다.

그날 석간신문을 보고 제 얼굴은 귀까지 빨개졌습니다. 제 얘기가 나온 겁니다. 도둑질에도 서푼의 이유가, 변질된 좌익 소녀의 도도한 미사여구,라는 표제였습니다. 치욕은 그것만이 아니었습니다. 동네 사람들이 우리 집 근처를 어슬렁거리기에 저는 처음엔 그게 무슨 일인지 몰랐는데, 모두들 내 모습을 엿보러 온 것이라는 사실을 깨달았을 때 저는 바들바들 떨고 말았습니다. 제가 저지른 사소한 행동이 얼마나 큰 사건이었는지 점점 더 확실히 알게 되었습니다. 그때 우리 집에 독약이 있었더라면 저는 기꺼이 그걸 먹었을 겁니다. 그리고 근처에 대나무 숲이라도 있었더라면 여지없이 그 속에 들어가 목을 맸을 겁니다. 이삼일 동안 우리는 가게 문을 닫아버렸습니다.

이윽고 저는 미즈노 씨로부터 편지를 받게 되었습니다.

—저는 이 세상에서 사끼꼬 씨를 가장 믿고 있습니다. 다만, 사끼꼬 씨는 교육이 부족합니다. 사끼꼬 씨는 정직한 여성이긴 하지만, 상황에 따라 올바르지 못한 점이 있습니다. 저는 그런 부분을 고쳐주려고 노력해왔지만 역시 절대적인 게 있습니다. 인간은 학문이 없으면 안됩니다. 며칠 전 친구와 해수욕장에 가서 해변에서 인간에게 향상심向上心이 왜 필요한지에 대해 오랜 시간 이야기를 나눴습니다. 우린 머지않아 훌륭한 사람이 되겠지요. 사끼꼬 씨도 앞으로 품행을 조심하고 저지른 죄의 만분의 일이라도 속죄하면서 세상에 깊이 용서를 빌도록 하세요. 세상 사람들은 그 죄를 미워해도 사람을 미워하지는 않을 겁니다. 미즈노 사부로오. (다 읽은 후 꼭 불태울 것. 봉투도 함께 불태워주세요. 반드시.)

이것이 편지의 전문입니다. 저는 미즈노 씨가 원래 부잣집 태생임을 잊고 있었습니다.

바늘방석 같은 하루하루가 지나 어느덧 이렇게 선선해졌습니다. 오늘 밤엔 아버지가 아무래도 이렇게 전등이 어두워서는 기분이 우울해져서 안되겠다,라고 하시며 세평짜리 타따미방 전구를 50촉의 밝은 전구로 바꾸셨습니다. 그리고 우리 세 식구는 밝은 전등 아래서 저녁을 먹었습니다. 어머니는 아아, 눈부셔라, 눈부셔, 하며 젓가락 든 손으로 이마를 가리고 꽤나 들떠서 신나하셨고, 저는 아버지게 술을 따라드렸습니다. 우리의 행복은 어차피 이렇게 방의 전구를 바꾸는 것 정도구나, 하며 가만히 스스로에게 타일러봤지만 그렇게 쓸쓸한 기분도 들지 않았고, 오히려 이렇게 소박한 전등을 밝힌 우리 집이 무척이나 아름다운 주마등 같아서 아아, 엿보고 싶으면 엿봐라, 우리 식구는 이렇게 아름다우니까! 하고 정원에서 우는 벌레에게조차 알려주고 싶은 고요한 기쁨이 가슴에 복받쳐왔습니다.

여학생
女生徒

아침, 눈을 뜰 때의 기분은 재미있다. 숨바꼭질할 때 새까만 벽장 속에 가만히 웅크리고 숨어 있는데 갑자기 술래가 문을 드르륵 열어 햇빛이 눈부시게 쏟아지고 술래가 큰 목소리로 "찾았다!" 하는 순간의 눈부심, 그리고 묘한 어색함, 가슴이 두근거려서 옷 앞자락을 여미면서 조금 멋쩍게 벽장에서 나오는데 갑자기 울컥 화가 치미는 그런 느낌. 아니, 달라, 그런 느낌도 아니야. 왠지 더는 참을 수가 없는 느낌이다. 상자를 열면, 그 안에 또 작은 상자가 있고, 그 작은 상자를 열면 또 그 안에 작은 상자가 있어서 그걸 열면 또, 또 작은 상자가 있고, 그 작은 상자를 열면 또 상자가 있고, 그리고 일곱개, 여덟개를 열면 결국 마지막에는 주사위만 한 작은 상자가 나오는데 그걸 살짝 열어보면 아무것도 없는 텅 빈 그런 느낌에 좀더 가깝다. 눈이 번쩍 떠진다는 건 거짓말이다. 아주 탁했다가 어느 순간 점차 녹말이 아래로 가라앉아 조금씩 맑은 윗물이 생기고 나서야 지쳐서 겨우 눈이 떠진다. 아침은 왠지 허무하리만큼 따분하다. 슬픈 일들이 가슴 가득 차올라 견딜 수가 없다. 정말 짜증난다. 아침의 나는 가장 추하다. 두 다리가 흐느적흐느적 녹초가 되어 더이상 아무것도 하고 싶지 않다. 숙면을 못한 탓일까. 아침에 건강하다는 말, 그건 거짓말이다. 아침은 잿빛. 언제나 똑같다. 가장 허무하다. 아침 잠자리 속에서 나는 늘 염세적이다. 우울하다. 갖가지 추악한 후회만 한꺼번에 우르르 몰려와 가슴을 막아비려서 몸부림치게 된다.

아침은 심술쟁이.

"아빠"하고 작은 소리로 불러본다. 이상하게 쑥스럽고 기쁘다. 일어나서 재빨리 이불을 갠다. 이불을 들어올릴 때 으쌰 하는 기합소리를 내서 깜짝 놀랐다. 나는 지금까지 내가 으쌰 같은 천박한 소리를 내는 여자라는 생각을 해보지 않았다. 으쌰라니, 할머니가 내는 소리 같아서 기분 나쁘다. 왜 그런 소리를 낸 걸까. 내 몸 안의 어딘가에 할머니가 하나 있는 것 같아서 불쾌하다. 앞으로는 조심해야지. 다른 사람의 품위 없는 걸음걸이를 흉보다가 문득 자신도 그렇게 걷고 있는 걸 알았을 때처럼 몹시 기가 죽었다.

아침엔 항상 자신이 없다. 잠옷 차림으로 경대 앞에 앉는다. 안경을 안 쓰고 거울을 들여다보면 얼굴이 약간 흐릿해 차분해 보인다. 내 얼굴에서 안경이 제일 싫지만 다른 사람은 모르는 안경의 장점도 있다. 난 안경을 벗고 먼 데 바라보는 걸 좋아한다. 모든 것이 희미해 꿈처럼, 또 작은 구멍으로 들여다본 그림처럼 멋지다. 더러운 건 전혀 보이지 않는다. 큰 것만이, 선명하고 강렬한 색과 빛만이 눈에 들어온다. 안경을 벗고 남을 보는 것도 좋아한다. 상대의 얼굴이 모두 상냥하고 예쁘게 웃는 것처럼 보인다. 게다가 안경을 벗고 있을 땐 절대 남과 싸우고 싶은 생각도 안 들고 남의 험담도 하고 싶지 않다. 그저 잠자코 멍하니 있을 뿐이다. 그리고 그런 때의 내가 다른 사람에게 좋은 사람으로 보일 거라고 생각하면, 더욱 멍하니 마음을 놓은 채 어리광을 부리고 싶고 기분도 한결 누그러진다.

그렇긴 해도, 역시 안경은 싫다. 안경을 쓰면 얼굴이라는 느낌이 사라져버린다. 안경은 얼굴에서 생겨나는 갖가지 정서, 로맨틱함, 아름다움, 격렬함, 나약함, 천진난만함, 애수, 그런 것들을 전부 가로막아버린다. 게다가 눈으로 이야기를 나누는 것이 이상할 정도로 불가능하다.

안경은 도깨비.

나 자신이 늘 안경이 싫다고 생각하기 때문인지, 눈이 아름다운 게 제일이라는 생각이 든다. 코가 없더라도, 입이 가려져 있더라도, 눈을 보고 있노라면 스스로가 더욱 아름답게 살아야겠다고 마음먹게 되는 그런 눈이라면 좋겠다. 그런데 내 눈은 그저 부리부리하게 크기만 하지 매력이라곤 하나도 없다. 가만히 내 눈을 보고 있으면 실망스럽다. 엄마조차 시시하게 생긴 눈이라고 한다. 이런 눈을 빛이 나지 않는 눈이라고 하겠지. 그냥 숯덩이인가 싶어 실망스럽다. 이럴 수가 있을까. 너무 심했다. 거울을 볼 때마다 촉촉하고 예쁜 눈이면 좋겠다는 생각을 간절히 한다. 파란 호수 같은 눈, 푸른 초원에 누워 드넓은 하늘을 보고 있는 듯한 눈, 때때로 흘러가는 구름이 눈에 어린다. 새 그림자까지 뚜렷이 비친다. 아름다운 눈을 가진 사람을 많이 만나보고 싶다.

오늘 아침부터 5월, 그렇게 생각하니 어쩐지 조금 들뜬다. 역시 기쁘다. 이제 여름이 가까워진 것 같다. 마당에 나가 보니 딸기 꽃이 눈에 들어온다. 아빠가 돌아가셨다는 사실이 이상하게 여겨진다. 죽어서 없어진다는 건 이해하기 힘든 일이다. 납득이 가지 않는다. 언니, 헤어진 사람, 오랫동안 못 만난 사람들이 그립다. 아무래도 아침에는 지나간 일들, 옛날에 함께했던 사람들이 몹시 가깝게, 단무지 냄새처럼 시시하게 여겨져 견딜 수가 없다.

자삐이와 카아(불쌍한 개라서 카아[3]라고 부른다) 두마리 다 데리고 나가서 뛰다가 왔다. 두마리를 앞에 나란히 놓고 자삐이만 잔뜩 귀여워해주었다. 자삐이의 새하얀 털은 빛이 나고 아름답다. 카아는 지저분하다. 자삐이를 귀여워해주고 있으면 카아가 옆에서 울상을 짓는다는 걸 잘 안다. 카아가 불구라는 것도 안다. 카아는 슬퍼서 싫다. 아주 불쌍해서 견딜 수가 없어 일부러 짓궂게 대하는 거다. 카아는 떠돌이 개처럼 보이니까 언제 개백정에게 잡혀 죽을지 모른다. 카아는 다리가 이래서 도망가는 것도 느리겠지. 카아, 어서 산속에라도 가려무나. 넌 누구에게도 사랑받지 못하니 빨리 죽는 게 나아. 나는 카아뿐만 아니라 사람에게도 못된 짓을 하는 아이다. 남을 곤혹스럽게 하고 자극하는, 정말 못된 아이다. 툇마루에 앉아 자삐이의 머리를 쓰다듬어주면서 눈에 스며드는 신록을 보고 있자니 한심해서 땅바닥에 주저앉고 싶어졌다.

울고 싶어졌다. 숨을 꾹 참고 눈을 충혈시키면 눈물이 조금이라도 나올지 모르겠다 싶었지만, 안 나왔다. 이제 눈물 없는 여자가 되었는지도 모른다.

단념하고 방 청소를 시작한다. 청소를 하다가 갑자기 「토오진 오끼찌」[4]를 부른다. 흠칫 주변을 살폈다. 평상시 모차르트나 바흐

---

3 '불쌍한'을 뜻하는 '카와이소오나(かわいそうな)'에서 비롯한 말.

에 빠져 있던 내가 무의식적으로 「토오진 오끼찌」를 부른다는 사실이 재미있다. 이불을 들어올릴 때 으쌰 소리를 내고, 청소하면서 「토오진 오끼찌」를 부르는 걸 보니 나도 이제 글렀구나 싶다. 상태가 이러하니 잠꼬대로는 얼마나 천박한 말을 할지 불안해서 견딜 수가 없다. 하지만 왠지 우스워 비질하던 손을 멈추고는 혼자 웃는다.

어제 바느질을 끝낸 새 속옷을 입는다. 가슴 부분에 작고 하얀 장미꽃 자수를 놓았다. 겉옷을 입으면 이 자수가 안 보이게 된다. 아무도 모른다. 만족스럽다.

엄마는 누군가의 혼담 때문에 정신없이 분주하여 아침 일찍부터 외출하셨다. 내가 어렸을 때부터 엄마는 남을 위해 정성을 다하는 모습을 보여오신 터라 익숙하긴 하지만, 정말 놀라울 정도로 쉴 새 없이 움직이신다. 정말 감탄스럽다. 아빠가 너무 공부만 하셔서 엄마가 아빠 몫까지 해온 거다. 아빠는 사교 같은 것과는 거리가 멀었지만, 엄마는 정말 기분 좋은 사람들의 모임을 만들곤 한다. 성격은 달랐지만 두분은 서로를 존경했던 것 같다. 어디 하나 추한 구석이 없는 아름답고 평온한 부부라고나 할까. 아아, 내가 너무 건방진 소릴 했나.

된장국이 데워질 때까지 부엌 입구에 앉아 눈앞에 있는 잡목림을 멍하니 바라보았다. 그랬더니 옛날에도, 그리고 앞으로도 이렇게 부엌 입구에 앉아 이런 자세로, 게다가 완전히 똑같은 생각을 하면서 눈앞의 잡목림을 바라보고 있었고, 또 바라볼 것 같다는 생각에 과거, 현재, 미래, 그것들이 한순간에 느껴지는 듯한 이상한 기

---

4 막부 말기에 태어나 메이지 시대를 보낸 게이샤 토오진 오끼찌(唐人お吉, 1841~90)의 애달픈 삶을 그린 노래.

분이 들었다. 이런 일은 가끔 있다. 방에 앉아 누군가와 이야기를 한다. 시선이 테이블 구석에 가서 딱 멈추어 움직이지 않는다. 입만 움직인다. 이런 때에는 이상한 착각이 든다. 언제였던가, 이와 똑같은 상태에서 똑같은 얘기를 하다가 역시 테이블 구석을 보고 있었다. 또 앞으로도 지금의 일이 똑같이 그대로 내게 찾아오리라고 믿고 싶은 기분이 드는 것이다. 아무리 먼 곳에 있는 시골 들길을 걷더라도 틀림없이 이 길은 언젠가 와본 길이라는 생각이 든다. 걸으면서 길가의 콩잎을 휙 잡아뜯어도 역시 이 길 이 부근에서 이 잎을 잡아뜯은 적이 있는 것 같다. 그리하여 또 앞으로도 몇번이고 계속 이 길을 걸으며 이 지점에서 콩잎을 뜯을 거라고 믿어버린다. 또 이런 적도 있다. 언젠가 목욕을 하다가 문득 손을 살펴보았다. 그랬더니 앞으로 몇년 후 탕 안에 들어갈 때 지금 무심코 손을 본 일을, 그리고 손을 보면서 문득 느꼈던 것을 반드시 기억해내리라는 생각이 들었다. 그런 생각을 하니 어쩐지 우울한 기분이 들었다. 또 어느날 저녁, 밥을 밥통에 옮겨담고 있을 때, 인스퍼레이션inspiration이라고 하면 과장이겠지만 뭔가 몸속으로 휙 하고 지나가는 걸 느꼈는데, 뭐랄까, 철학의 꽁무니라고 말하고 싶은 그런 것이 지나가고 나서는 머리 가슴 할 것 없이 죄다 구석구석까지 투명해져 어쩐지 살아가는 게 푹신하니 안정되는 것 같았다. 그리하여 잠자코 아무 소리도 안 내고, 우무가 쉬익 하고 밀려나올 때 같은 유연성으로 이대로 파도에 몸을 맡긴 채 아름답고 가볍게 살아갈 수 있을 것 같았다. 이때 철학 운운할 것은 없으리라. 도둑고양이처럼 아무 소리도 안 내면서 산다는 예감 같은 건 제대로 된 게 아니어서 오히려 두려웠다. 그런 기분이 오랫동안 지속되다가는 신들린 사람처럼 돼버리는 게 아닐까. 그리스도. 하지만 여자 그리스도 따윈 싫다.

결국 내가 한가하고 생활이 고생스럽지 않으니, 매일 몇백번 몇천번 보고 들으면서 생긴 감수성을 감당하지 못해 멍하니 있는 사이에, 그것들이 도깨비 같은 얼굴로 여기저기서 떠오르는 게 아닌는지.

식당에서 혼자 밥을 먹는다. 올해 처음으로 오이를 먹는다. 오이의 푸름으로부터 여름이 온다. 5월 오이의 청량함에는 가슴이 텅 빈 것 같은, 쓰라리고 간지러운 듯한 슬픔이 있다. 혼자 식당에서 밥을 먹고 있으려니 몹시도 여행이 하고 싶어진다. 기차를 타고 싶다. 신문을 읽는다. 코노에[5] 씨의 사진이 실려 있다. 코노에 씨는 괜찮은 남자일까. 난 이런 얼굴을 좋아하지 않는다. 이마가 영 거슬린다. 신문은 책 광고문이 제일 재미있다. 글자 한자 한줄에 백 엔이백 엔의 광고료를 내야 하니 모두 열심이다. 한자 한구, 최대의 효과를 거두려고 끙끙 신음하며 짜낸 듯한 명문이다. 이렇게 돈이 드는 문장은 세상에 많진 않을 거다. 왠지 기분이 좋다. 통쾌하다.

밥을 다 먹고 문단속을 한 뒤 학교에 간다. 괜찮겠지. 비가 안 올 것 같긴 하지만 그래도 어제 엄마가 준 멋진 우산을 어떻게든 쓰고 싶어서 그걸 가지고 간다. 이 우산은 엄마가 예전 처녀 시절에 쓰던 것이다. 나는 재미있는 우산을 찾아서 조금 의기양양하다. 이런 우산을 들고 빠리 변두리를 걷고 싶다. 지금 이 전쟁이 끝날 즈음이면 분명 꿈을 간직한 듯한 이런 고풍스러운 우산이 유행하겠지. 이 우산에는 분명 보닛풍 모자가 잘 어울릴 거다. 긴 분홍빛 소매에 깃이 크게 젖혀지는 키모노를 입고, 검은 비단 레이스로 짠긴 장갑을 끼며, 차양 넓은 커다란 모자에는 아름다운 보라색 제비

---

5 코노에 후미마로(近衛文麿, 1891~1945): 일본의 정치가로 중일전쟁 시기에 수상을 지냈다.

꽃을 단다. 그리고 녹음이 짙을 무렵 빠리의 한 레스또랑에 점심을 먹으러 간다. 울적한 듯 가볍게 턱을 괴고 거리를 지나다니는 사람들의 물결을 보고 있는데 누군가 내 어깨를 톡톡 두드린다. 갑자기 음악이 흐른다. 장미 왈츠. 아아, 진짜 웃기는구나. 현실은 이런 오래되고 빛바랜 기이한 모양의, 가늘고 긴 손잡이가 달린 우산 한자루. 나 자신이 비참하고 너무나 불쌍하다. 성냥팔이 소녀님, 어디 풀이라도 뽑고 가시죠.

나가려다 우리 집 앞에 난 풀을 조금 뽑아서 엄마한테 근로봉사. 오늘은 뭔가 좋은 일이 있을지도 모른다. 같은 풀이라도 어째서 이렇게 잡아뜯고 싶은 풀과 가만히 남겨두고 싶은 풀 등 여러가지가 있는 걸까? 귀여운 풀과 그렇지 않은 풀, 모양은 조금도 다르지 않은데 안쓰러운 풀과 밉살스러운 풀로 어떻게 이렇게 딱 나뉠 수가 있지? 이유는 없다. 여자의 좋고 싫음은 너무나도 엉터리인 것 같다. 십분간의 근로봉사를 마치고 정류장으로 서둘러 간다. 밭길을 지나다보니 자꾸만 그림이 그리고 싶어진다. 도중에 신사에 있는 숲속 오솔길을 지난다. 여긴 나 혼자 찾아낸 지름길이다. 숲속 오솔길을 걸으면서 문득 밑을 보니 보리가 두치 정도 여기저기 무리지어 자라고 있다. 그 파릇파릇한 보리를 보고 있노라니, 아아, 올해도 군인들이 왔다는 사실을 알 수 있다. 작년에도 많은 군인과 말이 와서 이 신사 숲속에서 쉬었다 갔다. 얼마 후 그곳을 지나가면서 보니, 보리가 오늘처럼 쑥쑥 자라 있었다. 하지만 그 보리는 더이상 자라지 않았다. 올해도 군인들의 말구유에서 흘러나와 비실비실 자란 이 보리는 숲이 이렇게 어둡고 햇볕이 전혀 들지 않으니 불쌍하게도 더이상 자라지 못하고 죽어버리겠지.

신사의 숲속 오솔길을 빠져나와 역 근처에서 노동자 네댓명과 일행이 된다. 그 노동자들은 언제나처럼 차마 입에 담기 힘든 속된 말을 내게 내뱉는다. 나는 어떻게 하면 좋을지 망설였다. 그 노동자들을 앞질러 쭉 앞으로 가면 좋겠지만 그러기 위해선 노동자들 사이를 뚫고 지나가야 한다. 두렵다. 그렇다고 말없이 서서 노동자들을 먼저 보낸 뒤 한참 거리가 생길 때까지 기다리는 건 더 많은 담력이 필요하다. 그건 실례가 되는 일이라 노동자들이 화를 낼지도 모른다. 몸이 화끈화끈해지고 눈물이 날 것 같았다. 나는 눈물 날 것 같은 내 모습이 부끄러워서 그들을 향해 웃어주었다. 그리고 천천히 그들 뒤를 따라 걸어갔다. 그때는 그걸로 끝이었지만 그 분함은 전차를 타고 나서도 쉽게 가시지 않았다. 이런 별것 아닌 일에 태연할 수 있도록 얼른 강해지고 담담해졌으면 좋겠다.

전차 문 바로 가까이에 빈자리가 있어서 거기에 가만히 내 소지품을 놓고 스커트 주름을 바로잡으며 앉으려는데 안경 쓴 한 남자가 내 소지품을 싹 치우고는 얼른 그 자리에 앉아버렸다.

"저기요, 거긴 제가 발견한 자리거든요"라고 하니까 남자는 쓴웃음을 짓고는 태연히 신문을 읽기 시작했다. 잘 생각해보면 어느 쪽이 뻔뻔한 건지 모르겠다. 내가 더 뻔뻔한지도 모른다.

하는 수 없이 우산과 소지품을 그물 선반에 올려놓고, 손잡이에 매달려 여느 때처럼 잡지를 읽으면서 한 손으로 홀홀 페이지를 넘기는 동안 난 엉뚱한 생각을 했다.

내게서 책 읽는 것을 없애버린다면 경험이 부족한 난 울상을 짓겠지. 그 정도로 나는 책에 씌어 있는 것에 의지하고 있다. 한 권의 책을 읽을 때면 그 책에 완전히 몰입하여 신뢰하고, 동화되고, 공감하고, 거기에 억지로 생활을 갖다대본다. 그리고 다른 책을 읽을 때면 금세 확 바뀌어 집중한다. 남의 것을 훔쳐와서 확실한 내 것으로 고쳐 만드는 재주, 그 교활함은 내 유일한 특기다. 정말 이 교활함, 속임수에는 신물이 난다. 매일매일 실수에 실수를 거듭해 큰 창피를 당한다면 조금은 중후해질지 모른다. 하지만 그런 실수조차 어떻게든 핑계를 대서 잘 꾸며내고, 그럴싸한 이론을 짜내어 괴로운 연기 같은 것을 당당하게 한다. (이런 말도 어느 책에선가 읽은 적이 있다.)

정말로 나는 어떤 게 진짜 나인지 모르겠다. 읽을 책이 없어서 흉내 낼 교본이 보이지 않게 되었을 때, 나는 대체 어떡해야 할까. 어쩔 줄 모르고 위축된 모습으로 무턱대고 코만 풀고 있을지도 모른다. 어쨌든 전차 안에서 매일 이렇게 종잡을 수 없는 생각만 해서는 안된다. 몸에 불쾌한 온기가 남아서 견딜 수가 없다. 뭔가 해야 해, 어떻게든 해야 해라고 생각하지만 어떻게 하면 나 자신을 확실히 파악할 수 있을까. 이제까지 내가 했던 자기비판 따윈 전혀 의미가 없는 것 같다. 자기비판을 해서 싫은 점이나 약점을 깨달으면 금방 그것에 빠져 자신을 위로하고, 소의 뿔을 바로잡으려다 소를 죽이는 우를 범하는 건 좋지 않다고 결론지어버리니 비판이고 뭐고 없던 일이 된다. 아무것도 생각하지 않는 편이 오히려 양심적이다.

이 잡지에는 '젊은 여성의 결점'이라는 제목으로 여러 사람들이 쓴 글이 실려 있다. 읽는 내내 내 얘기를 하는 것 같아 부끄럽기도 하다. 그런데도 쓴 사람마다 평소에 바보라고 생각하던 사람은 그대로 바보 느낌이 드는 말을 하고, 사진을 봤을 때 멋쟁이 느낌이 있던 사람은 멋스러운 말씨를 쓰는 게 우스워서 중간중간 킥킥 웃으면서 읽어내려갔다. 종교인은 곧바로 신앙 이야기를 꺼내고, 교육자는 처음부터 끝까지 은혜, 은혜라고 쓰고 있다. 정치가는 한시漢詩를 들고 나온다. 작가는 젠체하며 멋스러운 말을 쓴다. 우쭐해 있다.

그럼에도 전부 꽤 확실한 것만 쓰고 있다. 개성이 없는 것. 깊은 맛이 없는 것. 올바른 희망, 올바른 야심, 그런 것들로부터 멀리 떨어져 있는 것. 즉 이상이 없는 것. 비판은 있어도 자기 생활과 직접 결부시키는 적극성이 없는 것. 반성 없음. 진정한 자각, 자기애, 자중이 없다. 용기 있는 행동을 하면서도, 그 모든 결과에 대해 책임질 수 있을까. 자기 주위의 생활양식에는 순응적이라 능숙하게 삶을 영위하고 있지만, 자신 및 자기 주위의 생활에 대한 올바르고 강렬한 애정이 결여돼 있다. 애정이 없다. 진정한 의미의 겸손이 없다. 독창성이 부족하다. 모방뿐이다. 인간 본래의 '사랑'이라는 감각이 결여되어 있다. 고상한 척하지만 기품이 없다. 그외에도 많은 얘기가 씌어 있다. 정말 읽고 있으면 깜짝 놀랄 부분이 많다. 결코 부정할 수 없는 이야기다.

하지만 여기에 씌어 있는 모든 말이 왠지 모르게 낙관적이어서 그 사람들이 자신의 평소 생각과 동떨어진 것을 그냥 써본 것 같다는 느낌이 든다. '진정한 의미의'라든가 '본래의' 같은 형용사가 많이 있지만, '진정한' 사랑, '진정한' 자각이란 어떤 건지 확실히 손에 잡히게 적혀 있지는 않다. 이 사람들은 알고 있을지도 모른다. 그렇다면 더 구체적으로 단지 한마디, 오른쪽으로 가라든지 왼쪽으로 가라는 식으로, 권위 있게 손가락으로 가리켜주는 게 더 고마울 텐데. 우리는 애정 표현의 방침을 잃어버렸기 때문에, 이것도 안 되고 저것도 안된다고 말하는 대신 이렇게 해라, 저렇게 해라 하고 딱 부러지게 강하게 명령한다면, 모두 그대로 따를 것이다. 아무도 자신이 없는 걸까. 여기에 의견을 발표한 사람들은 언제나, 어느 경우에나 이런 의견을 가지고 있는 건 아닐지도 모른다. 올바른 희망, 올바른 야심이 없다고 혼내지만, 우리가 올바른 이상을 좇아 행동할 때 이들은 우리를 어디까지 지켜보고 이끌어줄까.

우리는 자신이 가야 할 최선의 장소, 가고 싶은 아름다운 장소, 자신을 발전시킬 장소를 어렴풋하게나마 알고 있다. 잘살고 싶어 한다. 그야말로 올바른 희망, 야심을 가지고 있다. 믿고 의지할 만한 확고부동한 신념을 가지고 싶어서 안달한다. 그런데 딸이라면 딸로서의 생활 속에서 이 모든 것을 구현하고자 한다면 얼마만큼의 노력이 필요할까. 엄마, 아빠, 언니, 오빠 들의 사고방식도 있다. (입으로는 낡았네 어쩌네 하지만 절대로 인생의 선배, 노인, 기혼자 들을 경멸하지 않는다. 그러기는커녕 언제나 두어수 위에 둔다.) 늘 관계를 맺고 살아가는 친척도 있다. 지인도 있고 친구도 있다. 그리고 늘 거대한 힘으로 우리를 떠밀어내는 '세상'이란 것도 있다. 이 모든 것을 느끼고 보고 생각하면, 자신의 개성을 키울 만한 그런 판국은 아니다. 그저 눈에 띄지 않게, 수많은 보통 사람들이 지나가는 길을 묵묵히 가는 게 가장 영리한 것이라고 생각하지 않을 수 없다. 소수를 위한 교육을 전체에게 실시하다니, 이건 정말 잔인한 일이란 생각이 든다. 학교의 도덕 교육과 세상의 법도가 굉장히 다르다는 사실을 자라면서 점차 알게 됐다. 학교의 도덕을 완벽히 준수하면 그 사람은 바보 취급을 당한다. 이상한 사람이라는 말까지 듣게 된다. 출세도 못하고 늘 가난하게 산다. 거짓말을 안하는 사람이 있을까? 있다면 그 사람은 영원히 패배자일 것이다. 내 친척 중에 행실이 바르고, 확고한 신념을 가지고 이상을 추구하면서, 그야말로 참되게 살아가는 분이 하나 계시지만, 친척들은 모두 그를 나쁘게 말한다. 바보로 취급한다. 난 그런 바보 취급을 당하고 패배할 걸 알면서, 엄마와 모든 사람들에게 반대하면서까지 자신의 주장을 펼치지는 않을 것이다. 두렵기 때문이다. 어릴 적엔 내 생각과 다른 사람의 생각이 완전히 다를 때면 엄마한테,

"왜요?"라고 묻곤 했다. 그럴 때마다 엄마는 대충 한마디로 정리 하면서 화를 냈다. 그건 나빠, 못된 짓이야,라며 엄마는 슬퍼했던 것 같다. 아빠한테 말한 적도 있다. 아빠는 그냥 가만히 웃었다. 그리고 나중에 엄마한테 '삐딱한 아이'라고 말했다고 한다. 점점 커가면서 나는 무서워 벌벌 떠는 사람이 되고 말았다. 양장 한벌 짓는 일에도 남의 이목을 신경 쓰게 되었다. 사실 자신의 개성 같은 것을 몰래 사랑하고 있고 사랑하고 싶지만, 그것을 확실하게 자신의 것으로 체현하는 건 두려운 일이다. 사람들이 착하게 여기는 딸이 되고 싶다고 늘 생각한다. 많은 사람들이 모일 때 나는 얼마나 비굴할까. 입 밖으로 내고 싶지 않은 말, 생각과 완전히 동떨어진 말을 꾸며내 시끄럽게 재잘거린다. 그러는 편이 낫다고, 득이라고 생각하는 것이다. 정말 맘에 들지 않는다. 도덕적 기준이 확 바뀌는 날이 빨리 왔으면 좋겠다. 그러면 이런 비굴함도 없을 테고, 또 자신을 위해서가 아니라 남에게 좋은 평판을 받기 위해 매일매일 힘들게 사는 일도 없을 테지.

아, 저기 자리가 났다. 서둘러 선반에서 소지품과 우산을 내리고서 재빨리 끼여 앉는다. 오른쪽은 중학생, 왼쪽은 아이를 업고 포대기를 두른 아줌마다. 아줌마는 나이를 먹었으면서도 짙은 화장에 유행하는 올림머리를 했다. 얼굴은 예쁘지만 목 부분에 주름이 검게 잡혀 있어서 한심스러웠고, 때려주고 싶을 정도로 싫었다. 인간은 서 있을 때와 앉아 있을 때 생각하는 게 완전히 달라진다. 앉아 있을 때면 왠지 미덥지 못한 무기력한 생각만 하게 된다. 내 맞은

편 자리에는 네댓명, 같은 연령대의 쌜러리맨들이 멍하니 앉아 있다. 서른살쯤 됐을까? 모두 영 거슬린다. 눈이 흐리멍덩하니 탁하다. 패기가 없다. 하지만 내가 지금 이들 중 누군가를 향해 싱긋 웃어주면, 단지 그것만으로 나는 질질 끌려가 그와 결혼해야 하는 처지에 빠질지도 모른다. 여자는 자신의 운명을 결정하는 데 미소 하나면 충분하다. 두렵다. 이상할 정도다. 조심해야지. 오늘 아침에는 정말 이상한 생각만 든다. 이삼일 전부터 우리 집 정원을 손질하러 오는 정원사의 얼굴이 눈에 아른거려 미치겠다. 어디까지나 정원사일 뿐이지만 얼굴 느낌이 뭔가 다르다. 과장되게 말하면 사색가 같은 얼굴이다. 얼굴빛이 검은 만큼 야무져 보인다. 눈이 멋있다. 미간이 좁다. 코는 납작코지만 그게 또 검은 피부와 잘 어울려 의지가 강해 보인다. 입술 모양도 꽤 괜찮다. 귀는 조금 더럽다. 손에 대해 말할 것 같으면 그야말로 정원사의 손이지만, 검은 쏘프트 모자를 깊게 눌러쓴 그늘진 얼굴은 그냥 정원사로 있기엔 아깝다는 생각이 든다. 엄마한테 서너번, 저 정원사 아저씨는 처음부터 정원사였을까, 하고 물어봤다가 결국 혼나고 말았다. 오늘 소지품을 싼 이 보자기는 마침 그 정원사 아저씨가 처음 온 날 엄마한테서 받은 것이다. 그날은 우리 집 대청소 날이라 부엌 수리공과 장판 가게 아저씨도 와 있었다. 엄마는 장롱 안을 정리했고, 그때 이 보자기가 나와서 나한테 주었다. 예쁘고 여성스러운 보자기. 예뻐서 묶기가 아깝다. 이렇게 앉아 무릎 위에 올려놓고 몇번이고 슬쩍슬쩍 바라본다. 어루만져본다. 전차 안에 있는 모든 사람들에게 보여주고 싶은데 아무도 보지 않는다. 이 귀여운 보자기를 그저 잠깐 바라봐주기만 한다면 나는 그 사람의 집으로 시집가게 된다 해도 좋다. 본능이라는 말과 마주하면 울고 싶어진다. 본능의 거대함, 우리 의지

34

로는 움직일 수 없는 힘, 그런 것을 간혹 나에게 일어나는 여러 일을 통해 깨닫게 되면 미칠 것 같다. 어떻게 하면 좋을지 몰라 멍해진다. 부정도 긍정도 할 수 없는, 다만 아주 커다란 게 머리에 푹 씌워진 것 같다. 그리고 나를 마음대로 질질 끌고 돌아다닌다. 끌려다니면서도 만족스러운 마음과 그것을 슬픈 마음으로 바라보는 또다른 감정. 왜 우린 나 자신만으로 만족하고, 또 나 자신만을 평생 사랑하며 살아갈 수 없는 걸까? 본능이 지금까지의 내 감정과 이성을 잠식해가는 걸 지켜보려니 참으로 한심하다. 조금이라도 자신을 잊은 다음은 그저 실망스러울 뿐이다. 그런 나, 이런 내게도 분명 본능이 존재한다는 사실을 알게 되어 눈물 날 것 같다. 엄마, 아빠를 부르고 싶어진다. 하지만 또 진실이라는 게 의외로 내가 혐오스러워하는 데 있을지 모른다고 생각하니 더욱더 한심하다.

벌써 오짜노미즈다. 플랫폼에 내려서는데, 왠지 모든 게 말끔해진다. 막 지나간 일을 조바심치며 기억하려고 애썼지만, 좀처럼 떠오르지 않는다. 그다음을 생각하려고 안달했지만 아무것도 생각나는 게 없다. 텅 비어 있다. 그 당시 가끔 내 심금을 울린 것도 있었을 테고 괴롭고 부끄러운 일도 있었을 텐데, 지나가버리면 완전히 아무것도 없었던 것이나 마찬가지다. 지금이라는 순간은 재미있다. 지금, 지금, 지금, 하며 손가락으로 누르고 있는 동안에도 지금은 멀리 날아가버리고, 새로운 '지금'이 와 있다. 육교 계단을 터벅터벅 오르면서 도대체 이게 뭔가 싶다. 바보 같다. 나는 좀 지나치게 행복한지도 모른다.

오늘 아침 코스기 선생님은 예쁘다. 내 보자기처럼 예쁘다. 아름다운 파란색이 잘 어울리는 선생님. 가슴에 단 진홍색 카네이션도 눈에 띈다. '잘난 척'을 하지 않는다면 이 선생님을 더 좋아할 텐데, 지나치게 잘난 척한다. 억지스럽다. 저렇게 하면 피곤할 텐데. 성격도 어딘가 난해한 부분이 있다. 알 수 없는 부분을 많이 가지고 있다. 어두운 성격인데도 무리해서 밝게 보이려고 하는 구석이 있다. 하지만 누가 뭐래도 끌리는 여자다. 학교 선생님으로 있기에는 아깝다는 생각이 든다. 반에서 예전만큼은 인기가 없지만, 나만은 전과 다름없이 선생님에게 매료되어 있다. 산속 호숫가의 고성古城에 사는 귀한 따님, 그런 느낌이 묻어난다. 이런, 너무 칭찬하고 말았군. 코스기 선생님이 하는 이야기는 왜 늘 이렇게 딱딱할까? 머리가 나쁜 게 아닐까? 슬퍼진다. 아까부터 애국심에 대해 장황하게 말하고 있는데, 그런 건 이미 다 아는 거 아닌가? 누구나 자기가 태어난 곳을 사랑하는 마음은 있는데 말이지. 재미없어. 책상에 턱을 괴고 멍하니 창밖을 바라본다. 바람이 강한 탓인지 구름이 예쁘다. 정원 구석에 장미가 네송이 피어 있다. 노란색 하나, 흰색 둘, 분홍색 하나. 멍하니 꽃을 바라보면서 인간에게도 정말로 좋은 점이 있다는 생각을 했다. 꽃의 아름다움을 발견한 건 인간이고, 꽃을 사랑하는 것도 인간이니 말이다.

점심시간에 귀신 이야기가 나왔다. 야스베에 언니의 제일고등학교 7대 불가사의 중 하나, '열리지 않는 문' 이야기를 듣고는 정말 모두가 다 꺄악, 꺄악 했다. 갑자기 사라지는 그런 식의 이야기가 아니라, 심리적인 이야기라서 재미있었다. 너무 소란을 피운 탓인지 방금 식사를 했는데도 금세 배가 고파졌다. 바로 단팥빵 부인한테서 캐러멜을 얻어먹는다. 그러고 나서 모두 또 한바탕 공포 이야기에 몰두한다. 누구나 귀신 이야기 같은 것에는 흥미가 샘솟는 모양이다. 일종의 자극일까. 그리고 이건 괴담은 아니지만, '쿠하라 후사노스께'[6] 이야기는 정말이지 웃긴다.

오후 미술시간에는 모두 교정으로 나가 사생 실기. 이또오 선생님은 왜 항상 까닭 없이 나를 난처하게 만드는 걸까. 선생님은 오늘도 내게 자신의 그림 모델이 되어달라고 했다. 아침에 내가 가져온 낡은 우산이 반 아이들의 큰 환영을 받아 모두 소란을 피웠는데, 결국 이또오 선생님이 그걸 알게 되면서 그 우산을 가지고 교정 구석에 피어 있는 장미 옆에 서 있도록 시킨 것이다. 선생님은 이런 내 모습을 그려서 이번 전람회에 출품할 거라고 한다. 삼십분 동안만 모델이 되어주기로 했다. 남에게 조금이라도 도움이 된다는 건 기쁜 일이다. 하지만 이또오 선생님과 둘이 마주보고 있으면 너무나 피곤하다. 이야기에 끈적한 구석이 있는 데다 말이 아주 많고, 나를 지나치게 의식해서인지 스케치하면서 하는 이야기가 전부 내 이야기뿐이다. 대답하는 것도 귀찮고 성가셨다. 알수 없는 사람이다. 이상하게 웃기도 하고, 선생님 주제에 부끄러워하기도 하고, 아무튼 그 느끼함에는 구역질이 날 것 같다.

"죽은 여동생이 생각나"라니, 정말 참을 수 없다. 사람은 좋은 듯한데 제스처가 너무 많다.

제스처라면 나도 지지 않을 만큼 많이 가지고 있다. 게다가 내 제스처는 뻔뻔하고 영리하고 약삭빠르다. 정말 아니꼬워서 어찌할 바를 모르겠다. "나는 너무 포즈를 잡아서 그 포즈에 끌려다니는 거짓말쟁이 도깨비다" 따위의 말을 하는데, 이 또한 하나의 포즈니까 꼼짝달싹할 수가 없다. 이렇게 얌전히 선생님의 모델이 되어드리면서도 "자연스러워지고 싶고, 솔직해지고 싶다"고 간절히 기원한다. 책 따위 그만 읽어. 관념뿐인 생활로 무의미하게 건방 떨며

---

6 쿠하라 후사노스께(久原房之助, 1869~1965): 광산재벌이자 정치가로 1936년 2·26사건 당시 우익 측에 자금을 제공하기도 했다.

아는 척하다니, 정말 경멸스러워. 아, 생활의 목표가 없다는 둥, 좀 더 생활과 인생에 적극적이어야 한다는 둥, 자신에게 모순이 있다는 둥, 어떻다는 둥, 계속 생각하고 고민하는 것 같은데 네가 하는 건 감상일 뿐이야. 자기 자신을 가여워하고 위로할 따름이지. 그리고 자신을 너무 높게 평가하고 있어. 아, 이렇듯 마음이 지저분한 나를 모델로 삼았으니 선생님 그림은 틀림없이 낙선이다. 아름다울 수가 없어. 그러면 안되지만 이또오 선생님이 비보로 보이는 건 어쩔 수가 없다. 선생님은 내 속옷에 장미 자수가 있는 것도 모른다.

잠자코 같은 자세로 서 있으니 문득 돈이 간절히 갖고 싶어진다. 십 엔만 있으면 좋을 텐데. 가장 먼저 『뀌리 부인』을 사서 읽고 싶다. 그리고 문득 엄마가 오래 사셨으면 좋겠다고 생각한다. 선생님의 모델이 되면 이상하게 힘들다. 기진맥진 녹초가 되었다.

방과 후에는 절집 딸 킨꼬와 몰래 할리우드에 가서 머리를 했다. 완성된 머리를 보니 부탁한 것처럼 되지 않아 실망스러웠다. 아무리 봐도 난 조금도 귀엽지 않다. 한심하다는 생각이 들었다. 정말이지 기운이 쭉 빠졌다. 이런 데 와서 몰래 머리를 하다니, 굉장히 불결한 한마리의 암탉이 된 것 같아 지금 몹시 후회된다. 우리가 이런 데를 오다니, 자기 자신을 경멸하는 행동이라는 생각이 들었다. 킨꼬는 들떠 신이 나 있다.

"이대로 선이나 보러 갈까?" 따위의 거친 말을 꺼냈지만 그러면서 왠지 킨꼬는 자기가 정말 선보러 가는 듯한 착각을 한 듯,

"이런 머리엔 무슨 색 꽃을 꽂으면 좋을까?" "키모노를 입을 때 오비7는 어떤 게 좋을까?" 하며 진짜 선보러 가는 양 군다.

정말 아무 생각도 없는 귀여운 아이.

"어떤 사람이랑 선보는데?" 하고 웃으면서 물었더니,

"떡 가게는 떡 가게라고 하니까" 하고 점잔 빼면서 대답한다. 내가 조금 놀라 그게 무슨 의미냐고 물어보니, 절집 딸은 절로 시집가는 게 젤 좋아, 평생 먹고살 걱정도 없고,라고 대답해서 또다시 나를 놀라게 했다. 킨꼬는 아주 무성격인 것 같고, 그 때문에 여성스러움이 가득하다. 학교에서 나랑 옆자리에 앉는 사이일 뿐, 내가 그리 친근하게 대해준 것도 없는데 나를 자기와 가장 친한 친구라고 모두에게 말한다. 참 귀여운 아가씨다. 이틀에 한번씩 편지를 보내기도 하고, 아무튼 여러모로 신경을 써줘서 고맙긴 하지만, 오늘은 지나치게 들떠 있어서 정말이지 짜증스러웠다. 킨꼬와 헤어지고 나서 버스를 탔다. 왠지, 왠지 모르게 우울했다. 버스 안에서 불쾌한 여자를 보았다. 깃이 더러운 키모노를 입고 있었고, 덥수룩한 빨간 머리를 빗 하나로 말고 있었다. 손발도 더러웠다. 게다가 남자인지 여자인지 알 수 없는 부루퉁한 검붉은 얼굴이다. 게다가 아아, 속이 메슥거린다. 이 여자는 배가 크다. 이따금 혼자 히죽거리며 웃는다. 암탉. 몰래 머리하러 할리우드 같은 곳에 간 나 역시 저 여자랑 조금도 다르지 않다.

오늘 아침, 전차에서 옆에 앉아 있던, 짙은 화장을 한 아줌마가 생각난다. 아아, 더러워, 더러워. 여자는 싫어. 내가 여자인 만큼 여자 안에 있는 불결함을 잘 알기 때문에 이가 갈릴 정도로 싫다. 금붕어를 만진 뒤의 참을 수 없는 비린내가 내 몸 가득 배어 있는 것 같고, 아무리 씻어도 가시지 않는 것 같다. 이렇게 하루하루 나도 암컷의 체취를 발산하게 되는 건가 생각하면, 역시 마음에 짚이는

---

7 일본 전통 복장에서 허리에 두르는 폭이 넓은 띠.

것도 있어서 더욱더 이대로, 소녀인 채로 죽고 싶다. 문득, 병에 걸리고 싶다는 생각을 한다. 굉장히 심각한 병에 걸려 땀을 폭포처럼 흘리고 삐쩍 마르게 되면, 나도 완전히 깨끗해질지 모른다. 살아 있는 한 도저히 피할 수 없는 걸까? 진정한 종교의 의미를 알게 된 것 같은 기분이다.

버스에서 내리니 조금 안심이 되었다. 아무래도 차는 못 타겠다. 공기가 미지근해서 견딜 수가 없다. 땅이 좋다. 흙을 밟고 걸으면 나 자신이 좋아진다. 아무래도 나는 좀 덜렁댄다. 만사태평한 사람이다. 돌아가 돌아가 뭘 보며 돌아가나, 밭에 난 양파를 보고 또 보면서 돌아가, 개구리가 우니까 돌아가. 이렇게 작은 소리로 노래 부르고서, 어쩜 얘는 이리도 태평한 아이인가 싶어 스스로 답답해지고, 키만 껑충 큰 껑다리 같은 내가 싫어진다. 멋진 여자가 되어야겠다고 생각했다.

집으로 돌아가는 이 시골길을 매일같이 보니 너무나 익숙해서 얼마나 조용한 시골인지 알 수 없게 되고 말았다. 그저 나무, 길, 밭, 그것뿐이니까. 오늘은 한번 다른 곳에서 처음으로 이 시골을 찾아온 사람 흉내를 내봐야지. 난, 음, 칸다 근처에 있는 게따 가겟집 딸로, 난생처음 교외의 땅을 밟는 거다. 그렇다면 이 시골은 도대체 어떻게 보일까. 멋진 생각. 가련한 생각. 나는 정색하고 일부러 과장되게 두리번거린다. 작은 가로수 길을 내려갈 때에는 우러러 신록 가지들을 보며 와, 하고 작은 소리로 감탄사를 내지르고, 흙으로 만든 다리를 건널 때에는 잠시 시냇물을 들여다보며 물에 얼굴을 비춰보고, 개 흉내를 내며 멍멍 짖어보기도 하고, 먼 곳의 밭을 볼 때에는 눈을 가늘게 뜨고 황홀한 표정으로, 좋구나, 하고 중얼거리며 한숨을 쉰다. 신사에서 또 잠시 휴식. 신사 숲속이 어두워서 황급히 일어나 아, 무서워라, 하고는 어깨를 약간 움츠리고 허둥지둥 숲을 빠져나온다. 숲 밖의 눈부심에 일부러 놀란 척하며, 여러 모로 정말 새롭게 마음먹고 시골길을 열중해서 걷는데, 왠지 견딜 수 없이 슬퍼진다. 결국 길가 초원에 털썩 주저앉아버렸다. 풀 위에 앉으니 방금 전까지 들떠 있던 마음이 툭 하는 소리를 내며 사라지고 갑자기 진지해진다. 그리고 요즘의 나에 대해 가만히, 천천히 생각해본다. 요즘 난 왜 이 모양일까. 어째서 이렇게 불안한 걸까. 언제나 무언가를 겁내고 있다. 요전에 누군가에게 이런 말을 들었다. "넌, 점점 천박한 속물이 돼가는구나."

그럴지도 모른다. 나는 확실히 못된 애가 되었다. 쓸모없는 애가 되었다. 그럼 안되지, 안돼. 너무나도 나약해. 느닷없이 아악 하고 크게 소리 지르고 싶어졌다. 쳇, 그런 소리를 질러 겁쟁이 같은 자신의 약점을 숨겨보려 해도 소용없어. 좀더 어떻게 해봐라. 나는 사랑에 빠졌는지도 모른다. 하늘을 올려다보며 푸른 초원에 누워 뒹굴었다.

"아빠!" 하고 불러본다. 아빠, 아빠. 석양이 지는 하늘은 아름다워요. 그리고 저녁 안개는 핑크색. 석양빛이 안개 속에 녹아 스며들어서 안개가 이렇게 부드러운 핑크색이 된 거겠죠. 이 핑크색 안개가 살랑살랑 흘러서 숲 사이로 기어들어가기도 하고, 길 위를 걷기도 하고, 초원을 어루만지기도 하고, 그리고 내 몸을 포근히 감싸주기도 하죠. 핑크빛은 내 머리카락 한올 한올까지 살며시 아련하게 비추고 부드럽게 어루만져줍니다. 그보다도 이 하늘이 아름다워요. 이 하늘을 향해 난생처음 고개를 숙이고 싶어요. 저는 지금 이 순간 하느님을 믿습니다. 이건, 이 하늘색은 무슨 색이라고 해야 할까. 장미, 불, 무지개, 천사의 날개, 대사원. 아니, 그런 게 아니야. 훨씬 더 거룩하고 성스러워.

눈물이 날 정도로 '모두를 사랑하고 싶다'는 생각이 들었습니다. 가만히 하늘을 보고 있자니 하늘이 점점 변해갑니다. 점점 푸른빛이 돕니다. 그저 한숨만 나옵니다. 순간 옷을 다 벗어던지고 알몸이 되고 싶어졌어요. 지금만큼 나뭇잎과 풀이 투명하고 아름다워 보인 적도 없어요. 살짝 풀을 만져보았습니다.

아름답게 살고 싶어요.

집에 돌아와보니 손님이 와 있었다. 엄마는 벌써 돌아와 있었다. 여느 때처럼 떠들썩한 웃음소리. 엄마는 나와 단둘이 있을 때에는 아무리 얼굴로는 웃고 있어도 소리를 내지 않는다. 하지만 손님과 이야기할 때에는 얼굴로는 전혀 웃지 않으면서 소리만 가늘고 높게 내며 웃는다. 인사하고 바로 집 뒤로 가서는 우물가에서 손을 씻은 뒤 양말을 벗고 발을 씻는데 생선 장수가 와서 많이 기다리셨죠, 매번 이용해주셔서 감사합니다, 하면서 커다란 생선 한마리를 우물가에 놓고 간다. 무슨 생선인지는 모르지만 비늘이 자잘한 걸 보니 북쪽 바다에서 잡은 것 같다. 생선을 접시에 옮겨담고 다시 손을 씻으려니까 홋까이도오의 여름 냄새가 난다. 재작년 여름방학 때 홋까이도오에 사는 언니네 집에 놀러 갔던 일이 생각난다. 토마꼬마이에 있는 언니네 집은 해안에서 가까운 탓인지 계속 생선 냄새가 났다. 휑하니 넓은 부엌에서 언니가 저녁에 홀로 희고 여성스러운 손으로 능숙하게 생선 요리를 하던 모습이 선명하게 떠오른다. 나는 그 순간 왠지 언니에게 응석을 부리고 싶어 견딜 수 없을 정도로 애가 탔는데, 그땐 이미 조카 토시가 태어난 뒤여서 언니는 내 차지가 될 수 없었다. 그 생각을 하니 휘잉 하는 차가운 외풍이 느껴진다. 도저히 언니의 가냘픈 어깨에 안길 수 없어서 죽을 만큼 외로운 심정으로 꼼짝하지 않은 채 그 어둑한 부엌 구석에 서서 정신이 아득해질 정도로 부드럽게 움직이는 언니의 하얀 손끝을 바라보던 일도 생각난다. 지나간 일은 모든 게 그립다. 가족이란 이상한 존재다. 타인은 멀리 떨어지면 차츰 더 희미해지고 잊혀가는데 가족은 더욱더 그립고 아름다운 것만 생각나니 말이다.

우물가의 산수유 열매가 어렴풋이 붉은빛을 띠고 있다. 이제 두 주만 지나면 먹을 수 있을 것이다. 작년엔 재미있었다. 내가 저녁에 혼자 산수유를 따먹고 있는데 자삐이가 물끄러미 쳐다보기에 불쌍한 생각이 들어 한알 주었더랬다. 그러자 자삐이가 얼른 받아먹었다. 다시 두알을 주니 받아먹었다. 너무나 재미있어서 나무를 흔들어 산수유를 뚝뚝 떨어뜨리니 자삐이가 정신없이 그것을 먹기 시작했다. 바보 같은 녀석. 산수유를 먹는 개는 처음 본다. 나는 발돋움을 해 산수유를 따먹었다. 자삐이는 밑에서 산수유를 먹었다. 재미있었다. 그 일을 떠올리니 자삐이가 보고 싶어져,

"자삐이!" 하고 불렀다.

자삐이는 현관 쪽에서 얼른 알아차리고 달려왔다. 갑자기 깨물어주고 싶을 만큼 자삐이가 너무나 귀여워서 꼬리를 세게 쥐었더니 내 손을 부드럽게 물었다. 눈물이 날 것 같은 기분이 들어 머리를 때려주었다. 자삐이는 태연히 우물가의 물을 소리 내 마신다.

방에 들어가니 전등이 환히 켜져 있다. 쥐 죽은 듯 조용하다. 아빠는 없다. 역시 아빠가 없으니 집 안 어딘가에 빈자리가 턱 하니 남아 있는 것 같아서 몸부림치고 싶어진다. 기모노로 옷을 갈아입고, 벗어놓은 속옷의 장미 자수에 살며시 키스하고 나서 경대 앞에 앉는데 갑자기 응접실 쪽에서 엄마와 손님들의 웃음소리가 와하고 났다. 나는 왠지 화가 치밀었다. 엄마는 나와 단둘이 있을 때에는

괜찮은데 손님이 오면 이상하게 내게서 멀어지고 차갑고 서먹해진다. 난 그럴 때 제일 아빠가 그립고 슬퍼진다.

거울을 들여다보니 어머나 하고 놀랄 정도로 얼굴에 생기가 넘친다. 얼굴이, 다른 사람이다. 나의 슬픔과 고통, 그런 기분과는 전혀 상관없이 별개로 자유롭게 생기가 넘친다. 오늘은 볼연지도 바르지 않았는데 볼이 유난히 발그레하다. 게다가 입술이 작고 붉게 빛나서 귀엽다. 안경을 벗고 생긋 웃어본다. 눈이 참 예쁘다. 새파랗고 맑다. 아름다운 저녁 하늘을 오랫동안 쳐다봐서 이렇게 예쁜 눈이 된 걸까? 좋았어.

조금 들뜬 기분으로 부엌에 가서 쌀을 씻는데 또 슬퍼진다. 전에 살던 코가네이의 집이 그립다. 가슴이 타들어갈 정도로 그립다. 그 좋은 집에는 아빠도 있었고 언니도 있었다. 엄마도 젊었다. 내가 학교에서 돌아올 때면, 엄마와 언니는 부엌이나 거실에서 무언가 재미난 이야기를 하곤 했다. 간식을 받고, 두사람에게 한바탕 어리광을 부리기도 하고, 언니한테 싸움을 걸기도 했다. 항상 그러다가 혼이 나 밖으로 뛰쳐나갔다. 아주 멀리까지 자전거를 타고 갔다가 저녁에 돌아와서 즐겁게 밥을 먹었다. 정말 즐거웠다. 나 자신을 응시하거나 불결함에 거북해하는 일 없이 그저 어리광만 부리면 되었다. 나는 얼마나 커다란 특권을 누리고 있었던 걸까. 게다가 아무렇지도 않게 말이다. 걱정도 없고, 쓸쓸함도 없고, 괴로움도 없었다. 아빠는 훌륭하고 좋은 분이었다. 언니는 다정해서 나는 항상 언니에게 매달려 있곤 했다. 하지만 조금씩 커감에 따라 무엇보다도 나 자신이 망측스러워 내 특권은 어느샌가 없어지고 벌거숭이가 되었다. 추하디추하다. 누구에게라도 절대 어리광을 부릴 수 없게 되었고, 내 생각에만 빠져 괴로운 일만 많아졌다. 언니는 시집가버렸고,

아빠는 이제 없다. 단지 엄마와 나, 둘만 남았다. 엄마도 쓸쓸한 일만 있을 것이다. 요전에도 엄마는 "이제 사는 재미가 없어졌어. 사실 너를 봐도 그리 즐겁지 않단다. 용서해주렴. 행복도 아빠가 안 계시면 오지 않는 편이 나아"라고 했다. 모기가 나타나면 문득 아빠를 떠올리고, 옷 솔기를 뜯으면서 아빠를 생각하고, 손톱을 깎을 때도 아빠를 생각하고, 차가 맛있을 때도 꼭 아빠를 생각한다고 한다. 내가 아무리 엄마 마음을 위로하고 이야기 상대를 해줘도, 역시 아빠와는 다를 것이다. 부부애라는 건 이 세상에서 가장 강한 것으로, 육친의 사랑보다도 고귀한 것임에 틀림없다. 건방진 생각을 하니 혼자 얼굴이 빨개져서 나는 젖은 손으로 머리를 쓸어올렸다. 쌀을 박박 씻으면서, 나는 엄마가 사랑스럽고 안쓰러워서 잘해드려야겠다고 진심으로 생각했다. 이런 웨이브를 넣은 머리 따윈 당장 풀어버리고 머리를 더 길게 기르자. 엄마는 전부터 내 머리가 짧은 걸 싫어했으니 아주 길게 길러서 단정하게 묶은 모습을 보여주면 기뻐하겠지. 하지만 그렇게까지 해서 엄마를 위로하는 것도 싫다. 불쾌하다. 생각해보면 요즘 내 초조함은 엄마와 아주 관계가 깊다. 엄마 마음에 쏙 드는 착한 딸이 되고 싶지만, 그렇다고 해서 이상하게 비위를 맞추는 것은 싫다. 아무 말 않고 있어도 엄마가 내 기분을 제대로 이해하고 안심하면 그게 가장 좋은 것이다. 내가 아무리 제멋대로라고는 해도 결코 세상의 비웃음거리가 될 만한 일은 하지 않을 거고, 괴롭고 쓸쓸해도 중요한 건 확실하게 지킬 것이다. 무엇보다 엄마와 이 집을 진심으로 사랑하니까 엄마도 나를 절대적으로 믿고 긴장을 풀고 편안히 지낸다면 그걸로 충분하다. 나는 분명 멋지게 해낼 것이다. 몸이 부서지도록 노력할 것이다. 그것이 지금의 내게는 가장 큰 기쁨이고 살아갈 길이라고 생각하는데, 엄마는 조금도 나를 신뢰하지 않고 여전히 어린애처럼 취급한다. 내가 어린애 같은 말을 하면 엄마는 기뻐한다. 얼마 전에도 내가 바보같이 일부러 우쿨렐레를 꺼내 통통 퉁기며 까부는 모습을 보였더니 엄마는 정말 기쁜 듯,

"어머, 비가 오나? 빗방울 소리가 들리네" 하며 시치미를 떼고 나를 놀렸다. 내가 진짜로 우쿨렐레 따위에 빠져 있다고 생각하는 것 같아 나는 한심해서 울고 싶었다. 엄마, 나도 이제 어른이에요. 세상일은 뭐든 다 알고 있다고요. 안심하시고 제게 뭐든 좋으니 의논해주세요. 우리 집 경제 사정도 전부 다 제게 털어놓고, 이런 상태니 너도 알아두라고 말씀하시면 저는 절대로 구두 같은 거 사달라고 조르지 않을 거예요. 착실하고 알뜰한 딸이 될게요. 정말로 그건 확실해요. 그런데도, 「아아, 그런데도」라는 노래가 있다는 사실을 떠올리고는 혼자서 큭큭 웃고 말았다. 정신을 차려보니 나는 멍하니 냄비에 두 손을 담근 채 바보같이 이런저런 생각을 하고 있었다.

이런, 내 정신 좀 봐. 손님께 서둘러 저녁을 차려드려야 하는데. 아까 그 큰 생선은 어떻게 해야 할까. 일단 생선을 손질해 세토막으로 뜨고 된장을 발라두자. 그렇게 해서 먹으면 틀림없이 맛있을 거야. 요리는 모두 감으로 해야 한다. 오이가 조금 남아 있으니 그걸로 산바이즈[8]를 만들어야지. 그리고 내 특기인 계란말이. 그리고 하나 더. 아, 그렇지. 로꼬꼬 요리를 하자. 이건 제가 개발한 요리랍니다. 접시 하나하나에 각각 햄이랑 계란, 파슬리, 양배추, 시금치 등 부엌에 남아 있는 재료들을 모조리 알록달록 예쁘게 배합해서

---

[8] 미림과 간장과 식초를 같은 비율로 섞은 양념장, 또는 그 양념장으로 무친 음식.

보기 좋게 담아내는 것인데, 수고하지 않아도 되고, 무엇보다 경제적이다. 맛은 조금도 없지만 그래도 식탁이 꽤 풍성하고 화려해져서 왠지 사치스러운 진수성찬처럼 보인다. 계란 뒤쪽에 푸른 파슬리, 그 옆에 햄으로 만든 붉은 산호초가 쑥 얼굴을 내밀고, 노란 양배추 잎은 모란 꽃잎이나 새 깃털 부채처럼 접시에 깔린다. 초록빛이 넘쳐흐르는 시금치는 목장인가 호수인가. 이런 그릇이 두어벌 식탁에 나오면 손님은 뜻밖에 루이 왕조를 떠올린다. 뭐 설마 그정도까진 아니겠지만, 어차피 나는 맛있는 음식을 못 만드니 적어도 모양만이라도 아름답게 꾸며 손님을 현혹시키고 어물쩍 넘어간다. 요리는 겉모양이 제일 중요하다. 대체로 그걸로 속일 수 있다. 하지만 이 로꼬꼬 요리엔 상당한 회화적 재능이 필요하다. 색채 배합에 남보다 훨씬 더 섬세하지 않으면 실패한다. 적어도 나 정도의 섬세함이 없으면 안된다. 얼마 전 로꼬꼬라는 단어를 사전에서 찾아보았는데, 화려하기만 하고 내용이 빈약한 장식양식이라고 정의되어 있어서 웃고 말았다. 명답이다. 아름다움에 내용 따위가 있어서 되겠는가. 순수한 아름다움은 언제나 무의미이고 무도덕이다. 반드시 그렇다. 그래서 나는 로꼬꼬가 좋다.

항상 그렇지만 요리를 하며 이것저것 맛보는 동안 나는 왠지 굉장한 허무감에 빠진다. 죽을 만큼 피곤하고 침울해진다. 모든 노력의 포화상태에 빠지는 것이다. 이제, 이제, 뭐든, 어떻든 될 대로 되라지. 마침내는 에잇! 하고 자포자기 상태가 되어 맛이고 모양이고 마구 내던지며 대충대충 해버리고, 정말 언짢은 표정으로 손님한테 내놓는다.

오늘 손님은 특히나 더 우울하다. 오오모리에 사는 이마이다 씨 부부와 올해 일곱살인 요시오. 이마이다 씨는 벌써 마흔이 가까운

데 호남자처럼 피부가 하얘서 영 거슬린다. 어째서 시끼시마[9] 같은 걸 피우는 걸까. 필터 없는 담배가 아니면 어쩐지 불결한 느낌이 든다. 담배는 뭐니 뭐니 해도 필터 없는 담배가 최고다. 시끼시마 같은 걸 피우고 있으면 그 사람의 인격까지 의심스러워진다. 매번 천장을 향해 연기를 내뿜으며 네, 네, 그렇군요 따위의 말을 한다. 지금은 야학 교사를 하고 있다고 한다. 부인은 몸집이 작고, 주뼛거리며, 천박하다. 별거 아닌 이야기에도 얼굴이 바닥에 닿을 듯 몸을 굽히고 자지러지게 웃는다. 하나도 안 웃기는데 말이다. 그렇게 과장스럽게 포복절도하며 웃는 것이 뭔가 품위 있다고 착각하나보다. 요즘 세상에선 이런 계급의 사람들이 제일 나쁜 게 아닐까? 제일 추악하다. 쁘띠 부르주아라고 해야 할까. 말단 관리라고 해야 할까. 아이도 이상하게 되바라져서 순수하고 활기찬 구석이 조금도 없다. 그렇게 생각하면서도 나는 그런 생각을 모두 억누른 채 인사하고, 웃기도 하고, 이야기도 하고, 귀엽다 귀엽다 하며 요시오의 머리를 쓰다듬어주기도 하면서 새빨간 거짓말로 모두를 속인다. 그러니 어쩌면 이마이다 부부가 아직 나보다 순수한지도 모르겠다. 모두가 내가 만든 로꼬꼬 요리를 먹고 내 솜씨를 칭찬해줘서 나는 쓸쓸하기도 하고, 화가 나기도 하고, 울고 싶은 심정이 되기도 했지만, 그래도 애써 기쁜 표정을 지으며 함께 밥을 먹었다. 그러나 이마이다 씨 부인의 끈질기고 무지한 치렛말에는 정말이지 화가 울컥 치밀어 좋아, 이제 거짓말은 하지 말아야지 하며 굳은 표정으로,

"이런 요리는 조금도 맛있지 않아요. 아무것도 없어서 제가 궁여

---

9 필터가 있는 고급 담배.

지책으로 만든 거예요"라고 있는 그대로 진실을 말했는데, 이마이다 씨 부부는 궁여지책이라니, 말도 참 잘 하네, 하면서 손뼉을 칠 듯이 웃고 재밌어했다. 나는 분해서 젓가락과 밥공기를 집어던지며 큰 소리로 울어버릴까 생각했다. 하지만 꾹 참고 억지로 히죽히죽 웃음을 보이니 엄마까지,

"얘가 점점 도움이 되고 있답니다"라고 했다. 엄마는 슬픈 내 기분을 잘 알면서도 이마이다 씨 기분을 맞춰주기 위해 그런 쓸데없는 말을 하며 호호 웃었다. 엄마, 그렇게까지 해서 이마이다 같은 사람의 기분을 맞춰줄 필요는 없어요. 손님을 대할 때의 엄마는 엄마가 아니다. 그저 연약한 여자일 뿐이다. 아빠가 돌아가셨다고 이렇게까지 비굴해지다니. 너무나 한심해서 말문이 막힌다. 돌아가주세요, 돌아가주세요. 우리 아빠 훌륭한 분이었다. 인자하고 인격이 훌륭한 분이었다. 아빠가 안 계신다고 그런 식으로 우리를 무시할 거라면 지금 당장 돌아가주세요. 정말이지 이마이다에게 그렇게 말해주고 싶었다. 그래도 나는 역시 마음이 약해서 요시오에게 햄을 잘라주기도 하고, 부인께 장아찌를 집어드리기도 하며 시중을 들었다.

식사를 마치고 나는 바로 부엌에 틀어박혀 설거지를 하기 시작했다. 빨리 혼자가 되고 싶었던 것이다. 절대로 고상한 척하는 건 아니지만, 더는 저런 사람들과 억지로 이야기를 나누거나 함께 웃을 필요는 없었다. 저런 자들에게 예의를, 아니, 알랑방귀 뀔 필요는 절대 없다. 싫어. 이젠 더는 못하겠어. 나는 노력할 만큼 했어. 엄마도 오늘 내가 꾹 참고 붙임성 있게 대하는 태도를 흐뭇하다는 듯이 보고 있었잖아. 그것만으로 된 거 아닐까. 세상 사람들과의 사교는 사교, 나는 나라고 확실히 구별해놓고, 척척 기분 좋게 상황에 맞게 처리해나가는 게 좋은 건지, 아니면 남에게 욕을 먹더라도 항

상 자신을 잃지 않고, 본심을 숨기지 않고 사는 게 좋은 건지, 어느 것이 좋은 건지 모르겠다. 평생 자신과 같은 마음 약하고 다정하고 따뜻한 사람들 속에서만 살아갈 수 있는 사람이 부럽다. 고생 따위 하지 않고 평생 살 수 있다면, 일부러 사서 고생할 필요는 없다. 그러는 편이 좋다.

자신의 감정을 억누르고 남을 위해 애쓰는 건 분명 좋은 일임에 틀림없지만, 앞으로 매일 이마이다 부부 같은 사람들에게 억지로 웃어주거나 맞장구쳐줘야 한다면 나는 미쳐버릴지도 모른다. 나 같은 사람은 도저히 감옥엔 못 들어가겠지, 하고 문득 우스운 생각을 해본다. 감옥은커녕 식모도 될 수 없겠지. 한 남자의 아내도 될 수 없을 거야. 아니, 아내의 경우는 다르다. 이 사람을 위해 평생을 바치겠다는 확실한 각오가 되어 있다면 아무리 괴롭더라도 몸이 새까맣게 되도록 일할 것이고, 그렇게 해서 충분히 사는 보람이 있고 희망이 있다면 나라고 할지라도 훌륭히 해낼 수 있다. 당연한 거다. 아침부터 밤까지 다람쥐가 쳇바퀴 돌리듯 부지런히 일할 거야. 쉴 새 없이 빨래할 거야. 빨랫감이 많이 쌓였을 때만큼 불쾌한 때는 없다. 자꾸 초조하고 히스테리에 빠진 듯 마음이 가라앉질 않는다. 죽어도 편히 못 죽을 것 같다. 빨랫감을 모조리, 하나도 남김없이 빨랫줄에 널 때 나는 이제 이대로, 언제 죽어도 좋다고 생각한다.

이마이다 씨가 댁으로 돌아간다. 볼일이 있다면서 엄마를 데리고 나간다. 네, 네 하면서 순순히 따라가는 엄마도 엄마고, 이마이다가 여러모로 엄마를 이용하는 게 이번만은 아니지만, 이마이다 부부의 뻔뻔함이 너무나 싫어서 마구 두들겨 패주고 싶다. 문 앞까지 모두를 배웅하고 혼자 멍하니 땅거미 지는 길을 바라보고 있자니 울고 싶어진다.

우편함에는 석간신문과 편지 두통이 들어 있다. 한통은 엄마 앞으로 온 마쯔자까야 백화점의 여름용품 판매 안내장이고, 또 한통은 사촌 준지가 나한테 보내온 것이다. 이번에 마에바시 연대로 옮겨가게 되었습니다, 어머니께도 안부 전해주세요,라는 간단한 통지였다. 장교라 한들 그리 멋진 생활을 기대할 수는 없겠지만, 그래도 매일매일 엄격하게 낭비 없이 생활하는 그 규율이 부럽다. 언제나 몸이 딱딱 정해져 있으니 마음은 편할 것 같다. 나는 아무것도 하기 싫으면 그냥 아무것도 안해도 되고, 아무리 나쁜 일이라고 해도 뭐든 할 수 있는 상태에 있고, 또 공부하고자 하면 무한대라고 해도 좋을 만큼 공부할 시간이 있고, 욕심을 부린다면 불가능해 보이는 소망이라도 이룰 것 같은 기분이 드는데, 여기서부터 여기까지라는 노력의 한계가 주어진다면 얼마나 마음 편할지 모르겠다. 몸을 단단히 구속해주면 오히려 고마운 일이다. 전쟁터에서 싸우는 군인들의 욕망은 단 하나, 푹 자고 싶은 욕망뿐이라는 말이 어느 책에선가 씌어 있었는데, 그 군인들의 고생이 딱하면서도 한편으로는 정말 부럽게 여겨졌다. 불쾌하고 번잡한 마음과 상관없이 겉도는, 아무 근거도 없는 생각의 홍수와 깨끗이 결별한 채 그저 수면만을 갈망하는 상태는, 정말 깨끗하고 단순해서 생각만으로도 상쾌해진다. 나 같은 아이는 군대 생활이라도 해서 엄하게 단련되면, 조금은 성격이 똑 부러지는 아름다운 아가씨가 될 수 있을지도 모른다. 군대 생활을 하지 않아도 신짱처럼 솔직한 사람도 있는데, 나는 정말이지 몹쓸 여자다. 나쁜 아이다. 신짱은 준지의 남동생으로 나와 동갑인데, 왜 그렇게 착할까. 난 친척 중에서, 아니, 세상에서 신짱을 제일 좋아한다. 신짱은 눈이 보이지 않는다. 아직 젊은데 실명하다니, 이건 무슨 경우란 말인가. 이런 고요한 밤에 홀로 방에 있으면 어떤 기분이 들까? 우리는 외로울 때 책을 읽거나 경치를 바라보며 어느정도 외로움을 달랠 수 있지만 신짱은 그럴 수 없다. 그저 가만히 있을 뿐이다. 지금까지 남들보다 두배 더 열심히 공부하고 테니스와 수영도 잘하는 아이인데 지금 얼마나 쓸쓸하고 괴로울까? 어젯밤에도 신짱을 생각하면서 이불 속에 들어가 오분간 눈을 감았다. 잠자리에 들어 눈감고 있을 때조차 오분은 길고 가슴이 답답할 지경인데, 신짱은 아침이고 점심이고 저녁이고, 며칠이고 몇달이고, 아무것도 볼 수 없다. 불평을 하거나 짜증을 내거나 버릇없이 군다면 차라리 내 맘이 편할 텐데, 신짱은 아무 말도 하지 않는다. 신짱이 불평하거나 다른 사람 욕하는 걸 들어본 적이 없다. 게다가 늘 언제나 밝은 말씨에 순한 표정이다. 그게 더욱 내 마음을 찌릿하게 한다.

이런저런 생각을 하면서 응접실을 쓸고, 목욕물을 데운다. 목욕물을 데우며 귤 상자에 앉아서 타닥타닥 타오르는 석탄불에 의지해 학교 숙제를 다 끝낸다. 그래도 아직 목욕물이 데워지지 않아 『보꾸또오 기담墨東綺譚』[10]을 다시 읽는다. 씌어 있는 내용은 결코 불쾌하거나 더럽지 않다. 하지만 군데군데 작가의 잘난 척하는 게 눈에 띄어, 그게 어쩐지 진부하고 미덥지 못하다는 느낌을 준다. 작가가 노인이어서 그런가? 그러나 외국 작가들은 아무리 나이가 들어도 더 대담하고 달콤하게 대상을 사랑한다. 그래서 오히려 불쾌하지 않다. 하지만 이 작품은 일본에서 평판이 좋은 부류의 소설이 아닌가. 비교적 거짓 없는 고요한 체념이 작품 밑바닥에 느껴져

---

10 나가이 카후우(永井荷風, 1879~1959)가 1937년 발표한 소설로 화류계 여성과 문학인 남성의 교제를 그린 작품.

서 상쾌하다. 나는 이 작가의 작품 중에서도 이 소설이 가장 원숙한 풍미가 있어서 좋다. 이 작가는 책임감이 무척 강한 사람인 것 같다. 일본의 도덕에 지나치게 얽매이다보니 오히려 그것에 반발해서 이상하게 불쾌감을 줄 정도로 자극적인 작품이 많은 것 같다. 속정 깊은 사람들에게 흔히 나타나는 위악적 취미. 일부러 악랄한 도깨비 가면을 써서 그걸로 오히려 작품을 나약하게 만든다. 하지만 『보꾸또오 기담』에는 외로움이 깃든, 꿈쩍도 하지 않는 강함이 있다. 그래서 나는 이 작품이 좋다.

목욕물이 데워졌다. 욕실 전등을 켜고 키모노를 벗었다. 창을 활짝 열고는 가만히 욕조에 몸을 담근다. 푸른 산호수 잎이 창문으로 엿보이는데 잎들이 저마다 전등빛을 받아서 강렬하게 빛나고 있다. 하늘에는 별이 반짝반짝. 아무리 다시 봐도, 반짝반짝. 위를 향해 누워 멍하니 있으려니 일부러 본 건 아니지만, 내 몸의 뽀얀 빛깔이 어렴풋이 느껴져 시야의 한 지점에 정확하게 들어온다. 또 가만히 있다보니, 어린 시절의 하얀 피부와는 다르게 느껴진다. 더는 참을 수 없다. 육체가 내 기분과는 상관없이 저절로 성장해가는 것이 견딜 수 없이 곤혹스럽다. 부쩍부쩍 어른이 되어가는 자신을 주체할 수가 없어서 슬프다. 될 대로 되라며 내버려두고 잠자코 내가 어른이 되어가는 걸 지켜보는 수밖에 없는 걸까. 언제까지나 인형 같은 몸이고 싶다. 목욕물을 첨벙첨벙 휘저으며 아이 같은 행동을 해봐도, 어쩐지 마음이 무겁다. 앞으로 살아갈 이유가 없는 것 같은 기분이 들어 괴롭다. 마당 건너편에 있는 공터에서 누나! 하고 울먹이며 부르는 이웃 아이의 목소리에 깜짝 놀란다. 나를 부르는 건 아니지만 지금 저 아이가 울면서 쫓아다니는 그 '누나'가 부러웠다. 내게도 저렇게 나를 따르고 어리광 부리는 남동생이 하나 있었더라면 이렇게 하루하루를 꼴사납게 갈팡질팡하며 살진 않았을 거다. 사는 데 꽤 의욕도 생기고, 한평생 남동생에게 봉사하는 데 힘쓰리라는 각오도 할 수 있겠지. 정말 아무리 괴로운 일이라도 견뎌볼 텐데. 혼자서 한껏 허세를 부렸던 내가 몹시 가여워졌다.

목욕을 마치고 나서 오늘 밤 왠지 별이 마음에 걸려 마당에 나가본다. 별이 쏟아질 것 같다. 아아, 벌써 여름이 다가왔다. 개구리가 여기저기서 울고 있다. 보리가 바람에 사각거리며 일렁인다. 몇번을 올려다보아도 별이 하늘 가득 빛나고 있다. 작년, 아니 작년이 아니지, 벌써 재작년이 되어버렸다. 내가 산책 가고 싶다고 떼를 쓰자 아빠는 몸이 아픈데도 함께 산책을 가주셨다. 언제나 젊었던 아빠, 「너는 100까지, 나는 99까지」라는 독일어 노래를 가르쳐주시기도 했고, 별 이야기를 하기도 했고, 즉흥시를 지어 보여주기도 했고, 지팡이를 짚고 침을 퉤퉤 뱉으면서 여느 때처럼 눈을 깜빡거리며 함께 걸어주셨던 좋은 아빠. 가만히 별을 올려다보고 있자니 아빠가 또렷이 생각난다. 그때로부터 일년, 이년이 지나고, 나는 점점 더 못된 딸이 되어버렸다. 혼자만의 비밀을 아주 많이 갖게 되었어요.

방으로 돌아와 책상 앞에 앉아서 턱을 괸 채 책상 위에 놓인 백합꽃을 바라본다. 좋은 향기가 난다. 백합 향기를 맡고 있으면 이렇게 혼자 심심하게 있어도 결코 나쁜 마음이 생기지 않는다. 이 백합은 어제저녁에 역 근처까지 산책 갔다가 돌아오는 길에 꽃집에서 한송이 사온 건데 그뒤로 내 방은 전혀 다른 방처럼 상쾌해졌다. 장지문을 드르륵 열면 벌써 백합 향기가 상쾌하게 느껴져 얼마나 기분 좋은지 모른다. 이렇게 가만히 보고 있노라면 정말 솔로몬의 영광[11] 그 이상이라고 생생하게 육체적으로 느끼고 수긍하게 된다. 문득 작년 여름 야마가따에서 있었던 일이 생각난다. 산에 갔을 때 낭떠러지 중턱에 백합이 흐드러지게 피어 있는 것에 놀라 꿈꾸는 것만 같았다. 하지만 그렇게 경사가 심한 낭떠러지 중턱에는 절대로 기어올라갈 수 없다는 걸 알고 있었기 때문에 아무리 마음이 끌려도 그저 바라보고 있을 수밖에 없었다. 그때 마침 근처에 있던 낯선 광부가 말없이 저벅저벅 절벽을 기어올라가 눈 깜짝할 사이에 양손으로 다 안지 못할 만큼 백합꽃을 꺾어 가지고 왔다. 그러고는 조금도 웃지 않고 그것을 전부 다 내게 주었다. 그야말로 두 팔 가득 한아름이었다. 아무리 호화로운 무대나 결혼식장이라 하더라도, 이렇게 많은 꽃을 받아본 사람은 없을 것이다. 꽃 때문에 현기증이 나는 것을 그때 처음 경험했다. 그 새하얗고 거대한 꽃다발을 양팔 벌려 겨우 안았더니 앞이 하나도 보이지 않았다. 친절하고 정말 감동적인 젊고 착실한 그 광부는 지금 어떻게 지내고 있을까? 위험한 곳에 가서 꽃을 꺾어다준 것, 단지 그것뿐이지만 백합을 보면 꼭 그 광부가 생각난다.

책상 서랍을 열어 뒤적거리니 작년 여름에 쓰던 부채가 나왔다. 흰 종이에 겐로꾸元祿 시대[12]의 여자가 얌전치 못한 자세로 앉아 있고, 그 옆에 파란 꽈리 두개가 같이 그려져 있다. 그 부채를 보니 작년 여름에 있었던 일이 연기처럼 피어오른다. 야마가따에서의 생활, 기차 안, 유까따, 수박, 강, 매미, 풍령風鈴. 갑자기 이걸 들고 기차 타고 싶어진다. 부채를 펼치는 느낌이 정말 좋다. 부챗살이 홀홀 풀어져서 갑자기 두둥실 가벼워진다. 뱅글뱅글 돌리며 놀고 있는

---

11 신약성서 「마태복음」 6장 29절, "솔로몬의 모든 영광으로도 입은 것이 이 꽃 하나만 같지 못하였느니라".
12 1688년부터 1704년까지로, 문화가 융성하고 정치적 안정을 이룬 시기.

데, 엄마가 돌아왔다. 기분이 좋아 보인다.

"아아, 진짜 피곤하구나, 피곤해" 하면서도 그렇게 불쾌한 얼굴은 아니다. 남의 일 해주는 걸 좋아하니 어쩔 수가 없다.

"아무튼 얘기가 복잡해서 말이야" 등 중얼거리며 옷을 갈아입고 목욕하러 들어간다.

목욕을 마치고서 나와 둘이 차를 마시는데 이상하게 싱글벙글 웃어서 엄마가 무슨 얘기를 꺼내나 싶었다.

"너 요전부터 「맨발의 소녀」를 꼭 보고 싶다고 했지? 그렇게 가고 싶으면 가도 돼. 그 대신 오늘 밤엔 엄마 어깨 좀 주물러주렴. 일하고 나서 가는 거면 훨씬 더 즐겁겠지?"

난 정말 기뻐서 참을 수가 없었다. 「맨발의 소녀」라는 영화를 보고 싶었지만, 요즘 나는 놀기만 했기 때문에 참고 있던 터였다. 엄마 그런 내 마음을 제대로 헤아리고 내게 일을 시켜 내가 당당하게 영화를 보러 갈 수 있게 해준 거다. 정말이지 기뻤고, 엄마가 좋아서 나도 모르게 웃고 말았다.

밤에 엄마와 이렇게 단둘이 있는 것도 꽤 오랜만인 것 같다. 엄마는 사람 만날 일이 많기 때문이다. 엄마는 세상 사람들에게 무시당하지 않으려고 여러모로 애쓰고 있는 걸 거야. 이렇게 어깨를 주무르면 엄마의 피로가 내 몸에 전해질 정도로 잘 느껴진다. 잘해드려야겠다고 생각한다. 아까 이마이다 씨가 왔을 때 엄마를 몰래 원망했던 일이 부끄러워진다. 죄송해요, 하고 입속으로 작게 말해본다. 나는 언제나 나 자신만 생각하고 엄마한테 예전처럼 마음속으로 어리광을 부리고 무례한 태도를 취한다. 그럴 때마다 엄마가 얼마나 마음 아프고 괴로울지 그런 건 전혀 모른 척하는 나다. 아빠가 돌아가시고 나서 엄마는 정말로 약해져 있다. 정작 나는 괴롭다는 둥, 짜증난다는 둥 하면서 엄마한테 완전히 의지하는 주제에, 엄마가 조금이라도 내게 기대기라도 하면 불쾌하고 지저분한 것을 본 듯한 기분이 든다는 건 정말 버릇없는 경우이다. 엄마와 나는 역시 똑같이 연약한 여자이다. 앞으로는 엄마와 둘만의 생활에 만족하고, 언제나 엄마 기분을 헤아려 옛날이야기도 하고 아빠 이야기도 하면서, 단 하루라도 좋으니 엄마가 중심이 되는 날을 만들고 싶다. 그렇게 해서 멋지게 사는 보람을 느끼고 싶다. 마음속으로는 엄마를 걱정하고 착한 딸이 되려고 하지만, 행동이나 말로 드러나는 나는 제멋대로 구는 아이일 뿐이다. 게다가 나는 요즘 아이처럼 순수한 구석이 없다. 지저분하고 부끄러운 일뿐이다. 괴롭다는 둥, 고민스럽다는 둥, 외롭다는 둥, 슬프다는 둥 하는데 도대체 그게 뭐란 말이야. 확실히 말한다면, 죽음이다. 잘 알고 있으면서 한마디도 그것과 비슷한 명사 하나 형용사 하나 말 못하지 않는가. 그냥 갈팡질팡하다가 결국은 버럭 화를 내니, 마치 뭐 같다. 옛날 여자들은 노예라느니, 자신을 무시하는 버러지 같은 사람이라느니, 인형이라느니 하는 욕을 듣긴 했지만, 지금의 나 같은 사람보다 훨씬 더 좋은 의미의 여성스러움이 있었고, 마음의 여유도 있었으며, 잘 참고 따를 수 있는 지혜도 있었다. 그뿐만 아니라 순수한 자기희생의 아름다움도 알고 있었고, 완전 무보수 봉사의 기쁨도 알고 있었다.

"아아, 훌륭한 안마사네. 천재구나."

엄마는 여느 때처럼 나를 놀린다.

"그렇죠? 마음이 담겨 있으니까. 하지만 내 장점은 온몸을 주무르는 것, 그것만이 아니에요. 그것만으론 뭔가 부족해요. 더 좋은 점도 있는걸요."

생각한 바를 솔직하게 그대로 말했더니, 그건 내 귀에도 굉장히 상쾌하게 들렸다. 근래 이삼년 동안 내가 이렇게 말을 가식 없이 시원시원하게 했던 적은 없다. 자신의 분수를 확실히 알고 포기했을 때 비로소 평온하면서 새로운 자신이 태어나는지도 모른다고 기쁘게 생각했다.

오늘 밤에는 엄마에게 여러가지 의미로 보답할 것도 있어 안마를 끝내고 덤으로 『꾸오레』[13]를 읽어드렸다. 엄마는 내가 이런 책을 읽는다는 걸 알자, 역시 안심하는 듯한 표정을 지었다. 하지만 전에 께셀의 『메꽃』[14]을 읽고 있을 땐 가만히 내게서 책을 빼앗아 표지를 흘끗 보더니, 몹시 어두운 표정으로 잠자코 그대로 책을 돌려주었다. 그러자 나도 왠지 싫어져 그 책을 읽고 싶은 마음이 없어져버렸다. 엄마는 『메꽃』을 읽은 적이 없었을 텐데도 직감으로 아는 것 같았다. 고요한 밤중에 혼자 소리 내어 『꾸오레』를 읽으니 내 목소리가 아주 크고 바보같이 울린다. 읽으면서 가끔 시시하게 느껴져 엄마한테 부끄러웠다. 주위가 너무나 조용하니 바보 같음이 더 두드러진다. 『꾸오레』는 언제 읽어도 어렸을 때와 조금도 다름없는 감동을 주어 내 마음이 솔직해지고 깨끗해지는 기분이 들어서 좋지만, 아무래도 소리 내어 읽으면 눈으로 읽는 것과는 상당히 느낌이 달라서 놀랍고 난처해진다. 하지만 엄마는 엔리꼬가 나오는 부분과 가로네가 나오는 장면에서 고개 숙여 울었다. 우리 엄마도 엔리꼬의 엄마처럼 훌륭하고 아름다운 엄마다.

엄마가 먼저 잠이 들었다. 오늘 아침 일찍부터 외출해서 무척 피

13 『꾸오레』(Cuore)는 이딸리아의 작가 에드몬도 데 아미치스(Edmondo De Amicis, 1846~1908)가 1886년에 발표한 아동문학 작품으로, 소년 엔리꼬의 일상생활을 통하여 인간애와 조국애를 그렸다.
14 프랑스 작가 조제프 께셀(Joseph Kessel, 1898~1979)이 1928년에 출간한 소설로 원제는 'Belle de jour'이다. 상류사회 여성의 성적 일탈을 그렸다.

곤한 것 같다. 이불을 똑바로 덮어주고, 이불 끝자락을 탁탁 두드려준다. 엄마는 언제나 잠자리에 들면 금방 눈을 감는다.

그리고 나서 나는 욕실에서 빨래를 했다. 요즘 이상한 버릇이 생겨서 12시쯤 되어 빨래를 시작한다. 낮에 철벅철벅 시간을 낭비하는 게 아깝다는 생각이 들긴 하지만 그 반대일지도 모른다. 창문에 달님이 보인다. 쪼그려 앉아 박박 문질러 빨면서 달님에게 살짝 미소를 던진다. 달님은 모르는 척하는 얼굴을 하고 있다. 문득 지금 이 순간 어딘가에 있을 불쌍하고 외로운 여자아이가 나와 똑같이 이렇게 빨래를 하면서 달님을 향해 가만히 웃었다고, 틀림없이 웃었다고 믿게 되었는데, 먼 시골에 있는 산꼭대기 외딴집, 깊은 밤 뒷마당에서 조용히 빨래하는 괴로운 여자아이가 지금 있는 것이다. 그리고 빠리의 뒷골목에 있는 지저분한 아파트의 복도에서 역시 내 또래의 여자아이가 혼자 조용히 빨래하며 이 달님에게 웃어 보였을 거라고 조금도 의심 없이, 망원경으로 샅샅이 보고 만 것처럼, 색채까지 선명하고 뚜렷하게 떠오르는 것이다. 우리의 고통은 정말 아무도 모르는 것. 이제 곧 어른이 되면, 우리의 괴로움과 외로움은 우스운 거였다고 아무렇지도 않게 추억할 수 있을지 모르지만 그래도 완전히 어른이 되기까지의 그 길고 짜증나는 시간을 어떻게 살아가면 좋을까. 아무도 가르쳐주지 않는다. 그냥 내버려둘 수밖에 없는, 홍역 같은 병인 걸까. 하지만 홍역으로 죽는 사람도 있고, 홍역으로 실명하는 사람도 있다. 내버려두어서는 안된다. 우리는 이렇게 매일 우울하기도 하고, 화가 나서 발끈하기도 한다. 그중에는 발을 잘못 디뎌 아주 타락해서는 돌이킬 수 없는 몸이 되어 한평생 엉망진창으로 보내는 사람도 있다. 또 눈 딱 감고 과감히 자살해버리는 사람도 있다. 그런 일이 벌어지고 나서 세상 사람들이 아아, 조금 더 살면 알 텐데, 조금 더 커서 어른이 되면 자연히 알게 될 일인데,라고 아무리 아쉬워한들 당사자 입장에서 보면 너무나 괴롭고, 그래도 겨우 어떻게든 참고 뭔가 세상 이야기를 듣고 또 들으려고 열심히 귀를 기울여도, 역시 세상 사람들은 뭔가 탈 없고 무난한 교훈을 되풀이하며 자, 자, 원래 다 그런 거야, 괜찮아, 하고 달랠 뿐, 우리들을 언제까지나 부끄럽게 여기며 내팽개친다. 우린 결코 찰나주의가 아니긴 하지만, 너무나 먼 산을 손가락으로 가리키면서 저기까지 가면 전망이 좋다고들 한다. 물론 그건 틀림없이 말 그대로 추호의 거짓도 없다는 걸 알지만, 현재 이렇게 격렬한 복통을 일으키고 있는데 그 복통에 대해서는 보고도 못 본 척하면서 그저 자, 자, 조금만 더 참아, 저 산의 정상까지 가면 끝이야,라고 단지 그것만 가르칠 뿐이다. 틀림없이 누군가가 잘못하고 있다. 나쁜 건 당신이다.

빨래를 마치고, 욕실 청소를 하고, 그러고 나서 가만히 장지문을 여니 백합 향기가 풍겨온다. 가슴이 상쾌하다. 마음 깊은 곳까지 투명해져서 숭고한 허무라고 할 만한 상태가 되었다. 조용히 잠옷으로 갈아입는데 새근새근 자는 줄로만 알았던 엄마가 눈을 감은 채 갑자기 말을 해서 흠칫 놀랐다. 엄마는 가끔 이런 식으로 나를 놀라게 한다.

"여름 구두가 필요하다고 해서 오늘 시부야에 간 김에 보고 왔어. 구두가 비싸졌더라."

"괜찮아요. 그렇게 갖고 싶진 않은데."

"그래도, 없으면 곤란하잖니?"

"응."

내일도 역시 똑같은 날이 오겠지. 행복은 평생 동안 오지 않는 것이다. 그건 알고 있다. 하지만 틀림없이 온다. 내일 올 거라고 믿고 자는 게 좋을 거야. 일부러 털썩, 큰 소리를 내며 이불 위로 쓰러진다. 아아, 기분 좋다. 이불이 차가워서인지 등에 적당히 서늘한 기운이 퍼져 순간 황홀해진다. 행복은 하룻밤 늦게 온다. 멍하니 그런 말을 떠올린다. 행복을 하염없이 기다리다가 결국 참지 못하고 집을 뛰쳐나갔는데, 이튿날 행복을 알려주는 기분 좋은 소식이 버리고 나간 집에 찾아온다. 하지만 때는 이미 늦었다. 행복은 하룻밤 늦게 찾아온다. 행복은—

마당을 걷는 카아의 발소리가 난다. 콩콩콩콩, 카아의 발소리에는 특징이 있다. 오른쪽 앞발이 조금 짧고, 게다가 앞다리는 O자 모양의 게 다리여서 발소리에도 쓸쓸한 특징이 있다. 이런 한밤중에 자주 정원을 돌아다니는데 뭘 하는 걸까. 카아는 불쌍하다. 오늘 아침엔 못살게 굴었지만 내일은 귀여워해줄게요.

난 슬픈 버릇을 갖고 있어서 얼굴을 두 손으로 완전히 푹 가리지 않으면 잠들지 못한다. 얼굴을 감싸고 가만히 있는다.

잠들 때의 기분은 참 이상하다. 붕어나 장어가 낚싯줄을 쭉쭉 잡아당기듯 무언가 무거운 납덩이 같은 힘이 줄로 내 머리를 확 잡아당기고, 내가 스르르 잠이 들려고 하면 또다시 줄을 조금 느슨하게 한다. 그러면 나는 퍼뜩 정신을 차린다. 또 쭈욱 잡아당긴다. 스르르 잠든다. 또 살짝 줄을 풀어준다. 그런 걸 세번인가 네번 되풀이하고 나서야 비로소 힘차게 쭈욱 잡아당기는데, 이번엔 아침까지다.

안녕히 주무세요. 저는 왕자님이 없는 신데렐라 공주. 제가 토오꾜오 어디에 있는지 알고 계시나요? 이젠, 두번 다시 뵙지 않겠어요.

피부와 마음
皮膚と心

문득 왼쪽 젖가슴 아래에 작은 팥알 같은 부스럼이 눈에 띄어 자세히 보니 그 부스럼 주변에도 작고 붉은 부스럼들이 드문드문 안개를 뿜은 듯 온통 퍼져 있었습니다. 하지만 그때는 전혀 가렵지 않았습니다. 보기에 좀 흉한 느낌이 들어 목욕탕에서 타월로 젖가슴 밑을 피부가 벗겨질 정도로 박박 세게 문질렀습니다. 그게 실수였나봐요. 집으로 돌아와 화장대 앞에 앉아서 가슴을 펴고 거울에 비춰봤더니 기분 나쁘게 징그러웠어요. 목욕탕에서 집까지는 걸어서 오분도 채 걸리지 않는데 그 잠깐 사이에 젖가슴 아래쪽에서부터 배에 걸쳐 손바닥 두뼘 정도의 넓이가 새빨갛게 익은 딸기처럼 변해서 지옥도를 보는 것 같았습니다. 갑자기 주위가 캄캄해졌습니다. 그때부터 저는 지금까지의 제가 아니었습니다. 저 자신이 사람이 아닌 것 같았어요. 정신이 아찔해진다는 건 이런 걸 말하는 걸까요. 저는 한참 동안을 멍하니 앉아 있었습니다. 짙은 잿빛 먹구름이 뭉게뭉게 제 주위를 에워싸서 저는 지금까지 살아온 세상으로부터 멀리 떨어졌습니다. 사물의 모든 소리가 제겐 아득하게밖에 안 들리는 음울한 땅 밑바닥에서의 시간이 그때부터 시작되었습니다. 잠시 거울 속에 비친 알몸을 들여다보는 사이에도 툭, 툭, 아주 작고 붉은 알갱이들이 비 내리기 시작하듯 이쪽저쪽에서 생겨나고 있었지요. 목 부근뿐만 아니라 가슴에서 배, 심지어 등까지 퍼졌답니다. 앞뒤에 거울을 두고 등을 비추어보니, 하얀 등의 경사면에 붉은 싸라기눈을 흩뿌려놓은 듯 부스럼이 넓게 퍼져 있어서 저는 얼굴을 가리고 말았어요. "이런 게 생겼어요." 저는 그이에게 보여주었습니다. 6월 초순의 일이에요. 그이는 반팔 와이셔츠에 짧은 바지 차림이었고, 벌써 오늘 일을 다 끝낸 듯 책상 앞에 멍하니 앉아서 담배를 피우고 있었습니다. 그이는 일어나 제 쪽으로 다가와서 미간을 찌푸리며 제 몸을 이리저리 돌려가며 꼼꼼히 살펴보고 여기저기를 손으로 눌러보더니,

"가렵진 않아?" 하고 물었습니다. 저는 가렵지 않다고 대답했습니다. 정말 아무렇지도 않았습니다. 그이는 고개를 갸웃하며 알몸인 저를 석양이 환하게 비치는 툇마루에 세워놓고 빙빙 돌리며 더욱더 공들여 살폈습니다. 그이는 제 몸에 언제나 지나칠 정도로 세심하게 신경을 써주곤 했어요. 굉장히 과묵하지만 언제나 진심으로 저를 아껴주지요. 저는 그걸 잘 알고 있기에 저를 환한 툇마루로 데리고 나와 부끄러운 제 알몸을 이쪽저쪽 돌려가며 만질 때에도, 오히려 하느님께 기도드리듯 조용하고 침착해지면서, 얼마나 안심이 되었는지 모릅니다. 저는 선 채로 살짝 눈을 감고 있었는데, 이렇게 죽는 순간까지 눈을 뜨고 싶지 않을 정도였습니다.

"모르겠군. 두드러기라면 가려울 텐데. 설마 홍역은 아니겠지?"

옷을 다시 입으면서 저는 애처롭게 웃었습니다.

"쌌겨 때문에 염증이 난 게 아닐까요? 목욕탕에 갈 때마다 가슴이랑 목을 아주 세게 박박 문질렀거든요."

그럴지도 모르겠군, 그것 때문인가보군, 이라는 결론을 내고 그이는 곧장 약국에 가 튜브에 든 하얗고 끈적끈적한 약을 사와서 그 약을 잠자코 손가락에 찍어 제 몸에 문지르듯 발라주었지요. 몸이 후련하니 시원해지고 기분도 한결 상쾌해졌습니다.

"옮진 않을까요?"

"신경 쓰지 마."

그렇게 말하지만 그이의 슬픈 마음이, 저를 애처롭게 생각하고 있음이 틀림없는 그 마음이, 그이의 손끝에서 제 낙심한 마음에 찌릿하게 전해져 아, 빨리 낫고 싶다고 간절히 바라게 되었습니다.

그이는 전부터 저의 못생긴 용모를 매우 세심히 감싸주었고, 농담으로라도 제 얼굴의 몇몇 이상한 결점들을 언급한 적이 없습니다. 정말 눈곱만큼도 제 얼굴을 비웃는 일 없이, 그야말로 구름 한 점 없이 화창하게 갠 맑은 하늘 같은 모습으로,

"참 괜찮은 얼굴이야. 난 좋은걸."

불쑥 그런 말을 할 때가 있어 그럴 때마다 전 어찌할 바를 몰라 난처해했습니다. 저희가 결혼한 것은 금년 3월입니다. 결혼이란 그 단어조차 제겐 너무나 쑥스럽고 제 마음을 설레게 만드는 것이었습니다. 그 말을 도저히 태연하게 입 밖으로 꺼낼 수 없을 만큼 저희 집 사정은 말이 아니었고 가난했습니다. 그래서 쑥스러웠습니다. 무엇보다 이미 제 나이가 스물여덟이었는걸요. 전 형편없이 못생긴 얼굴 때문에 결혼과는 인연이 없는 듯했어요. 그래도 스물네댓살까진 제게도 두세번 혼담이 있었으나, 성사될 만하면 깨

지고, 성사될 만하면 깨지곤 했지요. 저희 집은 부자도 아닐뿐더러 홀어머니에 저와 여동생, 이렇게 여자 셋만 사는 부족한 집안이었기에 아무래도 좋은 혼담 같은 건 꿈도 꿀 수 없었어요. 그런 건 욕심 사나운 꿈이었지요. 스물다섯이 되었을 때 저는 각오했어요. 평생 결혼을 못하더라도 어머니를 돕고 동생을 키우는 것을 삶의 보람으로 여기기로 말이죠. 여동생은 저와 일곱살 차이로 올해 스물한살이 되었습니다. 인물도 좋고 점점 철이 들어 좋은 아이로 자라고 있으니 여동생에게 훌륭한 남편을 짝지어준 후 자립을 도모하자, 그때까지는 집에 남아 가계, 교제 등 모든 걸 내가 맡아서 하며 이 집을 지키자, 그렇게 각오를 굳히니 그때까지 마음속에 들끓던 복잡한 고민들이 말끔히 사라져버렸지요. 더불어 괴로움도, 외로움도 저 멀리 사라졌습니다. 저는 집안일을 돌보면서 열심히 바느질을 익혀 조금씩 이웃집 아이들의 옷 주문을 받게 되었습니다. 앞으로 혼자서도 살아갈 수 있겠다 싶을 무렵, 지금 그이와의 혼담이 있었습니다. 주선하신 분이 돌아가신 아버지의 은인 같은, 의리 있는 분이어서 함부로 거절할 수가 없었지요. 또 이야기를 들어보니 상대방은 소학교를 나왔을 뿐 부모 형제도 없고, 아버지의 은인이 어릴 적에 데려다 키운 모양이었습니다. 물론 재산 같은 것이 있을리 없었습니다. 나이 서른다섯의 꽤 실력 좋은 도안공으로, 월수입은 대략 이백 엔으로 그 이상 버는 달도 있는 듯했습니다. 하지만 전혀 수입이 없는 달도 있기 때문에 평균으로 치면 한달에 칠팔십엔 정도였어요. 게다가 그쪽은 초혼이 아니었고, 사랑하는 여자와 육년이나 같이 살다가 재작년 무슨 이유에서인지 헤어졌다고 하더군요. 그후 자신은 소학교 졸업에 학력과 재산도 없을뿐더러 나이도 들어 제대로 된 결혼을 바랄 수 없으니 차라리 평생 장가를 가지 않고 느긋하게 살겠다며 홀아비 생활을 하고 있었는데 그 은인께서, 그렇게 살면 세상 사람들이 이상한 사람으로 취급하여 좋지 않으니 얼른 신부를 맞이하도록 해라, 내가 조금 생각해둔 데가 있으니,라고 타이르고서 저희 집에 찾아와 내밀하게 이야기를 했습니다. 그때 저와 어머니는 얼굴을 마주보며 정말 난처해했습니다. 단 하나라도 맘에 드는 구석이 없는 혼담이잖아요. 아무리 제가 못생긴 노처녀라고 해도 살면서 죄 한번 지은 일이 없는데, 이제 난 그런 사람이 아니면 시집도 갈 수 없나 싶어 처음엔 화가 났고, 그 다음엔 몹시 울적해졌지요. 거절할 수밖에 없는 일이었지만 혼담을 주선해주신 분이 아버지의 은인이신 데다 의리 있는 분이어서 어머니와 저는 일을 시끄럽게 만들지 말고 정중히 거절해야 한다고 약한 마음에 우물쭈물했지요. 그러는 사이에 문득 저는 그 사람이 가여워졌습니다. 따뜻한 사람임에 틀림없어. 나 역시 여학교를 졸업했을 뿐 특별히 어떤 학문적 지식이 있는 것도 아니잖아. 대단한 지참금이 있는 것도 아니고. 아버지는 돌아가셨고 별 볼 일 없는 집안이야. 게다가 보다시피 외모는 볼품없고 못생긴 아줌마나 다름없으니 나야말로 좋은 점이 하나도 없어. 어쩌면 잘 어울리는 부부일지도 몰라. 어차피 난 불행해. 이 혼담을 거절해 돌아가신 아버지의 은인과 거북해지는 것보다는…… 하면서 조금씩 마음이 기울었고, 그리고 창피하게도 조금 볼이 화끈거리고 달뜬 기분도 들었습니다. 정말 괜찮은 거냐며 역시 수심 가득한 얼굴로 묻는 어머니한테는 더이상 말하지 않고, 제가 직접 아버지의 은인 분에게 그러겠다고 분명히 대답했습니다.

결혼하고 저는 행복했습니다. 아닌 게 아니라, 역시 행복이라는 말을 하지 않으면 안됩니다. 안 그러면 벌 받을 거예요. 그이는 저를 소중히 대해줬어요. 그이는 매사에 소심했고, 게다가 전 부인에게서 버림을 받은 때문인지 한층 더 불안해 보였습니다. 답답할 정도로 모든 일에 자신이 없고, 몸집이 작고 마른 데다가 얼굴도 빈상負相이었지요. 하지만 일은 열심히 하더군요. 제가 놀란 건 그이가 제작한 도안을 흘끔 보는데 그게 낯익은 도안이었다는 겁니다. 이 무슨 기묘한 인연일까요. 그이에게 물어보고 확인한 후 저는 그때 처음으로 그이와 사랑을 해본 것처럼 가슴이 두근거렸습니다. 긴자에 있는 유명한 화장품 가게의 덩굴장미 모양의 상표는 그이가 고안한 것이었습니다. 그뿐 아니라 그 화장품 가게에서 파는 향수와 비누, 분 등의 상표의장과 신문광고도 대부분 그이의 도안이었습니다. 십년 전부터 그 가게의 전속 도안공으로 있으면서 이색적인 덩굴장미 모양의 상표와 포스터, 신문광고까지 대부분 혼자서 그렸다고 합니다. 지금은 외국인까지 그 덩굴장미 모양을 알게 되었는데, 그 가게 이름은 몰라도 덩굴장미가 우아하게 얽힌 그 특색 있는 도안은 누구나 한번쯤은 보고서 기억하고 있을 정도예요. 저도 여학교 시절부터 이미 그 덩굴장미 모양을 알고 있었던걸요. 묘하게 그 도안에 이끌려 여학교를 졸업한 후에도 화장품은 전부 그 가게 것만을 썼어요. 말하자면 팬이었던 거죠. 하지만 단 한번도 그 덩굴장미를 고안한 사람에 대해서는 생각해본 적이 없었어요. 참 바보 같긴 하지만 그런 사람이 저뿐만은 아닐 거예요. 세상 사람 모두 신문에 실린 아름다운 광고를 보고도 그 도안공을 궁금해하지는 않았을 거예요. 도안공이란 정말 툇마루 밑의 힘센 장사처럼 그늘에 가려진 존재예요. 저도 그 사람의 아내가 되고 한참 지나서야 비로소 알게 되었을 정도니까요. 그 사실을 알았을 때 저는 너무나 기뻐서,

"여학교 시절부터 이 무늬를 정말 좋아했어요. 당신이 그리신 거였군요. 기뻐요. 전 행복해요. 무려 십년 전부터 멀리서 당신과 이렇게 이어져 있었던 거예요. 당신과 결혼하도록 정해져 있었던 거예요" 하며 조금 흥분해 보였더니 그이는 얼굴을 붉히며,

"놀리지 마. 내가 하는 일이 이건데 뭐" 하며 정말 부끄러운 듯 눈을 깜빡거렸습니다. 그러고는 후후 하고 힘없이 웃으며 슬픈 표정을 지었습니다.

항상 그이는 자신을 비하합니다. 저는 아무렇지도 않은데 오히려 먼저 학력이라든지, 재혼인 점, 빈상인 점 등에 대해 굉장히 신경 쓰고 얽매여 있는 듯합니다. 그럼 저처럼 못생긴 여자는 도대체 어떻게 하면 좋을까요. 부부가 모두 자신감이 없고, 불안해한답니다. 또 서로의 얼굴이 구김살로 가득해서 그이는 제가 가끔 애교를 부려주었으면 하고 바라는 모양이에요. 그렇지만 저는 스물여덟이나 먹은 아줌마이고, 게다가 이렇게 못생겼는걸요. 더욱이 그이의 자신감 없고 비하하는 모습을 보고 있노라면 저도 그만 전염이 돼서 더욱 어색해집니다. 아무리 해도 천진난만하게 애교를 부릴 수 없어요. 마음은 그게 아닌데 오히려 전 진지하고 냉정한 대답만 해버려요. 그러면 그이는 더욱 예민해지는데 저는 그이의 마음을 알기에 더욱 허둥대다가 결국 남처럼 서먹한 관계가 되고 맙니다. 그이도 제가 자신감이 없다는 걸 잘 알고 있는 듯, 가끔 아닌 밤중에 홍두깨처럼 제 얼굴이나 키모노 무늬 같은 것들을 몹시 서툴게 칭찬할 때가 있는데, 저는 그게 그이의 위로임을 잘 알고 있기 때문에 전혀 기쁘지도 않고, 가슴이 뭉클해지고 안타까운 마음이 들어서 울고 싶어진답니다. 그이는 좋은 사람입니다. 전 부인에 관한 건 요만큼도 내비친 적이 없어요. 덕분에 저는 늘 그 사실을 잊고 지

냈어요. 이 집은 결혼 후에 새로 빌린 건데, 그전에 그이는 아까사까에 있는 아파트에서 혼자 살았습니다만, 분명 나쁜 기억을 남기고 싶지 않은 마음이 있었을 테고 또한 저를 배려하는 따뜻한 마음도 있었겠지요. 이전 집에서 쓰던 살림살이는 모두 다 팔아치우고 작업도구만 가지고 지금 이 츠끼지의 집으로 이사를 왔습니다. 그리고 제게도 적지만 어머니에게서 받은 돈이 있어서 함께 조금씩 살림살이를 사 모았고, 이불과 서랍장은 다 제가 고향 친정에서 가져온 것입니다. 전 부인의 흔적 같은 건 전혀 보이지 않아 그이가 저 외의 다른 여자와 육년이나 함께 살았다는 사실이 지금으로서는 도저히 믿기지 않습니다. 그이의 쓸데없는 자기비하만 없다면, 그리고 저를 좀더 거칠게 호통치고 그런다면 저는 천진난만하게 노래 부르고 얼마든지 애교 부릴 수 있을 거란 생각이 들어요. 그러면 분명 화기애애한 밝은 가정이 되겠지요. 그러나 부부가 둘 다 자신의 외모가 못생겼다는 자각 때문에 어색해졌는데—나는 그렇다 치더라도 그이는 왜 스스로를 그렇게 비하하는 걸까요. 소학교만 나왔을 뿐이라고 하지만 교양 면으로 보면 대학을 졸업한 학사와 조금도 다를 바 없답니다. 꽤 고상한 취향의 레코드를 모으기도 하고, 저는 이름 한번 들어보지 못한 외국 소설가의 새로운 작품을 일하는 중에 틈틈이 열심히 읽기도 하니까요. 더욱이 세계적인 저 덩굴장미 도안. 또 그이는 가끔 자신의 가난함을 자조하지만 그래도 요즘엔 일거리가 많아 백 엔, 이백 엔 정도의 목돈이 들어온답니다. 얼마 전에는 이즈 온천에도 데려가주었을 정도예요. 그런데도 그이는 장모님에게서 이불이나 서랍장, 또 그밖의 가재도구를 받은 것을 지금도 신경 쓰곤 합니다. 그럴 때마다 저는 오히려 창피하고 뭔가 잘못한 것 같은 기분이 들면서, 전부 다 싸구려

인데, 하는 마음에 눈물이 날 정도로 울적해집니다. 동정이나 연민의 감정으로 결혼한 게 잘못이며, 역시 나는 혼자 사는 편이 나은 게 아닐까 하는 두려운 생각을 한 밤도 있었습니다. 점점 더 많은 것을 바라는, 꺼림칙하고 부정한 생각이 고개를 쳐드는 경우도 있었지요. 저는 나쁜 사람입니다. 결혼하고 나서야 비로소 아름다운 청춘을 어두운 잿빛으로 보내버린 것에 대한 분함이 혀를 깨물고 싶을 정도로 통렬하게 느껴졌습니다. 더 늦기 전에 어떻게든 그 시간들을 메우고 싶다는 생각에 그이와 둘이 조용히 저녁을 먹다가 참을 수 없이 울적하여 젓가락과 밥공기를 든 채 울상을 지은 적도 있습니다. 이 모든 것이 다 제 욕심이겠지요. 이렇게 못생긴 주제에 청춘이라니 말도 안돼. 보기 좋게 웃음거리가 될 거예요. 저는 지금 이대로, 이것만으로도 분에 넘치게 행복합니다. 그렇게 생각해야만 하겠죠. 하지만 문득문득 저도 모르게 이기적인 생각이 불쑥 튀어나와서 이번에 이렇게 기분 나쁜 부스럼이 생기게 된 것입니다. 약을 바른 덕분인지 부스럼이 더이상 퍼지지 않아서, 내일은 나을지도 몰라, 생각하며 하느님께 몰래 기도드리고 그날 밤은 일찍 잠자리에 들었습니다.

잠자리에 누워 진지하게 생각해보니 왠지 이상했습니다. 저는 그 어떤 병도 겁내지 않지만 피부병만은 도무지, 도무지 받아들일 수 없습니다. 그 어떤 고생을 하고 아무리 가난하게 살더라도 피부병만은 걸리고 싶지 않았어요. 다리 한쪽이 없더라도, 팔 한쪽이 없더라도 피부병에 걸리는 것보다는 나을지 모릅니다. 여학교 생물시간에 피부병의 원인이 되는 병원균에 대해 배울 때, 저는 온몸이 근질근질해서 벌레와 박테리아 사진이 실린 교과서 페이지를 당장 찢어버리고 싶었습니다. 선생님의 무신경함이 저주스러웠지요. 아니, 선생님도 태연히 가르치고 있는 건 아닐 거야. 맡은 일이니까 열심히 참으며 태연한 척 가르치고 있는 걸 거야. 분명 그럴 거야. 그렇게 생각하니 선생님의 그 뻔뻔스러움이 더욱 가증스러워져 몸서리를 쳤습니다. 생물시간이 끝나고 나서 저는 친구와 토론했습니다. 아픈 것과 간지러운 것과 가려움, 이 셋 중에서 어느 것이 가장 고통스러울까. 그런 논제가 나와서 전 단연 가려움이 가장 두렵다고 주장했어요. 왜, 그렇지 않나요? 고통과 간지러움은 스스로 지각의 한도가 있다고 생각해요. 누군가에게 맞거나 베이거나 간질임을 당해 그 고통이 극에 달하면 사람은 틀림없이 의식을 잃을 겁니다. 의식을 잃으면 몽환경입니다. 죽겠지요. 고통으로부터 완전히 벗어날 수 있는 것입니다. 죽으면 상관없지 않나요? 하지만 가려움은 파도의 넘실거림과 같아서 드높아졌다가 부서지고, 또 드높아졌다가 부서지면서 끝없이 둔중하게 뱀처럼 움직이며 꿈틀댈 뿐, 그 고통이 마지막 정점까지 달하는 일은 절대로 없기 때문에 의식을 잃을 수도 없고, 물론 가려움 때문에 죽는 일도 없지요. 영원히 미지근하게 고통에 몸부림치지 않으면 안됩니다. 누가 뭐라고 해도 가려움보다 더한 고통은 없습니다. 제가 만약 옛날 관청에서 고문을 당하게 되더라도, 베이거나 맞거나 간질임을 당하는 정도로는 결코 자백하지 않을 겁니다. 고문 당하는 중에 분명 의식을 잃을 것이고 계속해서 두세번 당하면 전 죽고 말겠지요. 자백 따위를 내가 할까보냐. 나는 목숨을 걸고 지사의 거처를 지켜내고 말겠다. 하지만 벼룩이나 이, 옴벌레 같은 것을 대나무통 한가득 담아와서 자, 이걸 네 등에 확 쏟아부어주지,라고 하면 저는 소름이 돋아 부들부들 떨면서 말씀드리겠습니다, 살려주세요, 하며 열녀 행세를 당장 관두고 두 손 모아 애원할 것입니다. 생각만 해도 펄쩍 뛸 정도로 끔찍합니다. 제가 쉬는 시간에 친구들에게 그렇게 말하니 모두들 순순히 공감해주었습니다. 한번은 선생님의 인솔하에 반 전체가 우에노에 있는 과학박물관에 간 적이 있는데, 저는 3층 표본실에서 꺄악 하고 비명을 질렀고, 너무 화가 나서 엉엉 울고 말았습니다. 피부에 기생하는 게만 한 크기의 회충 표본이 박물관 선반 위에 줄지어 진열돼 있었던 거예요. 으악! 하고 큰 소리를 지르며 곤봉으로 마구 다 때려부수고 싶은 기분이 들었습니다. 저는 그후 사흘이나 잠을 이루지 못했고, 왠지 자꾸 가렵고 밥맛이 없었어요. 저는 국화꽃도 싫어해요. 작은 꽃잎이 우글거리는 게 마치 뭐 같거든요. 나무줄기가 우둘투둘한 걸 봐도 소름이 돋고 온몸이 가려워집니다. 스지꼬[15] 같은 걸 아무렇지도 않게 먹는 사람들의 마음을 정말 이해할 수가 없어요. 굴 껍질, 호박 껍질, 자갈길, 벌레 먹은 잎, 닭 볏, 참깨, 홀치기염색, 문어 다리, 차 찌꺼기, 새우, 벌집, 딸기, 개미, 연밥, 파리, 비늘, 다 싫어요. 후리가나[16]도 싫어요. 작은 글씨가 이 같거든요. 수유나무 열매, 뽕나무 열매, 둘 다 싫어요. 달님을 확대한 사진을 보고 토할 뻔한 적도 있어요. 자수도 그무늬에 따라서는 도저히 참을 수 없는 것이 있어요. 그 정도로 피부병을 싫어하기 때문에 자연히 매우 조심해서 이제껏 부스럼 따윈 거의 경험해본 적이 없답니다. 결혼하고도 매일같이 목욕탕에 가서 쌀겨로 온몸을 박박 문질렀는데 아마도 너무 문질렀나봅니다. 이렇게 부스럼이 나서 몹시 분하고 원망스럽습니다. 제가 도대체 무슨 나쁜 짓을 해서 이런 걸까요. 하느님도 진짜 너무하세요. 다른 병도 많은데 하필이면 제가 가장 싫어하는 것을 주시다니요.

---

15 연어 알을 난소막에 싸인 상태로 소금에 절인 알젓.
16 주로 한자 옆에 읽는 법을 작게 써넣는 일본어 표기법.

마치 동전처럼 작은 표적을 딱 정확히 맞추듯 그야말로 제가 가장 두려워하는 구덩이에 저를 푹 빠지게 하시다니, 전 정말로 이상하게 느껴졌습니다.

이튿날 아침, 동트기 전에 일어나 가만히 경대 앞에 앉아 아아, 하고 신음을 토하고 말았습니다. 제 모습은 도깨비였습니다. 이건 내 모습이 아니야. 온몸이 뭉그러진 토마토처럼 목과 가슴 그리고 배까지 우둘투둘 너무나 흉측스러운 콩알만 한 부스럼이 마치 온몸에 뿔이 나거나 버섯이 돋아난 것처럼, 빈틈없이 잔뜩 돋아나 있어서 후후후후 웃고 싶어졌어요. 슬슬 두 다리에까지 퍼지고 있었지요. 귀신. 악마. 나는 사람이 아니에요. 이대로 죽여줘요. 울어서는 안돼. 이렇게 추악한 몸을 하고 훌쩍훌쩍 울상을 지어본들 조금이라도 귀엽기는커녕 폭삭 뭉개진 홍시처럼 점점 웃기고 딱하고 손도 못 댈 비참한 광경이 되고 말 거야. 울어선 안돼. 숨기자. 그이는 아직 모를 거야. 보이고 싶지 않아. 안 그래도 못생긴 내가 피부마저 이렇게 썩어버리면, 이제 더이상 난 쓸모가 없을 거야. 쓰레기. 쓰레기장이야. 이제 이렇게 되면 그이도 더이상 나를 위로해줄 말이 없겠지. 위로받는 것 따위는 싫어. 그이가 이런 몸을 계속 가엾게 여긴다면 난 그이를 경멸할 거야. 정말 싫어. 나는 이대로 헤어지고 싶어. 나를 위로하지 마. 날 보면 안돼. 내 옆에 있어도 안돼. 아아, 좀더 넓은 집을 갖고 싶다. 평생 멀리 떨어져 있는 방에서 살고 싶다. 결혼하지 말았어야 해. 아니, 스물여덟까지 사는 게 아니었어. 열아홉살 그해 겨울 폐렴에 걸렸을 때, 낫지 말고 죽었더라면 좋았을걸. 그때 죽었더라면 지금 이렇게 괴롭고 흉하고 볼썽사나운 꼴을 당하지 않아도 될 텐데. 눈을 꼭 감은 채 꼼짝 않고 앉아서 숨만 거칠게 내쉬는 동안 왠지 마음까지 도깨비가 되는 것 같았

76

고, 온 세계가 정적에 휩싸였으며, 분명 어제까지의 제가 아니게 되었습니다. 저는 뭉그적뭉그적 짐승처럼 일어나 옷을 입었습니다. 옷의 고마움을 절실히 느꼈지요. 아무리 끔찍한 몸뚱이라도 이렇게 감쪽같이 숨길 수 있으니까요. 힘을 내 빨래를 너는 곳으로 나가서 눈살 찌푸리며 해님을 험상궂게 바라보다가 문득 저도 모르게 깊은 한숨을 쉬고 말았습니다. 그때 라디오 체조의 구령소리가 들려왔습니다. 저는 홀로 쓸쓸히 체조를 시작했고, 하나, 둘 하고 작은 목소리를 내며 기운을 차려보려고 했지만, 문득 참을 수 없을 만큼 제 자신이 애처로워서 도저히 체조를 계속할 수 없었어요. 당장 울음이 터질 것 같았거든요. 게다가 지금 갑자기 몸을 움직인 탓인지 목과 겨드랑이 밑 임파선이 찌릿찌릿 아파서 살짝 만져보니 전부 딱딱하게 부어올라 있었어요. 그 사실을 알았을 때 저는 더이상 서 있을 수 없어서 무너지듯 털썩 주저앉고 말았답니다. 전 못생겼기 때문에 지금껏 이렇게 조신하게 음지를 골라 참고 또 참으며 살아왔는데 왜 저를 괴롭히는 거예요 하며, 타오르는 듯한 분노가 누구에게랄 것도 없이 불끈불끈 솟구쳐오르는데 그때 뒤에서,

"아, 여기 있었군. 풀 죽지 말고 힘 좀 내" 하며 나직이 중얼거리는 그이의 목소리가 들렸습니다. "어때? 좀 나아졌어?"

나아졌다고 대답하려다가 제 어깨에 살며시 올린 그이의 오른손을 가만히 내려놓고 자리에서 일어나,

"집에 갈래요"라는 말이 나와서 저도 제 자신을 알 수 없게 되어 이제 뭘 하든, 무슨 말을 하든 책임질 수 없고, 저도, 우주도, 모두 믿을 수 없게 되었습니다.

"좀 보여줘." 당혹스러운 듯 분명치 않은 그이의 목소리가 저 멀리서 아득하게 들려오는 듯했습니다.

저는 "싫어요" 하며 얼른 몸을 피하고는 "이런 데 멍울이 생겨서"라며 겨드랑이 밑에 양손을 댄 채 대놓고 슬피 울었습니다. 참지 못하고 으앙 하며 울음소리를 냈습니다. 스물여덟 먹은 못생긴 여자가 어리광을 부리며 울어본들 애처로워 보일까요. 극도로 추악한 줄 알면서도 눈물이 자꾸만 흘러나왔고 심지어는 침까지 나오니 저는 정말 좋은 구석이란 하나도 없네요.

"그만. 울지 마! 의사한테 데려가줄게." 그이의 목소리가 전에 없이 강하고 단호하게 울렸습니다.

그날은 그이도 일을 쉰 채 신문광고를 살펴보았고, 저는 전에 한두번 이름을 들어본 적 있는 유명한 피부과 전문의에게 진찰받기로 결정했습니다. 저는 외출복으로 갈아입으며 말했습니다.

"몸을 다 보여야 할까요?"

"그렇지." 그이는 아주 품위 있는 미소를 지으며 대답했습니다. "의사를 남자로 생각하면 안돼."

저는 얼굴을 붉혔습니다. 살짝 기뻤습니다.

밖으로 나가니 햇빛이 눈부셨고, 저는 자신이 한마리 징그러운 송충이처럼 느껴졌습니다. 이 병이 나을 때까지 온 세상을 어두컴컴한 암흑으로 놔두고 싶었습니다.

"전차는 싫어요." 결혼한 후 처음으로 그렇게 사치스러운 투정을 부렸습니다. 부스럼은 이제 손등에까지 퍼져 있었습니다. 언젠가 전차에서 이렇게 흉측한 손을 가진 여자를 본 적이 있었습니다. 그때부터 전차 손잡이를 잡는 것조차 불결해 혹시 옮는 건 아닐까 하면서 어쩐지 기분이 께름칙했는데, 지금 제가 그때 본 여자의 손과 똑같은 상태가 되고 말아 '일신의 불운'이라는 속된 말이 이때처럼 뼈에 사무친 적이 없습니다.

"알았어." 그이는 밝은 얼굴로 그렇게 대답하고는 저를 자동차에 태워주었습니다. 츠끼지에서 니혼바시를 지나 타까시마야 뒤편에 있는 병원까지 아주 잠시였는데도 그동안 저는 장의차에 타고 있는 듯한 느낌이 들었습니다. 눈만은 여전히 살아 있어 붐비는 거리의 초여름 풍경을 멍하니 바라보는데 길 가는 여자와 남자, 그 누구도 저처럼 부스럼이 나지 않은 게 너무나 이상하게 느껴졌습니다.

병원에 도착해 그이와 함께 대기실에 들어가니 여긴 또 바깥세상과는 풍경이 전혀 달라서 아주 오래전에 츠끼지의 소극장에서 본 「밑바닥」이라는 연극의 무대 장면이 문득 떠올랐습니다. 밝은 신록에 뒤덮여 눈이 부실 정도로 환한데 여긴 웬일인지 햇빛이 있어도 어둑어둑했습니다. 섬뜩할 정도로 냉랭한 습기에, 시큼한 냄새가 훅 하고 코를 찔렀으며, 맹인들이 고개를 숙인 채 우글거리고 있었습니다. 그리고 맹인은 아니지만 어딘지 몸이 불편해 보이는 노인들이 많아 저는 깜짝 놀랐습니다. 저는 입구 근처 의자 끝에 앉아 죽은 사람처럼 고개를 숙이고 눈을 감았습니다. 이 많은 환자들 중에서 내 피부병이 가장 심각할지도 모른다는 생각이 문득 들어 깜짝 놀라 눈을 크게 뜨고 얼굴을 들어 환자들을 한사람 한사람 훔쳐보기 시작했습니다. 역시 저처럼 확 띄게 부스럼이 난 사람은 한명도 없더군요. 저는 병원 현관에 걸린 간판을 보고서야 이곳이 피부과와 또 하나 도저히 태연히 입에 담을 수 없는 이름의 병, 그 두가지를 전문으로 하고 있다는 걸 알았습니다. 그렇다면 저쪽에 앉은, 영화배우처럼 젊고 멋진 남자는 몸 어디에도 부스럼이 없는 듯하니 피부과가 아니라 그 다른 병일 거라는 생각이 들자 이내 대기실에서 고개를 숙이고 앉아 있는 망자亡者들 모두가 그 병 같아

보였습니다.

"당신, 잠시 산책이라도 하고 와요. 여긴 답답하네요."

"아직도 멀었으려나?" 그이는 무료한 듯 제 곁에 서 있었습니다.

"네. 제 차례는 점심때쯤 같아요. 여긴 지저분해요. 당신이 있으면 안돼요." 나 자신도 놀랄 만큼 위엄 있는 목소리가 나왔습니다. 그이는 제 말에 순순히 수긍하듯 천천히 고개를 끄덕였습니다.

"당신도 같이 나가지그래?"

"아니, 전 괜찮아요." 저는 미소 지으며 대답했습니다. "전 여기 있는 게 제일 편해요."

그렇게 그이를 대기실에서 내보내고 나서, 저는 마음을 가라앉히고 벤치에 앉아 술주정꾼처럼 눈을 감았습니다. 누군가 옆에서 본다면 저는 같잖게 젠체하며 부질없는 명상에 잠긴 늙은 여사님처럼 보이겠지요. 하지만 저는 이렇게 하고 있는 게 제일 편해요. 죽은 척, 그런 말이 떠올라 가소로웠습니다. 하지만 점점 저는 걱정이 되기 시작했습니다. 누구에게나 비밀이 있다. 누군가가 제 귓가에 그런 께름칙한 말을 속삭이는 듯해서 가슴이 뛰기 시작했어요. 어쩌면 이 부스럼도— 하는 생각에 순간 온몸의 털이 쭈뼛 곤두서는 듯했어요. 그이의 다정함, 자신감 없음도 다 그런 것에서 비롯된 게 아닐까. 설마 그럴 리가. 저는 그때 처음으로, 이상한 일이지만 그때 처음으로, 그이에게는 내가 처음이 아니라는 사실이 실감나게 와닿아 안절부절못했습니다. 속았다! 사기 결혼! 당돌하게 그런 심한 말이 떠올라 그이를 쫓아가 때려주고 싶었습니다. 참 바보 같지요? 애초부터 다 알고 그이와 결혼했는데도 지금 갑자기 제가 그이에게 처음이 아니라는 사실이 참을 수 없이 분하고, 원망스러우면서 돌이킬 수 없을 듯한 기분이 들었어요. 갑자기 그이의 전 부인이라는 존재가 굉장히 가슴을 압박해왔고, 정말 처음으로 저는 그 여자가 몹시 미워졌습니다. 지금까지 단 한번도 그 여자에 대해 생각해본 적 없는 저의 태평함이 눈물이 끓어오를 정도로 분했습니다. 괴로웠습니다. 이게 그 질투라는 감정일까요. 만약 정말 그렇다면 질투란 얼마나 구제 불능의 광란, 그것도 육체만의 광란, 아름다운 구석이라곤 조금도 없는 추악함인지요. 이 세상에는 아직 제가 모르는 끔찍한 지옥이 있었던 거예요. 저는 살아가는 게 절망스러워졌습니다. 제 자신이 한심스러워 서둘러 무릎 위에 놓은 보따리를 풀어 소설책을 꺼내 아무 페이지나 펼치고서 개의치 않고 읽기 시작했습니다. 『보바리 부인』. 에마의 고통스러운 생애는 언제나 저를 위로해줍니다. 에마가 이렇게 타락해가는 그 길이 제게는 가장 여자답고, 자연스럽게 느껴져 견딜 수 없습니다. 물이 낮은 곳으로 흐르듯 몸이 나른해지는 듯한 솔직함을 느낍니다. 여자란 이런 존재예요. 말할 수 없는 비밀을 간직하고 있지요. 그게 여자의 '천성'이거든요. 틀림없이 수렁을 하나씩 갖고 있어요. 그건 확실히 말할 수 있어요. 왜냐하면 여자에겐 하루하루가 전부인걸요. 남자와는 달라요. 사후死後도 생각하지 않아요. 사색도 하지 않고요. 순간순간 아름다움의 완성만을 바라며 살아요. 생활을, 생활의 감촉을 맹목적으로 사랑한답니다. 여자가 밥공기나 아름다운 무늬의 옷을 사랑하는 것은, 그것만이 진정한 삶의 보람이기 때문입니다. 시시각각의 움직임은 그 자체로 삶의 목적입니다. 달리 뭐가 더 필요하겠어요. 높은 차원의 리얼리즘이 여자의 이런 발칙함과 들뜬 마음을 단단히 억제하고 가차없이 파헤쳐준다면, 저희들 스스로도 정신이 번쩍 들어 얼마쯤 편할지 모르겠다는 생각이 듭니다. 하지만 여자의 밑도 끝도 없는 깊은 내부에 사는 '악마'에 대해서는 아무도 건드리지 않고 못 본 척하기 때문에 여러가지 비극이 일어나는 겁니다. 수준 높고 철저한 리얼리즘만이 우리 여자들을 진정으로 구제해줄지도 모릅니다. 여자의 마음이란 솔직히 말해 결혼한 다음 날에도 아무렇지도 않게 다른 남자 생각을 할 수 있지요. 사람 마음은 절대로 방심하면 안됩니다. 남녀칠세부동석이라는 옛 가르침이 갑작스레 무서운 현실감을 지니고 제 가슴에 와닿아 깜짝 놀랐습니다. 일본의 윤리라는 건 대부분 완력이 느껴질 만큼 사실적이구나, 하는 생각에 현기증이 날 정도로 놀랐습니다. 뭐든 다 알려져 있다. 옛날부터 수렁은 분명 파여 있었다. 그렇게 생각하니 오히려 마음이 개운하고 상쾌해 안심이 되었습니다. 이런 추악한 부스럼투성이 몸뚱이를 하고 있어도 역시 여러모로 색기 넘치는 할머니구나, 하며 여유롭게 자신을 비웃을 기분이 들었습니다. 다시 계속해서 책을 읽었습니다. 로돌프가 에마에게 살짝 스치듯 몸을 기대며 감미로운 말을 재빨리 속삭이는 부분이었는데, 저는 읽으면서 전혀 다른 기묘한 생각이 들어 저도 모르게 빙긋 웃고 말았습니다. 에마가 이때 부스럼이 났더라면 어땠을까, 하는 이상한 생각이 떠오른 거죠. 아니야, 이건 중대한 아이디어야, 하며 저는 진지해졌습니다. 에마는 분명 로돌프의 유혹을 거절했을 겁니다. 그리고 에마의 삶은 전혀 다르게 바뀌었을 테죠. 그랬을 겁니다. 끝까지 거절했을 것이 틀림없어요. 왜냐하면 그럴 수밖에 없잖아요. 이런 몸이니까 말이죠. 이건 희극이 아니에요. 여자의 삶은 정말 그때의 머리 모양이나 옷 무늬, 졸음, 또는 하찮은 몸 상태 등에 따라 척척 결정돼버립니다. 너무나 졸린 나머지 등에 업고 있던 시끄러운 아기를 목 졸라 죽여버린 보모도 있었죠. 특히 이런 부스럼은 여자의 운명을 역전시켜 로맨스를 왜곡하기도 한답니다. 정말 결혼식 전날 밤에 이런 부스럼이 생각지도 못했는데 불쑥 올라와 어머나, 놀랄 새도 없이 가슴과 팔, 다리까지 퍼지면 어떻게 될까요. 저는 있을 법한 일이라고 생각해요. 부스럼만은 평소에 아무리 조심한 다고 해도 막을 수 없는, 어쩐지 하늘의 뜻인 양 여겨집니다. 하늘의 악의를 느끼게 됩니다. 오년 만에 귀국하는 남편을 마중하러 서둘러 요꼬하마 부두로 나가서 가슴 설레며 기다리는데 얼굴의 중요한 부분에 순식간에 보랏빛 부스럼이 나타나 그걸 만지작거리는 사이에, 어느새 기쁨으로 가득 차 있던 그 젊은 부인이 차마 두번 다시 볼 수 없을 만큼 험악한 얼굴이 되는 그런 비극도 있을 거예요. 남자들은 부스럼 같은 걸 아무렇지도 않게 여기는 모양이지만 여자는 피부 하나로 살아가는걸요. 그걸 부정하는 여자는 거짓말쟁이예요. 저는 플로베르에 대해 잘 모르지만 꽤 섬세한 사실주의 작가인 것 같아요. 샤를이 에마의 어깨에 키스하려고 하자 에마가 '하지 마요! 옷에 주름이──' 하며 거절하는 장면이 있는데 그렇게 세세한 데까지 두루 주의가 미치는 눈을 가지고 있으면서 왜 여자가 피부병에 걸렸을 때의 괴로움에 대해서는 쓰지 않았을까요? 남자들은 도저히 알 수 없는 고통인 걸까요? 아니면 플로베르 정도의 분이라면 정확히 간파하고 있었으나, 그건 지저분해서 도저히 로맨스와 맞지 않기에 모른 척하고 도외시했던 걸까요. 하지만 도외시하다니요. 정말 치사해요, 치사해. 만약 결혼식 전날 밤이나 너무도 그리워하던 사람과의 오년 만의 재회 직전에 생각지도 못했던 흉측한 부스럼이 생긴다면, 저라면 죽을 겁니다. 가출해서 타락하고 말 거예요. 자살할 거예요. 여자는 순간순간의 아름다움에 대한 기쁨만으로 살아가거든요. 내일 어떻게 되든지 간에. ──살짝 문이 열리고 그이가 흡사 다람쥐 같은 작은 얼굴을 내밀며, 아직 멀었어? 하고 눈짓으로 물어보기에 저는 경박하게 손짓해 그를 불렀습니다.

"저기요." 천박한 새된 목소리가 나와 저는 어깨를 움츠렸다가 이번엔 가급적 나지막한 목소리로 말했습니다. "저기요, 내일은 어떻게 돼도 좋다고 결심할 때의 여자가 가장 여자답지 않나요?"

"뭐라고?" 그이가 당황하는 모습에 저는 웃음이 나왔습니다.

"말로 표현하기가 좀 힘드네요. 모르겠어요. 이제 됐어요. 저, 여기 잠시 앉아 있는 사이에 왠지 딴사람이 돼버린 것 같아요. 이런 밑바닥에 있으면 안될 것 같아요. 전 마음이 약해서 주변 분위기에 금방 영향을 받고 익숙해져버려요. 전 천박해졌어요. 마음이 점점 하찮게 타락하고, 마치 벌써……" 저는 말을 하려다가 입을 꾹 다물어버렸습니다. 프로스티튜트prostitute, 그 말을 하려고 했습니다. 여자가 영원히 입 밖에 내서는 안되는 말. 그리고 한번쯤은 반드시 그 생각으로 번민하게 되는 말. 완전히 자긍심을 잃었을 때, 여자는 반드시 이 말을 생각합니다. 저는 이런 부스럼이 나서 마음까지 도깨비가 돼버린 실상을 어렴풋이 깨달았습니다. 제가 지금까지 못생겼다, 못생겼다 하면서 매사에 자신 없는 척했지만 역시 내 피부만은, 그것만은 은근히 몹시 소중히 여겼으며, 그것이 나의 유일한 자존심이었음을 지금 깨달았습니다. 겸손이니 조신이니 인내니 하며 자부해오던 것들이 의외로 믿을 수 없는 가짜였던 거죠. 사실 저 또한 지각과 감촉에만 일희일비하며 장님처럼 살아온 불쌍한 여자라는 것을 깨달았어요. 지각과 감촉이 아무리 예민해도 그건 동물적인 거고 예지와는 전혀 상관없어, 나는 정말 우둔한 백치에 지나지 않아, 하며 저 자신을 분명히 알게 되었습니다.

전 잘못 알고 있었어요. 그런데도 전 자신의 예민한 지각을 왠지 고상하다고 여기고, 그걸 똑똑하다고 착각해 남몰래 자신을 위로하고 있었던 건 아닌지. 전 결국 어리석고 머리가 나쁜 여자였던 거예요.

"많이 생각했어요. 저, 바보 같아요. 전 정말 제정신이 아니었어요."

"그러는 게 당연해. 이해해." 그이는 정말 이해한다는 듯 현명해 보이는 웃는 얼굴로 대답했습니다. "이봐, 우리 차례야."

간호사를 따라 진찰실에 들어가서 허리띠를 풀고 단번에 상반신을 드러내고는 슬쩍 제 가슴을 보았습니다. 전 석류를 보고 말았습니다. 눈앞에 앉아 있는 의사보다 뒤에 서 있는 간호사가 제 모습을 보는 것이 몇배나 더 괴로웠습니다. 의사는 역시 사람이라는 느낌이 안 드는 존재인 듯했어요. 얼굴 인상조차 희미했습니다. 의사도 저를 사람으로 여기지 않고 몸의 여기저기를 만져보더니,

"중독이에요. 뭔가 안 좋은 걸 드셨나보군요." 태연한 목소리로 그렇게 말했습니다.

"나을까요?"

그이가 물었습니다.

"그럼요."

저는 멍하니 다른 방에 있는 듯한 기분으로 듣고 있었습니다.

"혼자 훌쩍거리며 우는데, 차마 볼 수가 없네요."

"금방 나을 거예요. 주사를 놓아드리지요."

의사가 자리에서 일어났습니다.

"단순한 건가요?" 그이가 물었습니다.

"그렇고말고요."

주사를 맞고 저희는 병원을 나왔습니다.

"벌써 손 쪽은 다 나았어요."

저는 몇번이나 햇빛에 손을 비추며 바라보았습니다.

"기분 좋아?"

그 말을 듣고 저는 부끄러워했습니다.

아무도 모른다
誰も知らぬ

아무도 모르는 일인데요——라며 마흔한살 야스이 부인은 미소를 살짝 띠고 이야기한다——이상한 일이 있었습니다. 제가 스물세 살 되던 해 봄의 일이니 벌써 이래저래 이십년 가까이 된 옛이야기 군요. 칸또오 대지진이 있기 바로 전의 일이지요. 그때나 지금이나 토오꾜오 우시고메 주변은 별로 바뀌지 않았습니다. 중심가가 조금 확장되었는데 저희 집 정원도 반 정도 없어져 도로가 되고 말았지요. 연못이 있었지만 그것도 메워졌어요. 변했다고 해봤자 이 정도로, 지금도 여전히 2층 툇마루에서는 후지 산이 정면으로 보이고 병사들의 나팔소리도 아침저녁으로 들려온답니다. 아버지는 나가사끼 현의 지사로 계셨을 때 초빙되어 이쪽 구청장으로 취임하셨습니다. 그때는 제가 꼭 열두살이던 해 여름으로 어머니도 그 당시엔 살아 계셨습니다. 아버지는 토오꾜오 우시고메에서 태어나셨고, 할아버지는 리꾸쭈우 모리오까 사람입니다. 할아버지는 젊었

을 적에 홀로 훌쩍 토오꾜오로 오셔서 반은 정치가, 반은 장사꾼이
라는 뭔가 미덥지 못한 일을 하셨는데, 뭐, 사업가라고나 할까요,
어쨌든 성공해서 중년에 우시고메의 이 큰 저택을 사서 정착할 수
있었다고 합니다. 진짜인지 거짓말인지 모르겠지만 아주 오래전
토오꾜오 역에서 암살당한 정치가 하라 타까시와 같은 고향 출신
으로 할아버지 쪽이 연배로 보나 정치 경력으로 보나 훨씬 선배였
기 때문에 할아버지는 하라 타까시를 수하에 두었다고 합니다. 그
가 장관이 된 후에도 매년 설날에는 우시고메 집으로 신년 인사를
하러 찾아왔다고 하는데, 이건 정말이지 믿을 수가 없습니다. 왜냐
하면 할아버지가 제게 그런 말씀을 하신 것이 제가 열두살 때, 부
모님과 함께 처음 토오꾜오의 이 집으로 돌아왔을 때로, 할아버지
는 이때껏 홀로 우시고메에 남아 지내오셨지만, 이미 여든이 넘은
꾀죄죄한 노인이었기 때문입니다. 저는 그때까지 공무원인 아버지
를 따라 우라와, 코오베, 와까야마, 나가사끼 등 여기저기를 옮겨다
녔고, 태어난 곳도 우라와의 관사였습니다. 토오꾜오의 이 집에 놀
러 온 적도 사실 몇번 안되어서 할아버지에 대해서는 친밀감이 옅
었습니다. 열두살 때 처음 이 집에 정착해 할아버지와 함께 살게
되었지만, 할아버지가 왠지 모르게 남 같았고, 꾀죄죄한 데다가 할
아버지 말에는 아주 심한 토오호꾸 지방 사투리가 있어서 뭐라고
말씀하시는지 도통 알아들을 수가 없어서 더욱더 친근감이 사라지
고 말았습니다.

제가 할아버지를 전혀 따르지 않았기 때문에 할아버지는 이것
저것 여러 방법을 동원해 제 비위를 맞춰주시곤 했습니다. 하라 타
까시의 이야기도 그런 것으로, 여름밤에 마당의 평상에서 책상다
리를 턱 하고 앉으신 상태로 팔꿈치를 쭉 펴 부채질을 하면서 들려

주셨지요. 하지만 저는 금방 따분해져서 일부러 과장되게 하품을 했습니다. 그러자 할아버지는 힐끗 곁눈질로 보시더니 급히 어조를 바꾸어, 하라 타까시는 재미가 없으니, 좋아, 그러면 옛날 우시고메 7대 불가사의 얘기를 해야겠군, 옛날 옛날에, 하시며 나직한 목소리로 이야기를 시작하셨습니다. 왠지 교활하다는 느낌이 들었습니다. 하라 타까시 이야기도 믿을 수 없었습니다. 나중에 아버지께 여쭈어보니 조금 씁쓸하게 웃으시며, 한번쯤 이 집에 왔을지도 모르지, 할아버지는 거짓말을 안하신단다, 하고 다정하게 일러주시며 제 머리를 쓰다듬어주셨습니다. 할아버지는 제가 열여섯살 때 돌아가셨습니다. 좋아하지 않았던 할아버지였지만 저는 장례식 날 많이 울었습니다. 장례식이 아주 성대했기 때문에 흥분해서 울었는지도 모릅니다. 장례식 이튿날 학교에 가니 선생님들이 모두 저에게 조의를 표하셨고, 저는 그때마다 울었습니다. 친구들로부터도 뜻밖의 동정을 받아 저는 아주 당혹스러웠습니다. 저는 이찌가야의 여학교를 걸어서 다녔는데, 그 무렵 저는 어린 공주처럼 과분하리만큼 행복했습니다. 저는 아버지가 마흔살에 우라와의 학무부장을 맡고 계실 때 태어났고, 그뒤로도 아이가 저 혼자였기 때문에 아버지와 어머니는 물론이거니와 주위 사람들에게서도 넘치도록 사랑을 받았습니다. 저 스스로는 소심하고 외로움을 타는 불쌍한 아이라고 생각했지만, 지금 돌이켜보면 역시나 제멋대로인 건방진 아이였던 것 같습니다. 이찌가야의 여학교에 들어가자마자 세리까와라는 친구가 생겼습니다. 그 당시에는 그래도 세리까와랑 원만하게 잘 지낸다고 생각했지만, 그 역시 지금 생각해보면 저는 심하게 우쭐대었고, 귀찮지만 친절하게 대해주지, 하는 식으로 남들 눈에 비쳤을지도 모르겠네요. 또 세리까와는 제가 하는 말을 아주 순순히 다 믿고 따라주어서 자연히 주인과 하인 같은 관계가 되고 말았죠. 세리까와의 집은 저희 집 바로 맞은편이었어요. 아실지 모르겠지만 카게츠도오라는 과자점이 있었어요. 네, 지금도 옛날과 다름없이 번창하고 있어요. 이자요이 모나까라고 해서 밤이 들어간 모나까가 옛날부터 그 가게의 자랑이었지요. 지금은 벌써 대가 바뀌어, 세리까와의 오빠가 카게츠도오의 주인이 되어 아침부터 밤까지 열심히 일하고 있답니다. 안주인도 매우 부지런한 사람으로 언제나 계산대에 앉아서 전화주문을 받고 알아서 척척 어린 점원들에게 일을 시킵니다. 저와 친구였던 세리까와는 여학교를 나온 지 삼년 만에 좋은 사람을 만나 시집가버렸습니다. 지금은 아마 조선의 경성京城인가 하는 곳에 있는 것 같습니다. 벌써 이십년 가까이 못 만났습니다. 남편은 미따의 의숙[17]을 나온 말쑥한 사람으로 경성에서 지금 꽤 큰 신문사를 운영하고 있다고 해요. 세리까와와 저는 여학교를 졸업한 후에도 꾸준히 만났는데, 만난다고 해도 제가 세리까와 집에 놀러 간 적은 한번도 없고 언제나 세리까와 쪽에서 저를 찾아왔습니다. 화제는 대부분 소설이었어요. 세리까와는 학교 다닐 때부터 나쯔메 소오세끼와 토꾸또미 로까의 책을 애독했고 글도 어른스럽게 잘 썼지만, 저는 그 방면에 도무지 소질이 없었어요. 도저히 흥미를 갖지 못했지요. 그래도 학교를 졸업한 후엔 따분하기도 해서 가끔 세리까와가 가지고 오는 소설책을 빌려 읽곤 했는데 그러면서 소설의 재미를 조금 알게 되었습니다. 하지만 제가 재미있다고 생각한 책은 세리까와가 그다지 좋아하지 않았고, 세리까와가 좋다고 한 책은 제가 의미를 잘 이해할 수 없었

----

17 토오꾜오 미따에 있는 케이오오 대학을 가리킴.

습니다. 저는 모리 오가이의 역사소설을 좋아했는데, 세리까와는 저를 아주 진부하다며 비웃었습니다. 그리고 모리 오가이보다는 아리시마 타께오 쪽이 훨씬 깊이가 있다며 그 사람의 책을 두어권 가져다주었습니다. 그러나 제가 읽긴 했지만 조금도 이해할 수 없었습니다. 지금 읽으면 또다른 느낌을 받을지 모르겠지만, 어쩐지 그 아리시마라는 작가는 어떻게 해도 좋을 듯한 논리만 많아서 제게는 재미가 없었습니다. 분명 제가 속물인 탓이겠지요. 그 무렵 신진 작가로 무샤노꼬오지 사네아쯔라든가 시가 나오야 그리고 타니자끼 준이찌로오, 키꾸찌 칸, 아꾸따가와 류우노스께 등 많이 있었지만, 저는 그중에서 시가 나오야와 키꾸찌 칸의 단편소설을 좋아했습니다. 그 때문에 또 세리까와로부터 사상이 빈약하다는 말을 듣고 비웃음을 샀습니다. 그러나 저는 지나치게 논리가 많은 작품이 싫었습니다. 세리까와는 올 때마다 신간 잡지나 소설집을 가져와서 제게 책의 줄거리나 작가들의 소문 등 여러 얘기를 들려주었는데, 아무래도 지나치게 열중하고 있어서 이상하다 싶던 참에, 어느날 세리까와는 그 열중하고 있는 게 무엇인지 제게 들키고 말았습니다. 여자들은 서로 조금이라도 친해지면 금방 서로 앨범을 보여주곤 하는데, 언젠가 세리까와가 큰 사진첩을 가져와 보여준 적이 있었지요. 저는 귀찮을 정도로 구구절절한 세리까와의 설명을 적당히 맞장구치며 들었어요. 한장 한장 유심히 보고 있는데 그 가운데 굉장히 멋진 학생이 장미 화원을 배경으로 책을 들고 서 있는 사진이 있는 거예요. 저는, 어머 멋진 분이네, 하고 무심코 말해놓고 왠지 얼굴이 붉어졌답니다. 그런데 세리까와가 느닷없이 안돼! 하고 제게서 그 앨범을 휙 낚아채버리기에 저는 바로 아하, 하고 알아차리게 되었습니다. 괜찮아, 이미 봐버렸으니까, 하고 제가 침착한 어조로 말하자 세리까와는 갑자기 기쁜 듯 싱글벙글 웃으며, 알고 있었어? 방심할 수가 없네, 정말이니? 사진 보고 금방 안 거야? 이미 여학교 시절부터야, 알고 있었구나 등의 말을 혼자 재빠르게 내뱉으면서 저는 하나도 알지 못했는데 죄다 이야기해주었습니다. 정말로 솔직하고 천진난만한 친구지요. 그 사진 속의 말끔한 학생과는 무슨 투고잡지의 애독자 통신란이라나 뭐라나, 그런 데가 있죠? 그 통신란에서 말을 주고받으며, 말하자면 뭐 서로 공감했다고 할까요. 속물인 저로서는 이해할 수 없었지만요. 그런 일이 있고부터 차츰 직접 펜팔을 하게 되었는데 여학교를 졸업하고 나서 급속도로 세리까와의 감정도 진전되어 결국 둘이서 마음을 정하게 되었다고 합니다. 상대방은 요꼬하마의 선박회사 집 차남인데 케이오오 대학의 수재라는 둥, 나중에는 훌륭한 작가가 될 것이라는 둥 세리까와는 여러 이야기를 해주었습니다. 저는 너무나 무서운 일 같았고, 게다가 추잡스러운 느낌마저 들었습니다. 한편으로는 세리까와에게 질투가 나서 가슴이 답답하고 두근거렸지만 애써 얼굴에 나타내지 않으면서, 잘됐네, 근데 세리까와, 잘 생각해서 결정해,라고 하자 세리까와는 민감하게 듣고 발끈 화가 나 부루퉁해서는 넌 짓궂어, 가슴에 칼을 품고 있어, 언제나 나를 차갑게 경멸하고 있는 디아나[18]야, 넌, 하고 전에 없이 강하게 저를 공격하기에 저는, 미안, 경멸 같은 거 하지 않아, 차갑게 보여서 손해를 보지만 그건 나의 천성이야, 언제나 사람들로부터 오해를 사지, 나는 정말 너희가 걱정돼서 그러는 거야, 어쩌면 상대가 아주 근사해서 널 부러워하는 건지도 모르고, 하고 생각한 바를 그대로 말했더니 세

---

18 로마 신화의 달의 여신으로, 그리스 신화의 아르테미스에 해당한다.

리까와는 기분이 환하게 바뀌더니, 그런 거였구나, 나, 우리 오빠한 텐 이 일을 다 털어놨는데, 오빠 역시 너랑 비슷한 말을 하면서 절대 반대라더라, 좀더 진실되고 평범한 결혼을 하라는 거지, 하긴 오빠는 아주 철저한 현실주의자이니 그렇게 말하는 것도 무리는 아니야, 그러나 난 오빠의 반대 따윈 신경 쓰지 않아, 내년 봄에 그 사람이 학교를 졸업하면 우리는 정식으로 결혼할 거야, 하며 귀엽게 양쪽 어깨를 으쓱하며 의기양양해했습니다. 저는 억지로 미소를 지으며 그저 고개를 끄덕이며 듣기만 했습니다. 그 친구의 순진함이 너무나 사랑스럽고 부럽다는 생각이 들면서 저의 진부하고 저속한 속물근성이 견딜 수 없이 추하게 느껴졌습니다. 그런 고백이 있은 후 세리까와와 저 사이는 예전만큼 원만하지는 않았지요. 여자란 참 이상해요. 둘 사이에 남자가 한명 들어오면 그때까지 아무리 친하게 지냈더라도 쌩하니 태도가 딱딱해지고 서먹해지니 말이에요. 아무리 그렇더라도 우리 사이가 그렇게 심하게 변한 건 아니었지만 서로 조심스러워했지요. 인사도 정중해지고 말수도 줄어들어 모든 게 소원해졌답니다. 어느 쪽이나 그 사진 일에 대한 이야기는 회피하게 되었습니다. 그러는 사이 한해가 저물어 저와 세리까와는 어느덧 스물세살의 봄을 맞이하게 되었습니다. 그리고 정확히 그해 3월 말의 일이었어요. 밤 10시쯤 제가 어머니와 둘이 방에서 아버지의 써지 옷을 꿰매고 있는데 하녀가 살짝 장지문을 열고 저를 손짓하며 불렀습니다. 나? 하고 눈짓으로 물으니 하녀는 진지한 얼굴로 두어번 작게 고개를 끄덕였습니다. 왜 그러니? 하고 어머니가 안경을 이마 쪽으로 밀어올리시며 하녀에게 묻자 하녀는 가볍게 기침을 하고서, 저기, 세리까와 씨의 오빠가 아가씨를 잠깐…… 하고 말하기 어렵다는 듯 또 두어번 기침을 했습니다. 저는 곧바로 일어나 복도로 나갔습니다. 이미 다 알 것 같았어요. 세리까와가 무슨 문제를 일으킨 것이 틀림없어, 분명 그런 걸 거야,라고 단정해버리고 응접실로 가려는데 하녀는, 아니, 부엌 쪽이에요,라고 나지막한 목소리로 말하더니, 자못 큰일로 긴장한 사람처럼 약간 허리를 굽히고 종종걸음으로 쓰윽 앞장서서 걸어갔습니다. 어슴푸레한 부엌 입구에 세리까와의 오빠가 싱긋 웃으며 서 있었습니다. 여학교에 다닐 때엔 세리까와의 오빠와 매일 아침저녁으로 인사를 나누었는데, 오빠 늘 가게에서 점원들과 함께 아주 부지런히 일하고 있었지요. 여학교를 졸업하고 나서도 오빠 일주일에 한 번쯤 주문한 과자를 배달하러 우리 집에 오곤 했기 때문에 저도 마음 편히 오빠, 오빠 하고 불렀습니다. 하지만 이렇게 늦게 저희 집에 온 적은 한번도 없었습니다. 그런데도 일부러 저를 몰래 부른 건, 정말 세리까와의 그 문제가 폭발한 게 틀림없어,라는 생각에 가슴이 두근거려,

"세리까와는 요즘 통 못 만났어요"라고 아무것도 묻지 않았는데 제가 먼저 엉겁결에 말을 뱉고 말았습니다.

"너, 알고 있었니?" 하고 오빠는 순간 미심쩍은 표정을 지었습니다.

"아뇨."

"그래? 그 녀석이 없어졌어. 바보같이, 문학 따위 변변치 않은데. 너도 전부터 들어서 알고 있겠지?"

"네. 그건……" 소리가 목에 걸려 당혹스러웠습니다. "알고 있었어요."

"도망가버렸어. 그렇지만 대강 있을 만한 곳은 알아. 너에게 그 녀석이 최근 아무 이야기도 없었니?"

"네. 최근 제게 아주 서먹하게 굴더라고요. 저, 어찌된 일일까요. 좀 올라오지 그러세요. 이런저런 이야기를 나누고 싶은데."

"응, 고마워. 그런데 계속 여기에 있을 수가 없어. 지금 당장 그 녀석을 찾으러 가야 돼." 그러고 보니 오빠는 양복을 단정하게 차려입고 트렁크를 손에 들고 있었습니다.

"짐작 가는 데가 있나요?"

"응, 알고 있어. 녀석들을 마구 두들겨 패준 다음 결혼시켜야지."

오빠는 그렇게 말하더니 태평스럽게 웃으며 돌아갔고, 저는 부엌문 앞에 선 채 멍하니 배웅했습니다. 방으로 돌아가니 어머니가 궁금하다는 듯한 얼굴을 하셨지만 못 본 척하며 조용히 앉아 꿰매다 만 소매를 두세땀 꿰맸습니다. 그러다가 다시 살그머니 복도로 나와 종종걸음으로 부엌문으로 달려가 게따를 아무렇게나 신고는, 내 꼴이야 어떻게 되든 상관없이 정신없이 마구 내달렸습니다. 어떤 기분이었을까요. 전 아직도 모르겠어요. 오빠를 따라가서 죽을 때까지 떨어지지 말아야지,라는 각오를 했습니다. 세리까와의 가출사건 따윈 애당초 제게는 문제가 되지 않았습니다. 단지, 오빠를 한번만 더 보고 싶어, 그럼 어떤 일이라도 할 수 있을 텐데, 오빠랑 둘이서라면 어디든 갈 수 있어, 이대로 절 데리고 도망가주세요, 절 오빠 마음대로 해주세요,라는 저 혼자만의 생각이 느닷없이 그날 밤 내내 활활 타올라 어두운 골목골목을 개처럼 잠자코 달렸습니다. 때로는 발이 걸려 비틀거렸지만 앞섶을 여미고는 다시 아무 말 없이 계속 달렸습니다. 눈물이 마구 솟구쳐 지금 생각하면 뭐랄까, 지옥의 밑바닥에 떨어진 듯한 기분이었어요. 이찌가야 부근의 시영 전차 정류장에 다다랐을 때에는 숨 쉬는 것조차 곤란할 정도로 몸이 힘들었고, 눈앞이 몽롱하니 어두웠습니다. 분명 정신을 잃기 일보직전의 상태였습니다. 정류장에는 사람 그림자 하나 없었습니다. 지금 막 전차가 지나간 것 같았습니다. 저는 마지막 하나의 염원으로, 오빠! 하고 힘껏 목소리를 쥐어짜서 불러보았습니다. 하지만 쥐 죽은 듯 조용했습니다. 저는 가슴에 양 소매를 모은 채 돌아왔습니다. 도중에 옷매무새를 가다듬고 집으로 돌아와 조용하게 방 장지문을 열자 어머니가, 무슨 일 있었니? 하고 물으시며 수상한 듯이 제 얼굴을 보시기에, 네, 세리까와가 옮겨셨다고 하는데 큰일이에요, 하고 아무렇지도 않은 척 대답하고는 다시 바느질을 시작했습니다. 어머니는 무언가 계속해서 물어보고 싶어했으나 고쳐 생각하신 듯 잠자코 바느질을 계속하셨습니다. 그뿐입니다. 세리까와는 앞에서도 말씀드렸지만, 미따의 의숙 출신의 그 사람과 축복받으며 결혼해서 지금은 조선에 있는 모양입니다. 저도 이듬해 지금의 남편을 만났습니다. 세리까와의 오빠와는 그후에 만나도 특별한 느낌은 없었습니다. 지금은 카게츠도오의 주인으로 예쁘고 아담한 안주인을 맞아들여 가게가 매우 번창하고 있답니다. 지금도 계속 일주일에 한번쯤 남편이 주문한 과자를 가지고 오지요. 별로 달라진 것은 없어요. 저는 그날 밤, 바느질을 하면서 깜빡 잠이 들어 꿈을 꾼 건 아닐까요. 그런데 꿈이라고 하기엔 너무나 기억이 또렷해요. 당신은 이해되나요? 거짓말 같은 이야기지요. 그렇지만 이건 비밀로 해주세요. 딸이 벌써 여학교 3학년이 되니까요.

눈 오는 밤 이야기
雪の夜の話

어느날, 아침부터 눈이 내렸어요. 아주 오래전부터 만들어온 츠루(조카)의 몸뻬가 완성되어 학교에서 돌아오는 길에 전해주려고 나까노에 사는 숙모 집에 들렀답니다. 마른 오징어 두마리를 선물로 받고 키찌조오지 역에 도착했을 때에는 벌써 날이 어둑어둑해 있었어요. 눈은 일척 이상이나 쌓이고도 쉼 없이 소복소복 내렸지요. 저는 장화를 신고 있었기에 오히려 신바람이 나서 일부러 눈이 많이 쌓인 곳을 골라 걸어다녔어요. 그런데 집 근처 우체통까지 와서 옆구리에 끼고 있던, 신문지로 싼 오징어가 없어진 것을 알아차렸어요. 제가 좀 매사에 느긋하고 털털하긴 해도 물건을 잃어버리는 일은 별로 없는데, 그날 밤에는 수북이 쌓인 눈에 한껏 흥분해서 깡충거리며 걸었던 탓일까요, 그만 잃어버리고 말았어요. 저는 잔뜩 풀이 죽었습니다. 그깟 오징어를 잃어버렸다고 실망하다니 아주 한심하고 부끄럽지만, 저는 그걸 새언니에게 주려고 했거든요. 우리 새언니는 금년 여름에 아기를 낳아요. 배 속에 아기가 생기면 배가 많이 고프대요. 배 속 아기 몫까지 2인분을 먹어야 하니까요. 새언니는 저와 달리 몸가짐이 단정하고 기품이 있어서 지금까지는 '카나리아의 식사'처럼 조금만 먹고, 간식 따윈 한번도 먹은 적이 없는데, 요즘엔 배가 자꾸 고파서 부끄럽다고 해요. 요새 갑자기 이상한 음식이 당긴다고 해요. 일전에도 저랑 같이 저녁 설거지를 하면서 작은 소리로, 아아, 입안이 아주 씁쓸해, 오징어 같은 것 좀 씹었으면 좋겠다, 하고 한숨을 쉬는 거예요. 그 모습이 자꾸 아른거려 그날 우연히 나까노에 사는 숙모한테서 오징어 두마리를 받고 이걸 새언니에게 몰래 줘야지, 하고 잔뜩 기대하며 가지고 오다가 그만 잃어버려 잔뜩 풀이 죽었답니다.

아시다시피 저희 집은 오빠와 새언니와 저, 이렇게 셋이 살아요. 그런데 오빠는 조금 별난 소설가로 곧 있으면 마흔이 되는데 전혀 유명하지 않고, 그래서 언제나 궁핍해요. 몸이 아프다며 자리에 누웠다 일어났다만 하는 주제에, 입만 살아가지고 이러쿵저러쿵 우리한테 시끄럽게 잔소리하곤 해요. 그리고 만날 입으로만 말하지 털끝만큼도 집안일을 도와주지 않기 때문에 새언니는 힘이 필요한 남자 일까지 해야 해서 너무나 가여워요. 어느날 저는 의분이 솟구쳐,

"오빠, 가끔 배낭을 메고 채소라도 사가지고 와요. 다른 집 남편들은 대개 그렇게 하던데."

라고 했습니다. 그랬더니 오빠는 버럭 화를 내더라고요.

"이 바보야! 난 그런 천한 남자가 아니야. 알겠어? 키미꼬(새언니 이름)도 잘 기억해둬. 우리 일가족이 굶어죽더라도 맹세코 난 한심스러운 장보기 따위는 안할 테니 그리 알아. 이건 내 마지막 자존

심이야."

정말 각오는 훌륭하지만, 그럼에도 오빠의 경우는 국가를 생각해서 매점하는 무리를 증오하는 건지, 자신의 게으름 때문에 장보기를 싫어하는 건지 조금 모호한 데가 있습니다. 우리 아버지와 어머니는 토오꾜오 사람입니다. 하지만 아버지가 토오호꾸의 야마가따 관청에서 오래 근무하셔서 오빠랑 저는 야마가따에서 태어났습니다. 아버지가 야마가따에서 돌아가셨을 때 오빠는 스무살쯤 되었고, 전 아직 너무나도 어렸지요. 전 어머니 등에 업힌 채 셋이 다시 토오꾜오로 돌아왔지요. 작년엔 어머니도 돌아가셔서 지금은 오빠랑 새언니, 나 이렇게 셋이 살고 있어요. 우리에게는 고향이랄 곳이 없어서 다른 집처럼 시골에 먹을 것을 부쳐달라고 할 수도 없어요. 또 오빠가 별난 사람이라 다른 집과 알고 지내는 일이 일절 없기 때문에 뜻밖의 진귀한 물건이 '손에 들어오는' 일 따위도 전혀 없어요. 그러니 아쉬운 대로 고작 오징어 두마리라 하더라도 새언니에게 주면 얼마나 기뻐하겠어요? 이런 생각을 하면 좀 천해 보이지만 오징어 두마리가 아까운 걸 어떡해요. 저는 뒤로 빙그르르 돌아, 지금 온 눈길을 천천히 걸으며 찾아보았습니다. 하지만 찾을 수가 없었죠. 키찌조오지 역 근처까지 돌아가봤지만 하얀 눈길에서 하얀 신문지 꾸러미를 찾는 일은 굉장히 어려운 데다가 눈이 쉼없이 계속 내려 돌멩이 하나 발견할 수 없었습니다. 한숨을 쉬며 우산을 고쳐 들고 어두운 밤하늘을 올려다보니 눈이 백만마리 반딧불처럼 어지럽게 엉기며 흩날리고 있었어요. 아, 예쁘다, 하고 생각했어요. 길 양쪽에 즐비하게 늘어선 나무들은 눈을 뒤집어쓰고 무거운 듯 가지를 늘어뜨리면서 가끔 한숨을 쉬는 것처럼 희미하게 몸을 움직였어요. 뭐랄까, 마치 동화 속 세상에 있는 것 같은 기분이 들어 저는 오징어 따위 다 잊고 말았어요. 퍼뜩 마음에 묘안이 떠올랐습니다. 이 아름다운 설경을 새언니에게 가져다주자, 오징어 따위보다 얼마나 더 좋은 선물이란 말인가. 먹을 것에 얽매이는 건 추잡스러운 일이야. 정말 부끄러운 일이야.

사람의 눈동자는 풍경을 담을 수 있다고 언젠가 오빠가 가르쳐주었어요. 잠시 동안 전구를 응시한 다음 눈을 감으면 눈꺼풀 속에 전구가 똑똑히 보일 거야, 그게 바로 증거야. 덴마크에 이런 옛날이야기가 있다며, 그와 관련된 다음과 같은 짧은 로맨스를 저에게 알려주었어요. 오빠 이야기는 언제나 터무니없어서 믿을 수 없지만 이 이야기만은 설령 오빠가 지어낸 허구의 이야기라 하더라도 참 멋지다고 생각했어요.

옛날 덴마크의 한 의사가 난파된 배에서 건진 젊은 어부의 시체를 해부했는데, 눈동자를 현미경으로 조사해보니 그 망막에 단란하고 아름다운 일가의 광경이 어려 있는 것을 발견했어요. 친구인 소설가에게 그 이야기를 해주었더니 소설가는 당장 그 신기한 현상을 다음과 같이 부연 설명했대요. 그 젊은 어부는 난파당하고서 성난 파도에 휩쓸려 해안에 내던져졌지. 그런데 죽을힘을 다해 매달린 곳이 등대의 창가였어. 아주 기뻤지. 살려달라고 외치려 창문을 들여다보는데, 등대지기 일가가 검소하면서도 단란한 저녁식사를 이제 막 시작하려고 하는 거야. 아아, 안돼. 내가 지금 '사람 살려!' 하고 무서운 소리를 내면 이 일가의 단란함은 엉망진창이 될 거야. 바로 그렇게 생각하는 순간 창가에 매달린 손가락 끝의 힘이 쭉 빠지며 쏴아 하고 큰 파도가 와서 어부를 바다로 데려가버렸다네. 틀림없어. 이 어부는 세상에서 가장 상냥하고 고귀한 사람이었을 걸세. 이렇게 해석을 해주니 의사도 친구의 말에 수긍하고 둘이서 어부의 시체를 정성껏 매장했다고 하는 이야기예요.

저는 이 이야기를 믿고 싶어요. 설령 과학적으로 있을 수 없는 이야기라고 하더라도 전 믿고 싶어요. 저는 그 눈 내리던 날 밤에 이 이야기가 문득 떠올라 제 눈 속에 아름다운 설경을 찍어 담아서 집으로 돌아가,

"새언니, 제 눈 속을 들여다보세요. 배 속의 아기가 예뻐질 거예요"라는 말을 하고 싶었어요. 요전에 새언니가 오빠에게,

"아름다운 사람 모습이 그려진 그림을 제 방 벽에 붙여줘요. 매일 그 그림을 보게요. 예쁜 아기를 낳고 싶으니까요" 하고 웃으며 부탁하니 오빠는 진지하게 고개를 끄덕이며,

"음, 태교하려고? 그거 중요하지."

하고 마고지로오라는 요염한 노오멘能面[19] 사진과 유끼노꼬오모떼라는 애처로운 노오멘 사진 두장을 나란히 벽에 붙여준 것까진 아주 좋았는데, 그 두장의 노오멘 사진 사이에 찌푸린 얼굴을 한 오빠 사진을 딱 붙여놓아서 아무 소용이 없게 되었답니다.

"제발 부탁이니 저기 당신 사진은 좀 떼어줘요. 그걸 보면 속이 막 울렁거려요." 온순한 새언니도 도저히 참을 수 없었던 거죠. 빌다시피 부탁해서 어쨌든 사진은 떼었지만, 오빠 사진을 계속 바라보면 토요또미 히데요시 같은 원숭이 얼굴을 한 아기가 태어날 게 틀림없어요. 그렇게 괴상한 얼굴을 지닌 오빠는 자기 자신을 괜찮은 미남자라고 생각하는 걸까요? 나 참, 기가 막혀서. 새언니는 지금 배 속의 아기를 위해 이 세상에서 가장 아름다운 것만 보고 싶을 거야. 오늘 이 설경을 내 눈 속에 담아서 보여주면 분명 새언니

---

19 일본의 대표적인 가면 음악극인 노오가꾸(能樂)에서 쓰는 탈.

는 오징어 같은 선물보다 몇배, 몇십배 더 기뻐하겠지.

저는 오징어를 단념하고 집으로 돌아오는 도중 가능한 한 주위의 아름다운 설경을 잔뜩 바라보았어요. 눈동자뿐만 아니라 가슴속까지 순백의 아름다운 경치를 간직해 집에 도착하자마자,

"새언니, 제 눈을 보세요. 제 눈 속에 무척이나 아름다운 경치가 한가득 보일 거예요"라고 했습니다.

"네? 무슨 일이에요?"새언니는 웃으며 일어나 제 어깨에 손을 얹고 물었습니다. "도대체 눈이 어쨌는데요?"

"언젠가 오빠가 가르쳐줬잖아요. 사람의 눈 속에는 방금 본 경치가 사라지지 않고 남아 있다고요."

"오빠의 이야기 따윈 잊었어요. 대부분 거짓말인걸요."

"하지만 그 이야기만은 정말이에요. 전 그것만은 믿고 싶어요. 그러니 제 눈을 좀 들여다보세요. 전 지금 무척이나 아름다운 설경을 아주 많이 보고 왔으니까요. 자, 제 눈을 보세요. 틀림없이 눈처럼 새하얗고 고운 피부를 가진 아기가 태어날 거예요."

새언니는 슬픈 듯한 표정을 짓고 가만히 제 얼굴을 바라보았습니다.

"이봐."

그때 옆쪽의 세평짜리 타따미방에서 오빠가 나왔습니다. "슌꼬(내 이름)의 그런 시시한 눈을 보느니 내 눈을 보는 게 백배는 더 효과가 있을 거야."

"왜요? 왜?"

때려주고 싶을 정도로 오빠가 미웠습니다.

"새언니는 오빠 눈을 보면 속이 메슥거린다고 그랬어."

"그렇지도 않을걸. 내 눈은 이십년 동안 아름다운 설경을 본 눈

이거든. 난 스무살까지 야마가따에서 살았어. 슌꼬 넌 철들기 전에 토오꾜오로 와서 야마가따의 멋진 설경을 몰라. 그러니 이런 하찮은 토오꾜오의 설경을 보고 요란을 떠는 거지. 내 눈은 이보다 더 멋진 설경을 백배 천배 지겨우리만치 잔뜩 봐와서 뭐라고 해도 슌꼬 네 눈보다는 훌륭하지."

저는 분해서 울어버릴까 하고 생각했습니다. 그때 새언니가 저를 도와주었지요. 새언니는 미소를 지으며 조용히 말했어요.

"하지만 오빠 눈은 깨끗한 경치를 백배 천배 본 대신 더러운 것도 백배 천배 더 본 눈인걸요."

"맞아요, 맞아. 플러스보다 마이너스가 훨씬 많아요. 그러니 그렇게 누르스레하게 탁한 거야. 쌤통이다."

"건방진 소리 하지 마."

오빠는 팩 토라져 옆쪽의 세평짜리 타따미방으로 들어갔습니다.

화폐
貨幣

외국어에는 명사에 각각 남녀의 성별이 있다.

그리하여 화폐를 여성명사로 한다.

저는 77851호 백 엔짜리 지폐입니다. 당신의 지갑 속에 있는 백 엔 지폐를 잠깐 살펴봐주세요. 어쩌면 제가 그 속에 들어 있을지도 모르니까요. 저는 지칠 대로 지쳐서 지금 제가 누구의 주머니 속에 들어 있는지, 아니면 휴지통 속에 처박혀 있는지 도무지 가늠할 수 없게 돼버렸어요. 근래에는 현대식 지폐가 나와서 저희 구식 지폐 는 모두 불태워질 거라는 소문도 들립니다만, 이렇게 살았는지 죽 었는지도 모르는 기분으로 지내기보다는, 차라리 불태워져 승천 했으면 좋겠어요. 다 타버리고 난 후 천국으로 갈지 지옥으로 갈지 그건 하느님께 달려 있겠지요. 어쩌면 저는 지옥으로 떨어질지도 모르겠네요.

태어났을 때에는 지금처럼 꼬락서니가 초라하지 않았어요. 나중에 2백 엔 지폐니, 천 엔 지폐니, 저보다도 존중받는 지폐가 많이 나왔지만, 제가 태어났을 무렵엔 백 엔 지폐가 돈 중에서는 여왕이었죠. 제가 토오꾜오에 있는 큰 은행 창구에서 처음으로 어떤 사람의 손에 건네졌을 때, 그 사람의 손은 조금 떨고 있었어요. 어머, 정말이에요. 그 사람은 젊은 목수였어요. 그는 작업복 허리 주머니 속에 저를 접지 않고 그대로 살며시 넣고는, 배가 아픈 것처럼 왼손을 작업복에 가볍게 대더군요. 그러고는 길을 걸을 때에도, 전차를 탈 때에도, 결국 은행에서 집에 도착할 때까지 그대로 주머니를 왼쪽 손바닥으로 가만히 누르고 있었어요. 그리고 집에 도착하자 그는 저를 카미다나[20]에 올려놓고 기도하더군요. 제 인생의 출발은 이렇게 행복했어요. 저는 그 목수님 댁에 언제까지나 있고 싶었어요. 그러나 저는 그 집에 하룻밤밖에는 있을 수가 없었어요. 그날 밤 목수님은 기분이 매우 좋아 저녁 반주를 드시고, 젊고 자그마한 체구의 부인을 향해, "날 바보 취급하면 안돼. 나도 사내구실은 하니까"라고 으스대며 가끔 일어나 저를 카미다나에서 내려다가 두 손으로 받들어 모시는 듯한 모양으로 공손히 절해 젊은 부인을 웃겼지요. 그러는 동안 부부간에 싸움이 벌어져 결국 저는 네 겹으로 접혀 부인의 작은 지갑 속으로 들어가고 말았습니다. 그러고는 이튿날 아침, 부인에게 이끌려 전당포로 갔습니다. 부인은 옷 열벌과 저를 맞바꾸었고, 저는 전당포의 차고 습한 금고 속으로 들어가게 되었습니다. 이상하게 뼛속까지 추위가 스며들어 배가 아프고 괴로웠는데, 그러다가 저는 또다시 바깥으로 나와 햇빛을 보

20 가정이나 사무실 등에서 신또오(神道)의 신을 모시기 위해 만든 선반 모양의 감실.

게 되었습니다. 이번엔 의대생이 가지고 온 현미경 하나와 교환되었고, 그를 따라 제법 먼 곳까지 여행을 했습니다. 그리고 결국 세또 내해의 작은 섬에 있는 어느 여관에서 저는 그 의대생으로부터 버림을 받았습니다. 그뒤 한달 가까이 저는 그 여관의 계산대 서랍 속에 놓여 있었는데, 그 의대생은 저를 버리고 여관을 나선 후 곧바로 세또 내해에 몸을 던져 죽었다는 여종업원들 사이에 떠도는 소문을 언뜻 들었습니다. "혼자 죽다니 바보 같아. 저렇게 잘생긴 남자라면 난 언제라도 함께 죽어줄 수 있는데" 하면서 뚱뚱하게 살찐 마흔쯤 되어 보이는 부스럼투성이 여종업원이 모두를 웃겼습니다. 그후 저는 오년간 시꼬꾸, 큐우슈우를 떠돌며 눈에 띄게 확 늙고 말았습니다. 그리하여 점점 함부로 취급받아 육년 만에 토오꾜오로 되돌아왔을 때쯤에 저는 너무나 변해버린 외모 때문에 어느덧 자기혐오에 빠지게 되었어요. 토오꾜오에 돌아와서부터 저는 그저 암거래상 사이를 여기저기 뛰어다니며 심부름하는 여자가 되고 만걸요. 오륙년 토오꾜오를 떠나 있는 동안 저도 변했지만, 정말 토오꾜오의 변한 모습이란! 밤 8시경, 술에 취한 브로커에게 이끌려 토오꾜오 역에서 니혼바시, 그리고 쿄오바시로 가서 긴자를 걷다 신바시까지, 그동안 그저 캄캄해서 깊은 숲속을 거닐고 있는 듯했고, 사람 하나 다니지 않는 건 물론이거니와 길 건너는 고양이 한마리 보이지 않았어요. 끔찍한 죽음의 거리 같은 불길한 형상을 보이고 있었죠. 그로부터 곧바로 그 탕탕, 쉬익쉭 하는 소리가 시작되었어요. 연일 밤낮의 대혼란 속에서 저 역시 쉴 새 없이 이 사람 손에서 저 사람 손으로, 마치 이어달리기 선수들의 바똥처럼 눈이 팽팽 돌 정도로 돌아다녔어요. 그 때문에 이처럼 쭈글쭈글한 모습이 되었을 뿐만 아니라 온갖 고약한 악취가 몸에 배게 되었답니다. 이미 부끄러워 될 대로 되라는 심정이 되고 말았어요. 그 무렵에는 이미 일본도 될 대로 되라는 시기였습니다. 제가 어떤 이의 손에서 어떤 이의 손으로, 무슨 목적으로, 그리고 얼마나 잔혹한 대화 속에 건네졌는지, 그건 이미 여러분도 충분히 아실 거고, 듣고 보는 것 다 질렸을 테니 자세히 말씀드리지는 않겠습니다. 그런데 제가 보기에 짐승처럼 변한 건 군벌이라 일컬어지는 집단들만이 아닌 것 같았어요. 그것은 비단 일본 사람들에게만 국한된 일이 아니라 인간성 일반의 큰 문제라고 생각합니다. 그러나 오늘 밤 죽을지도 모르는 상황이 되면 물욕도 색욕도 깡그리 잊어버리게 되는 게 아닐까 싶기도 하지만, 뭐 꼭 그런 것만은 아닌 듯, 인간은 목숨이 막다른 골목에 들어서면 서로 웃지 못하고, 탐욕스럽게 서로 잡아먹는 것 같습니다. 이 세상에 단 한사람이라도 불행한 사람이 있는 한, 자기 자신은 행복해질 수 없다고 생각하는 것이야말로 참된 인간다운 감정일 텐데, 자기나 자기 가정만 잠깐 동안의 안락을 누리겠다고 이웃을 욕하고, 속이고, 밀어 넘어뜨리고(아니, 당신도 한번쯤은 그런 일을 저질렀어요. 무의식적으로 해놓고, 스스로 그 사실을 모른다는 건 참으로 가공할 만한 일이에요. 부끄러운 줄 아세요. 인간이라면 부끄러운 줄 아시라고요. 수치를 느낀다는 건 인간에게만 있는 감정이니까요), 정말 지옥의 망령들이 서로 맞잡고 싸우는 듯한 우스꽝스럽고 비참한 모습을 보게 되었어요. 그러나 저는 이처럼 여기저기 뛰어다니며 심부름하는 천박한 밑바닥 생활 속에서도 한두번 정도는, 아아, 태어나길 잘했다는 생각을 해본 적이 없는 건 아니에요. 지금은 이렇게 지칠 대로 지쳐서 제 자신이 어디에 있는지조차 짐작할 수 없을 정도로 망령이 난 것 같은 형국이지만, 그래도 지금까지 잊지 못하는 아련하게 즐거운 추억도 있어요. 그중 하나는 토오꼬오에서 기차로 서너시간 걸리는 한 소도시 암거래상 할머니에게 이끌려갔을 때의 일인데, 지금 그 이 야기를 잠시 해드릴게요. 저는 지금껏 이 암거래상에서 저 암거래 상으로 온갖 곳을 떠돌아다녔지만, 아무래도 여자 암거래상이 남 자 암거래상보다 저를 두배나 더 효율적으로 사용하는 것 같았어 요. 여자의 욕심이라는 건 남자보다 더 철저하면서 비열하고 지독 한 데가 있는 것 같아요. 저를 그 소도시로 데리고 간 할머니도 보 통 인물은 아닌 듯, 한 남자에게 맥주 한병을 건네고 그 대신에 저 를 받았지요. 그리고 이번엔 그 소도시에 포도주를 사러 왔어요. 보통 암시장 시세는 포도주 한되에 50엔인가 60엔쯤 하는 것 같은 데 할머니는 상대에게 다가가 소곤소곤 오랜 시간 끈덕지게 붙어 가끔 망측하게 웃기도 하면서 결국 저 한장으로 넉되를 손에 넣고 는 무겁다는 표정도 짓지 않고 짊어지고 돌아갔어요. 즉 이 암거래 상 할머니는 수완 하나로 맥주 한병이 포도주 넉되, 물을 조금 섞 어서 맥주병에 새로 채워넣으면 스무병 가까이나 되겠지요. 아무 튼 여자의 욕심은 정도를 넘었지요. 그래도 그 할머니는 조금도 기 뻐하는 표정을 짓지 않고, 정말이지 형편없는 세상이 되었군, 하 며 아주 진지하게 푸념하고는 돌아갔어요. 저는 포도주 암거래상 의 큰 지갑 속으로 들어가 깜빡 졸았는데 금세 또 끄집어내졌지요. 이번에는 마흔에 가까운 육군 대위 손에 넘겨졌어요. 이 대위 또한 암거래상과 한패인 것 같았습니다. '호마레'라는 군인 전용 담배를 100개비(라고 그 대위는 말했다는데, 나중에 포도주 암거래상이 세어보니 86개비밖에 없어서, 그 포도주 암거래상은 못된 사기꾼 녀석! 하며 아주 분개했습니다), 아무튼 100개비가 들어 있다는 종 이봉지와 맞바꾸어진 저는 그 대위의 바지 주머니 속으로 아무렇게나 쑤셔넣어져, 그날 밤 동네 변두리에 있는 지저분한 요릿집 이층까지 함께 가게 되었지요. 대위는 술고래였어요. 포도주를 증류하여 만든 브랜디라는 진귀한 음료를 홀짝홀짝 마시는데, 술버릇이 안 좋은 듯, 술 시중을 드는 여인한테 집요하게 욕을 퍼부어댔어요.

"자네 얼굴은 아무리 봐도 여시로밖엔 보이질 않아. (여우를 여시라고 발음합니다. 어디 시투리일까요.) 잘 기억해두랑게. 여시 낯짝은 입이 뾰족하고 수염이 있어. 그 수염은 오른쪽이 세가닥, 왼쪽이 네가닥이야. 여시 방귀는 도저히 참을 수가 없어. 그 일대에 누런 연기가 뭉게뭉게 피어오르지. 개가 그걸 맡으면 빙글빙글 돌다가 픽 쓰러져. 아니, 거짓말이 아니야. 자네 얼굴은 누렇군. 이상하게 누리끼리해. 스스로 자기 방귀에 누렇게 물든 게 틀림없어. 아이고, 썩은 내야! 그러고 보니, 자네, 또 뀌었구먼? 아니, 분명 뀌었어. 자네, 이건 너무 실례 아닌가. 감히 제국 군인의 코앞에서 방귀를 뀌다니, 몰상식하기 짝이 없군. 나, 이래봬도 신경이 예민하다고. 코앞에서 여시가 방귀를 뀌어대니 도저히 태평하게 있을 수가 없군." 이따위의 천박한 말만, 딴엔 짐짓 진지하게 떠들어대다가 아래층에서 갓난아기의 울음소리가 들려오자 재빨리 알아채고는, "시끄러운 아귀餓鬼로군. 흥이 깨지네. 난 신경이 예민하다고. 무시하지 마. 저건 자네 새끼인가? 그것 참 묘하군. 여시 새끼도 사람 새끼처럼 울다니, 놀라운걸? 그런데 자네 너무 괘씸한 거 아니야? 애를 안고 이런 장사를 하다니 뻔뻔하구먼. 너같이 주제 파악도 못하는 야비한 여자들만 있어서 일본이 고전하는 거라고. 넌 멍텅구리 바보니까 일본이 이길 거라고 생각하겠지. 이 바보 멍청이야. 애당초 이 전쟁은 말이 안되는 거였어. 여시와 개란 말이야. 빙글빙글 돌다가 픽 쓰러지는 녀석들이 이길 리가 있나. 그래서 나는 매일 밤 이렇게 술을 마시고 여자를 사는 거야. 뭐 잘못 됐나?"

"나빠요" 하며 술 시중을 들던 여인이 창백한 얼굴로 말했습니다.

"여우가 뭐 어쨌다는 거예요? 싫으면 안 오면 될 거 아니에요. 지금 일본에서 이렇게 술 퍼마시고 여자한테 까부는 건 당신들뿐이에요. 당신 월급이 어디서 나오는지 생각해봐요. 우리들이 번 돈은 대부분 나라에 바쳐지고 있어요. 정부가 그 돈을 당신들한테 줘서, 이렇게 요릿집에서 마시고 있는 거예요. 여자라고 무시하지 마세요. 우린 아이도 낳을 수 있다고요. 지금 갓난아기를 데리고 있는 여자가 얼마나 괴롭고 힘든지 당신들이 알 리 없죠. 우리 젖에서는 더이상 젖이 한방울도 안 나와요. 텅 빈 젖가슴을 홀짝거리며 빠는데, 아니, 이제는 더이상 빨 힘조차 없는 모양이에요. 아, 그래요, 여우 자식이에요. 턱이 툭 튀어나왔고, 주름투성이 얼굴로 온종일 찔찔 울고 있죠. 보여줄까요? 그래도 우린 참고 있어요. 이기길 바라며 견디고 있단 말이에요. 그걸 당신들이 알기나 해요?" 이런 말을 하는데, 공습경보가 울리더니 거의 동시에 폭발음이 들렸습니다. 탕탕, 쉬익쉭 소리가 시작되고 방의 장지문이 새빨갛게 물들었습니다.

"아이고, 왔군. 결국 오셨구먼" 하고 대위가 소리치며 일어섰지만, 브랜디에 너무 취했는지 휘청거리면서 비틀비틀했습니다.

술 시중을 들던 여인은 새처럼 재빨리 계단 아래로 내려가서는 이내 갓난아기를 업고 이층으로 올라와,

"자, 빨리 도망가요. 앗, 위험해. 정신 차려요. 못난 등신이라도 나라를 생각하면 소중한 병정 나부랭이지"라며 마치 뼈가 없는 사

람처럼 흐느적거리는 대위를 뒤에서 안아일으켜 걷게 해 아래층으로 데려다준 다음 신발을 신기고는, 대위 손을 잡고서 인근 신사 경내까지 도망갔습니다. 대위는 거기서도 또 대차 자로 벌렁 드러 눕더니 하늘에서 들려오는 폭격 소리를 향해 뭐라고 한참 고래고래 욕을 해댔습니다. 여기저기서 불똥이 비 오듯 쏟아졌습니다. 신사도 불타기 시작했습니다.

"제발 부탁이에요. 군인 아저씨. 조금 더 저쪽으로 도망가요. 여기서 개죽음 당해본들 소용도 없어요. 도망갈 수 있는 데까지는 도망가야 해요."

인간의 직업 중에서 가장 밑바닥 장사라는 말을 듣는, 이 검푸른 말라깽이 아낙이 제 어두운 일생에서 가장 존경스럽고 빛나 보였습니다. 아아, 욕망이여, 가라. 허영이여, 가라. 일본은 이 두가지 때문에 패배했다. 술 따르던 여인은 아무런 욕심도 없이, 그리고 허영도 없이, 그저 눈앞에 취해 쓰러진 손님을 구하려고 혼신의 힘을 다해 대위를 일으켜세운 뒤, 옆에서 부축해 비틀거리면서 밭 쪽으로 피했어요. 도망친 직후 그 신사 경내는 불바다가 되어버렸답니다.

보리 수확이 막 끝난 밭으로 만취한 대위를 끌어와 조금 높은 둑 그늘에 누이고서는, 술 따르던 여인 자신도 그 곁에 털썩 주저앉아 거친 숨을 내쉬었습니다. 대위는 이미 드르렁드르렁 코를 골고 있었습니다.

그날 밤 그 작은 도시는 구석구석까지 전소됐습니다. 동이 틀 무렵, 대위는 잠이 깨어 일어나 여전히 타고 있는 대화재 참사를 멍하니 바라보다가 문득 자기 곁에서 꾸벅꾸벅 졸고 있는, 술 시중을 들던 그 여인을 알아보았지요. 그는 왠지 많이 당황한 기색으로 일어나더니 도망치듯 대여섯 걸음을 걸어가다가 다시 되돌아와, 윗

옷 안주머니에서 제 친구인 백 엔 지폐를 다섯장 꺼내고 바지 주머니에서 저를 꺼낸 뒤 여섯장을 포개어 반으로 접어서 갓난아기 속옷 안의 살갖 닿는 등 쪽에 푹 쑤셔넣고는 황망히 도망갔어요. 제가 행복을 느낀 것은 바로 이때입니다. 화폐가 이렇게 쓰인다면 정말이지 우린 얼마나 행복할까 싶었습니다. 갓난아기의 등은 꺼칠하니 메마르고 야위어 있었죠. 그래도 나는 동료 지폐에게 말했습니다.

"그 어디에도 이렇게 좋은 덴 없어. 우린 정말 행복해. 언제까지나 여기 있으면서 이 갓난아기의 등을 따뜻하게 해주고 살찌워주고 싶어."

친구들은 모두 똑같이 잠자코 고개를 끄덕였습니다.

오상
おさん

1

넋이 빠져나간 사람처럼 발소리도 내지 않고 현관을 빠져나갑니다. 저는 부엌에서 저녁 설거지를 하면서 쓰윽 하는 그 기척을 등 뒤로 느끼고는 접시를 떨어뜨릴 만큼 쓸쓸하게 무심코 한숨을 내쉬었습니다. 조금 발돋움해서 부엌의 격자창으로 밖을 내다보니, 호박 넝쿨이 넘실넘실 얽힌 산울타리를 따라 난 작은 골목길을 남편이 빛바랜 하얀 유까따에 가느다란 헤꼬오비²¹를 둘둘 감고 여름날 땅거미 속에 둥둥 떠서 흡사 유령처럼 도무지 이 세상에 살아 있는 것 같지 않은 한심하고 슬픈 뒷모습을 보이며 걸어갑니다.

"아버지는요?"

---
21 남자 또는 어린이가 매는 일본 전통 복장의 허리띠.

뜰에서 놀던 일곱살 된 큰딸이 부엌문 앞에 놓인 물통에 발을 씻으면서 무심히 제게 물었습니다. 이 아이는 엄마보다 아빠를 훨씬 좋아해 매일 밤 세평짜리 타따미방에 아빠와 이불을 나란히 펴고 한 모기장 안에서 잠을 잡니다.

"절에 가셨어."

입에서 나오는 대로 막 아무렇게나 대답했는데 그렇게 말해버리고 나니 뭔가 터무니없고 불길한 말을 한 듯한 느낌이 들어 으스스해졌습니다.

"절에요? 뭣하러?"

"곧 우란분회[22]잖니. 그래서 절에 참배하러 가신 거야."

이상할 정도로 거짓말이 술술 나왔습니다. 정말로 그날은 음력 7월 13일이었습니다. 다른 집 여자아이들은 예쁜 키모노를 입고 문밖에 나가 의기양양하게 긴 소매를 팔랑거리며 노는데, 저희 아이들은 좋은 키모노가 전쟁 중 다 타버려서 백중이라고 해도 여느 때와 다름없이 변변치 못한 차림입니다.

"그래요? 빨리 돌아오실까요?"

"글쎄, 어떠실 것 같니? 마사꼬가 얌전하게 있으면 빨리 돌아오실지도 모르지."

아이에겐 그렇게 말했지만 저 모양새로 봐서는 오늘 밤에도 외박할 게 뻔합니다.

마사꼬는 부엌으로 들어와 한평 반 크기의 타따미방으로 가더니 창가에 쓸쓸히 앉아 밖을 바라보면서,

"엄마, 내 콩에 꽃이 피었어."

---

22 음력 7월 15일에 조상의 영혼을 위해 공양 드리는 불교 행사. 백중맞이.

하고 중얼거렸는데, 그 말을 듣자 애처로운 생각이 들어 저는 그만 눈물을 글썽이고 말았습니다.

"어디 보자. 어머, 정말이네. 이제 좀 있으면 잔뜩 콩이 열리겠구나."

현관 옆에는 열평 남짓한 밭이 있습니다. 예전에는 그곳에 여러 가지 채소를 심었는데 아이가 셋이 되니 도저히 밭에까지 손이 미치지 않더군요. 또 남편도 예전엔 가끔씩 밭일을 도와주었는데 요즘엔 아예 집안일을 나 몰라라 합니다. 옆집 밭은 아저씨가 깨끗하게 가꾸어 온갖 채소가 아주 잘 자라는데, 거기에 비하면 우리 밭은 텅 빈 채로 부끄럽게 잡초만 무성합니다. 마사꼬가 그 밭에 배급받은 콩 한알을 심고 물을 주었더니 그것이 불쑥 싹을 틔운 모양입니다. 장난감 하나 없는 마사꼬에게는 그 콩이 유일하게 자랑스러운 재산이어서 옆집에 놀러 가서도 우리 콩, 우리 콩 하면서 부끄럽지도 않은지 신나게 떠들어댑니다.

영락. 초라함. 아니, 이제 이건 지금 일본에서는 비단 우리에게만 한정된 일이 아니고, 특히 이곳 토오꾜오 사람들은 누굴 보나 기운이 하나도 없고 세상을 다 산 듯하고, 매우 귀찮고 피곤한지 굼뜨게 움직입니다. 저희도 가지고 있던 물건 전부를 태워먹어서 생활이 그저 초라하기 짝이 없습니다. 그러나 지금 괴로운 건 그런 일보다 더 절박한, 이 세상 사람의 아내로서 무엇보다도 쓰라린 어떤 일이랍니다.

저희 남편은 칸다에 있는 꽤 유명한 어느 잡지사에서 십년 가까이 일했습니다. 그리고 팔년 전 저와 평범한 중매결혼을 했습니다. 이미 그 무렵부터 토오꾜오에서는 점점 셋집이 부족했습니다. 추우오오센中央線을 따라 형성된 교외에 있는, 게다가 밭 가운데의 독

채 같은 이 작은 셋집도 겨우 얻을 수 있었습니다. 그뒤 저희는 태평양전쟁이 일어날 때까지 쭉 여기서 살았습니다.

남편은 몸이 약해 소집에서도, 징용에서도 면제되어 매일 무사히 잡지사에 출근했습니다. 하지만 전쟁이 치열해지자 우리가 사는 교외 마을에 비행기 제작 공장 등이 있어서 집 바로 근처에도 폭탄이 빈번하게 떨어졌습니다. 그리고 결국 어느날 밤 집 뒤 대나무 숲에 폭탄 하나가 떨어져 부엌과 화장실, 1.5평짜리 타따미방은 엉망이 되고 말았습니다. 도저히 네 식구(그 무렵엔 마사꼬 외에 장남 요시따로오도 태어났습니다)가 절반이나 부서진 그런 집에서 계속 살 수 없었기 때문에 저와 두 아이는 제 고향인 아오모리 시로 피난을 갔습니다. 남편은 혼자 반쯤 부서진 그 집에 남아 세평짜리 타따미방에 기거하며 변함없이 잡지사에 계속 다녔습니다.

그런데 아오모리 시로 간 지 넉달도 채 지나기 전에 오히려 아오모리 시가 공습을 받아 화재가 일어 힘들게 고생하며 가지고 갔던 짐이 모두 불타버려 저희는 그야말로 달랑 옷만 걸친 비참한 모습으로 타다 남은 지인의 집에 가게 되었죠. 그렇게 지옥의 꿈을 꾸는 듯한 심정으로 그저 어쩔 줄 몰라 하며 열흘 정도 신세를 지는 사이에 일본의 무조건 항복이라는 일이 있었습니다. 저는 남편이 있는 집이 그리워 두 아이를 데리고 거의 거지 차림으로 토오꾜오에 돌아왔습니다. 달리 이사할 곳도 없었기 때문에 반쯤 부서진 집을 목수에게 부탁해 대충 수리하니 그럭저럭 다시 이전처럼 네 식구가 오붓한 생활을 할 수 있게 되었습니다. 조금 한숨 돌리고 있는데 느닷없이 남편의 신상에 변화가 찾아왔습니다.

잡지사가 재해를 입은 데다가 회사 중역들 사이에 자본 문제로 다툼이 일어나 회사는 결국 해산되고, 남편은 곧바로 실직자가 되고 만 것이죠. 하지만 잡지사에 오래 근무한 덕분에 그 방면으로 아는 사람이 많았습니다. 그래서 그중 유력한 분들과 자본을 합쳐 새롭게 출판사를 일으켜 두어종의 책을 출판한 듯합니다. 그러나 그런 출판 일도 종이를 제대로 매입하지 못해 상당한 손해를 보게 되었고, 남편은 많은 빚을 지게 되었습니다. 이후 남편은 그 뒤처리를 위해 멍한 상태로 매일 집을 나가서는 저녁 무렵에 완전히 녹초가 되어 돌아오곤 했습니다. 원래 과묵한 편이었지만 그 무렵부터는 더욱 입을 꾹 다물고 지냈습니다. 그러는 사이 출판으로 입은 손실의 구멍은 그럭저럭 메워졌지만 남편은 이제 더이상 아무 일도 할 수 없을 정도로 기력을 상실한 듯했습니다. 그렇다고 하루종일 방 안에만 있는 것도 아니어서, 뭔가를 생각하면서 우두커니 뒷마루에 서서 담배를 피우며 언제까지나 멀리 지평선을 바라보곤 했습니다. 아아, 또 시작됐구나, 하고 제가 가슴을 졸이고 있으면 과연 남편은 견딜 수 없다는 듯 깊은 한숨을 내쉬면서 피다 만 담배를 뜰에 휙 버립니다. 그러고는 책상 서랍에서 지갑을 꺼내 품에 넣고 그 넋 나간 사람 같은, 발소리도 나지 않는 걸음걸이로 살짝 현관을 빠져나가는데, 그날 밤에는 대개 돌아오지 않습니다.

좋은 남편, 다정한 남편이었어요. 주량은 일본 술 한홉, 맥주 한병 정도였고, 담배는 피우지만 배급받은 담배로 만족했어요. 결혼한 지 벌써 십년 가까이 되는데 그동안 한번도 저를 때리거나 상스럽게 욕한 적이 없답니다. 딱 한번 남편의 손님이 찾아왔을 때, 그러니까 지금의 마사꼬가 세살쯤 되던 무렵이었을까, 마사꼬가 손님에게 기어가 차를 엎질렀는지 남편이 저를 불렀는데, 저는 부엌에서 풍로에 부채질을 하느라 그 소리를 듣지 못해 대답을 못했더니, 남편이 그때만큼은 아주 무서운 얼굴로 마사꼬를 안고 부엌으로 와서 아이를 마룻바닥에 내려놓은 뒤 살기등등한 눈초리로 저를 노려보면서 한참 동안 우뚝 서 있었습니다. 그러고는 한마디도 하지 않고 그대로 휙 내게서 등을 돌리고 방으로 들어가는데 제 뱃속까지 울릴 듯한 실로 크고 날카로운 소리를 내며 문을 쾅 닫아버렸지요. 순간 저는 남자에 대한 두려움에 몸을 떨었습니다. 남편에게서 혼난 기억은 정말 딱 그 한번뿐이었습니다. 이번 전쟁으로 인해 저도 남들처럼 여러 고생을 했지만, 그래도 남편의 다정함을 생각하면 이 팔년간 저는 행복한 사람이었노라 말하고 싶습니다.

'이상한 사람이 되어버렸다. 도대체 언제부터 그 일이 시작된 걸까? 피난 갔던 아오모리에서 돌아와 넉달 만에 남편을 만났을 때 남편의 웃는 얼굴이 어딘가 모르게 비굴해 보였다. 내 시선을 피하는 듯한 주뼛주뼛한 태도를 나는 그저 혼자 불편하게 살다보니 찌들었구나 싶어 애처롭게 여겼는데, 혹시 그 넉달 사이에, 아아, 더 이상 아무 생각도 하지 말자. 생각하면 생각할수록 고통의 늪에 더욱 깊이 빠져들 뿐이다.'

어차피 돌아오지 않을 남편의 이불을 마사꼬의 이불과 나란히 깔고 모기장을 치면서 저는 슬프고 괴로웠습니다.

2

이튿날 점심을 먹기 전에 현관 옆에 있는 우물가에서 올봄에 태어난 둘째딸 토시꼬의 기저귀를 빨고 있는데, 남편이 도둑놈 같은 떳떳지 못한 얼굴로 살금살금 다가와 저를 보더니 아무 말 없이 꾸벅 고개를 숙이고는 넘어질 듯 앞으로 푹 고꾸라지면서 현관으로 들어갔습니다. 아내인 내게 무심코 고개를 숙이다니, 아아, 남편도 괴로울 테지! 저는 가슴이 연민으로 가득 차 도저히 계속 빨래를 할 수가 없었습니다. 그래서 일어나 남편의 뒤를 따라 집으로 들어 갔습니다.

"날이 많이 덥죠? 옷을 좀 벗는 게 어때요? 백중 특별 배급으로 맥주가 두병 나왔어요. 차갑게 해뒀는데 마실래요?"

남편은 쭈뼛거리면서 힘없이 웃더니,

"그거 참 굉장하군."

하고 쉰 목소리로,

"당신이랑 한병씩 마실까?"

하고 속이 빤히 들여다보이는 서툰 치렛말까지 했습니다.

"대작해드릴게요."

돌아가신 제 아버지는 술고래셨습니다. 그래서 그런지 저는 남편보다 술이 셉니다. 신혼 시절, 남편과 둘이서 신주꾸를 걷다 어묵집 같은 곳에 들어가 술을 마시는데 남편은 금방 얼굴이 빨개졌지만 저는 아무 변화도 없었습니다. 다만 무슨 영문인지 귀가 울리는 듯한 느낌이 좀 있을 뿐이었습니다.

1.5평짜리 타따미방에서 아이들은 밥을 먹고, 남편은 옷을 벗은 채 젖은 수건을 어깨에 두르고서 맥주를 마셨습니다. 저는 가득히 한잔만 받고는 과분해서 사양했지요. 그리고 둘째 딸 토시꼬를 안아 젖을 물렸습니다. 겉으로 보기엔 그림처럼 평화롭고 단란한 가정이지만, 역시 거북하게도 남편은 제 시선을 피하기만 하고, 저는 저대로 남편의 아픈 곳을 건드리지 않으려고 세심하게 대화 주제를 고르다보니 도무지 이야기가 원활하게 진행되지 않았습니다. 장녀인 마사꼬와 장남인 요시따로오는 부모의 그런 어색한 기분을

민감하게 알아차린 듯 아주 얌전하게 대용식 찐빵을 둘신[Dulcin][23]이 들어간 홍차에 적셔 먹더군요.

"낮술은 취하는군."

"어머, 정말 온몸이 새빨갛네요."

그때 흘긋, 저는 보았습니다. 남편의 턱밑에 보랏빛 나방이 한마리 달라붙어 있는 것을요. 아니, 나방이 아니에요. 갓 결혼했을 때저도 그런 일이 있어서 나방 모양의 반점을 흘긋 보고 흠칫 놀랐고, 그와 동시에 남편도 제게 들킨 것을 눈치챈 듯 당황해 얼른 어깨에 걸치고 있던 수건 끝부분으로 그곳을 어설프게 가렸습니다. 처음부터 그 나방 모양의 반점을 가리려고 젖은 수건을 어깨에 걸치고 있다는 걸 알았지만, 저는 아무것도 눈치채지 못한 체하려고 꽤나 노력하며,

"마사꼬도 아빠랑 함께 먹으니 빵이 더 맛있나보네."

하고 농담처럼 말했습니다. 하지만 어쩐지 남편을 비꼬는 말처럼들려 오히려 분위기가 이상하게 냉랭해졌습니다. 저의 괴로움이극에 달했을 때 갑자기 옆집 라디오에서 프랑스 국가가 흘러나왔습니다. 남편은 잠시 그 노래에 귀를 기울이더니,

"아, 그렇군. 오늘이 빠리의 축제일이지."

하고 혼잣말처럼 중얼거리며 희미하게 웃었습니다. 그리고 마사꼬와 저에게 들으라는 듯,

"7월 14일, 이날은 혁명……"

이라고 하다가 갑자기 말을 뚝 끊었습니다. 남편을 보니 남편은입을 일그러뜨리고 눈에 눈물을 흘리고 있었습니다. 울고 싶은 걸

23 무색 결정의 인공 감미료.

참고 있는 얼굴이었습니다. 그리고 거의 울먹이는 소리로 말했습니다.

"바스띠유 감옥을 공격했지. 민중이 이쪽에서도 저쪽에서도 일어났고, 그후 프랑스에서는 높은 누각에서의 봄철 꽃놀이 술잔치가 영원히, 영원히지, 영원히 사라졌지. 하지만 꼭 파괴해야 했어. 영원히 새 질서와 새 도덕을 재건할 수 없다는 걸 알았지만 그래도 파괴하지 않으면 안되었단 말이야. 혁명은 아직 이루어지지 않았다는 말을 남기고 쑨원孫文이 죽었다지만, 혁명의 완성은 영원히 불가능할지도 몰라. 하지만 그래도 혁명을 일으켜야 해. 혁명의 본질은 그렇기 때문에 슬프고 아름답지. 그런 걸 해서 뭐할 거냐고 하지만 그 슬픔과 아름다움, 그리고 사랑……"

프랑스 국가는 여전히 계속 흘러나오고 있었습니다. 남편은 말하다가 왈칵 울음을 터뜨려서 창피했는지 억지로 흐흥 웃어 보였습니다.

"이거 참, 아무래도 아빠 울보인가봐."

하며 남편은 얼굴을 돌리고 일어나 부엌으로 가 세수를 하고서,

"아무래도 안되겠군. 너무 취했어. 프랑스혁명으로 울다니! 좀 자야겠어."

하고 세평짜리 타따미방으로 들어갔습니다. 그대로 쥐 죽은 듯 고요해졌습니다. 그러나 몸을 뒤척이며 흐느껴 울고 있을 게 틀림없습니다.

남편은 혁명 때문에 운 것이 아닙니다. 아니에요. 하지만 프랑스에서 일어난 혁명은 가정에서의 사랑과 아주 유사한 것인지도 모릅니다. 슬프고 아름다운 것을 위해 프랑스의 로맨틱한 왕조도, 또 평화로운 가정도 파괴해야 하는 고통, 남편의 그 고통을 잘 알지만

저 역시 남편을 사랑하는걸요. 그 옛날 카미지[24]의 아내 오상은 아니지만,

> 아내 품에는
> 귀신이 사는가
> 아아아
> 뱀이 사는가

라는 비탄에는 혁명사상이나 파괴사상이 아무 인연도 상관도 없는 듯한 얼굴로 그냥 지나칩니다. 그리고 아내 혼자만 남겨두고 늘 같은 장소에서 같은 모습으로 쓸쓸한 한숨만 내쉬니 도대체 이게 어찌된 일일까요? 운명을 하늘에 맡기고 그저 남편의 사랑 풍향이 바뀌길 기도하며 참고 순종해야 하는 걸까요? 아이가 셋이나 있습니다. 아이들을 위해서라도 이제 와서 남편과 헤어질 수는 없습니다.

이틀 밤을 연이어 외박하면 과연 남편도 하룻밤은 집에서 잡니다. 저녁식사를 마치고 아이들과 툇마루에서 놀면서 남편은 아이들에게까지 비굴하고 간살스러운 말을 합니다. 올해 태어난 막내 딸아이를 서툴게 안아올리더니,

"통통해졌네! 우리 딸 미인이구나."

하기에 제가 무심코,

"참 귀엽죠? 아이를 보고 있으면 오래오래 살고 싶은 생각이 들

---

24 카부끼 「동반 자살 하늘의 아미지마(心中天の網島)」의 주인공 카미야지헤에(紙屋治兵衛)의 약칭으로 유녀와 사랑에 빠져 아내 오상을 두고 유녀와 동반 자살을 한다.

지 않아요?"

하자 남편은 갑자기 묘한 표정을 짓고서,

"음."

하고 괴로운 듯 대답했습니다. 저는 순간 가슴이 덜컥 내려앉고 식은땀이 나는 듯했습니다.

집에서 잘 때 남편은 8시만 되면 벌써 세평짜리 타따미방에 자신의 이불과 마사꼬의 이불을 펴고 모기장을 칩니다. 그리고 아빠와 좀더 놀고 싶어하는 마사꼬의 옷을 억지로 벗기고 잠옷으로 갈아입힌 뒤 재우지요. 그러고는 자기도 자려고 전등을 끄고는 자리에 누워 그대로 하루를 마감합니다.

저는 그 옆 두평 남짓한 방에 큰아들과 둘째 딸을 재우고 11시까지 바느질을 합니다. 그리고 모기장을 치고 두 아이 틈에서 '천川' 자가 아니라 '소小' 자로 잠을 잡니다.

잠이 안 옵니다. 옆방에 누운 남편도 잠이 오지 않는지 한숨 소리가 들려옵니다. 저 역시 무심코 한숨을 내쉬며 또다시 저 오상의,

아내 품에는
귀신이 사는가
아아아
뱀이 사는가

라는 탄식의 노래를 떠올리는데, 남편이 일어나 제 방으로 건너오기에 바짝 긴장을 했습니다. 하지만 남편은,

"저기, 수면제가 없나?" 합니다.

"있었는데 제가 어젯밤 먹어버렸어요. 그런데 전혀 안 듣던데요."

"너무 많이 먹으면 오히려 효과가 없어. 여섯알 정도가 딱 알맞아."

좀 언짢은 듯한 목소리였습니다.

3

매일같이 무더운 날이 이어졌습니다. 더위와 근심으로 인해 저는 음식이 목으로 넘어가지 않았습니다. 광대뼈도 도드라지고 아이에게 줄 젖도 줄어들었어요. 남편은 입맛을 잃어 눈이 움푹 패었지만 그래도 눈빛만은 무섭게 반짝였습니다. 어떨 땐 흐흥, 하고 자신을 비웃으며,

"차라리 미치면 마음이 편하겠다."

하고 말하기도 했습니다.

"저도 그래요."

"올바른 사람은 괴로울 리가 없어. 정말 난 감탄하지 않을 수가 없어. 그대들은 어쩌면 그렇게 성실하고 정직하단 말인가. 세상을 훌륭하게 살도록 태어난 사람과 그렇지 않은 사람은 처음부터 확실히 구별되어 있는 게 아닐까?"

"아뇨. 둔감한 거죠, 저는. 다만⋯⋯"

"다만?"

남편은 정말로 미친 사람 같은 이상한 눈초리로 제 얼굴을 바라보았습니다. 저는 말문이 막혀 멈칫했습니다. 아아, 난 말 못해. 구체적인 건 무서워서 그 무엇도 말할 수 없어!

"다만, 당신이 괴로워하면 저도 괴로워요."

"뭐야, 시시하게."

남편은 안심한 듯 웃으며 그렇게 말했습니다.

그때 문득 저는 오랜만에 후련한 행복감을 맛보았습니다. '그렇구나. 남편의 마음을 편하게 해주면 내 마음도 편해지는구나. 도덕이고 뭐고 다 부질없어. 마음만 편해지면 그걸로 된 거야.'

그날 밤 늦게 저는 남편의 모기장으로 들어가,

"괜찮아요, 괜찮아. 난 아무 생각도 안해요."

라고 하며 쓰러지자 남편은 갈라진 목소리로,

"익스큐즈 미."

하고 익살스럽게 말하더니, 일어나 이부자리 위에 책상다리를 하고 앉았습니다.

"돈마이, 돈마이."[25]

여름 달이 그날 밤엔 보름달이었는데, 그 달빛이 덧문의 갈라진 틈새로 가느다란 은색 선이 되어 네댓줄 모기장 안으로 새어들어와 남편의 깡마른 가슴을 비췄습니다.

"그런데 많이 야위었네요."

저는 웃으며 농담처럼 그렇게 말하면서 일어나 이부자리 위에 앉았습니다.

"당신도 야윈 것 같아. 쓸데없는 걱정을 하니까 그런 거야."

"아니에요. 그래서 아까도 말했잖아요. 아무 생각도 안한다고요. 괜찮아요, 전 영리하니까. 단지, 가끔은 좀 어여삐 여겨줘요."

제가 이렇게 말하며 웃자, 남편도 달빛을 받은 하얀 이를 드러내며 웃었습니다. 어릴 적 돌아가신 제 할아버지와 할머니는 부부 싸

---

25 'Don't mind'에서 온 말로 응원 때 '걱정 마'의 의미로 쓰임.

움을 자주 했습니다. 그리고 그때마다 할머니는 어여삐 여겨줘요, 하고 할아버지에게 말했습니다. 어린 마음에도 전 그 말이 너무나 우스웠고, 결혼한 뒤 남편에게 그 얘기를 해주었는데, 둘이 박장대소하고 웃었답니다.

제가 그때 그 말을 해 남편 역시 웃었습니다. 그러나 남편은 금방 진지한 얼굴로,

"난 당신을 소중히 여기고 있어. 행여 비람이라도 맞을까봐 애지중지한다고. 당신은 정말 좋은 사람이야. 괜히 시시한 일에 마음 쓰지 말고 떳떳하게 자부심을 가지고 차분히 지내요. 나는 늘 당신만 생각하고 있어. 그 점에 대해 당신은 어떤 자신감을 가지더라도 절대로 지나치지 않을 거야."

하고 이상하게 정색하면서 흥 깨지는 말을 꺼냈습니다. 저는 아주 어색한 나머지,

"하지만 당신은 변했어요."

하고 고개를 푹 숙이고 작은 소리로 말했습니다.

'저는 차라리 당신이 저에게 무심한 것이, 당신이 저를 싫어하고 미워하는 편이 오히려 개운하고 좋아요. 저를 그토록 생각하면서도 다른 여자를 안는 당신의 모습은 저를 지옥으로 떨어뜨린다고요. 남자란 존재는 아내를 늘 생각하는 것이 도덕적이라고 착각하는 건 아닐까요? 달리 좋아하는 사람이 생겨도 자신의 아내를 잊지 않는 것이 좋은 일이다, 양심적이다, 남자는 늘 그래야 한다고 믿는 건 아닐까요? 그래서 다른 사람을 사랑하기 시작하면 아내 앞에서 우울한 한숨을 쉬어 보이고 도덕적으로 번민 따위를 하기 시작하는데, 그 때문에 아내도 그런 남편의 음울함에 감염되어 함께 한숨을 쉬게 되죠. 만약 남편이 태연히 쾌활하게 지낸다면 아

내도 지옥 같다는 생각을 하지 않을 텐데 말이에요. 딴 여자를 사랑한다면 아내를 완전히 잊어버리고 당당하게 열렬히 사랑해주세요.'

남편은 힘없이 웃으며,

"변했다고? 변했을 리 없어. 그냥 요즘엔 날이 더워서 말이야. 너무 더워서 못 참겠어. 여름은 정말 익스큐즈 미야"라고 했습니다.

더이상은 기댈 여지가 없어서 저도 살짝 웃으며,

"얄미운 사람."

하며 남편을 때리는 시늉을 해 보이고는 벌떡 일어나 모기장에서 나왔습니다. 그리고 제 방 모기장으로 들어가 큰아들과 둘째 딸 틈에서 '소' 자 모양을 하고 잤습니다.

하지만 저는 그만큼이나마 남편에게 응석 부리고 이야기를 나누며 함께 웃었다는 게 기쁘고 가슴속 응어리가 조금 풀린 듯한 기분이어서, 그날 밤에는 뒤척이지도 않고 오랜만에 아침까지 푹 잤습니다.

앞으로는 뭐든 그런 식으로 남편에게 가볍게 어리광 부리고 농담도 건네야지. 속임수든 뭐든 상관없어. 올바른 태도가 아니더라도 상관없어. 그런 도덕 따윈 아무래도 좋아. 그저 조금이라도, 잠시라도 마음 편히 살고 싶어. 한시간이나 두시간 동안 즐거울 수 있다면 그걸로 된 거야. 저는 이렇게 생각을 고쳐먹고 그날부터 남편을 꼬집기도 하면서 밝게 지내려고 애썼습니다. 그리하여 집에 커다란 웃음꽃이 자주 피어나게 되었을 즈음, 어느날 아침 느닷없이 남편이 온천에 가고 싶다는 말을 꺼냈습니다.

"머리가 아파서 말이야, 더위를 먹었나. 신슈우 온천 근방에 아는 사람이 있는데, 그가 언제든 오라고 하면서 쌀은 안 가져와도 되니 걱정 말라더군. 두세주쯤 요양하고 오고 싶어. 이대로라면 나는 미쳐버릴 것 같아. 암튼 토오꾜오에서 벗어나고 싶어."

저는 문득 남편이 그 사람으로부터 도망치고 싶어 여행을 떠나려는 건가 하는 생각을 했습니다.

"당신이 집을 비우고 없는 동안 총 든 강도라도 들면 어떡해요."

저는 웃으며(아아, 슬픈 사람들은 잘도 웃지요) 그렇게 말했습니다.

"강도한테 잘 말하면 되지. 제 남편은 미치광이에요,라고 말이야. 총 든 강도도 미치광이한텐 못 당할걸."

딱히 여행을 반대할 이유가 없었습니다. 저는 삼베로 된 남편의 여름 나들이옷을 꺼내려고 벽장을 여기저기 뒤졌는데 보이지가 않았습니다.

저는 당황해서 핏기가 싹 사라졌습니다.

"없어요. 어떻게 된 거지? 빈집에 도둑이라도 들었나?"

"팔았어."

남편은 금방이라도 울음을 터뜨릴 듯한 웃는 얼굴로 그렇게 말했습니다.

저는 흠칫 놀랐지만 애써 아무렇지도 않은 척했습니다.

"아, 빠르기도 하네요."

"거봐, 총 든 강도보다 더 무섭잖아."

그 여자를 위해 몰래 돈이 필요했나보다고 저는 생각했습니다.

"그럼 뭘 입고 가실래요?"

"노타이셔츠 하나면 돼."

아침에 말을 꺼내고서 점심에는 벌써 출발할 기세였습니다. 남편은 한시라도 빨리 집에서 나가고 싶은 모양이었습니다. 하지만 그날은 불볕더위가 계속되던 토오꾜오에 드물게 소나기가 내렸습니다. 남편은 배낭을 메고 신발까지 다 신고서 현관 마루에 앉아 매우 초조한 듯 얼굴을 잔뜩 찌푸린 채 비가 그치기를 기다리다가 불쑥,

"백일홍은…… 한해 걸러 피는 꽃인가?"

하고 한마디 중얼거렸습니다.

현관 앞 백일홍은 올해 꽃이 피지 않았습니다.

"아마 그럴걸요."

저는 멍한 상태로 대답했습니다.

그것이 남편과 나눈 최후의 부부다운 다정한 대화였습니다.

비가 그치자 남편은 도망치듯 허둥지둥 나가버렸습니다. 그리고 사흘 뒤 신문에 스와 호 동반 자살 기사가 작게 났습니다.

그리고 저는 스와의 여관에서 보낸 남편의 편지를 받았습니다.

"내가 이 여자와 죽는 건 사랑 때문이 아니오. 난 저널리스트라오. 저널리스트는 사람들에게 혁명과 파괴를 부추겨놓고선 항상 자기는 거기서 쏙 빠져나와 땀을 닦지. 실로 기괴한 생물이 아닐 수 없어. 현대의 악마지. 난 그런 자기혐오를 견딜 수 없어 스스로 혁명가의 십자가에 오를 결심을 했소. 저널리스트의 추문. 그건 전례 없는 일이지 않을까? 내 죽음이 현대의 악마를 조금이라도 낯뜨겁게 해서 그들을 반성케 하는 데 기여한다면 기쁘겠소."

참으로 시시하고 바보 같은 말이 그 편지에 씌어 있었습니다. 남자란 이렇게 죽는 순간까지 거드름을 피우며 의의니 뭐니 하는 것에 얽매이면서 허세 부리고 거짓말하지 않으면 안되나요?

남편의 친구에게서 들은 바에 의하면, 그 여자는 남편이 전에 근무하던 칸다에 있는 잡지사의 스물여덟살 된 여기자라고 하더군

요. 제가 아오모리에 피난 가 있는 동안 이 집에 드나들며 묵기도 했다가 임신을 했다나 어쨌다나. 그런데 겨우 그런 일을 가지고 혁명이니 뭐니 소란 피우며 죽다니, 저는 남편이 정말 형편없는 사람이라는 생각이 들었습니다.

혁명은 사람이 편하게 살기 위해 하는 것입니다. 비장한 얼굴을 한 혁명가를 저는 믿지 않습니다. 남편은 왜 그 여자를 좀더 공공연히 즐겁게 사랑하고, 아내인 저까지 즐겁게 사랑할 수 없었을까요? 지옥 같은 심정의 사랑은 당사자의 고통도 고통이지만 무엇보다 남에게 폐를 끼칩니다.

마음가짐을 가볍게 확 바꾸는 게 진짜 혁명이지요. 그렇게 할 수 있다면 뭐 그리 어려운 문제도 아닐 겁니다. 자기 아내에 대한 마음 하나 바꾸지 못하면서 혁명의 십자가라니, 나 참, 기가 막히는군, 하고 저는 세 아이와 함께 남편의 유골을 가지러 스와로 가는 기차 안에서 슬픔이나 분노보다도 너무나 어이없는 바보 같음에 몸서리쳤습니다.

비용의 아내
ヴィヨンの妻

1

황급히 현관문 여는 소리가 나는 바람에 잠이 깼지만, 그건 만취한 남편이 밤늦게 돌아오는 소리일 게 뻔하기에 저는 잠자코 누워 있었습니다.

남편은 옆방 불을 켜더니 하악하악 무서운 기세로 거칠게 숨을 내쉬었습니다. 책상과 책장 서랍을 열고 요란하게 휘저으며 뭔가를 찾는 것 같았습니다. 이윽고 바닥에 털썩 주저앉는 소리가 들리더니 그후엔 그저 하악하악 거친 숨소리뿐이었습니다. 뭘 하고 있는 걸까요. 저는 자리에 누운 채로,

"이제 돌아왔어요? 식사는요? 찬장에 주먹밥이 좀 있긴 한데."
라고 했습니다.

"응, 고마워" 하고 남편은 여느 때와 달리 상냥하게 대답하더니,

"애는 좀 어때? 열은 아직 그대로인가?" 하고 물었습니다.

이 또한 매우 드문 일입니다. 아이는 내년에 네살이 됩니다. 하지만 영양부족 탓인지, 아니면 남편의 술독 탓인지, 병독 탓인지, 다른 집 두살배기보다 체구도 작고 걸음걸이도 불안정합니다. 말도 맘마 맘마, 아냐 아냐 하는 정도가 고작이라 머리가 나쁜 건 아닐까 염려도 됩니다. 하루는 애를 데리고 목욕탕에 갔는데 벌거벗은 몸을 보니 너무 작고 보기 흉하게 말라 있었지요. 순간 가슴이 먹먹해 많은 사람들 앞에서 울어버렸답니다. 이 아이는 늘 배가 아프거나 열이 나곤 했습니다. 남편은 집에 차분히 있는 날이 거의 없습니다. 도대체 아이를 생각하기는 하는지, 아이가 열이 많이 나요,라고 해도, 아, 그래? 의사한테 한번 데려가보지그래, 하고는 바쁜 듯 외투를 걸치고 어디론가 휙 나가버립니다. 진찰받으러 가고 싶어도 돈도 뭐도 없어서 그저 아이 옆에 누워 아이의 머리를 묵묵히 쓰다듬어주는 것 외에는 달리 도리가 없습니다.

하지만 그날 밤엔 어찌된 영문인지 남편이 아주 다정하게 아이의 열은 어떠냐고 여느 때와 다르게 물어와 저는 기쁘다기보다 어쩐지 불길한 예감이 들어 등골이 오싹했습니다. 무슨 대답을 해야 할지 몰라 말없이 가만히 있으니, 그저 남편의 거친 숨소리만 들려왔습니다.

"실례합니다."

현관 쪽에서 가느다란 여자 목소리가 났습니다. 저는 온몸에 찬물을 뒤집어쓴 듯 오싹했습니다.

"실례합니다. 오오따니 씨."

이번엔 조금 날카로운 말투였습니다. 동시에 현관문을 여는 소리가 나더니,

"오오따니 씨! 계시지요?"

하는, 확실히 화가 나 있는 목소리가 들렸습니다.

남편은 그제야 겨우 현관에 나간 듯,

"왜 그러나."

하고 잔뜩 겁먹은 어조로 얼빠진 대답을 했습니다.

"왜 그러나뇨?" 여자가 목소리를 낮추고서 말했습니다. "이렇게 번듯한 집도 있는데 도둑질을 하다니, 왜죠? 고약한 농담 따윈 관두고 그걸 돌려주세요. 안 그러면 지금 당장 경찰에 신고할 거예요."

"뭐라는 거야? 무례한 소리 하지 마! 여긴 자네들이 올 데가 아니야. 돌아가게! 돌아가지 않으면 내가 자네들을 신고할 걸세."

그때 한 남자의 목소리가 또다시 들려왔습니다.

"선생, 참 배짱도 좋으시네. 자네들이 올 데가 아니라니, 대단하시군. 나 참, 어이가 없어 말이 안 나오네. 이건 다른 것과 달라. 남의 집 돈을, 이보게, 농담도 정도가 있는 법일세. 지금까지 우리 부부가 당신 때문에 얼마나 고생을 했는지 알기나 해? 그런데도 이렇듯 오늘 밤처럼 한심한 짓거리를 해? 선생, 이제 더이상은 보고 있을 수 없소이다."

"지금 협박하나?" 남편은 고압적인 태도로 말했지만 목소리가 떨리고 있었습니다. "이건 공갈이네. 돌아가게! 불만이 있으면 내일 말하게나."

"말을 참 잘도 지껄이는군. 선생, 이젠 아주 어엿한 악당이시군요. 그럼 이제 경찰에 부탁할 수밖에 다른 도리가 없겠소."

그 말의 울림에는 온몸에 소름이 돋을 정도로 무시무시한 증오가 서려 있었습니다.

"맘대로 하게!" 하고 외치는 남편의 목소리는 이미 날카로웠고 공허한 느낌이 들었습니다.

저는 일어나서 잠옷 위에 하오리[26]를 걸치고 현관으로 나가 두 손님에게,

"어서 오세요."

하고 인사했습니다.

"아, 부인이십니까?"

무릎 길이의 짧은 외투를 입고 서 있는 남자는 쉰이 넘어 보이고 얼굴이 둥그스름했습니다. 그는 조금도 웃지 않고 저를 향해 살짝 고개 숙여 가볍게 인사했습니다.

여자는 마흔 안팎의 마르고 작은 체구로 옷차림이 단정했습니다.

"한밤중에 들이닥쳐 죄송합니다."

여자 역시 조금도 웃지 않고 숄을 벗으며 제게 인사했습니다.

그때 남편이 느닷없이 게따를 신고 밖으로 뛰쳐나가려고 했습니다.

"야, 이놈아, 어딜 가!"

남자가 남편의 한쪽 팔을 붙잡자 두사람은 순식간에 뒤엉켜 싸움을 벌였습니다.

"놓으라고! 안 그러면 찌를 거야!"

남편의 오른손에는 잭나이프가 빛나고 있었습니다. 그 칼은 남편의 애장품으로 분명 책상 서랍에 들어 있던 것입니다. 그렇다면 아까 집에 돌아오자마자 뭔가 서랍을 뒤지는가 싶더니, 이미 일이

---

26 일본 전통 의상에서 옷 위에 걸치는 짧은 겉옷.

이렇게 될 줄 알고 칼을 찾아 품에 넣어둔 게 틀림없습니다.

남자가 몸을 뒤로 뺐습니다. 그 틈에 남편이 커다란 까마귀처럼 외투 소매를 펄럭이며 밖으로 뛰어나갔습니다.

"도둑이야!"

남자가 소리를 지르며 뒤따라 밖으로 나가려고 했지만, 저는 맨 발로 토방으로 내려가 남자를 끌어안고,

"그만두세요. 어느 쪽이든 다치면 안되잖아요. 뒤처리는 제가 할 게요."

하고 말했습니다. 그러자 옆에서 마흔쯤 되어 보이는 여자도,

"그래요, 여보. 칼 든 미치광이예요. 무슨 짓을 할지 몰라요."

라고 했습니다.

"제길! 경찰에게 넘겨. 더는 못 참아."

그 남자는 멍하니 바깥의 어둠을 보면서 이렇게 혼잣말처럼 중 얼거렸지만 전신의 힘은 이미 다 빠져 있었습니다.

"죄송합니다. 자, 들어오셔서 무슨 일인지 얘기해주세요."

저는 현관 마루로 올라가서 쭈그려 앉았습니다.

"저라도 뒤처리를 할 수 있을지 모르니까요. 자, 어서 들어오세 요, 어서요. 좀 누추하지만요."

두 손님은 서로 얼굴을 마주 보더니 희미하게 고개를 끄덕였습 니다. 남자가 정색을 하고 말했습니다.

"뭐라고 말씀하셔도 우리 마음은 이미 확고합니다. 하지만 지금 까지의 경위를 일단 부인께 말씀드리지요."

"네, 어서 들어오세요. 그리고 찬찬히 말씀해주세요."

"아니, 찬찬히고 뭐고 그럴 것도 없어요."

라며 남자가 외투를 벗으려고 했습니다.

"그대로 들어오세요. 추우니까요. 정말 그대로 들어오세요. 집에 온기가 하나도 없어요."

"그럼 이대로 실례하겠습니다."

"어서 들어오세요. 그쪽에 계신 분도 어서 그대로 들어오세요."

남자가 먼저, 그리고 여자가 뒤따라 남편의 세평짜리 타따미방으로 들어왔습니다. 썩어들어가는 타따미에 너덜너덜 찢어진 장지문, 쩍쩍 갈라지기 시작한 벽, 종이가 벗겨져 속이 훤히 드러나 맹장지, 한쪽 구석에 자리 잡은 책상과 책장, 그것도 텅 비어 있는 책장, 이런 황량한 방 풍경을 접하고서 두사람은 기가 찬 듯 보였습니다.

저는 찢어져 솜이 비어져나온 방석을 권하며,

"타따미가 지저분하니 자, 이런 거라도 깔고 앉으세요."

하며 다시 한번 정식으로 두사람에게 인사를 했습니다.

"처음 뵙겠습니다. 남편이 지금까지 폐를 많이 끼쳐드린 것 같은데 오늘 밤엔 또 무얼 어떻게 했나요? 저런 무서운 짓을 해서 정말 죄송합니다. 하여간 성미가 워낙 유별난 사람이라서."

하고 말하는데 말문이 막혀 눈물이 뚝뚝 떨어졌습니다.

"부인, 정말로 실례가 되는 말이지만, 나이가 어떻게 되시나요?"

남자는 찢어진 방석에도 개의치 않고 책상다리를 하고 앉아 팔꿈치를 무릎 위에 세우고 주먹으로 턱을 받쳐 상반신을 앞으로 내밀며 물었습니다.

"저 말인가요?"

"네. 분명 바깥양반은 서른이시죠?"

"네. 저는, 저기…… 네살 아래예요."

"그럼 스물…… 여섯? 아니, 이건 좀 심하군요. 나이가 겨우, 그 정도밖에 안됐습니까? 아니, 그럴 수도 있겠네요. 바깥양반이 서른이면 그럴 수도 있겠지만 좀 놀랐습니다."

"저도 아까부터……" 이번엔 여자가 남자의 등 뒤에서 얼굴을 내밀며 말했습니다. "감탄하고 있었어요. 이런 훌륭한 부인이 계신데 왜 오오따니 씨는 그 모양이죠? 안 그래요, 여보?"

"병이야, 병이라니까. 예전엔 이 정도까진 아니었는데 점점 더 악화되고 있어."

남자는 크게 한숨을 쉬더니,

"실은, 부인" 하고 격식을 차려 말했습니다. "저희 부부는 나까노 역 근처에서 작은 요릿집을 하고 있습니다. 아내와 저는 조오슈우 출신으로, 이래뵈도 저는 견실한 장사꾼이었습니다. 하지만 놀기 좋아하는 호방한 성격이어서 그런지 시골 농사꾼을 상대로 쩨쩨하게 장사를 하려니 성에 차지 않았습니다. 그래서 이십년 전쯤에 아내를 데리고 토오꾜오로 와서 아사꾸사에 있는 한 요릿집에 들어가 부부가 함께 더부살이하며 일을 시작했지요. 그때부터 다른 사람들과 마찬가지로 부침을 거듭하며 온갖 고생을 해서 돈을 조금 모을 수 있게 되었어요. 그리고 1936년 드디어 나까노 역 근처에 세평짜리 타따미방 한칸에 좁은 토방이 딸린, 정말 볼품없는 작은 집 하나를 빌렸지요. 한번에 쓸 수 있는 유흥비가 고작 일이 엔 정도인 손님들을 상대로 허름한 음식점을 개업했어요. 그래도 부부가 사치하지 않고 착실하게 일한 덕분인지 소주며 진 같은 술을 비교적 많이 사들일 수 있었어요. 그후 술이 부족한 시대가 도래했을 때에도 다른 음식점과 달리 전업하지 않고 어떻게든 열심히 장사를 계속하다보니 단골손님들도 적극적으로 도와주시더군요. 소위 군관이나 맛보는 술안주를 저희 쪽으로 유입되게끔 길을 열어주시는 분도 계셨어요. 태평양전쟁이 시작되어 점점 공습이 심해졌지만 우리에겐 딸린 아이도 없어서 고향으로 피난 갈 생각도 않고 집이 불타 없어질 때까지 해보자는 생각으로 오직 이 장사 하나에만 매달렸지요. 그럭저럭 재난도 당하지 않고 전쟁이 끝나 안심을 했답니다. 요즘에는 공공연히 암거래되는 술을 구입해 파는, 간단히 말하면 그런 부류의 사람입니다. 이렇게 간단하게 얘기하니 별로 큰 어려움 없이 비교적 운 좋게 살아온 사람처럼 생각하실지 모르겠지만 인간의 일생은 지옥이지요. 촌선척마寸善尺魔라는 말은 정말 맞는 말이에요. 한치의 행복에는 반드시 일척의 나쁜 일이 따르지요. 삼백육십오일 중에 아무 걱정 없는 날이 하루, 아니 반나절이라도 있다면 그 사람은 행복한 사람입니다. 바깥양반인 오오따니 씨가 처음 저희 가게에 온 때가 1944년 봄이었나 그래요. 아무튼 그 무렵엔 태평양전쟁에서 그렇게 패전할 줄은 몰랐지요. 아니, 슬슬 패할 기색은 있었지만 저희는 그런 실체랄까, 진상이랄까, 그런 건 모른 채 앞으로 이삼년만 더 고생하면 그럭저럭 대등한 자격으로 평화조약을 맺을 수 있으리라고 생각했습니다. 오오따니 씨는 처음 저희 가게에 모습을 나타냈을 때 무명옷에 외투를 걸치고 있었어요. 하지만 그 무렵엔 오오따니 씨뿐만 아니라 모두가 다 그랬지요. 아직 토오꾜오에는 방공복으로 몸을 꽁꽁 싸매고 돌아다니는 사람이 적었어요. 대체로 평상복 차림으로 유유히 외출할 수 있었던 때라 저희는 오오따니 씨의 옷차림에 별로 신경 쓰지 않았어요. 오오따니 씨는 그때 혼자가 아니었습니다. 부인 앞이긴 하지만, 아니, 아무것도 숨기지 않고 전부 다 말씀드리지요. 바깥양반은 어떤 중년 여인에게 이끌려 가게 부엌문으로 슬며시 들어왔습니다. 이미 그 무렵에는 저희 가게도 매일 바깥문을 걸어

잠근 채 영업하고 있었어요. 그 당시 유행한 말로 '폐점개업'이라는 말이 있었는데, 진짜 극소수의 단골손님만 부엌문으로 살며시 들어와서, 토방 의자에 앉아 술을 마시는 게 아니라 안쪽 세평짜리 타따미방에 앉아 불을 침침하게 해놓고 큰 소리를 내지 않으면서 몰래 술을 홀짝거리는 그런 식이었죠. 함께 온 중년 여인은 얼마 전까지 신주꾸에 있는 바에서 여급으로 일하던 사람으로, 여급 시절에 능력 좋은 손님을 저희 가게로 데려와 마셔서 우리 집 단골이 되게 했지요. 뱀의 길은 뱀이 알죠. 그런 식의 관계를 맺고 있었어요. 그 사람의 아파트가 바로 근처라서 신주꾸의 바가 문을 닫아 일을 그만둔 뒤에도 종종 아는 남자를 데리고 찾아오곤 했답니다. 그러는 동안 저희 가게도 점점 술이 줄어들어 아무리 능력 좋은 손님이라 하더라도 술꾼이 늘어나는 게 예전처럼 고맙기는커녕 귀찮게 생각될 정도였지요. 하지만 그전 사오년 동안 내내 돈을 호기 있게 막 쓰는 손님을 잔뜩 데려와준 의리도 있고 해서 저희는 그녀가 소개하는 손님에게는 싫은 내색도 하지 않고 술을 내주었습니다. 그러니까 바깥양반이 그때, 그 중년 여인은 아끼라고 하는데요, 그 사람에게 이끌려 뒤쪽 부엌문으로 슬며시 들어왔을 때에도 저희는 별로 이상하게 여기지 않고 평소처럼 세평짜리 타따미방으로 모시고 소주를 내놓았지요. 오오따니 씨는 그날 밤 꽤 점잖게 술을 마시더군요. 계산은 아끼에게 시키고 함께 뒷문으로 나갔습니다. 기묘하게도 저는 그날 밤 이상할 정도로 조용하고 기품 있는 오오따니 씨의 거동을 잊을 수가 없습니다. 악마가 사람 집에 처음 모습을 드러낼 때에는 그렇게 얌전하고 순진한 모습일까요? 그날 밤부터 저희 가게는 오오따니 씨의 먹잇감이 되고 말았습니다. 그로부터 열흘쯤 지나 이번엔 오오따니 씨가 홀로 뒷문으로 들어와서 갑자기 백 엔짜리 지폐 한장을 척 내밀더군요. 그 당시 백 엔은 무척 큰돈이었어요. 지금의 이삼천 엔, 그 이상에 해당하는 큰돈이었죠. 그것을 억지로 제 손에 쥐여주고는, 부탁하네, 하며 힘없이 웃더군요. 이미 꽤 마신 것 같았어요. 부인도 알고 계시죠? 그렇게 술이 센 사람은 또 없을 거예요. 취했나 싶으면 갑자기 진지하고도 논리 정연한 이야기를 하곤 했고, 아무리 마셔도 다리가 휘청거리는 모습을 단 한번도 볼 수 없었지요. 서른 전후는 혈기가 왕성해서 술에 강한 나이라고는 하지만 그런 사람은 정말 드물지요. 그날 밤에도 어딘가 다른 데에서 이미 거나하게 마셔 취한 듯 보였는데, 저희 가게에 와서도 소주를 연달아 열잔이나 마시지 않겠어요? 말은 거의 없었어요. 저희 부부가 뭔가 말을 걸면 그저 부끄러운 듯 웃으며 응, 응 하고 애매하게 고개만 끄덕일 뿐이었어요. 그러더니 갑자기 몇시죠? 하고 시간을 묻더니 벌떡 일어나더라고요. 거스름돈 받으셔야죠, 하고 제가 말하자, 아니, 됐네, 하더군요. 그건 곤란합니다, 하고 제가 강경하게 말하니 히죽 웃으며, 그럼 이다음까지 맡아주게, 또 올 테니까, 하고는 돌아갔습니다. 부인, 저희가 바깥양반에게 돈을 받은 건 이전에도 이후에도 없답니다. 오직 딱 한번 그때뿐이었습니다. 그다음부터는 이런저런 말로 속여가며 삼년 동안 돈 한푼 내지 않고 혼자서 저희 가게 술을 거의 다 마셔버렸으니, 참 어이가 없지 않나요?"

저도 모르게 웃음이 터져나왔습니다. 이유를 알 수 없는 웃음이 불쑥 솟아올랐습니다. 황급히 입을 가리고 아주머니 쪽을 보니 아주머니도 묘하게 웃으며 고개를 푹 숙였습니다. 그리고 남자도 어쩔 수 없다는 듯 쓴웃음을 지었습니다.

"아니, 이건 절대로 웃을 일이 아닌데 정말 기가 차서 오히려 웃고 싶어지네요. 사실 저만한 재주를 제대로 된 다른 방면에 쓴다면 대신이든 박사든 뭐라도 될 수 있을 겁니다. 그에게 걸려들어 이 추운 날 빈털터리가 되어 울고 있는 사람이 저희 부부 말고도 또 있는 모양이에요. 아끼는 오오따니 씨와 사귄 탓에 좋은 기둥서방에게 차이고 돈이랑 옷을 죄다 잃어버린 채 지금은 단층 연립주택의 누추한 단칸방에서 거지처럼 살고 있다나, 그런데 정말이지 오오따니 씨와 사귈 무렵 아끼는 한심할 정도로 그에게 미쳐 있었어요. 글쎄 저희한테 뭐라고 한 줄 아세요? 먼저 신분부터가 굉장했어요. 시꼬꾸 어느 귀족 집안인 오오따니 남작의 차남이라더군요. 지금은 행실이 나빠 의절당했지만 곧 남작이 죽으면 장남과 둘이서 재산을 나눠가질 거라고 합디다. 머리가 좋아서 천재라더군요. 스물한살에 책을 썼는데 그 책이 이시까와 타꾸보꾸라는 대천재가 쓴 책보다 훨씬 더 훌륭하대요. 그뒤로 십여권 정도의 책을 더 냈으며 나이는 젊지만 일본 제일의 시인이라나 뭐 그럽디다. 게다가 대학자로서 가꾸슈우인學習院[27]에서 제일고등학교, 제국대학으로 나아갔고, 독일어에 프랑스어, 이건 뭐, 무서울 정도로 대단해요. 뭐가 뭔지 아끼의 말을 들어보면 마치 신 같은 사람이었어요. 하지만 이 또한 아주 거짓은 아닌 듯 다른 사람들한테서 들어도 오오따니 남작의 차남이고 유명한 시인이라는 사실은 변함이 없더군요. 나이를 먹을 만큼 먹은 우리 집 할멈도 아끼랑 경쟁이라도 하듯 미쳐서는, 과연 교육을 잘 받고 자란 분은 어딘가 다르네, 하며 오오따니 씨 오기를 은근히 맘속으로 기다리니, 기가 막혀 말도 안 나왔어요. 지금은 이미 귀족이고 나발이고 다 없어졌지만, 종전 전

---

27 일본 황족과 귀족 자녀들의 교육기관.

까지 여자를 꾈 때는 어쨌든 귀족의 의절한 자식이라는 말이 제일이었죠. 이상하게 여자들은 그런 말에 솔깃하는 것 같더군요. 이것역시 지금 유행하는 말로 노예근성이라는 거겠죠. 저 같은 사람은남자가, 그것도 밖에서 굴러먹다 온 고작 귀족 따위, 아니, 부인 앞이긴 하지만 시꼬꾸 귀족 집안, 그것도 분가한 집안의, 게다가 차남 따위는 저희랑 신분이 조금도 다르지 않다고 생각합니다. 그래서 솔깃해서는 한심하게 굴진 않아요. 하지만 어찌된 일인지 저 선생은 제게 여간 골칫거리가 아니었답니다. 이번에는 아무리 사정해도 술을 내주지 않으리라 굳게 결심해도 누군가에게 쫓겨온 사람처럼 뜻밖의 시각에 불쑥 나타나 저희 집에 와서야 겨우 한숨을돌리는 듯한 모습을 보면 그만 결심이 무너져서 또 내놓고 말지요. 취해도 그다지 법석을 떨지 않으니 계산만 확실히 해준다면 참 좋은 손님인데 말이에요. 스스로 자기 신분을 떠벌리는 일도 없고, 천재니 뭐니 하며 바보같이 자랑하는 일도 없었어요. 아끼나 누가 그선생 옆에서 저희에게 그 사람의 위대함에 대해 광고하면, 난 돈이필요해, 여기 계산을 해줘야 하는데, 하며 전혀 다른 얘길 해서 자리의 흥을 깨곤 했습니다. 지금까지 그 사람이 술값을 낸 적은 없어요. 대신 아끼가 가끔 지불하고 갔지요. 또 아끼 외에도 아끼에게 알려지면 곤란한 비밀 여자가 있었는데, 어느 집 부인인 듯 가끔 오오따니 씨와 함께 와서는 역시 오오따니 씨 대신 과분한 돈을 놓고 가곤 했지요. 저희야 장사꾼이니까 그런 일이라도 없었으면 제아무리 오오따니가 선생이고 황족인들 계속 공짜로 술을 내놓지는 않았겠지요. 하지만 그렇게 가끔 지불하는 돈만으로는 도무지 충족되지 않아서 저희는 손해가 막심했어요. 그런데 코가네이에 선생의 집이 있고 훌륭한 부인도 계시다는 말을 들었습니다.

술값 계산도 해야 하고 상의도 드릴 겸 그곳에 한번 가봐야지 하고 생각했어요. 오오따니 씨에게 댁이 어디냐고 슬쩍 물어본 적도 있었지만 금세 알아채고는, 돈이 없는 건 없는 거야, 어째서 그렇게 조바심을 내는 건가, 싸우고 헤어져봤자 손해라니까, 하고 불쾌한 심정을 드러내더군요. 그럼에도 저희는 어떻게든 선생의 집만이라도 알아두고 싶어서 두세번 뒤를 밟은 일이 있답니다. 하지만 그때마다 용케 종적을 감춰버리는 거예요. 그러는 사이 토오꾜오는 연속으로 대공습을 받았지요. 뭐가 뭔지 오오따니 씨가 전투모 따위를 뒤집어쓰고 난데없이 나타나 멋대로 부엌 벽장에서 브랜디 병을 꺼내더니 선 채로 벌컥벌컥 마시고는 바람처럼 사라져버렸어요. 계산도 하지 않았죠. 이윽고 종전을 맞이하게 되었어요. 우리는 이번에 공공연히 암거래되는 술과 안주를 사들이고 가게 앞에 새 포렴을 달았습니다. 비록 가난한 가게지만 의욕에 넘쳐 손님을 위한 써비스로 여자도 한명 고용했습니다. 그런데 또다시 저희 앞에 그 악마 선생이 나타난 겁니다. 이번엔 여자 일행이 아니라 꼭 신문기자나 잡지기자 두세명과 함께 왔습니다. 어쨌든 그 기자들 말로는 앞으로 군인이 몰락하고 지금까지 가난하던 시인 등이 세상에서 큰 인기를 얻을 거라더군요. 오오따니 선생은 기자들을 상대로 외국인 이름인지, 영어인지, 철학인지, 뭐가 뭔지 도통 알 수 없는 이상한 말을 지껄이다가 갑자기 일어나 밖으로 나가더니 그대로 돌아오지 않았습니다. 기자들은 흥이 깨진 얼굴로, 이 사람 도대체 어딜 간 거야? 우리도 이제 슬슬 집으로 돌아가볼까? 하고 돌아갈 차비를 하기 시작하더군요. 저는, 잠깐만요, 선생은 늘 그런 식으로 도망가곤 했어요, 그러니 계산은 여러분들이 해주셔야겠습니다, 하고 말씀드렸어요. 순순히 지갑을 꺼내 값을 지불하고 가는 사람이 있는가 하면, 오오따니한테 받으라고! 우린 한달에 오백 엔으로 근근이 생활한단 말이야, 하고 화를 내는 사람도 있었지요. 그럼에도 불구하고 제가, 아니, 오오따니 씨의 외상 빚이 지금까지 얼만지 아십니까? 만약 여러분들이 그 빚을 단 얼마라도 오오따니 씨한테서 받아주신다면 저는 여러분에게 그 절반을 드리겠습니다, 했더니 기자들은 어이없다는 표정으로, 뭐야, 오오따니가 그런 놈이었어? 앞으로 그놈과는 절대 상종하지 말아야겠군, 우리는 오늘 밤돈이 백 엔도 없다네, 내일 와서 계산할 테니 그때까지 이걸 맡아주게나, 하고 위세 좋게 외투를 벗어서 주더라고요. 기자란 작자들은 질이 나쁘다는 둥 항간에서 그렇게 말하는 모양이지만 오오따니 씨에 비하면 이들은 정말로 정직하고 시원시원했습니다. 오오따니 씨가 남작의 차남이라면 기자들은 공작의 후계자 같은 가치가 있습니다. 오오따니 씨는 종전 후 주량이 늘고 성미도 거칠어졌습니다. 그때까지 입에 담아본 적 없던 굉장히 천박한 농담을 던지기도 했고, 데려온 기자를 갑자기 때리거나 서로 부여잡고 싸우기도 했어요. 또 저희 가게에서 일하던 아직 스무살도 안된 여자아이를 어느 순간 감쪽같이 속여 손에 넣은 모양이더라고요. 저희는 깜짝 놀랐고 아주 난처했지만 이미 엎질러진 물이라 별수 없이 참을수밖에요. 여자아이에게 단념하라고 잘 타이른 뒤 조용히 부모님곁으로 돌려보냈습니다. 오오따니 씨에게도, 더이상 아무 말도 하지 않겠습니다, 제발 부탁이니 앞으로 다시는 오지 마세요, 하고 정중히 말했답니다. 하지만 오오따니 씨는, 암거래로 돈 버는 주제에 말만 번드르르하게 하지 말게, 난 모든 걸 다 알고 있네, 하고 비열한 협박을 하더군요. 그리고는 바로 이튿날 밤 태연한 얼굴을 하고 찾아오는 거예요. 저희는 전쟁 때부터 암거래로 장사해 그 벌로 이런 괴물 같은 사람을 들이게 되었는지 모르겠지만, 오늘 밤처럼 지독한 일을 당하게 되어선 더이상 그는 시인도, 선생도, 그 무엇도 아닌 도둑놈일 뿐이에요. 저희 돈을 오천 엔이나 훔쳐 달아났으니까요. 요즘엔 저희도 재료를 구하는 데 돈이 들어, 집에는 기껏해야 현금이 오백 엔에서 천 엔 정도만 있는데, 아니, 솔직히 말해 그날 매상은 곧바로 죄다 쏟아부어야 할 지경이에요. 오늘 밤 저희 집에 오천 엔이라는 거금이 있었던 건 이제 섣달 그믐날이 다가오기도 해서 제가 단골손님 집을 돌아다니며 셈을 끝마쳐 겨우 그만큼 모았기 때문입니다. 그 돈은 오늘 밤에라도 당장 거래처에 넘겨야 할 돈이에요. 그렇게 하지 않으면 내년 정월부터 우린 장사를 계속할 수 없어요. 그런 귀중한 돈인데, 아내가 세평짜리 타따미방에서 센 뒤 벽장 서랍에 넣는 것을 그자가 토방 의자에 앉아 혼자 술을 마시다가 본 모양입니다. 갑자기 일어나더니 성큼성큼 그 타따미방으로 들어가 아무 말 없이 아내를 밀친 뒤 서랍을 열어 오천 엔 다발을 집어서는 외투 주머니에 쑤셔넣는 거예요. 그리고 저희가 어안이 벙벙해 있는 사이에 재빨리 토방으로 내려가서 가게 밖으로 나갔어요. 저는 큰 소리로 그를 불러세우며 아내와 함께 뒤쫓아갔지요. 전 이렇게 되었으니 이제 도둑이야! 하고 소리를 질러 지나가는 사람들을 모아 잡을까도 생각했지만, 어쨌거나 오오따니 씨는 저희와 아는 사이이니 그러는 건 너무 잔인한 처사 같아서 그만두었지요. 오늘 밤에는 무슨 일이 있더라도 오오따니 씨의 뒤를 쫓아 그가 머무는 곳을 두 눈으로 똑똑히 확인하려고 했어요. 그리고 차분히 이야기를 해서 돈을 돌려받으려고 했어요. 어차피 우리는 힘없는 장사꾼이니까요. 저희 부부는 힘을 합쳐 오늘 밤 드디어 이 집을 알아냈어요. 울화통이 터지는 걸 억누르고 돈을 돌려주세요,

라고 부드럽게 말했는데 도대체 이 무슨 경우입니까? 칼을 꺼내 찌르겠다니, 이 무슨……"

또다시 이유를 알 수 없는 웃음이 솟구쳐 저는 그만 큰 소리로 웃고 말았습니다. 아주머니도 얼굴을 붉히며 약간 웃었습니다. 저는 좀처럼 웃음이 멈추지 않았습니다. 남자에게 미안한 마음이 들었지만 이상하게 우스워서 언제까지고 웃음이 나오는 겁니다. 나중엔 눈물까지 나오더군요. 남편의 시 속에 나오는 '문명의 결과인 함박웃음'이란 말은 이런 기분을 말하는 건가, 문득 그런 생각이 들었습니다.

2

그러나 어쨌든 그렇게 크게 웃고 끝낼 사건은 아니었기에 저는 궁리하다가 그날 밤 두사람에게, 그럼 제가 어떻게든 뒤처리를 할 테니 경찰에 신고하는 건 하루만 더 미뤄주세요, 내일 그쪽으로 제가 찾아갈게요,라고 말씀드리고 가게가 나까노의 어디쯤에 있는지 그 위치를 자세히 묻고는 가까스로 두사람에게 승낙을 구했습니다. 그날 밤은 일단 그대로 돌려보냈습니다. 그리고 차가운 세평짜리 타따미방 한가운데에 앉아 홀로 궁리해보았지만 뾰족한 수는 떠오르지 않았습니다. 저는 일어나 하오리를 벗고 아이가 자고 있는 이불 속으로 들어가 아이의 머리를 쓰다듬으며 언제까지나, 언제까지나 날이 밝지 않았으면 좋겠다고 생각했습니다.

저희 아버지는 예전에 아사꾸사 공원의 효오딴 연못 부근에서 어묵 파는 포장마차를 했습니다. 어머니가 일찍 돌아가셔서 아버지랑 둘이 연립주택에 살았습니다. 포장마차를 아버지랑 둘이서 했는데 그때 지금의 남편이 가끔 들르곤 했지요. 저는 머잖아 아버지 눈을 속이고 그를 따로 만나다가 배 속에 아이가 생겨 어찌어찌한 끝에 그럭저럭 그의 아내가 되었어요. 물론 호적에도 어디에도 올라가 있지 않았고, 아이도 아빠가 없는 아이랍니다. 그는 한번 집을 나가면 사흘 밤이건 나흘 밤이건, 아니, 한달 동안이나 돌아오지 않기도 했습니다. 어디서 뭘 하고 다니는지 돌아올 땐 언제나 잔뜩 취해 있었는데, 창백한 얼굴로 하악하악 괴로운 듯 숨을 내쉬며 제 얼굴을 가만히 바라보다가 눈물을 뚝뚝 흘리기도 했습니다. 또 갑자기 제가 누워 있는 이불 속으로 기어들어와 제 몸을 꼭 부둥켜안으며,

"아, 안돼. 무서워, 무서워 난. 무서워! 살려줘!"

하며 벌벌 떨기도 했습니다. 자면서도 헛소리를 계속하질 않나, 신음하질 않나, 그러고선 이튿날 아침에 얼빠진 사람처럼 멍하니 앉아 있다가 어느새 홀쩍 사라져 그길로 다시 사나흘 동안 돌아오지 않습니다. 옛날부터 남편이 알고 지내던 출판 쪽 사람 두세분이 저와 아이를 걱정해 가끔 돈을 쥐여주셔서 그럭저럭 굶어죽지 않고 오늘까지 살아올 수 있었습니다.

꾸벅꾸벅 막 잠이 들었다가 문득 눈을 떠보니 덧문 틈새로 아침 햇살이 쏟아져 들어오는 게 느껴졌습니다. 저는 일어나 몸단장을 한 뒤 아이를 등에 업고 밖으로 나갔습니다. 이제 도저히 집 안에 가만히 앉아 있을 수 없을 듯한 기분이었습니다.

어디로 가야 할지 몰라 정처 없이 역 쪽으로 걸어가다가 역 앞 노점에서 엿을 하나 사서 아이에게 주었습니다. 그리고 문득 떠오르는 생각이 있어서 키찌조오지까지 차표를 끊고 전차를 탔습니

다. 손잡이에 매달린 채 무심코 천장에 달린 포스터를 보았는데 남편 이름이 나와 있었습니다. 잡지 광고였습니다. 남편은 그 잡지에 '프랑수아 비용'[28]이라는 제목의 긴 논문을 발표한 것 같았습니다. 저는 프랑수아 비용이라는 제목과 남편의 이름을 쳐다보다가 왠지 모르겠지만 아주 쓰라린 눈물이 솟구쳐서 포스터가 흐릿하니 보이지 않게 되었습니다.

키찌조오지에서 내려 정말 몇년 만에 이노까시라 공원으로 걸어가봤습니다. 연못가 삼나무가 깡그리 베어 없어져 앞으로 무슨 공사가 시작될 땅처럼 이상하게 휑하고 살풍경한 느낌이 들었습니다. 옛날과는 전혀 다른 모습이었죠.

아이를 등에서 내린 뒤 연못가의 다 부서져가는 벤치에 둘이 나란히 앉아 집에서 가져온 감자를 아이에게 먹였습니다.

"아가, 연못이 참 깨끗하지? 옛날엔 이 연못에 잉어랑 금붕어가 참 많이 있었는데 지금은 아무것도 없구나. 볼품이 없네."

아이는 무슨 생각을 하는지 감자를 입에 가득 문 채 킥킥거리며 묘하게 웃었습니다. 내 아이지만 바보처럼 느껴졌습니다.

연못가 벤치에 언제까지고 앉아 있어봤자 무슨 수가 생기는 것도 아니어서 저는 다시 아이를 둘러업고 어슬렁어슬렁 키찌조오지 역 쪽으로 되돌아와 번잡한 노점 거리를 둘러보다가 역에서 나까노행 차표를 끊었습니다. 아무 생각이나 계획도 없이 소위 무서운 악마의 구렁으로 쑤욱 빨려들어가듯 전차를 타고 가서 나까노에서 내렸습니다. 그리고 어제 가르쳐준 대로 길을 걸어 그 사람들이 하는 작은 요릿집 앞에 도착했습니다.

----

28 프랑수아 비용(François Villon, 1431~63?): 프랑스의 방탕한 시인이자 범죄자.

정문이 잠겨 있었기 때문에 뒤로 돌아가 부엌문으로 들어갔습니다. 주인아저씨는 없고, 아주머니 혼자 가게를 청소하고 있었습니다. 아주머니와 얼굴을 마주친 순간 저는 생각지도 못한 거짓말이 술술 나왔습니다.

"저, 아주머니, 돈은 제가 깨끗이 전부 돌려드릴 수 있을 것 같아요. 오늘 밤이나 아니면 내일, 아무튼 확실하게 돌려드릴 테니 이제 걱정 마세요."

"어머, 그거 고마운 일이군요."

아주머니는 조금 기쁜 듯한 표정을 지었지만, 그래도 뭔가 납득이 안되는지 얼굴에 불안한 그림자가 어딘가 남아 있었습니다.

"아주머니, 정말이에요. 확실하게 돈을 갖다줄 사람이 있어요. 그때까지 저는 인질이 되어 여기에 계속 남아 있을게요. 그러면 안심이 되시죠? 돈이 올 때까지 가게 심부름이라도 할게요."

저는 아이를 등에서 내려 안쪽 세평짜리 타따미방에 혼자 놀게 두고 바지런히 일하는 모습을 보여드렸습니다. 아이는 원래 혼자 노는 일에 익숙했기 때문에 전혀 방해가 되지 않았습니다. 또 머리가 나빠서인지 낯을 가리지 않아 아주머니에게도 잘 웃었습니다. 제가 아주머니 대신 아주머니네 집에 나온 배급품을 받으러 가 없는 동안에도 아이는 아주머니한테서 미제 통조림 껍데기를 장난감 대신 받아 그것을 두드리고 굴리면서 얌전하게 방 한쪽 구석에서 논 모양이더라고요.

점심 무렵 주인아저씨가 안줏거리와 채소를 사가지고 돌아오더군요. 저는 주인아저씨 얼굴을 보자마자 재빨리 아주머니에게 한 것과 똑같은 거짓말을 다시 했습니다.

주인아저씨는 어리둥절한 얼굴로,

"네? 하지만 부인, 돈이란 자기 손에 쥐어보기 전엔 믿을 수 없는 거예요."

하고 의외로 조용조용 타이르는 듯한 어조로 말했습니다.

"아뇨, 그게요, 정말 확실해요. 그러니 저를 믿으시고 신고를 오늘 하루만 더 미뤄주세요. 그때까지 제가 이 가게에서 일을 거들게요."

"돈만 돌려주신다면야 상관없지요." 주인아저씨는 혼잣말처럼 말하더니, "어쨌든 올해가 앞으로 오륙일 밖에 안 남았습니다."

"네, 그러니까요, 그러니까 제가, 어머! 손님이 오셨네요. 어서 오세요." 저는 가게에 같이 들어온, 직공처럼 보이는 세명의 손님을 향해 웃어 보이며 작은 소리로 말했습니다. "아주머니, 죄송한데요, 앞치마 좀 빌려주세요."

"와, 미인을 채용하셨네요. 이거 참 굉장한데요?"

한 손님이 말했습니다.

"유혹하지 마십시오." 주인아저씨는 아주 농담만은 아닌 듯한 어조로 말했습니다. "돈이 걸려 있는 몸이니까요."

"백만 달러짜리 명마인가?"

다른 한 손님이 상스러운 신소리를 했습니다.

"명마라도 암컷은 반값이라던데요."

제가 술을 데우며 지지 않고 상스럽게 말을 받아넘기자,

"겸손하시긴. 이제부터 일본은 개나 소나 죄다 남녀평등이랍니다" 하고 가장 젊은 손님이 호통치듯 말했습니다. "누님, 난 반했어. 첫눈에 반했어. 하지만 당신은 아이가 있나보네?"

"아뇨" 하며 안에서 아주머니가 아이를 안고 나와, "이 아인 이번에 저희가 친척집에서 데려온 아이예요. 이로써 드디어 우리에

게도 상속자가 생긴 셈이죠" 하고 말했습니다.

"돈도 생기고."

하고 한 손님이 놀리자 주인아저씨는 진지하게,

"애인도 생기고, 빚도 생기고" 하고 중얼거리다가 갑자기 어조를 바꾸더니, "뭘 드시겠습니까? 모둠냄비라도 만들까요?"

하고 손님에게 물었습니다. 저는 그때 한가지 사실을 깨달았습니다. 역시 그렇구나 하고 혼자 고개를 끄덕이고는, 겉으론 아무 일도 없다는 듯 손님에게 술을 날랐습니다.

그날은 크리스마스이브라는 날인가 그랬고, 그 때문인지 손님이 끊이지 않고 계속 오더군요. 저는 아침부터 거의 아무것도 못 먹었지만 마음에 생각이 가득 들어차서인지, 아주머니가 뭐 좀 먹으라고 권해도, 아니, 괜찮아요, 하고는 그저 바지런히 움직이며 날개옷을 걸친 채 춤추듯 날쌔게 일했습니다. 혼자만의 착각인지는 모르겠지만 그날 가게는 이상하게 활기가 넘쳤습니다. 제 이름을 묻거나 악수를 청하는 손님이 한둘이 아니었거든요.

하지만 이런들 뭐가 달라질까요. 저는 무엇 하나 짐작할 수 없었습니다. 단지 웃으며 손님들의 음란한 농담을 이쪽에서 맞장구쳐주다가 더욱더 천박한 농담으로 되받아치고 손님들 사이를 미끄러지듯 돌아다니며 술을 따르는 동안, 내 몸이 아이스크림처럼 녹아 흘러버리면 좋겠다고 생각할 뿐이었습니다.

역시 이 세상에 기적은 가끔씩 생기는가봅니다.

9시가 조금 넘었을까, 크리스마스를 기념하는 종이 삼각모를 쓰고, 뤼빵처럼 얼굴 윗부분을 반쯤 가리는 검은 가면을 쓴 남자와 서른네댓 되어 보이는 마르고 아름다운 부인, 두명의 손님이 나타났습니다. 남자는 저를 등지고 토방 구석에 놓인 의자에 앉았지만,

저는 그가 가게에 들어오자마자 누군지 알아차렸답니다. 도둑인 남편이었지요.

그쪽은 아직 저를 전혀 눈치채지 못한 것 같아서 저도 모른 척하며 다른 손님과 시시한 농담을 주고받고 있는데, 그 부인이 남편과 마주 앉더니,

"아가씨, 잠깐만."

하고 부르더군요.

"네."

하고 대답하고 얼른 두사람이 있는 테이블로 갔습니다.

"잘 오셨습니다. 술 드릴까요?"

이때 남편이 가면 속에서 저를 슬쩍 보고 굉장히 놀란 듯했지만 저는 아랑곳하지 않고 그의 어깨를 가볍게 쓰다듬으며,

"크리스마스를 축하합니다라고 하나요? 뭐라고 해야 하죠? 한 되 정도는 더 마실 수 있을 것 같네요."

하고 말했습니다.

부인은 그 말에 대꾸하지 않고 정색하며,

"저기, 아가씨, 미안한데, 여기 주인한테 몰래 드릴 말씀이 있어서 그런데 주인 좀 여기로 불러줘요."

하고 말했습니다.

저는 안에서 튀김을 만들고 있던 주인아저씨에게 가서,

"오오따니가 돌아왔어요. 만나보세요. 하지만 함께 온 여자분에게 제 얘긴 하지 마세요. 오오따니가 부끄럽게 생각하면 안되니까요."

"드디어 왔군요."

주인아저씨는 제가 한 그 거짓말을 반은 의심하면서도 꽤 믿었

던 모양입니다. 남편이 돌아온 것도 제가 뭔가 조종해서 된 것이라고 단순하게 지레짐작하고 있는 듯했습니다.

"제 얘긴 하지 마세요."

저는 거듭 부탁했습니다.

"그러는 편이 좋다면 그렇게 하지요."

주인아저씨는 흔쾌히 승낙하고 토방으로 갔습니다.

주인아저씨는 토방의 손님들을 쓰윽 둘러보더니 곧장 남편이 있는 테이블로 걸어가 그 아름다운 부인과 뭔가 두어마디 이야기를 나누었고, 그후 세사람은 나란히 가게를 나갔습니다.

이제 됐어. 만사가 다 해결되었어. 어쩐지 그런 믿음이 들자, 너무나 기쁜 나머지 감색 무명옷을 입은 아직 스무살도 안된 듯한 젊은 손님의 손목을 별안간 꽉 붙잡으며 말했습니다.

"마셔요. 다들 마시자고요. 크리스마스잖아요."

3

불과 삼십분, 아니, 그보다도 훨씬 빨리, 어어 할 정도로 빨리 주인아저씨가 혼자 돌아와서 내 곁으로 다가오더군요.

"부인, 정말 고맙습니다. 돈을 돌려받았습니다."

"그래요? 잘됐군요. 전부요?"

주인아저씨는 묘한 웃음을 짓더니,

"네, 어제 그만큼은요" 하고 대답했습니다.

"지금까지 전부 얼마인가요? 대충, 깎고 깎아서요."

"이만 엔요."

"그만큼이면 되나요?"

"깎고 깎은 겁니다."

"갚아드릴게요. 아저씨, 저를 내일부터 여기서 일하게 해주시면 안되나요? 제발, 그렇게 해주세요! 일해서 갚을게요."

"네? 부인, 정말 오까루²⁹ 같군요."

우리는 한목소리로 웃었습니다.

그날 밤 저는 10시가 지나 나까노의 가게를 정리한 뒤 아이를 업고 코가네이에 있는 저희 집으로 돌아왔습니다. 역시 남편은 안 돌아왔지만 저는 태평스러웠습니다. 내일 또 그 가게에 가면 남편을 만날지도 모르거든요. 왜 저는 여태 이런 좋은 생각을 못했을까요? 어제까지의 고생은 전부 다 제가 바보여서 이런 묘안을 생각해내지 못했기 때문이에요. 예전에 저는 아버지가 운영하던 아사꾸사의 포장마차에서 손님을 접대해봐서 그 일이 익숙하기 때문에 앞으로 그 나까노의 가게에서도 틀림없이 훌륭하고도 눈치 빠르게 일을 잘할 겁니다. 사실 전 오늘 밤에 팁을 오백 엔 가까이 받았는걸요.

주인아저씨의 말에 의하면 남편은 어젯밤 그렇게 나가 어디 지인의 집에 가서 묵은 모양이더군요. 그리고 오늘 아침 일찍 그 아름다운 부인이 운영하는 쿄오바시의 바에 들이닥쳐 위스키를 마시고 그 가게에서 일하는 여자아이 다섯명에게 크리스마스 선물이라며 돈을 마구 쥐여주었답니다. 그리고 나서 점심 무렵 택시를 불러 타고 어디론가 갔다가 잠시 후 크리스마스 삼각모와 가면, 데코레이션 케이크, 칠면조까지 들고 왔다나봐요. 그후 사방에 전화를 걸

---

29 일본의 카부끼 작품 「추우신구라(忠臣藏)」에서 남편에 의해 유곽으로 팔려가는 아내.

게 해 지인들을 불러모은 뒤 큰 연회를 열었다고 하네요. 늘 돈이 한푼도 없던 사람인데, 하고 바의 마담이 미심쩍은 생각이 들어 살짝 추궁해보니 남편은 태연히 어젯밤 일을 모조리 낱낱이 말했다고 해요. 마담은 전부터 남편과 보통 사이는 아닌 듯한데, 어쨌든 그 일이 경찰에 알려져 시끄러워지면 재미없을 테니 꼭 돌려줘야 한다고 남편을 부드럽게 타일렀고, 돈을 마담이 대신 내기로 해서 남편이 안내해 나까노의 가게로 찾아왔다고 합니다. 가게의 주인 아저씨는 저를 향해,

"대충 그럴 거란 생각은 했지만, 부인, 당신은 용케도 그런 데까지 생각이 미쳤군요. 오오따니 씨의 친구들에게도 부탁했나요?"

하는데, 역시 제가 처음부터 남편이 이런 식으로 돌아올 걸 예상해서 이 가게에 먼저 와 기다리고 있었다고 여기는 듯한 말투였습니다. 저는 웃으며,

"네. 그야 뭐."

라고만 대답해두었지요.

이튿날부터 제 생활은 지금까지와는 완전히 달라졌고, 신나고 즐거워졌습니다. 저는 서둘러 미용실에 가서 머리를 손질했고, 화장품도 골고루 갖추었으며, 키모노를 수선했습니다. 또 아주머니한테서 하얀 새 버선을 두켤레나 받았습니다. 지금까지 가슴을 무겁게 짓누르고 있던 괴로움이 말끔히 씻겨나가는 듯한 느낌이었습니다.

아침에 일어나 아이랑 둘이 밥을 먹고 도시락을 싼 뒤 아이를 업고서 나까노로 출근이라는 것을 하게 되었습니다. 섣달그믐과 정월은 가게의 매상이 많은 때여서, 츠바끼야의 삿짱, 이건 가게에서 불리는 제 이름입니다만, 그 삿짱은 매일 눈이 핑핑 돌 정도로 바

빴습니다. 남편도 이틀에 한번 정도는 술을 마시러 왔다가 계산을 내게 미루고는 또다시 훌쩍 사라지곤 했지요. 그가 밤늦게 와서 가게를 엿보며,

"안 돌아가는가?"

하고 조용히 물으면 저는 고개를 끄덕이고는 돌아갈 채비를 했고, 함께 즐겁게 집으로 돌아가는 일도 종종 있었습니다.

"왜 처음부터 이렇게 하지 않았을까요? 전 아주 행복해요."

"여자에겐 행복도 불행도 없다고."

"그래요? 그렇게 말씀하시니 그런 것 같기도 하네요. 그럼 남자는 어때요?"

"남자에겐 불행만 있지. 늘 공포와 싸울 뿐이야."

"전 잘 모르겠어요. 하지만 저는 언제까지나 이런 생활을 하고 싶어요. 츠바끼야의 아저씨와 아주머니는 정말 좋은 분들이에요."

"그자들은 다 바보들이야. 시골뜨기라고. 게다가 욕심은 얼마나 많은지. 나한테 술을 먹여 결국엔 돈을 벌려는 속셈이야."

"그거야 장사잖아요. 당연하죠. 하지만 그것만은 아니지 않아요? 당신, 그 아주머니를 손에 넣었죠?"

"다 옛날이야기야. 주인아저씨는, 어때? 눈치챘나?"

"다 알고 있는 것 같던데요. 애인도 생기고 빚도 생기고,라고 언젠가 한숨 섞인 소리로 말하더군요."

"아니꼽게 들릴지 모르겠지만, 난 죽고 싶어서 견딜 수가 없어. 태어났을 때부터 죽는 일만 생각했지. 모두를 위해서도 죽는 편이 나아. 그건 이제 확실하지. 그런데도 좀처럼 죽을 수가 없단 말이야. 이상하고 무서운 신 같은 존재가 내가 죽는 것을 만류하지."

"할 일이 있으니까요."

"일 따윈 아무것도 아니야. 걸작도 졸작도 없어. 사람들이 좋다고 하면 좋게 되고 나쁘다고 하면 나쁘게 되지. 꼭 들숨과 날숨 같은 거야. 두려운 건, 이 세상 어딘가에 신이 있다는 사실이야. 있겠지?"

"네?"

"있겠지?"

"전 잘 모르겠어요."

"그렇군."

열흘, 스무날, 가게에 나가는 동안 저는 츠바끼야에 술을 마시러 오는 손님은 한명도 빠짐없이 전부 다 범죄자라는 사실을 알게 되었습니다. 남편은 그래도 나은 편이라는 생각이 들었어요. 또한 가게 손님뿐만 아니라 거리를 활보하는 사람 모두가 틀림없이 뭔가 뒤가 켕기는 죄를 감추고 있는 것 같아 보였습니다. 어느날 쉰살 정도 돼 보이는 멋진 옷차림을 한 부인이 츠바끼야 부엌문으로 술을 팔러 와서는 한되에 삼백 엔이라고 분명히 말하더군요. 그 값은 지금 시세에 비해 너무나 싸서 아주머니는 얼른 사들였는데 나중에 보니 물 탄 술이었습니다. 그런 품위 있어 보이는 부인조차 이런 일을 벌이는 세상에서 뒤가 켕기는 점 하나 없이 살아가는 것은 애당초 불가능하겠구나 싶었습니다. 트럼프 놀이처럼, 마이너스를 전부 모으면 플러스로 바뀌는 일이 이 세상의 도덕에서 일어날 수 없는 걸까요?

신이 있다면 나와보세요! 정월 말에 저는 가게 손님으로부터 능욕을 당했습니다.

그날 밤 비가 내리고 있었습니다. 남편은 나타나지 않았지만, 남편이 옛날부터 알고 지내던 출판사 사람으로 가끔 저희 집에 생활비를 보내주던 야지마 씨가 동업자인 듯한, 역시 야지마 씨 정도로 마흔쯤 되어 보이는 분과 함께 찾아오셨습니다. 그들은 술을 마시면서 큰 소리로 오오따니의 아내가 이런 곳에서 일하는 건 좋지 않다느니, 좋다느니, 반은 농담처럼 말을 주고받기에 제가 웃으면서,

"그 부인은 어디에 계시나요?"

하고 물으니 야지마 씨가,

"어디에 있는지는 모르지만, 적어도 츠바끼야의 삿짱보다는 품위 있고 아름답지."

하고 대답했습니다.

"질투 나네요. 오오따니 씨 같은 사람이라면 하룻밤이라도 좋으니 함께 지내보고 싶군요. 전 그런 교활한 사람이 좋거든요."

"이렇다니깐."

야지마 씨는 함께 온 사람 쪽으로 고개를 돌리더니 입을 삐죽 내밀어 보였습니다.

그 무렵 제가 오오따니 시인의 아내라는 사실이 남편과 함께 오던 기자분들에게도 알려져 있었습니다. 그리고 그분들로부터 이야기를 듣고서 저를 놀리려고 일부러 찾아오는 호기심 많은 사람들 때문에 가게는 활기에 넘쳤고 주인아저씨의 기분은 점점 좋아졌습니다.

그날 밤 야지마 씨 일행은 종이 암거래에 대한 이야기를 나누느라 10시 넘어서 돌아갔습니다. 손님이 아직 한명 있긴 했지만 그날 밤엔 비도 오고 남편도 올 것 같지 않아서 저는 슬슬 돌아갈 채비를 하기 시작했습니다. 안쪽 세평짜리 타따미방 한쪽 구석에서 자고 있던 아이를 안아 등에 업고,

"또 우산 좀 빌릴게요."

하고 작은 소리로 아주머니에게 부탁했습니다. 그러자,

"우산이라면 저한테도 있어요. 바래다드릴게요."

하면서, 스물대여섯쯤 되었을까, 가게에 혼자 남아 있던 마르고 작은 체구의 직공으로 보이는 손님이 진지한 얼굴로 일어났습니다. 그는 오늘 밤 저의 첫 손님이었습니다.

"감사합니다. 그런데 혼자 걷는 데는 익숙하답니다."

"아니, 댁이 멀잖아요. 다 알고 있어요. 저도 코가네이 근방에 살아요. 바래다드릴게요. 아주머니, 계산해주세요."

가게에서 술을 세병밖에 마시지 않아 그다지 취한 것 같지는 않았습니다.

함께 전차를 타고 코가네이에서 내린 뒤 우산 하나를 나란히 쓰고 비가 내리는 캄캄한 길을 걸었습니다. 그 젊은이는 거의 아무 말이 없다가 갑자기 띄엄띄엄 말을 꺼냈습니다.

"알고 있었어요. 전 오오따니 선생님 시의 팬이랍니다. 저도 시를 쓰고 있어요. 조만간 오오따니 선생님께 보여드릴까 하는데 아무래도 선생님이 무서워서요."

집에 도착했습니다.

"고마웠어요. 그럼 가게에서 또 봬요."

"네, 안녕히 계세요."

젊은이는 빗속을 걸어 돌아갔습니다.

깊은 밤, 덜컹덜컹 현관문 여는 소리에 잠을 깼지만 여느 때처럼 남편이 만취해서 돌아왔구나 싶어 그대로 아무 말 없이 누워 있는데,

"실례합니다. 오오따니 씨, 실례합니다."

하는 남자 목소리가 들렸습니다.

일어나 불을 켜고 현관에 나가보니 아까 그 젊은이가 제대로 서

있기도 힘들 정도로 비트적거리며,

"사모님, 죄송해요. 돌아가는 길에 포장마차에 들러 한잔 더 마셨어요. 사실 저희 집은 타찌까와거든요. 역에 가보니 전차가 이미 끊겼더라고요. 사모님, 제발 부탁드립니다. 좀 재워주세요. 이불도 뭐도 필요 없어요. 현관 마루라도 좋아요. 내일 아침 첫차로 돌아갈 때까지 아무데서나 자게만 해주세요. 처마 밑에서라도 자면 되지만 이런 비에는 그럴 수가 없군요. 부탁드릴게요."

"바깥양반도 안 계시니 현관 마루라도 괜찮으시다면 들어오세요."

저는 이렇게 말하고 찢어진 방석 두장을 현관 마루로 들고 가 그에게 주었습니다.

"죄송합니다. 아, 너무 취했어."

괴로운 듯 낮은 목소리로 말하더니 곧장 그대로 마루에 쓰러졌는데, 제가 잠자리로 되돌아왔을 때에는 벌써 드르렁드르렁 코 고는 소리가 크게 들렸습니다.

그리고 이튿날 새벽녘, 저는 어이없게도 그 남자의 손에 들어가고 말았습니다.

그날도 저는 겉으로 보기엔 평소와 똑같이 아이를 업고 가게로 일하러 나갔습니다.

나까노 가게 토방에서 남편이 술이 든 컵을 테이블 위에 놓고 홀로 신문을 읽고 있었습니다. 컵에 아침 햇살이 닿아 예쁘다고 생각했습니다.

"아무도 없어요?"

남편이 내 쪽을 돌아보았습니다.

"응. 주인아저씨는 재료 사러 나가서 아직 안 왔고, 아주머니는 방금 전까지 부엌 쪽에 있는 것 같던데, 없나?"

"어젯밤에 여기 안 왔어요?"

"왔었지. 츠바끼야 삿짱의 얼굴을 안 보면 요즘 잠이 안 와서 말이야. 10시 조금 지나서 들여다보았는데 이제 막 돌아갔다더군."

"그래서요?"

"자버렸어, 여기서. 비가 심하게 내리기도 했고."

"저도 이제부터 이 가게에서 쭉 잘까봐요."

"좋겠지, 그것도."

"그렇게 할래요. 그 집을 언제까지고 빌리는 건 의미가 없어요."

남편은 아무 말 없이 다시 신문에 눈길을 주었습니다.

"이거, 또 내 험담을 써놨군. 에피큐리언[30] 가짜 귀족이라고 말이야. 이 녀석은 틀렸어. 신을 무서워하는 에피큐리언이라고 써줬으면 좋았으련만. 삿짱, 봐봐. 여기에 나를 사람도 아니라고 써놨어. 이건 아니지. 지금이니까 하는 말이지만 내가 작년 연말에 여기서 오천 엔을 들고 나간 건 그 돈으로 삿짱이랑 아이가 오랜만에 즐거운 설을 쇠도록 해주고 싶었기 때문이야. 사람이니까 그런 짓도 저지르는 거라고."

저는 별로 기뻐하지도 않고,

"사람이 아니라고 해도 상관없잖아요? 우리는 살아 있기만 하면 돼요."

하고 말했습니다.

---

30 에피쿠로스는 쾌락을 행복한 삶의 본질로 삼은 고대 그리스의 철학자로, 회의와 무신론으로부터 참된 행복을 이끌어냈다. '에피쿠로스의 무리'라는 뜻의 에피큐리언(epicurean)은 오늘날 '쾌락주의자'를 일컫는다.

사양
斜陽

1

아침에 식당에서 수프를 한숟가락 살짝 떠서 드시던 어머니가,

"아!"

하고 희미한 외마디 소리를 내셨다.

"머리카락?"

수프에 뭔가 안 좋은 것이라도 들어 있었나 싶었다.

"아니."

어머니는 아무 일도 없었다는 듯 다시 사뿐, 수프를 한숟가락 떠서 입에 흘려넣으셨다. 그러고는 시치미를 떼고 얼굴을 옆으로 돌려 부엌 창밖의 만개한 산벚꽃에 시선을 던지더니 그렇게 얼굴을 옆으로 돌린 채 다시 수프 한숟가락을 사뿐 떠서 작은 입술 사이로 미끄러지듯 넣으셨다. 사뿐이라는 표현은 어머니의 경우 결코 과

장이 아니다. 여성잡지 같은 데 나오는 식사 예법과는 전혀 다르다. 언젠가 동생인 나오지가 술을 마시면서 누나인 내게 이렇게 말한 적이 있다.

"작위가 있다고 해서 다 귀족이라고 할 수는 없어. 작위가 없더라도 천작天爵이라는 걸 가진 훌륭한 귀족도 있고, 우리처럼 작위는 있지만 귀족은커녕 천민에 가까운 사람도 있어. 이와지마(라는 나오지의 친구인 백작의 이름을 대며) 같은 놈은, 그런 녀석들은 정말이지 호객 행위를 하는 신주꾸 유곽의 지배인보다 훨씬 천박해 보인다니깐. 요전에도 야나이(라는 자 역시 동생의 학교 친구로서, 자작의 차남 이름을 대며) 형의 결혼식에 그 바보 같은 놈이 턱시도를 입고 왔던데, 도대체 왜 턱시도 따위를 입고 오느냔 말이야. 그건 그렇고, 테이블 스피치 때 그 녀석이 했사옵니다 같은 이상한 말을 지껄여서 토할 뻔했어. 잘난 체하는 건 품위와는 아무 상관도 없는 허세야. 한심하기 짝이 없어. 고급 하숙이라고 써놓은 간판이 혼고오 근처에 많이 있긴 하지만,[31] 정말로 화족華族[32]이라는 이들의 대부분은 고급 거지 나리라고 부를 만해. 진짜 귀족은 이와지마처럼 어설픈 잘난 척을 하지 않아. 우리 일족 중에서도 진짜 귀족은 음, 어머니 정도겠지. 어머닌 진짜야. 아무도 못 당하지."

수프를 먹는 방법에서도, 우리는 접시 위로 몸을 약간 기울인 채 스푼을 가로로 쥐고 수프를 떠서 그대로 입으로 가져가지만, 어머니는 왼손가락을 가볍게 테이블 끝에 걸치고 상체를 숙이지 않고 얼굴을 똑바로 들고는 접시를 제대로 보지도 않으면서 스푼을 가

---

31 토오꾜오 대학이 혼고오에 있다.
32 1869년 일본 왕실에서 영주들에게 작위를 하사하며 생긴 귀족 계급으로 1947년에 폐지된다.

로로 하여 살며시 떠서, 제비 같다고 표현하고 싶을 정도로 가볍고 산뜻하게 입과 직각이 되도록 스푼을 가져가 그 끝에서부터 수프를 입술 사이로 흘려넣으신다. 그리고 무심한 듯 주변을 곁눈질하며 팔랑팔랑 마치 작은 날개인 듯 스푼을 다루는데, 수프를 한방울도 흘리는 일 없고, 먹는 소리나 접시 소리도 전혀 내지 않으신다. 그것이 소위 정식 예법에 맞지 않는 식사법일지는 몰라도 내 눈에는 정말 귀엽고 그야말로 진짜처럼 보인다. 또 사실 국물 있는 걸쭉한 음식은 고개를 숙이고 스푼을 가로로 쥐고 먹는 것보다는 편안하게 상체를 세우고 스푼 끝에서부터 입으로 흘려넣으며 먹는 쪽이 신기할 정도로 맛있다. 하지만 나는 나오지가 말한 것처럼 고급 거지 나리라서 어머니처럼 그렇게 가볍고 간단하게 스푼을 다루질 못해 어쩔 수 없이 포기하고 접시 위로 몸을 기울인 채, 이른바 정식 예법대로 음울한 방식으로 먹는다.

수프뿐만 아니라 어머니의 식사법도 정식 예법과는 상당히 다르다. 고기가 나오면 먼저 나이프와 포크로 재빨리 전부 잘게 썬 다음, 나이프는 내려놓고 포크를 오른손으로 옮겨쥔 다음 한점 한점 포크로 찍어서 천천히 즐기며 드신다. 뼈 있는 치킨 등은 우리가 접시 소리를 안 내면서 살을 발라내려고 고심하고 있을 때, 어머니는 아무렇지도 않게 손끝으로 뼈 부분을 꽉 집어들고 입으로 살을 발라내고는 시치미를 떼신다. 그런 야만스러운 동작도 어머니가 하면 귀여울 뿐만 아니라 이상하게 에로틱한 느낌까지 드니 역시 진짜는 다르다. 어머니는 뼈 있는 치킨뿐만 아니라 점심 반찬인 햄이나 쏘시지 등도 손끝으로 살짝 집어 드시는 경우가 종종 있다.

"주먹밥이 왜 맛있는지 아니? 그건 말이야, 사람 손으로 꽉 쥐어서 만들기 때문이야."

라고 하신 적도 있다.

정말 손으로 집어 먹으면 맛있겠다고 생각한 적이 있긴 하지만, 나 같은 고급 거지 나리가 어설프게 흉내 내다간 그야말로 진짜 거지꼴이 되고 말 것 같아 참고 있다.

동생인 나오지조차 엄마한텐 못 당하겠다고 혀를 내두르지만, 정말이지 나 역시 어머니 흉내를 내는 것은 엄두가 안 나 절망 비슷한 감정을 느낀 적도 있다. 언젠가 초가을의 달 밝은 밤, 어머니랑 둘이서 니시까따 초오町의 정원 연못가 정자에서 달구경을 하면서, 여우가 시집갈 때와 생쥐가 시집갈 때 신부가 준비하는 것이 어떻게 다른가를 웃으며 이야기하고 있는데 갑자기 어머니가 벌떡 일어나셨다. 정자 옆 싸리 덤불 속으로 들어가시더니 하얀 싸리꽃 사이로 한층 더 선명하게 빛나는 하얀 얼굴을 내밀고 살짝 웃으시며,

"카즈꼬, 지금 엄마가 뭘 하고 있는지 맞혀보렴."
하셨다.

"꽃을 꺾고 계세요."
라는 내 대답에 어머니는 작은 소리로 웃으시며,

"쉬하고 있어."
라고 하셨다.

전혀 웅크리지 않은 자세에 놀랐지만 나 같은 사람은 도저히 흉내 낼 수 없는, 정말 귀여운 느낌이 있었다.

오늘 아침의 수프 이야기에서 한참 벗어난 것이지만, 요전에 어느 책을 읽다가 루이 왕조 시대의 귀부인들은 궁전 뜰과 복도 구석에서 아무렇지도 않게 오줌을 누었다는 사실을 알고는 그 태연함이 정말 귀엽게 느껴져 우리 어머니도 그런 진짜 귀부인 중 최후의

한사람이 아닐까 생각했다.

그런데 오늘 아침에 수프를 한숟가락 드시다가 아, 하고 작은 소리를 내시기에 머리카락? 하고 물어보니 아니, 하고 대답하신다.

"좀 짠가요?"

오늘 아침 수프는 요전에 미국에서 배급된 통조림 완두콩을 고운체로 걸러 뽀따주potage[33]처럼 만든 것으로 원래 요리에 자신이 없는 탓에 어머니가 아니라고 하셨지만 여전히 난 조바심이 나서 그렇게 물었다.

"아주 맛있게 잘 만들었어."

어머니는 진지하게 말씀하셨다. 그리고 수프를 다 드신 뒤 김으로 싼 주먹밥을 손에 쥐고 드셨다.

나는 어릴 때부터 아침에는 밥맛이 없어서 10시경이 되지 않으면 시장기를 느끼지 않았다. 그때도 수프만은 그런대로 먹을 수 있었다. 식사하기가 귀찮아서 주먹밥을 접시에 담아놓고 젓가락으로 마구 찔러 헤집은 다음, 한덩이 집어 어머니가 수프 드실 때의 스푼처럼 젓가락을 입과 직각이 되도록 해서 마치 새들에게 모이 주는 식으로 입안에 밀어넣고 느릿느릿 먹었다. 그동안 어머니는 이미 식사를 모두 끝내고 살며시 자리에서 일어나 아침 햇살이 비치는 벽에 등을 기대고 잠시 가만히 식사하는 나를 보시며,

"카즈꼬는 아직 안되겠구나. 아침밥을 가장 맛있게 먹어야 하는데."

라고 하셨다.

"어머닌 맛있으세요?"

---

[33] 체에 거른 채소, 생선, 고기, 곡식 따위의 여러 재료를 진하게 끓인 수프.

"그야 당연하지. 난 더이상 환자가 아니니까."

"저도 환자는 아니에요."

"안되겠어. 멀었어."

어머니는 쓸쓸히 웃으며 고개를 저었다.

나는 오년 전 폐병을 핑계로 드러누운 적이 있지만, 제멋대로 굴어서 생긴 병이라는 걸 잘 알고 있다. 얼마 전 어머니의 병은 그야말로 정말 걱정되고 안쓰러운 병이었다. 그런데도 어머니는 내 걱정만 하신다.

"아!"

하고 내가 탄성을 질렀다.

"왜 그러니?"

이번에는 어머니가 물으셨다.

얼굴을 마주하고 어쩐지 서로의 마음을 전부 알아버린 것 같아 내가 후후후 웃자 어머니도 생긋 웃으신다.

무언가 견딜 수 없는 부끄러운 생각에 휩싸일 때, 그 기묘한 아, 하는 희미한 외마디 소리가 나오곤 한다. 지금 느닷없이 불쑥 육년 전 이혼하던 때의 일이 선명하게 떠올라 견딜 수가 없게 된 나는 자신도 모르게 아, 하는 소리를 내고 만 것이다. 그런데 어머니의 사정은 어떤 것일까. 설마 어머니에게 나와 같은 부끄러운 과거가 있을 리는 없고, 그게 아니면 뭐지?

"어머니도 아까 뭔가 떠올라서 그러신 거죠? 무슨 일이에요?"

"잊어버렸어."

"제 일인가요?"

"아니."

"나오지 일?"

"그럴……"

이라고 하다가 고개를 갸웃하며,

"지도 모르지."

라고 하셨다.

동생 나오지는 대학 재학 중 소집되어 남방의 섬으로 갔는데 소식이 끊겨서는 전쟁이 끝났는데도 행방불명이라 어머니는 더이상 나오지와는 만날 수 없으리라고 각오하고 있다 하셨다. 그러나 나는 한번도 그런 '각오'를 한 적이 없다. 반드시 만날 수 있을 거라고 믿고 있다.

"체념하긴 했지만 맛있는 수프를 먹으니 나오지 생각이 나서 견딜 수가 없었어. 나오지에게 좀더 잘 해주었더라면 좋았을걸."

나오지는 고등학교에 들어갈 무렵부터 문학에 푹 빠져 불량소년처럼 지내서 어머니께 얼마나 심려를 끼쳐드렸는지 모른다. 그런데도 어머니는 수프를 한숟가락 드시고는 나오지 생각이 나서 아, 하는 소리를 내셨다. 나는 입안으로 밥을 넣다가 눈시울이 뜨거워졌다.

"괜찮을 거예요. 나오지는 괜찮을 거예요. 나오지 같은 악당은 웬만해선 죽지 않으니까요. 죽는 사람은 으레 점잖고 예쁘고 착한 사람이에요. 나오지는 몽둥이로 두들겨 패도 안 죽을걸요."

어머니는 웃으며,

"그럼 카즈꼬는 일찍 죽으려나."

하고 나를 놀리신다.

"어머, 왜요? 저는 악당의 수장 격이라 할 만하니 여든까진 끄떡없어요."

"그래? 그렇다면 이 엄마는 아흔까지 문제없겠구나."

"그럼요."

하고 대답하고는 좀 난처해졌다. 악당은 장수한다. 아름다운 사람은 빨리 죽는다. 어머니는 아름답다. 하지만 오래 사셨으면 좋겠다. 나는 몹시 당황스러웠다.

"너무 짓궂으세요!"

아랫입술이 부르르 떨리며 눈에서 눈물이 흘러나왔다.

뱀 이야기를 할까 한다. 사오일 전 오후에 동네 아이들이 마당 울타리 대숲에서 열개쯤 되는 뱀 알을 발견했다.

아이들은,

"살무사 알이야."

라고 주장했다. 나는 그 대숲에 살무사가 열마리나 태어나면 마당으로 섣불리 내려갈 수도 없겠다 싶어,

"태워버리자."

라고 하니 아이들은 뛸 듯이 기뻐하며 내 뒤를 따라왔다.

대숲 근처에 나뭇잎과 마른 가지를 쌓아올려 불을 피우고, 그 불속에 알을 하나씩 던져넣었다. 알은 좀처럼 타지 않았다. 아이들이 나뭇잎과 작은 가지를 불 위에 얹어 불을 세게 해도 좀처럼 알은 타지 않았다.

아랫마을 농가에 사는 처녀가 울타리 밖에서,

"뭐해요?"

하고 웃으며 물었다.

"살무사 알을 태우고 있어요. 살무사가 나오면 무서우니까요."

"얼마나 크나요?"

"메추리 알만 하고 새하얀 색이에요."

"그렇다면 일반 뱀 알이지 살무사 알은 아니에요. 생알은 잘 타지 않아요."

처녀는 참 가소롭다는 듯이 웃으며 가버렸다.

삼십분 정도 불을 피웠으나 아무리 해도 타지 않아 아이들에게 불 속의 알을 거둬 매화나무 밑에 묻으라고 시켰다. 나는 작은 돌멩이를 주워모아 묘표墓標를 만들어주었다.

"자, 모두 공손히 절하자."

내가 웅크려 합장하자 아이들도 잠자코 내 뒤에서 웅크려 합장하는 것 같았다. 아이들과 헤어지고 나서 혼자 돌계단을 천천히 올라오는데 돌계단 위 등나무 그늘에서 어머니가 서 있다가,

"몹쓸 짓을 했구나."

하고 말씀하셨다.

"살무사인 줄 알았는데 그냥 뱀이었어요. 하지만 잘 묻어주었으니 괜찮아요."

라고 했지만 어머니에게 들켜 마음이 편치 않았다.

어머니는 결코 미신을 믿지 않았지만 십년 전, 아버지가 니시까따 초오 집에서 돌아가신 후부터는 뱀을 아주 무서워했다. 아버지의 임종 직전에 어머니는 아버지 머리맡에 가느다란 검정 끈이 떨어져 있는 것을 보고 무심코 주우려고 했다. 그런데 그것은 뱀이었다. 스르르 도망쳐 복도로 나간 뒤 어디로 가버렸는지 모르지만 그 뱀을 본 사람은 어머니와 와다 외숙부 두분뿐이었다. 두분은 서로 얼굴을 마주 보았지만 임종을 지키는 자리가 소란스러워지지 않도록 꾹 참고 가만히 계셨다고 한다. 우리도 그 자리에 같이 있었지만 그 뱀에 대해서는 까맣게 몰랐다.

하지만 아버지가 돌아가시던 날 저녁, 정원 연못가의 나무란 나

무마다 뱀들이 기어올라가 있었던 것은 나도 직접 봐서 잘 알고 있다. 지금 내가 스물아홉 된 아줌마니까 십년 전 아버지가 돌아가실 당시엔 열아홉살이었다. 더이상 어린애가 아니었기에 십년이 지났어도 그 당시 기억은 지금도 생생하고 틀림이 없을 거다. 내가 영전에 바칠 꽃을 꺾으러 정원 연못 쪽으로 걸어가다 연못가의 진달래 앞에 문득 멈춰 서서 보니, 그 진달래 가지 끝에 작은 뱀이 감겨 있었다. 흠칫 놀란 나는 옆에 있는 황매화나무 꽃가지를 꺾으려 하였으나 그 가지에도 뱀이 감겨 있었다. 옆의 물푸레나무에도, 어린 단풍나무에도, 금작화에도, 등나무에도, 벚나무에도, 나무란 나무에는 전부 뱀이 감겨 있었다. 하지만 그렇게 무섭진 않았다. 뱀들도 나와 마찬가지로 아버지의 죽음을 슬퍼해 구멍에서 기어나와 아버지의 영전에 절을 하고 있구나 싶었을 뿐이다. 그리고 나는 정원에서 본 뱀 이야기를 어머니께 슬쩍 알려드렸다. 어머니는 침착하게 고개를 약간 갸웃하며 무언가 생각하는 듯했지만 별말씀이 없으셨다.

하지만 이 두 뱀 사건이 있고 나서 어머니가 뱀을 무척 싫어하게 된 것은 사실이다. 뱀을 싫어한다기보다는 뱀을 숭상하고 두려워하는 마음, 즉 경외심을 갖게 된 것 같다.

어머니는 뱀 알 태우는 것을 목격하고 분명 뭔가 몹시 불길한 느낌에 사로잡혔음에 틀림없다는 생각이 들었다. 그렇게 생각하니 갑자기 나도 뱀 알을 태운 일이 아주 두려워져서 어쩌면 이 사건이 어머니에게 불길한 재앙을 초래하지는 않을까 심히 걱정되었다. 그래서 이튿날에도, 그 이튿날에도 그 일을 잊지 못하고 있다가 오늘 아침 식당에서 아름다운 사람은 빨리 죽는다는 둥 말도 안되는 소리를 무심코 입 밖으로 냈다가 도무지 수습할 수 없게 되자 울어버리고 만 것이다. 아침식사 후 설거지를 하면서 어쩐지 내 가슴속에 어머니의 목숨을 단축시키는 불길한 작은 뱀 한마리가 들어와 있는 것 같아서 견딜 수가 없었다.

그리고 그날 나는 정원에서 뱀을 보았다. 그날은 무척 온화하고 날이 좋아서 부엌일을 끝낸 뒤 마당의 잔디 위에 등의자를 내놓고 거기서 뜨개질을 할 생각으로 등의자를 가지고 마당으로 내려가는데 정원석 부근 조릿대에 뱀이 있었다. 아, 징그러워. 나는 단지 그렇게 생각했을 뿐이다. 더이상은 깊이 생각하지 않았다. 다시 등의자를 들고 툇마루에 올려놓고 앉아 뜨개질을 시작했다. 오후에 정원 구석의 불당 안에 있는 장서 가운데 로랑생[34] 화집을 꺼내오려고 마당에 나갔는데 잔디 위로 뱀이 느릿느릿 기어가고 있었다. 아침에 본 것과 같은 뱀이었다. 날씬하고 품위 있는 뱀이었다. 암컷인 모양이었다. 뱀은 잔디밭을 조용히 가로질러 찔레나무 그늘까지 가더니 멈추고서 고개를 들고 가느다란 불꽃 같은 혀를 날름거렸다. 그러고는 주위를 둘러보는 듯하다가 이내 고개를 늘어뜨리고 무척 우울한 듯이 몸을 웅크렸다. 그때는 단지 아름다운 뱀이라는 생각만 강하게 들었을 뿐이다. 잠시 후 불당에 가서 화집을 꺼내 돌아오는 길에 아까 뱀이 있던 곳을 힐끗 보니 이미 사라지고 없었다.

저녁 무렵 응접실에서 어머니와 차를 마시며 정원 쪽을 보고 있는데, 돌층계의 세번째 계단에 오늘 아침의 그 뱀이 또다시 스르르 나타났다.

어머니가 그것을 보시고,

"저 뱀은?"

---

34 마리 로랑생(Marie Laurencin, 1885~1956): 섬세한 화풍을 지닌 프랑스의 화가.

하며 일어나 내 쪽으로 달려오시더니 내 손을 잡고는 그 자리에 서서 꼼짝도 하지 않으셨다. 그제야 나도 퍼뜩 짚이는 데가 있어서,

"알의 어미?"

하고 입 밖으로 말을 뱉고 말았다.

"그래, 그런 것 같구나."

어머니의 목소리는 쉬어 있었다.

우리는 손을 맞잡고 숨을 죽인 채 가만히 그 뱀을 지켜보았다. 돌 위에 슬픔 가득 우울하게 웅크리고 있던 뱀은 비틀거리며 다시 움직이기 시작하더니 힘없이 돌계단을 가로질러 제비붓꽃 쪽으로 기어들어갔다.

"아침부터 정원을 돌아다녔어요."

내가 나지막한 소리로 말하자 어머니는 한숨을 쉬고 털썩 의자에 주저앉으시며,

"그래? 알을 찾고 있었겠지, 불쌍하게도."

하고 가라앉은 목소리로 말씀하셨다.

나는 어쩔 수 없이 후후 하고 웃었다.

석양이 어머니의 얼굴을 비추어 그 눈이 투명하리만큼 맑게 빛나 보였다. 은근히 노여움이 깃든 얼굴은 와락 안기고 싶을 정도로 아름다웠다. 나는, 아, 어머니 얼굴이 아까 본 그 슬픈 뱀과 어딘가 닮았구나, 하고 생각했다. 그러자 내 가슴속에 살무사처럼 흉측하기 짝이 없는 뱀이 살고 있어 슬픔에 빠진 너무나 아름다운 어미 뱀을 언젠가 잡아먹는 건 아닐까, 하는 생각이 왜 그런지 자꾸 들었다.

나는 부드럽고 가냘픈 어머니의 어깨에 손을 얹고는 이유를 알수 없는 몸서리를 쳤다.

우리가 토오꾜오 니시까따 초오의 집을 버리고 이즈에 있는 이 중국풍 산장으로 이사 온 건 일본이 무조건 항복한 그해 12월 초였다. 아버지가 돌아가신 뒤 우리 집 살림살이는 어머니의 남동생이자 이제 어머니의 유일한 혈육인 와다 외숙부가 전부 보살펴주었다. 그러나 전쟁이 끝나고 세상이 변하자 와다 외숙부는 이젠 안되겠다, 집을 파는 수밖에 없다, 하녀들도 모두 내보내고 모녀 둘이 어디 시골에 아담한 집을 사서 마음 편히 지내는 편이 낫겠다고 어머니께 말씀드린 모양이었다. 어머니는 돈과 관련된 일은 어린아이보다도 모르는 분이어서 와다 외숙부한테서 그 말을 듣고는 그렇다면 잘 부탁한다고 맡긴 듯했다.

11월 말에 외숙부로부터 속달우편이 왔다. 슨즈 철도의 선로변에 있는 카와따 자작의 별장이 매물로 나와 있다, 집이 고지대에 있어서 전망이 좋고 밭도 백평 정도 있다, 그 일대는 매실이 유명한 곳으로 겨울에 따뜻하고 여름에는 선선하니 살아보면 틀림없이 마음에 들 거라 생각한다, 상대방과 직접 만나서 이야기를 할 필요가 있으니 내일 일단 긴자에 있는 내 사무실로 와주기 바란다는 내용이었다.

"어머니, 가실 거예요?"

하고 내가 물으니,

"그럼. 부탁한 거니까."

하고 몹시 쓸쓸한 듯 웃으며 말씀하셨다.

이튿날, 어머니는 예전 운전사였던 마쯔야마에게 동행을 부탁해서 정오 조금 지나서 외출했다가 밤 8시쯤에 마쯔야마와 함께 돌아오셨다.

"결정했어."

내 방으로 들어와서 책상에 손을 짚고 그대로 쓰러지듯 주저앉
으며 그렇게 한마디 하셨다.

"결정하다니, 뭘요?"

"전부 다."

"하지만……"

하면서 나는 놀라서 말했다.

"어떤 집인지 보기도 전에……"

어머니는 책상 위에 한쪽 팔꿈치를 세운 뒤 이마에 손을 살짝 대
고는 나지막한 한숨을 쉬시더니,

"와다 외숙부가 좋은 곳이라고 하셨잖니. 나는 이대로 눈을 감고
그 집으로 이사 가더라도 좋을 것 같아."

하고는 얼굴을 들어 희미한 미소를 지으셨다. 그 얼굴은 좀 초췌했
지만 여전히 아름다웠다.

"그래요."

나는 와다 외숙부에 대한 어머니의 신뢰가 아름다워서 맞장구
를 쳤다.

"그럼 저도 눈을 감을게요."

둘이서 소리 내어 웃었지만 웃고 난 뒤에 몹시도 쓸쓸했다.

그때부터 매일 집에 인부들이 와서 이삿짐을 싸기 시작했다. 와
다 외숙부도 와서 팔 건 팔게끔 하나하나 챙겨주셨다. 나는 하녀
오끼미와 둘이서 옷 정리를 하거나 잡동사니를 앞마당에서 태우느
라 분주했는데, 어머니는 전혀 거들지도 않고 아무런 지시도 없이,
어쩐 일인지 하루 종일 방 안에서 꾸물거리기만 하고 계셨다.

"왜 그러세요? 이즈에 가기 싫어지셨어요?"

하고 마음먹고 다소 냉엄하게 물어봐도,

"아냐."

하고 멍한 얼굴로 대답하실 뿐이었다.

열흘 정도 걸려 정리를 마쳤다. 저녁 무렵 오끼미와 둘이서 휴지와 지푸라기를 태우고 있는데, 어머니가 방에서 나와 툇마루에 서서는 우리가 피운 모닥불을 말없이 보고 계셨다. 잿빛처럼 차가운 서풍이 불어와 연기가 낮게 땅 위를 기어갔다. 나는 문득 어머니의 얼굴을 올려다보고는 어머니의 안색이 지금까지 본 적이 없을 정도로 안 좋은 데에 깜짝 놀라,

"어머니, 안색이 안 좋아요."

하고 소리쳤다. 어머니는 희미하게 웃으며,

"괜찮아."

하고는 다시 가만히 방으로 들어가셨다.

그날 밤, 이미 이불을 전부 싸버려서 오끼미는 2층 방 소파에서 잤고, 나는 어머니 방에서 옆집에서 빌려온 이불 한채를 깔고 어머니와 함께 잤다.

어머니는 믿기지 않을 만큼 늙고 쇠잔한 목소리로,

"카즈꼬가 있으니까, 카즈꼬가 있어주니까 나는 이즈로 가는 거야. 카즈꼬가 곁에 있어줘서."

하고 뜻밖의 말씀을 하셨다.

나는 가슴이 철렁해서,

"카즈꼬가 없으면요?"

하고 얼떨결에 물어보았다.

어머니는 갑자기 울음을 터뜨리면서,

"죽는 게 낫겠지. 아버지가 돌아가신 이 집에서 엄마도 죽고 싶어."

하고 띄엄띄엄 말씀하시더니 이윽고 격하게 우셨다.

어머니는 지금까지 한번도 나에게 이런 약한 소리를 하신 적이 없었다. 또한 이토록 격렬하게 우는 모습을 보이신 적도 없었다. 아버지가 돌아가셨을 때에도, 내가 시집을 갔을 때에도, 임신해서 어머니 곁으로 돌아왔을 때에도, 병원에서 아이를 사산했을 때에도, 그래서 내가 병으로 몸져누웠을 때에도, 또 나오지가 나쁜 짓을 했을 때에도 어머니는 결코 이런 나약한 태도를 보이지 않으셨다. 아버지가 돌아가신 후 십년 동안 어머니는 아버지가 살아 계실 때와 조금도 다름없이 느긋하고 온화한 모습이었다. 그래서 우리도 마음 놓고 어리광을 부리며 자랐다. 하지만 어머니에게는 이제 돈이 없다. 전부 우리를 위해, 나와 나오지를 위해 조금도 아까워하지 않고 다 써버린 것이다. 그리고 이제 오랜 세월 동안 살아온 정든 이 집을 떠나 이즈의 작은 산장에서 나하고 단둘이 쓸쓸한 생활을 시작해야만 한다. 만약 어머니가 심술궂게 인색하고, 우리를 야단치며, 몰래 자기를 위해서만 돈 불릴 궁리를 하는 분이었다면, 아무리 세상이 변하더라도 이렇게 죽고 싶을 정도의 심정이 되지는 않았을 텐데. 아아, 돈이 없다는 것은 얼마나 무섭고 비참하며 구제할 길 없는 지옥인가 하고 난생처음으로 깨달은 듯해 가슴이 메었다. 너무나 괴로워서 울고 싶었지만 울 수가 없었다. 인생의 엄숙함이란 이런 때의 느낌을 말하는가. 옴짝달싹할 수 없을 듯한 기분에 나는 똑바로 누운 채 돌덩이처럼 굳어서 가만히 있었다.

이튿날 어머니는 여전히 안색이 좋지 않았다. 뭔가 좀더 꾸물거리면서 조금이라도 오래 이 집에 있고 싶은 기색이 역력했다. 그러나 와다 외숙부가 오셔서, 이제 짐을 대부분 보냈으니 오늘 이즈로 출발하겠다고 하자, 어머니는 마지못해 코트를 입고서 작별 인사를 하는 오끼미와 그밖의 사람들에게 말없이 머리를 숙이셨다. 어머니와 외숙부와 나, 우리 세사람은 니시까따 초오의 집을 나섰다.

기차는 비교적 한산해서 세명 다 앉을 수 있었다. 기차 안에서 외숙부는 무척이나 유쾌하신 듯 유행가를 어설프게 부르셨다. 어머니는 안색이 안 좋았으며 고개를 숙이고 있는데 몹시 추운 모양이었다. 미시마에서 슨즈 철도로 갈아탄 뒤 이즈 나가오까에서 하차하여 또다시 버스로 십오분 정도 간 다음 내려서 산 쪽을 향하여 완만한 비탈길을 올라가니 작은 부락이 나왔고, 그 부락 변두리에 중국풍으로 제법 공들여 지은 산장이 있었다.

"어머니, 생각했던 것보다 좋은 곳이네요."

나는 숨을 헐떡이며 말했다.

"그렇구나."

어머니도 산장의 현관 앞에 서서 한순간 기쁜 눈빛을 보이셨다.

"무엇보다 공기가 좋단다. 공기가 맑지."

하고 외숙부는 자랑하셨다.

"정말."

하고 어머니가 웃으시더니,

"맛있구나. 이곳의 공기는 맛있어."

라고 하셨다.

그래서 우리는 웃었다.

현관에 들어가보니 이미 토오꾜오에서 온 짐이 도착하여 현관이고 방이고 할 것 없이 온통 짐으로 가득 차 있었다.

"다음으로는 방에서 바라보는 전망이 좋단다."

외숙부는 들떠서 우리를 방으로 이끌고 가서 앉혔다.

오후 3시경이라 겨울 햇살이 정원 잔디밭에 부드럽게 내려앉아 있었다. 잔디밭에서 돌계단을 내려가면 작은 연못이 있고 매화나무가 빼곡했다. 정원 아래쪽으로는 귤밭이 펼쳐져 있었고, 거기서 부터 마을로 길이 나 있었다. 그 건너편에는 논이 있었고, 훨씬 더 건너편에는 소나무 숲이 있었다. 그 숲 너머로 바다가 보였다. 이렇게 방에 앉아 있으니 바다가 내 가슴에 수평선이 닿을 정도의 높이로 보였다.

"부드러운 경치로구나."

하고 어머니는 슬픈 듯 말씀하셨다.

"공기 탓일까요? 햇빛이 토오꾜오와는 전혀 다르네요. 광선이 집체로 친 것 같아요."

하고 나는 들떠서 말했다.

다섯평과 세평짜리 방, 한평 반 크기의 응접실과 그 정도 크기의 현관과 욕실이 있고, 식당과 부엌이 있으며, 그리고 2층에 커다란 침대가 놓인 손님용 방이 하나 있었다. 방은 이 정도였지만 우리 둘, 아니 나오지가 돌아와 셋이 되어도 그리 불편하지 않겠구나 싶었다.

외숙부는 이 부락에 단 한곳뿐이라는 여관에 식사를 주문하러 가셨다. 이윽고 배달된 도시락을 방에 펼쳐놓고 외숙부는 가지고 있던 위스키를 드시며 이 산장의 전 주인인 카와따 자작과 중국에서 지낼 무렵의 실수담을 이야기하며 무척 흥겨워하셨으나, 어머니는 도시락에 젓가락을 아주 잠깐만 대실 뿐이었다. 이윽고 주위가 어둑어둑해질 무렵,

"이대로 잠깐 쉬고 싶구나."

하고 작은 소리로 말씀하셨다.

나는 짐 속에서 이불을 꺼낸 뒤 어머니를 뉘어드렸으나 어쩐지 썩 마음이 편치 않아 짐 속에서 체온계를 찾아 열을 재어보니 39도

였다.

외숙부도 놀라신 모양으로, 어쨌든 아랫마을까지 의사를 찾으러 나가셨다.

"어머니!"

하고 불러보았지만 어머니는 미동도 없이 그저 꾸벅꾸벅 졸기만 하셨다.

나는 어머니의 자그만 손을 꽉 잡고 흐느껴 울었다. 어머니가 너무도 가여워서, 아니, 우리 두사람이 너무도 가엾고 불쌍해서 아무리 울어도 울음이 멈추질 않았다. 울면서, 정말로 이대로 어머니와 함께 죽었으면 좋겠다고 생각했다. 이제 우리에게는 아무것도 필요 없다고, 우리 인생은 니시까따 초오의 집에서 떠나올 때 이미 끝났다고 생각했다.

두시간 정도 지나자 외숙부가 마을 의사를 데리고 오셨다. 의사 선생님은 나이가 지긋하신 분으로, 센다이히라 하까마[35]를 입고 흰 버선을 신고 계셨다.

진찰이 끝나자,

"폐렴이 될지도 모르겠습니다. 하지만 폐렴이 되더라도 걱정하실 필요는 없습니다."

하고 어쩐지 미덥지 못한 말씀을 하시고는 주사를 놓고 가셨다.

이튿날이 되어도 어머니의 열은 내리지 않았다. 와다 외숙부는 나에게 2천 엔을 주시며, 만일 입원을 해야 한다면 토오꾜오로 전보를 치라는 말을 남기고 일단 그날 귀경하셨다.

나는 짐 속에서 필요한 최소한의 취사도구만 꺼낸 뒤 죽을 끓여

----

35 센다이히라는 센다이산 견직물로 최상급 옷감, 하까마는 일본 전통 의상으로 바지와 치마를 합친 듯한 헐렁한 하의.

어머니께 권했다. 어머니는 누운 채 세숟가락을 드시고는 고개를 저었다.

정오가 다 되어 아랫마을의 의사 선생님이 다시 오셨다. 이번에는 하까마를 입지 않았지만 하얀 버선은 그대로였다.

"입원하는 편이……"

하고 내가 말씀드리자,

"아니, 그럴 필요는 없습니다. 오늘은 강한 주사를 한대 놔드릴 테니까 열이 내릴 겁니다."

하고 여전히 못 미더운 대답을 한 뒤 강하다는 그 주사를 놓고 가셨다.

그런데 그 강한 주사가 효험이 있었는지, 그날 정오가 지나자 어머니의 얼굴이 새빨개지면서 땀이 비 오듯 쏟아졌다. 잠옷을 갈아입을 때 어머니가 웃으며,

"명의인가보다."

하고 말씀하셨다.

열이 37도로 내렸다. 나는 기뻐서 이 마을에 단 한곳뿐인 여관으로 달려가 그곳 주인아주머니에게 부탁해서 달걀을 열개 정도 얻어와 즉시 어머니께 반숙을 만들어드렸다. 어머니는 반숙 달걀 셋, 그리고 죽을 반그릇 정도 드셨다.

이튿날, 마을의 명의가 또 하얀 버선을 신고 왔다. 내가 어제의 강한 주사에 대해 감사를 드리자 주사의 효험이 당연하다는 표정으로 고개를 크게 끄덕이시고는 정성스럽게 진찰을 하시더니 내 쪽을 돌아보며,

"사모님은 이제 병이 다 나으셨습니다. 그러니 앞으로 뭘 드시든 뭘 하시든 괜찮습니다."

하고 역시 기묘한 말투로 말씀하셔서 나는 웃음이 터져나오는 것을 참느라 애를 먹었다.

　의사 선생님을 현관까지 배웅해드리고 방으로 돌아와보니 어머니가 침상에 앉아서,

　"정말로 명의야. 난 이제 다 나았어."

하고 아주 즐거운 듯한 표정으로, 멀거니 혼잣말처럼 말씀하셨다.

　"어머니, 장지문을 열까요? 눈이 와요."

　꽃잎처럼 커다란 함박눈이 펄펄 내리고 있었다. 나는 장지문을 열고 어머니와 나란히 앉아 유리창 밖 이즈의 눈을 바라보았다.

　"이젠 다 나았어."

하고 어머니는 또다시 혼잣말처럼 말씀하셨다.

　"이렇게 앉아 있으니 예전 일이 모두 꿈만 같구나. 사실 난 이사하기 직전까지도 이즈로 오는 게 정말 이루 말할 수 없을 정도로 싫었단다. 니시까따 초오의 그 집에 하루, 아니 반나절이라도 더 있고 싶었지. 기차에 오를 때 반은 죽은 듯한 기분이었어. 여기에 도착했을 때에도 처음에는 잠시 즐거웠지만 날이 어두워지니 다시 토오꾜오가 그리워서 가슴이 타들어가는 듯 정신이 아뜩했어. 보통 병이 아니었지. 하느님께서 나를 한번 죽이신 다음 어제까지의 나와는 다른 나로 소생시켜주신 거야."

　그러고 나서 오늘까지 우리 둘만의 산장 생활은 그럭저럭 별일 없이 평온하게 이어져왔다. 마을 사람들도 우리에게 친절히 대해주었다. 여기로 이사 온 때는 작년 12월. 그리고 1월, 2월, 3월, 4월의 오늘까지 우리는 식사 준비를 제외하면 대개 툇마루에서 뜨개질을 하거나 응접실에서 책을 읽거나 차를 마시면서 세상과 거의 격리된 생활을 했다. 2월에는 매화가 피어 이 마을 전체가 꽃으로

뒤덮였다. 그리고 3월이 되어도 바람이 없는 잔잔한 날이 많아 활짝 핀 매화가 조금도 시들지 않고 3월 말까지 아름답게 피어 있었다. 아침에도 낮에도 저녁에도 밤에도 매화는 한숨이 나올 정도로 아름다웠다. 툇마루의 유리문을 열면 언제라도 꽃향기가 방 안으로 쑥 흘러들어왔다. 3월 말에는, 저녁 무렵이면 어김없이 바람이 불어서, 내가 저물녘에 식당에서 밥을 차리고 있노라면 창으로 매화 꽃잎이 하늘하늘 밥그릇 속으로 들어와 젖곤 했다. 4월이 되어 어머니랑 툇마루에서 뜨개질을 하면서 나누는 화제는 대체로 밭을 일굴 계획에 관한 것이었다. 어머니도 돕고 싶다고 하셨다. 아아, 이렇게 쓰고 보니 언젠가 어머니가 말씀하셨던 대로 정말 우린 한번 죽었다가 다른 사람으로 소생한 사람 같기도 하다. 그러나 예수님과 같은 부활은 어차피 인간에게는 불가능한 일이 아닐까? 어머니는 그렇게 말씀하셨지만 그래도 역시 수프를 한숟가락 드시고는 나오지 생각이 나서 아, 하고 외치신다. 그리고 내 과거의 상처도 실은 전혀 아물지 않았다.

아아, 뭐든 숨김없이 솔직히 쓰고 싶다. 나는 이 산장의 평온이 전부 거짓 눈속임에 지나지 않는다고 몰래 생각할 때가 있다. 이것이 우리 모녀가 하느님께 받은 짧은 휴식 기간이라 하더라도 이 평화에는 이미 뭔가 불길하고 어두운 그림자가 눈에 띄지 않게 다가와 있는 것 같아 견딜 수가 없다. 어머니는 행복을 가장하면서도 나날이 쇠약해져가고, 내 가슴에는 살무사가 살고 있어 어머니를 희생시키면서까지 살이 찐다. 스스로 아무리 억누르고 억눌러도 살이 찐다. 아아, 이것이 단지 계절 탓이라면 좋겠지만 나는 요즘 이런 생활이 정말 견딜 수가 없다. 뱀 알을 태우는 몹쓸 짓을 한 것도 그러한 나의 초조한 마음이 표출된 것임에 틀림없다. 그러면서 그저 어머니를 더욱 슬프게 하고 쇠약하게 만들 뿐이다.

'사랑'이라고 쓰고 나니 다음엔 아무것도 못 쓰겠다.

2

뱀 알 사건이 있고 난 후 열흘 정도 지나서 불길한 일이 잇달아 일어나 어머니의 슬픔을 더 깊어지게 하고 명을 짧게 만들었다.

내가 불을 낸 것이다.

내가 불을 냈다. 내 생애에 그토록 무서운 일이 일어나리라고는 어렸을 적부터 지금까지 꿈에서조차 한번도 생각해본 적이 없건만.

불을 소홀히 하면 화재가 발생한다는 극히 당연한 사실을 알지 못할 만큼 나는 소위 '공주님'이었던 걸까?

밤중에 화장실에 가려고 일어나 현관 칸막이 옆까지 갔는데 욕실 쪽이 환했다. 무심코 들여다보니 욕실의 유리문이 새빨갰고, 타닥타닥하는 소리가 들렸다. 종종걸음으로 달려가 욕실 쪽문을 열고, 맨발로 밖으로 나가보니 욕실 아궁이 옆에 쌓아놓은 장작더미가 무서운 기세로 타고 있었다.

마당과 잇닿아 있는 아래쪽 농가로 달려가서 있는 힘을 다해 문을 두드리며,

"나까이 씨! 일어나세요, 불이에요!"

하고 외쳤다.

나까이 씨는 벌써 잠자리에 들었던 모양이나,

"네, 곧바로 가겠습니다."

하고 대답하고는 내가 "제발요, 빨리 좀 나오세요!" 하고 말하는

사이에 유까따 잠옷 바람으로 집에서 뛰어나왔다.

둘이 불이 난 곳으로 달려가 양동이로 연못 물을 퍼다 붓는데 방복도 쪽에서 아앗, 하는 어머니의 비명소리가 들렸다. 나는 양동이를 내동댕이치고 마당에서 복도로 올라가,

"어머니, 걱정 마세요. 괜찮으니 쉬세요."

하며 쓰러지려는 어머니를 끌어안고 잠자리로 데려가서 누인 뒤, 다시 화재 장소로 뛰어갔다. 이번에는 욕실 물을 퍼서 나까이 씨에게 건넸다. 나까이 씨는 그것을 장작더미에 퍼부었으나 불길이 강해 도저히 그 정도로는 꺼질 것 같지 않았다.

"불이야! 불이야! 별장에 불이 났다."

하는 소리가 아래쪽에서 들리더니 곧바로 마을 사람 네댓명이 울타리를 부수고 뛰어들어왔다. 그러고는 울타리 밑 방화용수를 릴레이하듯 양동이로 날라서 이삼분 만에 불길을 잡았다. 하마터면 욕실 지붕으로 불길이 번질 뻔했다.

다행이다,라고 생각한 순간, 나는 이 화재의 원인을 깨닫고 가슴이 섬뜩했다. 정말로 나는 그제야 비로소 이 화재 소동이 내가 저녁에 욕실 아궁이의 타고 남은 장작을 아궁이에서 꺼내어 그것을 꺼졌다고 여기고는 장작더미 옆에 놓아둔 데서 일어났음을 깨달았다. 그 사실을 깨닫고 울음이 터질 것 같아 자리에 못 박힌 듯 서 있는데, 앞집 니시야마 씨네 며느리가 울타리 밖에서, 욕실이 다 타버렸어, 아궁이 불을 잘 단속하지 않아서 그래, 하고 큰 소리로 말하는 것이 들렸다.

촌장 후지따 씨, 니노미야 순경, 소방단장 오오우찌 씨 등이 찾아왔다. 후지따 씨는 평소처럼 온화한 웃는 얼굴로,

"놀라셨지요? 어떻게 된 겁니까."

하고 물었다.

"제가 잘못한 일이에요. 불이 꺼진 줄 알고 장작을……"

하고 말하다가 자신이 너무도 비참해 눈물이 마구 흘러나와서 고개를 푹 숙이고 입을 다물었다. 경찰서에 끌려가 벌을 받을지도 모른다는 생각이 들었다. 맨발에다 잠옷 차림인, 흐트러져 엉망인 자신의 모습이 갑자기 부끄러워지면서 정말이지 영락했구나 싶었다.

"알겠습니다. 어머님은요?"

후지따 씨는 위로하는 듯한 어조로 조용히 말씀하셨다.

"방에 누워 계시라고 했어요. 몹시 놀라셔서……"

"하지만 뭐 어쨌든."

하며 젊은 니노미야 순경이,

"집에 불이 붙지 않아 다행이야."

하고 위로하듯이 말했다.

그러자 아래쪽 농가의 나까이 씨가 옷을 갈아입고 다시 오더니,

"뭐, 장작이 조금 탔을 뿐입니다. 불이랄 것도 없어요."

하고 숨을 몰아쉬면서 나의 어리석은 과실을 감싸주었다.

"그렇습니까? 잘 알겠습니다."

촌장인 후지따 씨는 두세번 고개를 끄덕이고는 니노미야 순경과 무언가 작은 소리로 의논하더니,

"그럼 이제 돌아갈 테니 아무쪼록 어머니께 안부 전해주세요."

하시고는 바로 소방단장인 오오우찌 씨 및 그밖의 분들과 함께 돌아가셨다.

니노미야 순경만 그 자리에 남았다가 곧 내 앞으로 가까이 다가오더니 숨소리처럼 낮은 목소리로,

"그러면 오늘 밤 일은 따로 신고하지 않도록 하겠습니다."

하고 말했다.

니노미야 순경이 돌아가자 아래쪽 농가의 나까이 씨가,

"니노미야 씨가 뭐라고 하던가요?"

하고 정말로 걱정스럽다는 듯 긴장된 목소리로 물었다.

"신고하지 않으시겠대요."

울타리 쪽에 아직 남아 있던 동네 사람들이 이러한 내 대답을 들었는지, 그래, 정말 잘됐어, 다행이야, 하면서 슬슬 돌아갔다.

나까이 씨도, 안녕히 주무세요, 하고는 돌아갔다. 그후 나 혼자 멍하니 불탄 장작더미 옆에 서서 눈물을 글썽이며 하늘을 올려다보았는데, 이미 새벽녘에 가까운 하늘빛이 되어 있었다.

욕실에서 손발을 씻고 세수를 했다. 그러고는 어머니 보기가 왠지 두려워 욕실 옆 작은 방에서 머리를 손질하며 꾸물대다가 부엌으로 가서 날이 완전히 밝을 때까지 공연히 그릇 정리를 했다.

날이 밝아오자 살며시 발소리를 죽이고 방 쪽으로 가보니 어머니는 이미 옷을 곱게 갈아입고서 응접실 의자에 몹시 피곤한 듯 앉아 계셨다. 나를 보고 방긋 웃으셨으나 그 얼굴이 깜짝 놀랄 만큼 창백했다.

나는 웃지 않고 말없이 어머니가 앉아 있는 의자 뒤에 섰다.

잠시 후 어머니가,

"아무것도 아닌 일이었어. 어차피 태우기 위한 장작인걸."

하셨다.

나는 갑자기 즐거워져서 후후 하고 웃었다. 경우에 합당한 말은 아로새긴 은쟁반에 금사과니라,라는 성서의 잠언[36]을 떠올리면서,

---

36 구약성서 「잠언」 25장 11절.

이런 온화한 어머니를 둔 나의 행복을 진심으로 하느님께 감사드렸다. 어젯밤 일은 어젯밤 일. 나는 더이상 끙끙대며 괴로워하지 않으리라 다짐하고는, 응접실 유리문 너머에 있는 이즈의 아침 바다를 바라보았다. 언제까지고 어머님 뒤에 서 있으니 마지막에는 어머니의 조용한 숨결과 내 숨결이 딱 합쳐졌다.

아침식사를 가볍게 마치고 불탄 장작더미를 정리하려는데 이 마을에서 하나뿐인 여관의 주인 오사끼 씨가,

"무슨 일이에요? 어떻게 된 거죠? 난 이제야 들었는데 대체 어젯밤 무슨 일이 있었던 거죠?"

하며 마당 사립문에서 종종걸음으로 뛰어오더니 눈물을 글썽였다.

"죄송합니다."

나는 작은 소리로 사과했다.

"죄송이고 뭐고. 그보다도 아가씨, 경찰에서는 뭐래요?"

"괜찮대요."

"정말 다행이네."

하고 진심으로 기쁜 표정을 지었다.

나는 마을 사람들한테 어떤 식으로 감사와 사과를 하면 좋을지 오사끼 씨와 상의했다. 오사끼 씨는, 역시 돈이 좋겠죠, 하며 돈을 가지고 사과하러 가야 할 집들을 가르쳐주었다.

"하지만 아가씨가 혼자 다니기 뭣하면 저도 함께 가줄게요."

"혼자 가는 편이 낫겠죠?"

"혼자 갈 수 있겠어요? 그야 혼자 가는 편이 낫지요."

"혼자 갈게요."

그후 오사끼 씨는 불난 자리의 정리를 잠시 도와주었다.

정리가 끝난 뒤 나는 어머니한테서 돈을 받아 백 엔짜리 지폐를

한장씩 미농지로 싼 다음 종이마다 '사죄'라고 썼다.

우선 제일 먼저 마을 사무소로 갔다. 촌장인 후지따 씨는 부재중이어서 접수하는 아가씨에게 봉투를 내밀며,

"어젯밤에 정말로 죄송했습니다. 앞으로 조심할 테니 부디 용서해주세요. 촌장님께 잘 전해주세요."

하고 사과를 드렸다.

이어서 소방단장인 오오우찌 씨 댁으로 갔다. 오오우찌 씨가 현관에 나와서 나를 보고 잠자코 슬픈 미소를 지어서 나는 왠지 갑자기 울고 싶어졌다. 간신히,

"어젯밤은 죄송했습니다."

라는 말만 겨우 하고서 서둘러 인사하고 나오는데, 걷는 도중 눈물이 흘러나와 얼굴이 엉망이 되어서 일단 집으로 돌아왔다. 세면장에서 세수를 하고 화장을 고친 다음, 다시 나가려고 현관에서 구두를 신는데 어머니가 나오셔서,

"아직도 가야 할 데가 있니?"

하고 물으셨다.

"네. 이제부터 시작이에요."

나는 얼굴을 들지 않은 채 대답했다.

"고생이 많구나."

어머니가 차분히 말씀하셨다.

어머니의 애정에 힘입어 이번엔 한번도 울지 않고 전부 돌 수 있었다.

구장님 댁에 가니 구장님은 안 계시고 며느리가 나왔는데, 나를 보더니 오히려 그쪽에서 눈물을 글썽였다. 순경 댁에서는 니노미야 순경이, 다행이네, 다행이야, 하며 위로해주는 등, 모두 마음씨

좋은 분들뿐이었다. 그후 이웃집들을 돌았는데 역시 모두들 동정하며 위로해주었다. 다만, 이미 마흔쯤 된 아주머니인, 앞집 니시야마 씨네 며느리, 그 사람한테만은 호되게 꾸중을 들었다.

"앞으론 조심하세요. 황족인지 뭔지 모르겠지만, 저는 이전부터 당신네들 소꿉놀이 같은 생활을 조마조마하게 지켜봤어요. 어린애 둘이 살고 있는 거나 마찬가지여서 지금까지 불이 안 난 게 신기할 정도예요. 이제부터는 정말 조심하세요. 어젯밤도 만약 바람이 세게 불었더라면, 이 마을 전체가 다 타버렸을 거예요."

아래쪽 농가의 나까이 씨가 촌장님과 니노미야 순경 앞으로 달려가서, 불이랄 것도 없어요, 하고 두둔해주신 것에 비해, 이 니시야마 씨네 며느리는 울타리 밖에서, 욕실이 다 타버렸어, 아궁이 불을 잘 단속하지 않아서 그래,라고 커다란 목소리로 말했던 사람이다. 하지만 나는 니시야마 씨네 며느리의 꾸중에서도 진실함을 느꼈다. 정말로 말 그대로라고 생각했다. 조금도 니시야마 씨네 며느리를 원망할 건 없었다. 어머니는, 어차피 태우기 위한 장작인걸, 하고 농담을 해서 나를 위로해주셨지만 니시야마 씨네 며느리 말대로 만약 그때 바람이 강했다면 이 마을 전체가 타버렸을지도 모른다. 그렇게 되면 죽음으로 사죄해도 소용없을 것이다. 내가 죽으면 어머니도 살아갈 수 없을 테고, 또한 돌아가신 아버지의 이름을 더럽히는 일도 된다. 이젠 더이상 황족이고 화족이고 다 없어져버렸지만 어차피 몰락할 운명이라면 화려하게 스러지고 싶다. 화재를 일으키고 그 사죄로 죽다니, 그런 비참한 죽음은 죽어도 끝나는 게 아니다. 아무튼 좀더 정신을 차려야겠다.

나는 이튿날부터 밭일에 열중했다. 아래쪽 농가의 나까이 씨네 딸이 이따금 도와주었다. 화재를 일으키는 따위의 추태를 보인 뒤로, 내 몸의 피가 어쩐지 다소 검붉게 변한 듯한 느낌이 들었다. 예전에는 내 가슴에 성질 고약한 살무사가 살았다면 이번에는 피 색깔까지 다소 바뀌어 점점 야생의 시골 처녀가 되어가는 기분이 들었다. 어머니와 툇마루에서 뜨개질을 해도 왠지 불편하고 답답해, 차라리 밭에 가서 땅을 일구는 게 마음 편할 정도였다.

이것이 육체노동이라는 걸까? 이렇게 힘쓰는 일이 처음은 아니었다. 나는 전쟁 때 징용을 당하여 달구질까지 해보았다. 지금 밭에 신고 나가는 작업화도 그때 군에서 배급받은 것이다. 작업화라는 것을 그때 처음 신어보았는데 깜짝 놀랄 정도로 착용감이 좋았다. 그걸 신고 마당을 걸어보니 새나 짐승이 맨발로 땅바닥을 걸을 때의 경쾌함을 잘 알 것 같은 기분이 들었고, 정말 가슴이 짜릿할 정도로 기뻤다. 전쟁 중 즐거웠던 기억은 단지 그것 하나뿐이다. 생각하면 전쟁 따윈 부질없는 것이었다.

작년에는 아무 일도 없었다.
재작년에는 아무 일도 없었다.
그 전해에도 아무 일도 없었다.

이런 재미있는 시가 전쟁이 끝난 직후 한 신문에 실렸는데, 지금 떠올려봐도 정말 갖가지 사건이 있었던 듯하면서도 역시 아무 일도 없었던 것 같다는 생각도 든다. 나는 전쟁에 관한 추억을 이야기하거나 듣는 것을 다 싫어한다. 사람들이 많이 죽긴 했지만, 그래도 진부하고 따분하다. 그런데 역시 난 제멋대로인 걸까? 내가 징용되어 작업화를 신고 달구질을 했던 때만은 그다지 진부하게 생각되지 않는다. 상당히 괴로운 일도 있었지만 나는 그 달구질 덕분에 몸이 아주 튼튼해졌다. 지금도 나는 생활이 더욱 곤궁해지면 달구질을 해서 살아가야겠다고 생각할 정도이다.

전쟁이 점점 절망적으로 치달을 때 군복 입은 사내가 니시까따 초오의 집으로 찾아와 나에게 징용장과 노동 일정을 적은 종이를 건네주었다. 일정을 보니 그 이튿날부터 격일로 타찌까와의 깊은 산속에 가야 했기에 나도 모르게 눈물이 왈칵 쏟아졌다.

"대리인은 안되나요?"

눈물이 그치지 않아서 흐느껴 울고 말았다.

"군에서 당신 앞으로 징용이 나온 거니 반드시 본인이라야만 합니다."

그 남자는 강한 어투로 대답했다.

나는 가기로 결심했다.

그 이튿날에는 비가 왔고, 우린 타찌까와의 산기슭에 정렬하여 먼저 장교의 설교부터 들었다.

"전쟁은 반드시 이긴다."

하고 서두를 꺼낸 다음,

"전쟁은 반드시 이기겠지만 여러분이 군의 명령대로 일하지 않으면 작전에 지장을 초래해 오끼나와 같은 결과가 초래될 것이다. 지시받은 일만은 반드시 완수해주기 바란다. 그리고 이 산에도 스파이가 잠입해 있을지 모르니 서로 주의하도록. 여러분은 이제부터 군인과 마찬가지로 진지 속에 들어와 일하는 것이므로 진지의 상황을 절대로 다른 사람에게 이야기하지 않도록 충분히 주의하기 바란다."

라고 했다.

산에는 비가 부옇게 내렸고, 남녀 합쳐 오백명에 가까운 대원들은 비를 맞고 선 채로 그 이야기를 들었다. 대원들 중에는 국민학교[37]의 남학생 여학생도 섞여 있었는데 모두들 추운 듯 울상을 짓고 있었다. 비는 내 레인코트를 뚫고 겉옷에 스며들더니 결국 속옷까지 적셨다.

그날 하루 종일 삼태기를 져서 날랐는데, 돌아오는 전차 속에서 눈물이 나와 어쩔 줄을 몰랐다. 다음번에 갔을 때에는 달구질 줄 끌기를 했다. 난 이 일이 가장 재미있었다.

두번 세번 산에 가자, 국민학교 남학생들이 내 모습을 빤히 뚫어져라 처다보았다. 어느날 내가 삼태기 작업을 하고 있는데 남학생 두세명이 내 곁을 스치듯 지나갔다. 그중 하나가,

"저 녀석, 스파이 아냐?"

하고 작은 목소리로 말하는 것을 듣고 나는 깜짝 놀라고 말았다.

"왜 그런 말을 하는 걸까요?"

나는 나와 함께 삼태기를 짊어지고 걷던 젊은 처녀에게 물었다.

"외국인 같으니까요."

젊은 처녀는 진지하게 대답했다.

"당신도 나를 스파이라고 생각하나요?"

"아뇨."

이번에는 살짝 웃으며 대답했다.

"저, 일본인이에요."

라고 하고는, 내 말이 스스로 생각해봐도 바보 같은 난센스처럼 여겨져 혼자 킥킥 웃었다.

화창한 어느날, 아침부터 남자들과 함께 통나무를 져 나르고 있

---

[37] 1941년부터 1947년까지 국가주의적 국민교육을 목표로 한 일본의 소학교 명칭으로 의무교육 연한은 초등과 6년, 고등과 2년, 총 8년간이었다.

는데 감시 당번인 젊은 장교가 얼굴을 찌푸리며 손가락으로 나를
가리키더니,

"어이, 이봐. 자네, 이리 와봐."

하고 소나무 숲 쪽으로 걸어갔다. 나는 불안과 공포로 가슴 졸이며
그 뒤를 따라갔다. 그 장교는 제재소에서 막 보낸 판자가 쌓인 숲속
의 장소로 가서 그 앞에 멈춰서더니 내 쪽으로 몸을 휙 돌리고는,

"매일 힘드시죠? 일단 오늘은 이 목재 감시하는 일을 맡아주십
시오."

라고 하면서 하얀 이를 드러내고 웃었다.

"여기에 서 있으면 되나요?"

"여기는 시원하고 조용하니까 이 판자 위에서 낮잠이라도 주무
십시오. 만약 지루하면, 이건 읽었을지 모르겠지만."

하고 윗옷 호주머니에서 작은 문고본을 꺼내 쑥스러운 듯 판자 위
에 던졌다.

"이거라도 읽고 계십시오."

문고본에는 '트로이카'라고 적혀 있었다.

내가 그 책을 집어들고,

"감사합니다. 저희 집에도 책을 좋아하는 사람이 있어요. 지금은
남방에 가 있지만요."

라고 하니 내 말을 잘못 알아들었는지,

"아, 그래요? 바깥어른 말씀이군요. 남방이라면 고생이 많겠어
요."

하고 고개를 저으며 차분히 말하고는,

"아무튼 오늘은 여기에서 감시하는 일을 맡아주십시오. 도시락
은 제가 나중에 갖다드릴 테니 푹 쉬십시오."

라는 말을 남기고 서둘러 돌아갔다.

나는 목재에 걸터앉아서 문고본을 읽었다. 절반 정도 읽었을까, 그 장교가 뚜벅뚜벅 구두 소리를 내며 다가오더니,

"도시락을 가지고 왔습니다. 혼자라서 좀 따분하지요?"

하며 도시락을 풀밭 위에 놓아두고는 다시 서둘러 돌아갔다.

나는 도시락을 다 먹고 이번에는 목재 위로 기어올라간 다음 누워서 책을 읽었다. 다 읽고 나서는 꾸벅꾸벅 낮잠을 자기 시작했다.

잠이 깼을 때는 오후 3시가 지나 있었다. 나는 문득 그 젊은 장교를 예전에 어디선가 본 적이 있는 듯한 느낌이 들어서 생각해보았으나 기억해낼 수가 없었다. 목재에서 내려와 머리를 매만지고 있는데 다시 뚜벅뚜벅 구두 소리가 들렸다.

"오늘 정말 수고 많았습니다. 이제 돌아가셔도 좋습니다."

나는 장교에게 달려가 문고본을 내밀었다. 고맙다는 인사를 하려 했으나 말이 나오지 않아 잠자코 장교의 얼굴을 올려다보았다. 두사람의 눈이 마주쳤을 때, 내 눈에서 눈물이 주르르 나왔다. 그러자 그 장교의 눈에서도 눈물이 반짝였다.

그대로 말없이 헤어졌지만, 그 젊은 장교는 두번 다시 우리가 일하는 곳에 얼굴을 드러내지 않아 나는 그날 단 하루만 놀 수 있었을 뿐, 그후로는 여전히 격일로 타쩌까와의 산속에서 고단한 작업을 계속했다. 어머니가 내 몸을 몹시 염려하셨지만 난 오히려 튼튼해져서 지금은 달구질로 먹고살 수 있으리라는 자신감까지 은근히 갖게 되었고, 또한 밭일에도 그다지 힘들어하지 않는 여자가 되었다.

전쟁 이야기는 말하기도 듣기도 싫다고 해놓고 그만 자신의 '귀중한 체험담'을 꺼내고 말았는데, 전쟁에 관한 추억 중 조금이라도

이야기하고 싶은 생각이 드는 건 대충 이 정도이고, 나머지는 언젠가 그 시처럼,

작년에는 아무 일도 없었다.
재작년에는 아무 일도 없었다.
그 전해에도 아무 일도 없었다.

라고 말하고 싶을 정도로 그냥 답답하며, 내 몸에 남은 것이라곤 이 작업화 한켤레의 허무함뿐이다.

작업화 때문에 그만 쓸데없는 이야기를 꺼내 어긋나고 말았는데, 나는 전쟁의 유일한 기념품이라 할 수 있는 이 작업화를 신고 매일같이 밭에 가서 가슴속 은밀한 불안과 초조함을 달래고 있지만, 어머니는 요즘 눈에 띄게 나날이 쇠약해지시는 것 같다.

뱀 알.

화재 사건.

그 무렵부터 어쩐지 어머니는 눈에 띄게 환자처럼 변해갔다. 그리고 나는 그와 반대로 점점 거칠고 천한 여자가 되어 가는 듯하다. 어쩐지 내가 자꾸 어머니의 생기를 빨아들이면서 살쪄가는 것 같아 견딜 수가 없다.

불이 났을 때도 어머니는, 어차피 태우기 위한 장작인걸, 하고 농담했을 뿐 화재에 대해서는 한마디도 하지 않고, 오히려 나를 위로해주려 하셨으나, 어머니가 받은 충격은 나보다 열배는 더 컸음이 틀림없다. 그 화재가 있고 나서 어머니는 한밤중에 이따금 신음하시는 일이 있다. 또 바람이 거센 밤이면 화장실에 가는 척하며 한밤중에 몇번이고 잠자리에서 일어나 집 안을 돌아보셨다. 늘 안

색이 흐렸고 걷는 것조차 힘들어 보이는 날도 있다. 예전에 밭일을 돕고 싶다고 하셔서 한번은 내가 그만두시라고 했는데도 우물에서부터 커다란 통으로 물을 대여섯번 밭에 나르셨다. 그러고는 이튿날 숨을 쉴 수 없을 만큼 어깨가 결린다며 온종일 누워 계신 적이 있다. 그런 일이 있고부터는 정말이지 밭일을 포기한 듯 이따금 밭에 나오시더라도 단지 내가 일하는 모습만 물끄러미 보셨다.

"여름 꽃을 좋아하는 사람은 여름에 죽는다는데 시 실일까?"

오늘도 어머니는 내가 밭일하는 것을 내내 지켜보시다가 불쑥 그런 말씀을 하셨다. 나는 잠자코 가지에 물을 주고 있었다. 아, 그러고 보니 이미 초여름이다.

"나는 자귀나무 꽃을 좋아하는데 이 정원엔 한그루도 없네."

어머니가 다시 조용히 말씀하셨다.

"협죽도는 많이 있잖아요."

나는 일부러 퉁명스럽게 말했다.

"그건 싫어. 여름 꽃은 대체로 좋아하지만 그건 너무 말괄량이처럼 제멋대로라서."

"저는 장미를 좋아해요. 하지만 그 꽃은 사철 내내 피니까 그럼 장미를 좋아하는 사람은 봄에 죽고, 여름에 죽고, 가을에 죽고, 겨울에 죽고, 네번이나 다시 죽어야 하나요?"

우리 둘은 웃었다.

"잠깐 쉴까?"

하면서 어머니는 여전히 웃으셨다.

"오늘 카즈꼬랑 의논하고 싶은 일이 있어."

"뭔데요? 죽는 이야기라면 딱 질색이에요."

나는 어머니 뒤를 따라가 등나무 밑 벤치에 나란히 앉았다. 등꽃은 이미 다 졌고, 부드러운 오후의 햇살이 그 잎사귀를 통과한 뒤 무릎 위로 떨어져 우리 무릎을 초록빛으로 물들였다.

"전부터 이야기하고 싶었는데 서로 기분 좋은 날에 하는 게 좋겠다 싶어서 오늘까지 기회를 기다린 거야. 어차피 좋은 이야기는 아니니까. 하지만 오늘은 어쩐지 나도 거리낌 없이 술술 이야기할 수 있을 것 같으니 그냥 너도 참고 끝까지 들어주렴. 실은 말이야, 나오지는 살아 있단다."

나는 몸이 굳어졌다.

"오륙일 전에 와다 외숙부로부터 소식이 왔단다. 예전에 외숙부 회사에 근무했던 분이 최근 남방에서 돌아와 외숙부 댁에 인사차 왔고, 그때 이런저런 이야기를 나누던 끝에, 그분이 우연히도 나오지와 같은 부대에 있었고, 나오지가 무사하며 곧 귀환할 거라는 사실을 알게 된 거야. 하지만 한가지 안 좋은 일이 있어. 그분 말씀으로는 나오지가 아주 심한 아편중독인 것 같다고……"

"또!"

나는 쓴 것을 먹은 것처럼 입을 일그러뜨렸다. 나오지는 고등학교 시절, 어느 소설가 흉내를 내다가 마약중독에 빠져 그 때문에 약국에 엄청난 금액의 빚을 졌다. 어머니는 그 약국 빚을 갚는 데 두해나 걸렸다.

"그래, 또 시작한 모양이야. 하지만 중독을 고칠 때까지는 귀환이 허락되지 않으니 분명히 고쳐서 올 거라고 그분이 말씀하셨다는구나. 외숙부의 편지에는, 고쳐서 돌아오더라도 그런 마음가짐을 가진 사람이라면 곧바로 어디에 취직할 수도 없다, 지금 이 혼란스러운 토오꾜오에서 일하면 정상인 사람조차 약간은 미칠 것 같은 기분이 드는데 이제 막 중독을 고친 병자 같은 사람이라면 금세 정신이상이 되어 무슨 일을 저지를지 모른다, 그러니 나오지가 돌아오면 즉시 이곳 이즈의 산장에 데려다가 아무데도 내보내지 말고 당분간 여기에서 요양시키는 것이 좋겠다는 내용이 하나야. 그리고 말이야, 카즈꼬, 외숙부가 또 한가지 당부하셨어. 외숙부 이 야기로는 이제 우리의 돈이 하나도 안 남았다는구나. 지금봉쇄니 재산세니 해서 외숙부도 이제 지금까지 해온 것처럼 우리에게 돈을 보내주시기가 힘들게 되었대. 그래서 말인데 나오시가 돌아와 엄마와 나오지와 카즈꼬, 우리 셋이 아무 일도 안하고 지내면 외숙부도 그 생활비를 대주기가 아주 힘드니까 당장 카즈꼬의 혼처를 알아보든지, 아니면 고용살이할 집을 찾든지, 어느 것이든 하라는 말씀이야."

"고용살이라니, 식모살이 말인가요?"

"아니, 외숙부가 말이지, 저기 그, 코마바에 있는……"

하며 어머니는 어느 황족의 이름을 댔다.

"그 황족이라면 우리와도 혈연관계이고, 따님의 가정교사를 겸 해서 고용살이하면 카즈꼬가 그다지 섭섭하거나 불편하게 여기지 않을 거라고 하셨어."

"다른 일자리는 없을까요?"

"다른 직업은 카즈꼬에게 아무래도 무리일 거라고 하셨어."

"왜 무리예요? 네, 어째서 무리라는 거죠?"

어머니는 쓸쓸하게 미소만 지을 뿐 아무 대답도 없으셨다.

"싫어요! 전, 그런 얘기."

나는 괜한 말을 입 밖으로 뱉었구나 싶었다. 하지만 멈출 수가 없었다.

"제가 이런 작업화를, 이런 작업화를……"

하고 말하다가 눈물이 나와서 나도 모르게 엉엉 소리 내어 울고 말았다. 얼굴을 들고 손등으로 눈물을 닦으면서, 어머니께 이러면 안돼, 안돼, 하고 생각했지만, 무의식처럼 육체와는 전혀 상관없이 말이 잇달아 나왔다.

"언젠가 말씀하셨잖아요. 카즈꼬가 있으니까, 카즈꼬가 곁에 있어주니까 어머니는 이즈로 가는 거라고요. 카즈꼬가 없으면 죽어버리겠다고 하셨잖아요. 그래서, 그래서 저는 아무데도 가지 않고 어머니 곁에서 이렇게 작업화를 신고 어머니께 맛있는 채소를 드릴 생각만 하고 있는데, 나오지가 돌아온다는 소식을 듣고서 갑자기 저를 귀찮게 여겨 황족의 하녀로 가라시니, 너무해요. 정말 너무해요!"

나 자신도 심한 말을 내뱉고 있다고 생각했지만, 말은 별개의 생물처럼 아무리 해도 멈출 수가 없었다.

"가난해서 돈이 떨어지면 우리가 가진 옷을 팔면 되잖아요? 이 집도 팔면 되잖아요. 저는 뭐든 다 할 수 있어요. 이 마을 사무소의 여직원이든 뭐든 할 수 있어요. 사무소에서 써주지 않으면 달구질이라도 할 수 있어요. 가난 따윈 아무것도 아니에요. 어머니만 저를 사랑해주신다면 저는 평생 어머니 곁에만 있겠다고까지 생각했는데 어머니는 저보다 나오지가 더 귀여운 거죠? 나갈게요. 전 나갈 거예요. 어차피 저는 나오지랑 옛날부터 성격이 안 맞았으니 셋이 살아봤자 서로 불행할 거예요. 저는 이제까지 오랫동안 어머니와 둘이 살았으니 더이상 여한이 없어요. 이제부턴 나오지가 어머니랑 둘이서 오붓하게 살고 나오지가 많이많이 효도하면 되겠군요. 저는 이제 싫어졌어요. 이제까지의 생활이 지긋지긋해요. 나갈게요. 오늘, 지금 당장 나갈게요. 전 갈 곳이 있어요."

나는 일어섰다

"카즈꼬!"

어머니는 엄하게 나를 부르고 일찍이 나에게 보인 적 없는 위엄에 찬 얼굴로 불쑥 자리에서 일어나 나와 마주했는데, 나보다도 오히려 키가 큰 듯 보였다.

나는, 죄송해요,라고 당장 말하고 싶었지만, 그 말이 도무지 입 밖으로 나오지 않고 오히려 엉뚱한 말이 튀어나왔다.

"속이셨어요. 어머니는 저를 속이신 거예요. 나오지가 올 때까지 저를 이용하신 거예요. 저는 어머니의 하녀였어요. 용무를 다 봤으니 이젠 황족 집으로 가라니……"

으앙 소리를 내며 나는 선 채로 목놓아 울었다.

"넌 바보로구나."

나직이 말씀하시는 어머니의 목소리는 노여움으로 떨렸다.

나는 얼굴을 들고,

"그래요, 바보예요. 바보라서 속은 거예요. 바보라서 방해가 되는 거예요. 사라지는 편이 좋겠죠? 가난이 뭐죠? 돈이 뭐냐고요? 저는 모르겠어요. 애정, 어머니의 애정, 저는 그것 하나만 믿고 살아왔어요."

하고 또다시 어리석고 쓸데없는 말을 지껄였다.

어머니는 휙 고개를 돌렸다. 울고 계셨다. 나는, 죄송해요, 하며 어머니 품에 안기고 싶었지만 밭일로 손이 더러워진 게 좀 신경이 쓰였다. 괜히 속을 들킨 것 같아서,

"저만 없어지면 되죠? 나갈게요. 전 갈 곳이 있어요."

라는 말을 남기고는 그대로 종종걸음으로 욕실로 갔다. 흐느껴 울며 얼굴과 손발을 씻은 뒤 방으로 가서 옷을 갈아입다가 다시 으앙

하고 큰 소리로 울어댔다. 마음껏 한번 울어보고 싶어 2층 방으로 뛰어올라가 침대에 몸을 던지고는 머리에 담요를 뒤집어쓰고 수척해질 정도로 마구 울었다. 그러는 동안 정신이 멍해지면서 차츰 어떤 사람이 너무나 그리워졌다. 얼굴이 보고 싶고, 목소리가 듣고 싶어 견딜 수 없을 정도였다. 발바닥에 뜨거운 뜸을 뜨며 꾹 참고 있는 듯한 묘한 기분이 들었다.

저녁 무렵, 어머니가 조용히 2층 방으로 들어오시더니 딸깍 하고 전등불을 켜고 침대 쪽으로 다가와,

"카즈꼬."

하고 아주 다정하게 부르셨다.

"네."

나는 일어나 침대 위에 앉아 양손으로 머리를 쓸어올리며 어머니 얼굴을 보고 후후 하고 웃었다.

어머니도 희미하게 웃으시더니 창 밑 소파에 깊숙이 몸을 파묻었다.

"난 난생처음으로 와다 외숙부의 말을 안 들었어. ……엄만 말이야, 방금 외숙부에게 답장을 썼어. 내 자식들 일은 내게 맡겨주세요라고 썼지. 카즈꼬, 옷을 팔자꾸나. 우리 둘의 옷을 다 팔아서 맘껏 쓰며 사치스럽게 살자꾸나. 난 이제 너에게 밭일 같은 건 시키고 싶지 않아. 비싼 채소를 사도 되잖니? 그렇게 매일 밭일을 하는 건 너한테 무리야."

사실 나는 매일 밭일을 하는 것이 좀 힘들던 참이었다. 아까 그렇게 미친 듯 소란을 피운 것도, 밭일의 피로와 슬픔이 뒤섞여 모든 게 원망스럽고 싫어졌기 때문이다.

나는 침대 위에서 고개를 숙인 채 잠자코 있었다.

"카즈꼬."

"네."

"갈 곳이 있다고 했는데 어디지?"

나는 자신이 목덜미까지 붉어진 것을 알았다.

"호소다 씨?"

나는 잠자코 있었다.

어머니는 깊은 한숨을 쉬었다.

"옛날이야기를 해도 되겠니?"

"예."

나는 작은 목소리로 대답했다.

"네가 야마끼 씨 댁에서 나와 니시까따 초오의 집으로 돌아왔을 때, 엄마는 너를 전혀 책망할 의도가 없었지만 그래도 단 한마디, '엄마는 너한테 배신당했어'라고 했지. 기억나니? 그러자 너는 울음을 터뜨렸고…… 나는 배신이라는 심한 말을 써서 잘못했다고 생각하긴 했지만……"

하지만 나는 그때 어머니가 그렇게 이야기해준 것이 왠지 고맙고 기뻐서 울었었다.

"엄마가 그때 배신당했다고 말한 것은 네가 야마끼 씨 댁을 나와서가 아니야. 야마끼 씨로부터, 카즈꼬는 사실 호소다와 애인 사이였습니다,라는 말을 들어서야. 그 말을 들었을 때 정말로 난 얼굴색이 바뀌는 것 같았어. 그럴 것이 호소다 씨는 훨씬 전부터 부인과 아이가 있어서 아무리 이쪽이 사모한들 아무 소용이 없을 테고……"

"애인 사이라니, 그런 심한 말을. 단지 야마끼 씨가 그렇게 마음대로 추측했을 뿐이에요."

"그럴까? 설마 그 호소다 씨를 아직도 계속 생각하고 있는 건 아니겠지? 갈 곳이라면 어디지?"

"호소다 씨는 아니에요."

"그래? 그럼 어디지?"

"어머니, 제가 요즘 생각한 건데요, 인간이 다른 동물과 전혀 다른 점이 무엇일까요? 언어도, 지혜도, 사고도, 사회의 질서도, 각각 정도의 차이는 있지만 다른 동물들도 모두 가지고 있잖아요? 신앙도 갖고 있을지 몰라요. 인간은 만물의 영장이라며 으스대고 있지만 다른 동물과 본질적인 차이가 전혀 없어 보이지 않아요? 하지만 어머니, 딱 하나 있어요. 잘 모르시겠죠? 다른 생물들에게는 절대로 없고 인간에게만 있는 것. 그건 비밀이라는 거예요. 어때요?"

어머니는 뺨을 발그레 붉히고 아름답게 웃으셨다.

"응, 카즈꼬의 그 비밀이 좋은 결실을 맺어준다면 좋을 텐데. 엄마는 매일 아침 아버지께 카즈꼬를 행복하게 해달라고 기도한단다."

내 가슴에 문득 아버지와 함께 나스노를 드라이브하다 도중에 내려서 본 가을 들판의 경치가 떠올랐다. 싸리꽃, 패랭이꽃, 용담, 마타리 등 가을꽃들이 피어 있었다. 개머루 열매는 아직 파랬다.

그리고 비와 호에서 아버지랑 모터보트를 타다가 내가 물에 뛰어들자 수초에 살던 작은 물고기가 내 다리에 닿고, 다리 그림자가 호수 바닥에 또렷이 비쳐서 움직이던 그 모습이 앞뒤 아무런 연관도 없이 문득 가슴에 떠올랐다가 사라졌다.

나는 침대에서 미끄러져 내려와 어머니 무릎을 껴안고 그제야,

"어머니, 아까는 죄송했어요."

하고 말할 수 있었다.

생각하면 그 무렵은 우리에게 남은 행복의 마지막 불빛이 빛나던 때였다. 그후 나오지가 남방에서 돌아와 우리의 진짜 지옥이 시작되었다.

3

아무래도 더이상 도저히 살 수 없을 것 같은 초조함. 이것이 바로 불안이라는 감정일까? 가슴에 괴로운 파도가 밀려와, 마치 소나기가 지나간 하늘을 흰 구름이 잇달아 분주히 전력 질주해 지나가듯 내 심장을 조였다 풀었다 한다. 나의 맥박은 불규칙적으로 뛰었고, 호흡이 힘들어지고 눈앞이 몽롱하게 어두워지면서 전신의 힘이 손가락 끝에서부터 쑤욱 빠져버리는 듯한 느낌이 들어 뜨개질을 계속할 수가 없었다.

요즘엔 비가 음산하게 계속 내려 뭘 해도 우울해서, 오늘은 툇마루에 등의자를 갖다놓고, 올봄에 한번 뜨기 시작했다가 그대로 내버려둔 스웨터를 다시 떠볼 참이다. 연한 모란빛을 띤 바랜 듯한 털실인데, 나는 거기에다 코발트블루의 실을 더해 스웨터를 뜰 생각이었다. 이 연한 모란빛 털실은 지금으로부터 벌써 이십년 전 내가 아직 가꾸슈우인 초등과에 다닐 무렵, 어머니가 내 목도리로 떠준 그 털실이다. 그 목도리 끝은 두건으로 되어 있어서 그걸 쓰고 거울을 들여다보면 꼭 꼬마 도깨비 같았다. 게다가 그 색깔이 친구들의 목도리 색깔과 전혀 달라서, 나는 싫어서 견딜 수 없을 정도였다. 칸사이 지방 고액납세자 집안의 딸인 친구가 "멋진 목도리구나" 하고 어른스러운 말투로 칭찬해주었지만, 나는 더욱더 창피해서 그후로는 한번도 이 목도리를 두른 적이 없고, 오랫동안 팽개쳐두었다. 그것을 올봄에 사장품을 부활시킨다는 의미에서 다 풀어내 스웨터를 만들 생각으로 떠보았으나, 아무래도 이 빛바랜 색깔이 마음에 들지 않아 다시 내버려두었다가 오늘 너무나 따분해서 갑자기 꺼내어 천천히 떠본다. 그런데 뜨개질을 하는 도중 나는 이 연한 모란빛 털실과 비를 머금은 잿빛 하늘이 하나로 융합되어 뭐라 형언할 수 없을 정도로 부드럽고 은은한 색조를 만들어내고 있음을 깨달았다. 나는 몰랐던 것이다. 옷은 하늘빛과의 조화를 생각해야 한다는 중요한 사실을 몰랐던 것이다. 조화란 얼마나 아름답고 멋진 것인가, 하며 좀 놀라서 멍해졌다. 비를 머금은 잿빛 하늘과 연한 모란빛 털실, 이 두가지가 어울리면 양쪽이 동시에 생기가 넘치니 참 신기하다. 손에 든 털실이 갑자기 둥실둥실 포근해지고, 비가 올 것 같은 차가운 하늘도 벨벳처럼 부드럽게 느껴진다. 그리고 모네의 안개 속의 성당 그림[38]을 생각나게 한다. 나는 이 털실 색깔로 인해 비로소 '구goût'[39]라는 말을 알게 된 듯한 생각이 들었다. 고상한 취미. 어머니는 이 연한 모란빛이 눈 내리는 겨울 하늘과 얼마나 아름답게 조화를 이루는지를 분명히 알고 일부러 골라주셨는데도 나는 바보같이 싫어했다. 그런데도 그것을 어린 나에게 강요하지 않고 내가 하고 싶은 대로 하도록 내버려두신 어머니. 내가 이 색의 아름다움을 진정으로 알게 될 때까지 이십년 동안이나 이 색에 대해 한마디 설명도 없이, 묵묵히 모르는 척하며 기다리신 어머니. 좋은 어머니임을 절실히 느낌과 동시에, 이런 좋은 어머니를 나오지랑 내가 괴롭히고 힘들게 하며 쇠약하게 해 조만간 돌아

---

38 루앙 대성당을 그린 모네의 연작 그림 중 하나로 보임.
39 프랑스어로 '심미안' '세련미'라는 뜻.

가시게 만드는 건 아닐까, 문득 견딜 수 없는 공포와 걱정의 구름이 가슴에서 피어올랐다. 이것저것 생각하면 생각할수록 앞으로는 정말 무섭고 좋지 않은 일만 예상되어 벌써 도저히 살아갈 수 없을 정도로 불안해지고 손끝의 힘도 빠진다. 뜨개바늘을 무릎에 놓고 깊은 한숨을 쉰 뒤 나는 고개를 들어 눈을 감으며,

"어머니."

하고 무심결에 불러보았다.

어머니는 방구석에 있는 책상에 기대어 책을 읽고 계시다가,

"응?"

하고 의아하다는 듯 대답하셨다.

나는 당황해서 일부러 큰 목소리로,

"드디어 장미꽃이 피었어요. 어머닌 알고 계셨어요? 저는 지금 알았거든요. 드디어 피었어요."

툇마루 바로 앞의 장미. 그것은 와다 외숙부가 옛날에, 프랑스인지 영국인지는 잊어버렸으나, 어쨌든 먼 데서 가져온 장미로, 두세 달 전에 외숙부가 이 산장의 정원에 옮겨 심은 것이다. 오늘 아침 그 꽃이 드디어 한송이 핀 것을 난 이미 알고 있었지만, 멋쩍은 기분을 감추려고 방금 알았다는 듯 과장되게 요란을 떨었다. 꽃은 짙은 보라색으로, 오만과 강인함을 내뿜고 있었다.

"알고 있었어."

어머니가 조용히 말씀하셨다.

"너에게는 그게 아주 중요한가보구나."

"그럴지도 모르죠. 불쌍해요?"

"아니, 너한테 그런 점이 있다고 말한 것뿐이야. 넌 부엌 성냥갑에 르누아르의 그림을 붙이거나, 인형의 손수건을 만들어보는 걸

좋아했지. 게다가 정원의 장미 얘기도 그렇고, 네 말을 듣고 있노라면 살아 있는 사람의 일을 이야기하는 것 같아."

"아이가 없어서 그래요."

나도 전혀 생각지 못했던 말이 입에서 튀어나왔다. 말해놓고는 깜짝 놀라서 머쓱한 기분에 무릎 위의 뜨개질감을 만지작거리고 있는데,

―스물아홉이니까.

그렇게 말하는 남자 목소리가 굵고 낮은 베이스 톤의 전화 목소리로 똑똑히 들리는 것 같아 나는 부끄러움에 뺨이 불타듯 뜨겁게 달아올랐다.

어머니는 아무 말 없이 다시 책을 읽으셨다. 어머니는 얼마 전부터 가제 마스크를 하고 계신데 그 때문인지 요즘 눈에 띄게 말이 없으셨다. 그 마스크는 나오지의 권유에 따라 하시게 된 것이다. 나오지는 열흘쯤 전에 남방의 섬에서 검푸른 얼굴이 되어 돌아왔다.

아무런 예고도 없이 여름날 저녁 뒷문을 통해 불쑥 마당에 들어와서,

"와! 너무하군. 이 집은 악취미야. 아예, 어서 오세요, 슈마이[40] 있습니다, 하고 벽보를 써 붙이지그래?"

했는데, 그것이 나와 처음으로 얼굴을 마주했을 때 나오지가 한 인사였다.

그 이삼일 전부터 어머니는 혀가 아파 누워 계셨다. 혀끝이 겉으로 보기에는 아무렇지 않지만 움직이면 몹시 아프다고 하셨다. 식사도 묽은 죽만 드셨다. 의사 선생님한테 진찰 좀 받아보세요, 해도

----

40 중국 음식인 찐만두의 일종.

고개를 저으며,

"웃음거리가 될 거야."

하고 쓴웃음을 지으며 말씀하셨다. 루골액을 발라드렸지만 전혀 효과가 없는 것 같아서 괜히 초조했다.

그러던 중에 나오지가 귀환한 것이다.

나오지는 어머니의 머리맡에 앉아서, 다녀왔습니다, 하고 인사를 하고는 바로 일어나 좁은 집 안을 여기저기 둘러보았다. 내가 그 뒤를 따라 걸었다.

"어때? 어머니가 좀 변하신 것 같니?"

"변했어, 변하셨어. 아주 야위셨어. 차라리 빨리 돌아가시는 게 낫겠어. 이런 세상에서 어머니 같은 사람은 도저히 살아갈 수 없어. 아주 비참해서 볼 수가 없네."

"난?"

"천박해졌어. 남자가 두어명이나 있는 듯한 낯짝이군. 술 있어? 오늘 밤에는 좀 마셔야겠어."

나는 이 마을에 단 하나 있는 여관에 가서 오사끼 아주머니께, 동생이 귀환해서 그런데 술 좀 나눠주세요, 하고 부탁해보았다. 하지만 아주머니가, 마침 술이 떨어지고 없네요,라고 해서 돌아와 나오지에게 그렇게 전하니, 나오지는 이제껏 본 적 없는 타인 같은 표정으로, 쳇, 흥정이 서툴러서 그런 거야, 하고 내게 여관의 위치를 묻더니 허둥지둥 게따를 신고 밖으로 뛰어나갔다. 그후 아무리 기다려도 돌아오지 않았다. 나는 나오지가 좋아하는 사과구이와 계란 요리를 만들어놓고 식당 전구도 밝은 것으로 바꾸고서 한참을 기다리는데, 오사끼 아주머니가 부엌문으로 얼굴을 쑥 내밀며,

"저기, 저기요. 괜찮을까요? 소주를 마시고 있는데."

하며 그 잉어 눈처럼 동그란 눈을 더 한층 크게 뜨고 중대한 일이라도 되는 것처럼 낮은 목소리로 말했다.

"소주라뇨? 메틸[41]?"

"아뇨. 메틸은 아니지만."

"마셔도 탈이 나진 않겠죠?"

"네. 그래도……"

"마시게 놔두세요."

오사끼 아주머니는 침을 삼키듯 고개를 끄덕이고는 돌아갔다.

나는 어머니한테로 가서,

"오사끼 아주머니 댁에서 마시고 있대요."

하고 말씀드리니 어머니는 입술을 약간 일그러뜨리며 웃으셨다.

"그래? 아편은 끊었는지 모르겠구나. 넌 식사를 하려무나. 그리고 오늘 밤에는 셋이 이 방에서 같이 자자. 나오지 이불은 가운데에 펴고."

나는 울고 싶은 심정이 되었다.

밤이 깊어지자 나오지가 거친 발소리를 내며 돌아왔다. 우리는 셋이 한 모기장에 들어가 누웠다.

"남방 이야기를 어머니께 좀 들려드리지그래?"

내가 누워서 말했다.

"아무것도 없어. 아무것도 없다고. 전부 다 잊어버렸어. 일본에 도착해서 기차를 타니 차창 너머로 보이는 논이 굉장히 아름답더군. 그것뿐이야. 불 좀 꺼. 잘 수가 없네."

나는 전등을 껐다. 여름밤 달빛이 홍수처럼 모기장 안에 가득 차

---

41 화공약품으로 쓰이는 메틸알코올을 뜻하며, 다량 섭취 시 사망에 이른다.

서 넘쳤다.

이튿날 아침, 나오지는 이부자리에 엎드려 담배를 피우면서 먼 바다를 바라보다가,

"혀가 아프시다고요?"

하고 그제야 어머니가 편찮으신 걸 알았다는 듯 말했다.

어머니는 그저 희미하게 웃기만 하셨다.

"그건 틀림없이 심리적인 걸 거야. 밤에 입을 벌리고 주무시죠? 보기 흉하게. 마스크를 하세요. 가제에 리바놀액이라도 묻혀 그걸 마스크 속에 넣어두면 좋을 거예요."

나는 그 말을 듣고 웃음을 터뜨렸다.

"그건 무슨 요법이니?"

"미학美學 요법이라는 거야."

"하지만 어머닌 마스크 같은 걸 분명 싫어하실걸."

어머니는 마스크뿐만 아니라 안대건 안경이건 얼굴에 뭔가를 걸치는 것을 무척이나 싫어하셨다.

"어머니, 마스크 하실 거예요?"

하고 내가 여쭈었더니,

"할 거야."

하고 진지하게 낮은 목소리로 대답하셔서 깜짝 놀랐다. 나오지 말이라면 뭐든 다 믿고 따르려고 생각하신 듯했다.

내가 아침식사 후에 아까 나오지가 말한 대로 가제에 리바놀액을 묻혀 마스크를 만들어 어머니께 가져가자, 어머니는 말없이 받아들고 누운 채로 마스크 끈을 양쪽 귀에 순순히 거셨다. 그런 어머니의 모습이 정말 어린 소녀 같아서 나는 서글펐다.

점심때가 지나 나오지는 토오꾜오의 친구들과 문학 하는 선생

님을 만나러 가야 한다며 신사복으로 갈아입고, 어머니에게서 2천 엔을 받아 토오꾜오로 가버렸다. 그러고는 벌써 열흘 가까이 되는데도 돌아오지 않는다. 그래서 어머니는 매일 마스크를 하고서 나오지를 기다리신다.

"리바놀, 그거 참 좋은 약인가보다. 이 마스크를 하고 있으면 혀의 통증이 사라져버려."

하고 웃으며 말씀하시지만 아무래도 어머니가 거짓말을 하시는 것 같아 견딜 수 없다. 이제 괜찮아, 하며 지금은 일어나 계시지만, 식욕은 여전히 별로 없으신 듯했고, 말수도 현저히 줄어 너무나 걱정스러웠다. 나오지는 도대체 토오꾜오에서 뭘 하고 있는 걸까? 소설가인 그 우에하라 씨랑 토오꾜오 시내를 돌아다니며 그곳 광기의 소용돌이에 휩쓸리고 있을 게 분명하다. 생각하면 생각할수록 괴롭고 힘들어 어머니께 느닷없이 장미가 핀 일 따위를 보고하고, 아이가 없어서 그래요,라고 자신도 생각하지 못했던 이상한 소리를 내뱉고는 결국 수습할 수 없게 되자,

"아!"

하고 일어섰는데, 막상 아무데도 갈 곳이 없었다. 내 몸 하나 추스르지 못하고 비틀비틀 계단을 올라 2층 방으로 들어가 살펴보았다.

여기는 이번에 나오지가 쓸 방으로, 사오일 전에 내가 어머니와 상의해서 아래쪽 농가에 사는 나까이 씨의 도움을 받아 나오지의 옷장과 책상과 책장, 그리고 책과 공책 등이 가득 든 나무상자 대여섯개, 아무튼 옛날 니시까따 초오 시절 나오지 방에 있던 것들을 전부 이곳으로 옮겨놓았다. 조만간 나오지가 토오꾜오에서 돌아오면 자신이 원하는 위치에 이것들을 재배치하겠지 싶어 그때까지는 어수선해도 그냥 이대로 두는 편이 좋겠다고 생각했다. 그래서 정

말이지 발 디딜 틈 없을 정도로 방 안 가득 어질러진 상태였다. 나는 무심코 발밑 나무상자에서 공책 한권을 집어들었다. 표지엔,

　박꽃 일기

라고 씌어 있었고 그 안을 보니 다음과 같은 내용이 어지러이 적혀 있었다. 나오지가 마약중독으로 괴로워하던 무렵의 수기 같았다.

　불에 타 죽는 듯한 기분. 괴로워도 괴롭다고 일언반구 외칠 수도 없는, 태고 이래 미증유의, 세상이 시작된 이래 전례가 없고 끝을 알 수 없는 지옥의 기분을 속이려 들지 마라.

　사상? 거짓이다. 주의? 거짓이다. 이상? 거짓이다. 질서? 거짓이다. 성실? 진리? 순수? 전부 다 거짓이다. 우시지마의 등나무는 수령이 천년, 유우야의 등나무는 수백년이라는데, 그 꽃술만 해도 전자는 최장 아홉자, 후자는 다섯자 남짓이라는 얘기를 듣고, 다만 그 꽃술에만 가슴이 뛴다.

　저것도 사람의 자식. 살아 있다.

　논리는 결국 논리에 대한 사랑이다. 살아 있는 인간에 대한 사랑은 아니다.

　돈과 여자. 논리는 수줍어하며 총총 사라진다.

　역사, 철학, 교육, 종교, 법률, 정치, 경제, 사회, 그따위 학문보다도 한 처녀의 미소가 더 고귀하다는 파우스트 박사의 용감한 실증.

　학문이란 허영의 또다른 이름이다. 인간이 인간이 아니고자 하는 노력이다.

　괴테에게도 맹세할 수 있다. 저는 정말 잘 쓸 수 있습니다. 한편의 구성에서도 실수 없는, 적당한 유머, 독자의 눈시울을 뜨겁게 만드는

비애 혹은 숙연함, 소위 옷매무새를 가다듬게 하는 완벽한 소설, 낭독한다면 이런 게 바로 영화 같은 설명일까. 이거 원, 낯 뜨거워서 쓸 수가 없다. 애당초 그러한 걸작 의식이 쩨쩨하다는 말이다. 소설을 읽고 옷매무새를 가다듬다니, 미친놈의 수작이다. 그렇다면 차라리 하오리, 하까마를 갖춰 입든지. 좋은 작품일수록 점잔 빼지 않는 것처럼 보이는 법이지. 나는 친구가 진심으로 즐거워하는 듯한 미소 띤 얼굴이 보고 싶어서 소설 한편을 일부러 엉망으로 쓰고는, 엉덩방아 찧고 머리 긁적이며 도망간다. 아아, 그때 친구가 기뻐하는 표정이란!

문장이 서툴고 사람이 덜된 모습. 장난감 나팔을 불며 말씀드리오니, 여기에 일본 제일의 바보가 있습니다, 당신은 아직 나은 편이에요, 건재하시길! 하고 기원하는 애정. 이것은 도대체 무엇이란 말인가.

친구는 의기양양한 얼굴로, 저게 저 녀석의 나쁜 버릇이지, 정말 아깝군, 하고 술회한다. 사랑받고 있는 줄 모른다.

불량하지 않은 인간이 있을까.

시시하다.

돈이 필요해.

그렇지 않으면,

자다가 자연사自然死!

약국에 천 엔 정도의 빚이 있다. 오늘 전당포 지배인을 몰래 집으로 데려와 내 방으로 이끌고, 뭔가 이 방에 값나가는 물건이 있으면 갖고 가게, 급히 돈이 필요해,라고 하자, 지배인은 방 안을 제대로 보지도 않고, 그만두세요, 당신 물건도 아니면서, 하고 지껄였다. 좋아, 그렇다면 내가 지금까지 내 용돈으로 산 물건만 갖고 가게, 하고 기세 좋게 말했으나 그러모은 건 잡동사니뿐, 전당포에 맡길 만한 물건은 하나도 없었다.

우선 손 하나만 있는 석고상. 이것은 비너스의 오른손이다. 달리아 꽃을 닮은 손, 새하얀 손, 그 손이 그냥 받침대 위에 놓여 있다. 하지만 유심히 보면 이것은 비너스가 알몸을 남자에게 들켜 앗 하고 놀라며 부끄러움에 휩싸여 온몸이 연한 분홍빛으로 구석구석 화끈거리고 뜨겁게 달아올라 몸을 비틀다가 이러한 손짓을 한 것이고, 그런 비너스의 숨 막힐 듯한 알몸의 부끄러움이, 손가락 끝에 지문도 없고 손바닥에 한줄의 손금도 없는 새하얗고 가냘픈 오른손에, 보는 이의 가슴이 아플 정도로 애처롭게 새겨져 있음을 알 수 있을 것이다. 하지만 어차피 쓸모없는 잡동사니다. 지배인은 50전으로 값을 매겼다.

그밖에 커다란 빠리 근교의 지도, 지름이 일척이나 되는 쎌룰로이드 팽이, 실보다 가늘게 글씨가 써지는 특제 펜촉, 모두 진귀한 것이라고 생각하여 산 물건들이지만 지배인은 웃으며, 이제 그만 가보겠습니다,라고 한다. 잠깐, 하고 제지해 결국 또다시 책을 산더미처럼 지배인에게 안기고 5엔을 받았다. 내 책장의 책들은 대부분 싸구려 문고본뿐이고 헌책방에서 사들인 것이라 저당 가격도 자연히 이처럼 쌌다.

천 엔 빚을 해결하려고 했더니 고작 5엔. 이 세상에서 내 실력은 대강 이 정도다. 웃을 일이 아니다.

데까당^{décadent}? 하지만 이렇게라도 하지 않으면 살 수가 없다. 그런 말로 나를 비난하는 사람보다는 죽어버려!라고 말해주는 사람이 고맙다. 후련하다. 그러나 남들은 좀처럼 죽어버려!라고 말하지 않는다. 인색하고 신중한 위선자들이여!

정의? 소위 계급투쟁의 본질은 그런 데 있지 않다. 인도人道? 농담하지 마. 난 알고 있어. 자신들의 행복을 위하여 상대를 쓰러뜨리는 것

230

이다. 죽이는 것이다. 죽어버려!라는 선고가 아니라면 뭔가? 어물쩍 넘어가려고 하지 마.

그러나 우리 계급에도 변변한 녀석이 없다. 백치, 유령, 수전노, 미친개, 허풍쟁이, 으스대는 놈, 구름 위에서 오줌.

죽어버려!라는 말조차 아깝다.

전쟁. 일본의 전쟁은 자포자기다.

자포자기에 휩쓸려 죽는 건 싫다. 차라리 혼자 죽고 싶다.

인간은 거짓말을 할 때면 으레 진지한 표정을 짓는다. 요즈음 지도자들의 그 진지함이란. 쳇!

남들에게서 존경받으려고 하지 않는 사람들과 어울리고 싶다.

하지만 그런 좋은 사람들은 나랑 놀아주지 않는다.

내가 조숙한 척하니 사람들은 나를 조숙하다고 수군거렸다. 내가 게으름뱅이인 척하니 사람들은 나를 게으름뱅이라고 수군거렸다. 내가 소설을 못 쓰는 척하니 사람들은 나를 못 쓴다고 수군거렸다. 내가 거짓말쟁이인 척하니 사람들은 나를 거짓말쟁이라고 수군거렸다. 내가 부자인 척하니 사람들은 나를 부자라고 수군거렸다. 내가 냉담한 척하니 사람들은 나를 냉담한 놈이라고 수군거렸다. 하지만 내가 정말로 괴로워서 나도 모르게 신음했을 때 사람들은 나를 괴로운 척한다고 수군거렸다.

왠지 자꾸만 다 어긋난다.

결국 자살하는 수밖에 없지 않을까?

이토록 괴로워하더라도 그저 자살로 끝날 뿐이라는 생각이 들자 소리 내어 울고 말았다.

봄날 아침, 두어송이의 꽃이 탐스럽게 핀 매화나무 가지에 아침 햇살이 비치는데, 그 가지에 하이델베르크의 젊은 학생이 목을 매달고 축 늘어진 채로 죽어 있었다고 한다.

"어머니! 저를 혼내주세요!"

"어떻게?"

"겁쟁이라고."

"그래? 겁쟁이. ……이제 됐니?"

어머니는 그 어디에도 없는 착한 성정을 지니고 계신다. 어머니 생각을 하면 울고 싶어진다. 어머니께 사죄하기 위해서라도 죽어야 한다.

용서해주십시오. 지금 딱 한번만 용서해주십시오.

해마다

눈이 먼 채

잘 자라는

새끼 학

가엾구나 살찐 모습 (신년에 씀)

모르핀 아트로몰 나르코폰 판토폰 파비날 판오핀 아트로핀

프라이드란 뭔가, 프라이드란?

인간은, 아니, 남자는 '난 훌륭하다' '내겐 장점이 있지' 등을 생각지 않고는 살아갈 수 없는 존재일까?

남을 싫어하고, 남에게서 미움받는다.

지혜 겨루기.

엄숙＝멍청함

어쨌든 살아 있으니까, 속임수를 쓰고 있는 게 틀림없다.

돈을 꿔달라고 요청하는 어떤 편지.

"답장을.

답장을 주세요.

그리고 그것이 반드시 좋은 소식이기를 바랍니다.

저는 온갖 굴욕을 예상하며 혼자 신음하고 있습니다.

연극을 하는 게 아닙니다. 절대 그렇지 않습니다.

부탁합니다.

저는 부끄러워 죽을 것 같습니다.

과장이 아닙니다.

매일매일, 답장을 기다리며 밤낮없이 부들부들 떨고 있습니다.

제가 곤경에 처하지 않도록 해주세요.

벽에서 킥킥거리며 웃는 소리가 들려와 깊은 밤 잠자리에서 몸을 뒤척이고 있습니다.

제가 부끄러운 일을 당하지 않도록 도와주세요.

누나!"

여기까지 읽은 나는 그 박꽃 일기를 덮어 나무상자에 다시 넣고
는 창 쪽으로 걸어갔다. 그리고 창문을 활짝 열어 안개비로 뿌연
마당을 내려다보면서 그 무렵의 일을 생각했다.

어느덧 그때로부터 육년이 지났다. 나오지의 마약중독은 내 이
혼의 원인이 되었다. 아니, 그렇게 말해서는 안된다. 내 이혼은 나
오지의 마약중독이 아니더라도, 또다른 어떤 계기로 인해 언젠가
일어나게끔 내가 태어났을 때부터 그렇게 정해져 있었던 것 같기
도 하다. 나오지는 약국에 진 빚에 시달렸고, 툭하면 나에게 돈을
요구했다. 나는 야마끼와 결혼한 지 얼마 안되었기 때문에 돈을 마
음대로 쓸 수 있는 형편이 못되었고, 또한 시댁의 돈을 친정 동생
에게 몰래 융통해주는 것이 무척 난처하기도 해서, 친정에서 나를
따라온 오세끼 할멈과 의논해 내 팔찌와 목걸이, 드레스를 팔았다.
동생은 내게 돈을 달라는 편지를 보냈으며, 이제는 괴롭고 부끄러
워 누나랑 얼굴을 마주할 수도 없고 또 전화로 이야기하는 것조차
도저히 못하겠으니 돈은 오세끼 편에 쿄오바시 ×가 ×번지의 카
야노 아파트에 사는, 누나도 이름만은 알고 있을 소설가 우에하라
지로오 씨에게 전해주세요, 우에하라 씨는 악덕한 사람이라고 세
상에 소문이 나 있지만 결코 그런 사람이 아니니 안심하고 전달해
주세요, 그러면 우에하라 씨가 곧바로 나에게 전화로 알려줄 테니
꼭 그렇게 해주세요, 나는 이번 중독을 어머니만은 모르게 하고 싶
어요, 어머니가 아시기 전에 어떻게든 이 중독을 고칠 작정이에요,
나는 이번에 누나에게 돈을 받으면 그걸로 약국에 진 빚을 청산하
고, 시오바라의 별장에라도 가서 건강한 몸이 된 후 돌아올 작정입
니다, 정말이에요, 약국의 빚을 전부 갚으면 이제 나는 그날부터 마

약을 완전히 끊을 생각입니다, 하느님께 맹세합니다, 믿어주세요, 어머니께는 비밀로 하고, 오세끼 편에 카야노 아파트의 우에하라 씨에게 전해주길 부탁합니다,라는 내용이 그 편지에 씌어 있었다. 나는 그 지시대로 오세끼에게 돈을 주어 몰래 우에하라 씨 아파트에 전달했지만 동생이 편지에서 한 맹세는 언제나 거짓으로, 시오바라의 별장에도 가지 않았고, 마약중독은 더욱더 심해지기만 했다. 돈을 부탁하는 편지 문구도 비명에 가까운 괴로운 어조로 이번에야말로 약을 끊겠다며 얼굴을 돌리고 싶을 정도로 애절한 맹세를 하기에 또 거짓말일지 모른다고 생각하면서도 결국 다시 오세끼를 시켜 브로치 등을 팔고 그 돈을 우에하라 씨 아파트에 전달하곤 했다.

"우에하라 씨는 어떤 분이에요?"

"작은 체구에 안색이 좋지 않고 무뚝뚝한 사람이에요."

하고 오세끼는 대답했다.

"그런데 아파트에 계시는 일이 좀처럼 없더군요. 대개 부인과 예닐곱살 정도 된 따님, 두분만 계실 뿐이에요. 부인은 그다지 미인은 아니지만 친절하고 훌륭한 분인 것 같았어요. 그 부인이라면 안심하고 돈을 맡길 수 있겠더군요."

그 무렵의 나는 지금의 나와 비교해, 아니, 도저히 비교할 수도 없을 만큼, 전혀 다른 사람처럼 멍청하고 태평했지만, 그래도 역시 연달아 계속해, 더구나 점차 거액의 돈을 졸라대니 너무나 걱정이 되어, 하루는 노오能[42]를 보고 돌아오는 길에 자동차를 긴자에서 돌려보내고 혼자 걸어서 쿄오바시의 카야노 아파트를 찾아갔다.

---

42 일본의 전통적인 가면 음악극 노오가꾸(能樂).

우에하라 씨는 방에서 혼자 신문을 보고 있었다. 줄무늬 겹옷에 하얀 무늬가 있는 감색 하오리를 입고 있었는데, 나이가 들어 보이기도 하고 젊어 보이기도 하며, 이제까지 본 적 없는 짐승 같은, 이상한 첫인상을 받았다.

"집사람은 지금 아이와 함께 배급을 받으러……"

약간 비음 섞인 목소리로 띄엄띄엄 그렇게 말했다. 나를 부인의 친구로 오해한 모양이었다. 나오지의 누나라고 하니 우에하라 씨는 후훗 하고 웃었다. 나는 왠지 섬뜩했다.

"나갈까요?"

그렇게 말하더니 어느새 외투를 걸치고 신발장에서 새 게따를 꺼내 신었다. 그리고 성큼성큼 아파트 복도를 앞장서서 걸었다.

밖은 초겨울 저녁 무렵이라 바람이 쌀쌀했다. 스미다 강에서 불어오는 강바람 같았다. 우에하라 씨는 그 강바람을 거스르듯이 오른쪽 어깨를 약간 세우고 츠끼지 쪽으로 말없이 걸어갔다. 나는 종종걸음으로 그 뒤를 따라갔다.

토오꾜오 극장의 뒤편에 있는 빌딩 지하로 들어갔다. 네댓패의 손님이 열평 정도의 좁고 길쭉한 실내에서 제각기 탁자에 둘러앉아 조용히 술을 마시고 있었다.

우에하라 씨는 컵으로 술을 마셨다. 그리고 내게도 다른 컵을 갖다주며 술을 권했다. 나는 그 컵으로 두잔을 마셨지만 아무렇지도 않았다.

우에하라 씨는 술을 마시고 담배를 피우면서 내내 아무 말 없이 있었다. 나도 잠자코 있었다. 이런 데는 난생처음 왔지만 정말로 편안하고 기분이 좋았다.

"술이라도 마시면 좋을 텐데."

"네?"

"아니, 당신 동생 말이에요. 알코올 쪽으로 전환하면 좋을 텐데 말이에요. 나도 예전에 마약중독에 빠진 적이 있는데 남들이 불쾌하게 여기더군요. 알코올도 마찬가지긴 하지만 그것은 남들이 의외로 너그럽게 보거든요. 당신 동생을 술꾼으로 만들어보죠. 괜찮죠?"

"저는 한번 술꾼을 본 적이 있어요. 정초에 제가 외출하려고 하는데 우리 집 운전사의 지인이 자동차 조수석에서 도깨비처럼 새빨간 얼굴로 드르렁드르렁 코를 크게 골며 자고 있었어요. 제가 깜짝 놀라 소리 지르니까 운전사가, 이 녀석은 술꾼이라 어쩔 수가 없어요, 하며 자동차에서 끌어내려 어깨로 부축해 어디론가 데려가더군요. 뼈가 없는 것처럼 흐물흐물 축 늘어져 있었는데 그러면서도 무언가 중얼거리더군요. 저는 술꾼을 그때 처음 봤는데 재미있었어요."

"나도 술꾼입니다."

"어머나, 하지만 다르시죠?"

"당신도 술꾼입니다."

"그렇지 않아요. 저는 술꾼을 본 적만 있어요. 전혀 아니에요."

우에하라 씨는 그제야 즐거운 듯이 웃었다.

"그럼 당신 동생은 술꾼이 될 수 없을지도 모르지만, 하여튼 술을 마시는 사람이 되는 편이 좋아요. 돌아가요. 늦으면 곤란하죠?"

"아뇨, 괜찮아요."

"아니, 실은 내가 거북해서 안되겠어. 아가씨! 계산!"

"많이 비싼가요? 저도 조금은 갖고 있는데."

"그래요? 그럼 계산은 당신이."

"모자랄지도 몰라요."

나는 핸드백 속을 살펴보고, 돈이 얼마 있는가를 우에하라 씨에게 알려주었다.

"그만큼이나 있으면 2차, 3차도 마실 수 있겠구먼. 날 업신여기는 건가."

우에하라 씨는 얼굴을 찡그리며 말하고는 웃었다.

"어디로 또 한잔하러 가시겠어요?"

하고 물으니 정색을 하며 고개를 저었다.

"아니, 이제 됐어. 택시를 잡아줄 테니 돌아가요."

우리는 지하실의 어두운 계단을 올라갔다. 한발 앞서서 올라가던 우에하라 씨가 계단 중간쯤에서 휙 몸을 돌리더니 재빠르게 나에게 키스를 했다. 나는 입술을 굳게 다문 채 그 키스를 받았다.

특별히 우에하라 씨를 좋아한 건 아니었지만, 그래도 그때부터 내겐 '비밀'이 생기고 말았다. 우에하라 씨는 쿵쿵쿵 계단을 뛰어올라갔고, 나는 이상하고 투명한 기분으로 천천히 올라갔다. 밖으로 나오니 강바람이 뺨에 닿아 기분이 무척 좋았다.

우에하라 씨가 택시를 잡아주었고, 우린 말없이 헤어졌다.

흔들리는 차 안에서 나는 세상이 갑자기 바다처럼 확 넓어진 듯한 느낌이 들었다.

"나, 애인 있어요."

어느날 나는 남편한테 잔소리를 듣고 외로운 심정이 되어 불쑥 그렇게 말했다.

"알아. 호소다지? 도저히 단념하지 못하는 거야?"

나는 말없이 있었다.

그 문제는 뭔가 거북한 일이 생길 때마다 우리 부부 사이에 끼어들게 되었다. 이제 다 틀렸다고 나는 생각했다. 옷감을 잘못 재단했을 때처럼 이제 그 천은 이을 수도 없으니 전부 버리고, 다시 새롭게 옷감을 재단해야 한다.

"설마, 배 속의 그 아이는……"

하고 어느날 밤 남편이 말했을 때, 나는 너무나 무서워 부들부들 떨었다. 지금 생각하면 나도 남편도 어렸다. 나는 연애를 몰랐다. 사랑조차 몰랐다. 나는 호소다 씨의 그림에 푹 빠져, 그런 분의 아내가 된다면 얼마나 아름다운 일상을 보낼 수 있을까, 그렇게 멋진 취미를 지닌 분과의 결혼이 아니라면 결혼 따위는 무의미하다고 아무에게나 떠벌린 탓에 모두에게서 오해를 샀다. 나는 연애도 사랑도 모르면서 아무렇지도 않게 호소다 씨를 좋아한다는 말을 공공연히 했고, 취소하려고도 하지 않아 일이 이상하게 꼬이고 말았다. 그래서 그 무렵 내 배 속에 들어 있던 아기마저 남편의 의심을 받게 되었다. 누구 하나 이혼이라는 말을 노골적으로 꺼낸 사람은 없었지만, 어느샌가 분위기가 어색해져 난 오세끼와 함께 친정어머니 곁으로 돌아오고 말았다. 그리고 아이를 사산한 나는 병으로 드러누웠고, 결국 야마끼와의 관계는 그걸로 끝나고 말았다.

나오지는 내가 이혼한 것에 무언가 책임을 느꼈는지, 난 죽어버릴 테야, 하고 엉엉 소리 내며 얼굴이 퉁퉁 붓도록 울었다. 내가 동생에게 약국에 진 빚이 얼마나 되는지 물어보니 실로 엄청난 액수였다. 게다가 그것도 동생이 실제 금액을 말 못하고 거짓말을 했다는 사실이 나중에 밝혀졌다. 나중에 밝혀진 실제 총액은 그때 동생이 나에게 알려준 금액의 세배에 가까웠다.

"우에하라 씨를 만났어. 좋은 분이더라. 이제부터 우에하라 씨와 술 마시며 노는 건 어때? 술은 정말 싸던데. 술값 정도면 내가 언제든 줄 수 있어. 약국에 갚아야 할 빚도 걱정 마. 어떻게 되겠지."

내가 우에하라 씨와 만났고, 또 우에하라 씨를 좋은 분이라고 말한 것이 동생을 무척 기쁘게 했는지 동생은 그날 밤 나에게서 돈을 받자마자 우에하라 씨네 집에 놀러 갔다.

중독은 그야말로 정신적인 병일지도 모른다. 내가 우에하라 씨를 칭찬하고, 우에하라 씨 저서를 동생에게서 빌려 읽고, 훌륭한 분이구나,라고 하자 동생은 누나가 뭘 알아, 하면서도 무척이나 기쁜 듯이, 자, 이것도 한번 읽어봐, 하며 우에하라 씨의 또다른 저서를 내게 권했다. 그러다가 나는 우에하라 씨의 소설을 본격적으로 읽게 되었고, 둘이서 이러쿵저러쿵 우에하라 씨에 관한 이야기를 하기도 했다. 동생은 매일같이 밤마다 으스대며 우에하라 씨네 집에 놀러 가더니 차츰 우에하라 씨의 계획대로 알코올 쪽으로 전환해가는 모양이었다. 어느날 약국에 갚아야 할 빚에 대해 내가 어머니께 슬쩍 말씀드렸더니, 어머니는 한 손으로 얼굴을 감싼 채 잠시 꼼짝 않고 가만히 계시다가 이윽고 얼굴을 들고는 쓸쓸하게 웃으시며, 생각해봤자 소용없어, 몇년이 걸릴지 모르지만 매달 조금씩이라도 갚아나가자고 하셨다.

그로부터 벌써 육년이 지났다.

박꽃. 아아, 동생도 괴롭겠지. 더구나 앞길이 가로막혀 무엇을 어떻게 하면 좋을지 아직 아무것도 모르는 걸 거야. 그저 날마다 죽을 작정으로 술을 마시는 걸 거야.

차라리 과감하게 본격적으로 불량해진다면 어떨까. 그러면 동생도 오히려 편안해지지 않을까?

불량하지 않은 인간이 있을까,라고 그 공책에 씌어 있었는데, 그러고 보면 나도 불량하고 외숙부도 불량하고 어머니도 불량한 듯 싶다. 불량하다는 것은 다정하다는 말 아닐까?

4

편지를 쓸까, 어떻게 할까, 무척 망설였습니다. 하지만 오늘 아침, 비둘기처럼 순결하게 뱀처럼 지혜롭게,라는 예수님 말씀[43]을 문득 떠올리고는 이상하게 용기가 생겨 편지를 드립니다. 저는 나오지의 누나입니다. 잊으셨나요. 잊으셨다면 기억을 더듬어보세요.

나오지가 저번에 또 들러서 상당히 폐를 끼친 모양인데 정말 죄송합니다. (그런데 실은 나오지의 일은 나오지 사정이지, 제가 편지로 사과하는 건 난센스라는 생각도 듭니다.) 오늘은 나오지 일이 아닌 제 일로 부탁드릴 게 있습니다. 나오지한테서 쿄오바시의 아파트가 불에 타 지금의 주소로 옮기게 되었다는 소식을 듣고, 차라리 토오쿄오 교외에 있는 댁으로 찾아뵐까 싶었지만, 얼마 전부터 어머니 건강이 다시 안 좋으셔서 도저히 어머니를 내버려두고 상경할 수 없어 편지로 말씀드리려고 합니다.

당신께 의논드리고 싶은 게 있습니다.

저의 이 의논은 『여대학女大學』[44]의 이제까지의 입장에서 보면 너무나 교활하고 불결해 악질 범죄에 불과할지도 모릅니다만, 그래도 저는, 아니 저희는, 지금 이대로 도저히 살아갈 수 없을 것 같아 동생 나오지가 이 세상에서 가장 존경하는 당신께 저의 솔직한 심

---

[43] 신약성서 「마태복음」 10장 16절.
[44] 일본에서 1716년에 발행된 여성을 위한 지침서.

정을 말씀드리고 조언을 구하고자 합니다.

저는 지금 이 생활을 견딜 수가 없습니다. 좋고 싫음의 문제가 아니라 도저히 지금 상태로는 저희 세 식구가 살아갈 수 있을 것 같지 않습니다.

어제도 괴로워서 몸에 열이 나고 숨이 차 제 자신을 주체 못하고 있는데, 정오가 조금 지나서 아래쪽 농가의 따님이 빗속에 쌀을 짊어지고 왔습니다. 그리고 저는 약속대로 옷을 주었습니다. 따님은 식당에서 저와 마주 앉아 차를 마시면서 참으로 리얼한 어조로,

"부인은 물건을 팔아서 앞으로 얼마나 생활할 수 있나요?"

하고 물었습니다.

"반년이나 일년 정도."

하고 저는 대답했습니다. 그리고 오른손으로 얼굴을 반쯤 가리며,

"졸려요. 너무 졸려서 못 참겠어요."

하고 말했습니다.

"피곤해서 그래요. 신경쇠약이라 자꾸 졸리는 걸 거예요."

"그럴지도 모르겠네요."

눈물이 나올 것 같다가 문득 제 가슴속에 리얼리즘이라는 말과 로맨티시즘이라는 말이 떠올랐습니다. 저에게 리얼리즘은 없습니다. 이런 식으로 살아갈 수 있을까 생각하니 온몸에 소름이 끼쳤습니다. 어머니는 거의 환자나 다름없어서 자리에서 누웠다 일어났다만 하시고, 동생은 아시다시피 마음이 중환자여서, 여기 있을 때에는 소주를 마시기 위해 이 근처 여관과 요릿집을 겸한 집으로 하루도 빠짐없이 출근하지요. 그리고 사흘에 한번 꼴로 저희 옷을 판 돈을 가지고 토오꾜오에 간답니다. 하지만 제가 괴로운 건 이런 일 때문이 아니에요. 저는 그저 제 자신의 생명이, 이러한 일상생활 속

에서 파초 잎이 지지 않고 썩어가듯, 그 자리에 망연히 선 채 저절로 썩어갈 것이 선명히 예감된다는 사실이 너무도 두렵습니다. 도저히 견딜 수가 없어요. 그렇기 때문에 저는 『여대학』에 어긋나더라도, 지금 이 생활에서 벗어나고 싶은 거예요.

그래서 저는 당신께 의논드립니다.

저는 지금 어머니와 동생에게 분명히 선언하고 싶습니다. 제가 전부터 어떤 분을 사모하고 있고 앞으로도 그분의 애인으로서 살아갈 작정이라는 것을 확실히 말해두고 싶습니다. 그분은 당신도 잘 아실 거예요. 그분 성함의 이니셜은 M·C입니다. 저는 예전부터 무언가 괴로운 일이 생기면 그 M·C에게 달려가고 싶어 죽을 것 같은 심정이 되곤 했습니다.

M·C에게는 당신과 마찬가지로 부인과 아이가 있습니다. 또한 저보다 훨씬 아름답고 젊은 여자친구도 있는 것 같습니다. 하지만 저는 M·C가 있는 곳으로 가는 것 외에 살아갈 방도가 없는 듯합니다. M·C의 부인과는 아직 만난 적이 없지만 정말 온화하고 좋으신 분 같습니다. 저는 그 사모님을 생각하면 제가 무서운 여자라는 생각이 듭니다. 하지만 저의 현재 생활은 그 이상으로 무서운 것 같아서 M·C에게 의지하지 않을 수 없습니다. 비둘기처럼 순결하게 뱀처럼 지혜롭게 저는 저의 사랑을 이루고 싶습니다. 하지만 틀림없이 어머니도, 동생도, 그리고 세상 사람들도 누구 하나 저에게 찬성하지 않겠지요. 당신은 어떤가요? 결국 저는 혼자 생각하고 혼자 행동할 수밖에 없다고 생각하니 눈물이 나옵니다. 난생처음 겪는 일이니까요. 이 어려운 일을 주위의 모든 사람들로부터 축복을 받으며 이룰 수는 없을까 하고, 몹시 까다로운 대수학 인수분해 문제의 답을 생각하듯 골똘히 생각하다가, 어디 한군데 술술 멋지

게 풀리는 실마리가 있을 것 같아서 갑자기 마음이 들뜨고 밝아지기도 합니다.

하지만 정작 당사자인 M·C 쪽에서 저를 어떻게 생각할까, 그걸 고려하면 다시 기가 죽고 맙니다. 소위 저는, 억지…… 뭐랄까, 억지 아내랄 수도 없고 억지 애인이라고나 할까요, 그런 입장이다보니 M·C 쪽에서 아무래도 싫다고 하면 그뿐이에요. 그래서 당신께 부탁드립니다. 부디 그분께 당신이 물어봐주세요. 육년 전 어느날, 제 가슴에 아련한 무지개가 떴답니다. 그것은 연애도 사랑도 아니었지만 세월이 흐를수록 그 무지개 빛깔은 선명하게 더 진해졌고, 저는 지금까지 한번도 그것을 잃어버린 적이 없습니다. 소나기 지나간 맑은 하늘에 걸린 무지개는 이윽고 덧없이 사라져버리지만, 사람의 가슴에 걸린 무지개는 사라지지 않는 모양입니다. 부디 그분께 물어봐주세요. 그분은 정말 저를 어떻게 생각하실까요? 그야말로 비 갠 하늘의 무지개처럼 생각하고 계실까요? 그래서 이미 오래전에 사라져버린 거라고?

그렇다면 저도 저의 무지개를 지워야만 합니다. 하지만 저의 목숨을 먼저 지우지 않는다면 제 가슴의 무지개는 사라질 것 같지 않습니다.

답장을 기다리겠습니다.

우에하라 지로오 님(저의 체호프. 마이 체호프. M·C).

저는 요즈음 조금씩 살이 찌고 있습니다. 동물 같은 여자가 되어간다기보다 사람다워졌다고 생각합니다. 올여름, 로런스의 소설 한편을 읽었습니다.

답장이 없어서 다시 한번 편지를 드립니다. 일전에 드린 편지는 교활하고 뱀 같은 간사한 계책으로 가득 차 있었는데, 하나하나 다 간파하셨겠지요. 정말로 저는 그 편지의 한줄 한줄에 온갖 교활한 지혜를 담아보려고 애썼습니다. 결국 제가 당신께 보낸 편지는 제 생활을 도와달라는, 돈이 필요하다는 의도만, 그것만을 담은 편지라고 생각하셨겠지요. 그리고 저 역시 그것을 부정하진 않겠습니다. 단지 제가 자신의 경제적 후원자가 필요해서라면, 실례되는 말이지만 특별히 당신을 골라 부탁드리진 않았을 겁니다. 저를 사랑해줄 돈 많은 노인은 많이 있을 테니까요. 실제로 요전에도 묘한 혼담이 있었습니다. 당신도 그분 성함을 알고 계실지 모르겠네요. 예순이 넘은 독신 할아버지로, 예술원 회원인가 하는 꽤 유명한 분인데, 저를 아내로 맞이하려고 이 산장에 찾아왔답니다. 그분은 니시까따 초오에 살 때 우리 집 근처에 사셨기 때문에 우리와 어느정도 친분이 있어서 이따금 만난 적이 있습니다. 언젠가, 아마도 가을 저녁 무렵이라고 기억합니다만, 어머니와 저 둘이서 자동차로 그분 댁 앞을 지나가는데 그분이 혼자 멍하니 문 옆에 서 계시는 거예요. 어머니가 차창으로 그분께 살짝 인사를 드리자 성미 까다로워 보이는 검푸른 얼굴이 확 변하더니 단풍보다 더 붉어지시더군요.

"누굴 좋아하나?"

저는 들떠서 말했습니다.

"어머니를 좋아하나봐요."

하지만 어머니는 침착하게,

"아니야. 훌륭하신 분이야."

하고 혼잣말처럼 말씀하셨습니다. 예술가를 존경하는 건 저희 집 가풍인가봅니다.

그분은 몇해 전 부인과 사별했는데, 와다 외숙부와 요오꼬ㅉㄲ꾸釜

謠[45]를 같이 배우는 어느 황족 한분을 통해 어머니께 혼담을 전해왔습니다. 어머니는, 카즈꼬의 생각을 그대로 그분께 직접 회신해드리는 게 어떻겠니? 하고 말씀하셨지만, 저는 깊이 생각할 것도 없이 싫었기 때문에, 저는 지금 결혼할 의사가 없습니다라는 내용의 답장을 아무렇지도 않게 거침없이 썼습니다.

"거절해도 되는 거죠?"

"그야 물론이지. ……나도 무리라고 생각했어."

그 무렵 그분이 카루이자와의 별장에 계셨기에 그 별장으로 거절하는 답장을 드렸는데, 바로 이틀 후 그 편지와 엇갈려서 그분이 이즈의 온천에 볼일이 있어서 가는 도중, 잠시 들렀습니다,라며 제 대답을 전혀 모른 채 느닷없이 이 산장에 직접 찾아오시더군요. 예술가란 아무리 나이가 들어도 이렇게 어린애처럼 제멋대로 행동하나봅니다.

어머니가 몸이 편찮으셔서 제가 맞이했는데, 응접실에서 차를 내드리며,

"저어, 거절하는 편지, 지금쯤 카루이자와에 도착했을 거예요. 저어, 신중히 생각했습니다만."

하고 말씀드렸습니다.

"그랬습니까."

하며 그분은 성급한 말투로 대답하더니 땀을 닦았습니다.

"하지만 그 문제를 한번 더 신중히 생각해주십시오. 저는 당신을, 뭐라고 하면 좋을까, 말하자면 정신적으로 행복을 안겨줄 수 없을지는 모르지만 그 대신 물질적으로 얼마든지 행복하게 해줄 수

---

45 가면 음악극인 노오(能)의 대본이나 노래.

246

는 있답니다. 이것만은 확실히 말할 수 있지요. 정말 솔직한 심정으로 드리는 말씀입니다만."

"말씀하신 그 행복이란 걸 저는 잘 모르겠어요. 건방진 소리를 해서 죄송합니다. 체호프는 아내에게 보낸 편지에, 아이를 낳아주시오, 우리의 아이를 낳아주시오라고 썼습니다. 니체의 에세이에도, 내 아이를 낳게 하고 싶은 여자라는 말이 있지요. 저는 아이를 갖고 싶어요. 행복 같은 건 아무래도 상관없어요. 돈도 필요하지만 아이를 키울 만큼의 돈만 있으면 그걸로 충분하답니다."

그분은 묘한 웃음을 지으시며,

"당신은 좀 특이한 사람이군요. 누구에게나 생각한 바를 그대로 말할 수 있는 사람이네요. 당신 같은 사람과 있으면 내 일에 새로운 영감이 떠오를지도 모르겠소."

하며 그 연세에 어울리지 않게 좀 듣기 거북한 말씀을 하셨습니다. 정말 제 힘으로 이 훌륭한 예술가의 일에 젊음을 불어넣을 수 있다면, 그 또한 삶의 보람이 될 게 틀림없으리라는 생각도 들었지만, 저는 그분 품에 안긴 제 모습을 도저히 상상할 수가 없었답니다.

"제게 사랑의 감정이 없어도 괜찮으세요?"

하고 살짝 웃으며 여쭈었더니 그분은 진지하게,

"여자는 그래도 괜찮습니다. 여자는 아무 생각 없이 멍하니 있어도 돼요."

라고 하셨습니다.

"하지만 저 같은 여자는 역시 사랑의 감정이 없으면 결혼을 생각할 수 없어요. 저도 이제 어른이거든요. 내년이면 벌써 서른."

이라고 하다가 저도 모르게 입을 틀어막고 싶어졌습니다.

서른. 여자는 스물아홉까지는 처녀 내음이 남아 있으나, 서른이 된 여자의 몸에는 이미 그 어디에도 처녀 내음이 남아 있지 않다는 예전에 읽은 프랑스 소설 속 말이 문득 떠올라 견딜 수 없이 쓸쓸해졌습니다. 밖을 보니 한낮의 햇빛을 받아 바다가 유리 파편처럼 아주 강렬히 반짝이고 있었습니다. 그 소설을 읽었을 때에는 그야 그렇겠지, 하고 가볍게 수긍하고 넘어갔습니다. 서른이 되면 여자의 생활은 끝장난 것이라고 아무렇지도 않게 생각하던 그 시절이 그립습니다. 팔찌, 목걸이, 드레스, 오비, 하니히나 제 몸에서 사라져 없어져감에 따라 제 몸의 처녀 내음도 차츰 옅어지고 희미해진 거겠죠. 가난한 중년 여자. 아아, 싫어. 하지만 중년 여자의 생활에도 역시 여자의 생활이란 게 있는 것 같아요. 최근에서야 그걸 알게 되었답니다. 영국인 여교사가 영국으로 돌아갈 때 당시 열아홉 살이던 제게 이렇게 말씀하신 것이 기억납니다.

"그대는 사랑을 하면 안돼요. 사랑을 하면 불행해질 거예요. 사랑을 하려거든 더 큰 다음에 해요. 서른이 되거든 해요."

하지만 그 말을 듣고 저는 멍하니 있었습니다. 서른 이후의 일 같은 건 그 당시 저로서는 상상도 뭐도 할 수 없었거든요.

"이 별장을 팔려고 한다는 소문을 들었습니다만."

그분은 짓궂은 표정으로 갑자기 그렇게 말씀하셨습니다.

저는 웃고 말았습니다.

"죄송합니다. 『벚꽃 동산』[46]이 생각났거든요. 사주실 건가요?"

그분은 과연 민감하게 말뜻을 알아차리셨는지, 화가 난 듯 입을 일그러뜨리며 아무 말씀이 없으셨습니다.

어느 황족이 거처로 사용하려고 50만 엔에 이 집을 어떻게 한다

---

46 러시아 작가 안똔 체호프(Anton Chekhov, 1860~1904)의 희곡 작품. 러시아 귀족 가문의 몰락을 그렸다.

는 이야기가 있었던 건 사실이지만, 그 이야기는 흐지부지되어버렸습니다. 그분은 그 소문을 어디선가 들으신 모양입니다. 하지만 우리가 자기를 『벚꽃 동산』의 로빠힌[47]처럼 생각하는 건 견딜 수 없다며, 몹시 기분이 언짢은 듯 잠시 세상 돌아가는 이야기를 하다가 떠나셨습니다.

지금 제가 당신께 바라는 것은 로빠힌이 아닙니다. 그 점은 분명히 말씀드릴 수 있습니다. 그냥 중년 여자의 억지를 받아주세요.

제가 당신을 처음 만난 건 벌써 육년 전 일입니다. 그때 저는 당신이라는 사람에 대해 아무것도 몰랐습니다. 그저 동생의 스승, 그것도 다소 탐탁지 않은 스승, 그렇게만 생각했어요. 함께 컵으로 술을 마셨고, 그러고서 당신은 좀 가벼운 장난을 치셨지요. 하지만 저는 아무렇지도 않았습니다. 그저 묘하게 홀가분한 기분이었지요. 당신을 좋아한 것도, 싫어한 것도, 아무것도 아니었습니다. 그사이 동생의 비위를 맞추려고 당신의 저서를 동생에게서 빌려 읽었는데 재미있기도 하고 아니기도 했어요. 그다지 열성적인 독자는 아니었어요. 하지만 육년간 당신은 어느새 안개처럼 제 가슴에 스며들었습니다. 그날 밤 지하실 계단에서 우리가 한 일이 갑자기 생생하고도 선명하게 떠오르면서, 어쩐지 그것이 제 운명을 결정할 만큼 중대한 사건인 것 같은 느낌이 들었습니다. 당신이 그립고, 이것이 사랑일지도 모른다고 생각하니 몹시 허전하고 외로워 혼자서 훌쩍훌쩍 울고 말았습니다. 당신은 다른 남자들과는 전혀 다릅니다. 저는 『갈매기』[48]의 니나처럼 작가를 사랑하는 것이 아닙니다. 저는 소

---

47 농노 출신의 신흥 부자로서 경매로 나온 '벚꽃 동산'의 새 주인이 된다.
48 체호프의 희곡 작품. 작가가 되려는 남자 주인공과 배우의 꿈을 버리지 않는 여자 주인공 사이의 비극적 사랑을 그렸다.

설가를 동경하지 않습니다. 문학소녀 정도로 생각하신다면 곤란합니다. 저는 당신의 아이를 갖고 싶습니다.

훨씬 오래전, 당신이 아직 혼자이고 저도 아직 야마끼에게 시집가지 않았을 때 서로 만나 결혼했더라면, 저는 지금처럼 괴롭지 않았을지도 모르지요. 하지만 저는 이미 당신과의 결혼은 불가능한 것이라고 생각해 단념했습니다. 당신의 부인을 몰아내는 짓은 비열한 폭력 같아서 저는 싫어요. 저는 첩(이 말을 정말로 쓰고 싶지 않지만 애인이라고 해봤자 속된 말로 첩이나 다를 게 없으니 탁 터놓고 분명히 말할게요)이라도 상관없어요. 하지만 세상에서 말하는 보통의 첩 생활도 쉽지는 않은가봅니다. 사람들 말로는 첩은 보통 쓸모가 없어지면 버림받게 된다더군요. 예순이 가까워지면 어떤 남자라도 모두 본처에게 돌아간다고 합니다. 그러니까 첩만은 되면 안된다고, 니시까따 초오의 할아범과 유모가 하는 이야기를 들은 적이 있어요. 하지만 그것은 일반적인 첩의 이야기이고, 우리의 경우는 다르다고 봐요. 당신에게 가장 소중한 것은 역시 당신의 일이라고 생각합니다. 그래서 당신이 저를 좋아하신다면 우리가 서로 가까워지는 게 당신의 일을 위해서도 좋을 거예요. 그러면 당신의 부인도 우리 사이를 납득해주시겠죠. 말도 안되는 이유 같지만 제 생각은 하나도 틀린 데가 없다고 생각해요.

문제는 당신의 대답뿐입니다. 저를 좋아하는지, 싫어하는지, 아니면 아무것도 아닌지, 굉장히 두렵기는 하지만 그 대답을 여쭤봐야겠습니다. 지난번 편지에서 억지 애인이라는 말을 썼고, 또 이 편지에서 중년 여자의 억지라는 말을 썼습니다만, 지금 곰곰이 생각해보니 당신의 답장이 없으면 저로서는 억지를 부리려고 해도 계기가 없으니 혼자 우두커니 야위어갈 수밖에요. 역시 당신의 대답이 없으면 안됩니다.

지금 문득 생각난 건데, 당신은 소설에서 사랑의 모험 같은 것을 꽤나 쓰셨고, 세상으로부터 형편없는 악한이라는 평판을 듣고 있지만, 실제로는 상식이 있는 분이지요. 저는 상식이라는 것이 이해가 되지 않습니다. 좋아하는 일을 하며 살 수만 있다면 그게 바로 행복 아닐까요. 저는 당신의 아이를 낳고 싶어요. 다른 사람의 아이는 절대 낳고 싶지 않아요. 그래서 저는 당신에게 의논드리는 거예요. 잘 아셨다면 답장을 주세요. 당신의 심정을 분명하게 알려주세요.

비가 그치고 바람이 불기 시작했습니다. 지금은 오후 3시입니다. 이제 곧 일급 술(여섯홉)을 배급받으러 갑니다. 럼주 두병을 자루에 넣고, 가슴 포켓에 이 편지를 넣은 뒤 십분쯤 있다가 아랫마을로 갈 겁니다. 이 술을 동생이 마시도록 하지는 않을 거예요. 제가 마실 거예요. 매일 밤, 컵으로 한잔씩 마실 거예요. 술은 원래 컵으로 마셔야 제 맛이죠.

제게 오시지 않겠어요?

M·C 귀하.

오늘도 비가 내렸습니다. 눈에 잘 보이지 않는 이슬비가 내리고 있습니다. 매일매일 외출도 하지 않고 답장을 기다렸는데, 결국 오늘까지 답장이 없군요. 도대체 당신은 무슨 생각을 하고 계시나요? 지난번 편지에 그분 얘기를 쓴 게 잘못이었나요? 이런 혼담 따윌 써서 경쟁심을 부추길 셈인가, 하는 생각이 드셨나요? 하지만 그 혼담은 이미 다 끝난 일이에요. 아까도 어머니와 그 이야기를 하며 웃었어요. 어머니는 얼마 전에 혀끝이 아프셔서 나오지의 권유로 미학 요법을 써봤는데, 그 요법 덕분에 혀의 통증이 사라져 요즈음은 한결 건강해지셨습니다.

아까 제가 툇마루에 서서 소용돌이치며 흩날리는 가랑비를 바라보면서 당신의 기분이 어떨지 헤아리고 있는데,

"우유를 데워놨으니 이리 오렴."

하고 어머니가 식당 쪽에서 부르셨습니다.

"추워서 아주 뜨겁게 데웠어."

우리는 식당에서 김이 나는 뜨거운 우유를 마시며, 지난번 그분에 대한 이야기를 했습니다.

"그분과 저는 애당초 전혀 어울리지 않죠?"

어머니는 태연스럽게,

"안 어울려."

라고 하셨습니다.

"제가 이렇듯 제멋대로이긴 하지만 예술가를 싫어하진 않아요. 더구나 그분은 수입이 많으신 듯하니 그런 분과 결혼하는 것도 괜찮을 것 같아요. 하지만 이건 아니에요."

어머니가 웃으셨습니다.

"카즈꼬, 못쓰겠네. 아니라면서 저번에 그분이랑 무슨 이야기를 그렇게 유유자적 즐겁게 나눴니? 네 마음을 모르겠구나."

"어머, 하지만 재미있었는걸요. 그냥 좀더 이야기를 나눠보고 싶었어요. 전 조신하지 않은가봐요."

"아니, 아주 딱 달라붙어 있더라. 카즈꼬 끈끈이."

어머니는 오늘 아주 생기가 넘쳤습니다.

그리고 어제 처음으로 올림머리를 한 제 머리를 보셨습니다.

"올림머리는 머리숱이 적은 사람이 하는 게 좋아. 네 올림머리는 거추장스러워 작은 금관이라도 씌워주고 싶구나. 실패야."

"실망이에요. 하지만 언젠가 어머니가, 카즈꼬는 목덜미가 희고 예쁘니까 되도록이면 목덜미를 감추지 말라고 하셨잖아요."

"그런 건 잘도 기억하는구나."

"조금이라도 칭찬받은 일은 평생 안 잊어버리죠. 기억하고 있는 게 즐거운걸요."

"저번에 그분한테서도 뭔가 칭찬을 들었지?"

"그래요. 그래서 떨어지지 않았던 거예요. 저와 함께 있으면 영감이 떠오른대요. 아아, 그런데 어쩌죠. 저는 예술가는 싫지 않지만 그렇게 인격자인 척 거드름을 피우는 사람은 딱 질색이거든요."

"나오지의 스승은 어떤 분이니?"

저는 뜨끔했습니다.

"잘은 모르지만 어차피 나오지의 스승이니까 딱지 붙은 불량배일 거예요."

"딱지 붙은?"

하며 어머니는 재미있다는 듯한 눈빛을 하며 중얼거리셨습니다.

"재미있는 말이네. 딱지가 붙어 있다면 오히려 안전하고 좋은 거 아니니? 방울을 목에 건 새끼고양이처럼 귀엽구나. 딱지 안 붙은 불량배가 더 무서운 법이야."

"그럴까요?"

저는 너무나 기뻐서 몸이 연기로 변해 하늘로 쑤욱 빨려 올라갈 듯한 기분이었습니다. 아시겠어요? 왜 제가 기뻤는지. 잘 모르시겠다면…… 때려줄 거예요.

정말로 이곳에 한번 놀러 오시지 않겠어요? 제가 나오지에게 당신을 모시고 오라고 하는 것은 어쩐지 부자연스럽고 이상하니까 당신 스스로 취중에 불쑥 여기에 들르는 식으로 말이에요. 나오지의 안내를 받고 오셔도 좋지만 되도록이면 혼자서, 그리고 나오지가 토오꾜오에 가고 없을 때 와주세요. 나오지가 있으면 당신을 나오지에게 빼앗길 테고, 분명히 당신들은 오사끼 아주머니 댁에 소주를 마시러 가서 그대로 끝날 게 뻔하니까요. 저희 집안은 선조대대로 예술가를 좋아했던 것 같아요. 코오린이라는 화가도 옛날에 쿄오또의 저희 집에 오랫동안 머무르며 장지문에 멋진 그림을 그려준 일이 있어요. 그러니까 어머니도 당신의 방문을 틀림없이 기뻐하실 거예요. 아마 당신은 2층 방에서 주무시게 되겠지요. 잊지 말고 전등을 꺼주세요. 저는 한 손에 작은 촛불을 들고 어두운 계단을 올라가…… 그러면 안되나요? 너무 섣부르나요?

전 불량배가 좋아요. 그것도 딱지 붙은 불량배가 좋아요. 그리고 저도 딱지 붙은 불량배가 되고 싶어요. 그렇게 하는 것 말고는 제가 살아갈 방도가 없다는 생각이 들어요. 당신은 일본 제일의 딱지붙은 불량배지요. 그리고 요즈음 다시 많은 이들이 당신을 더럽고 추접스럽다며 지독히 미워하고 공격한다는 얘기를 동생한테서 듣고는 당신이 더욱더 좋아졌어요. 그런 당신이니 분명 애인도 많이 있겠지만, 머지않아 저 한사람만 좋아하게 될 거예요. 어쩐지 저는 자꾸만 그런 생각이 들어요. 그리고 당신은 저와 함께 지내며 매일 즐겁게 일할 수 있을 거예요. 어릴 적부터 저는 남들로부터 "너와 함께 있으면 힘든 걸 잊게 돼"라는 말을 자주 들어왔어요. 저는 이제까지 남에게 미움받은 경험이 없답니다. 모두들 저를 좋은 아이라고 칭찬해주었지요. 그러니까 당신도 결코 저를 싫어하실 리 없다고 생각합니다.

만나기만 하면 됩니다. 이젠 더이상 답장도 뭐도 필요 없어요. 만나고 싶어요. 제가 토오꾜오의 당신 댁으로 찾아가면 제일 간단히 만날 수 있겠지만, 어머니가 거의 환자나 다름없고, 저는 상주하는 간호사 겸 가정부라서 아무래도 그렇게 할 수 없군요. 부탁드릴게요. 부디 이곳에 와주세요. 꼭 한번 뵙고 싶어요. 그리고 모든 건 일단 만나면 아시게 될 거예요. 제 양쪽 입가에 생긴 희미한 주름을 봐주세요. 슬픈 세기世紀의 주름을 봐주세요. 그 어떤 말보다도 제 얼굴이 제 심정을 당신에게 가장 확실히 알려드릴 거예요.

맨 처음 드린 편지에 제 가슴에 뜬 무지개 이야기를 썼습니다만, 그 무지개는 반딧불 같은, 혹은 별빛 같은, 그런 고상하고 아름다운 건 아닙니다. 그렇게 연하고 먼 마음이었다면 제가 이토록 괴롭지 않았을 테고 서서히 당신을 잊을 수 있었겠지요. 제 가슴의 무지개는 불꽃의 다리입니다. 가슴이 타버릴 정도의 그리움입니다. 마약 중독자가 마약이 떨어져 약을 구할 때의 심정도 이 정도로 괴롭진 않을 겁니다. 잘못한 건 아니라고, 부정한 건 아니라고 생각하면서도, 문득 저는 엄청난 바보짓을 벌이려 하는 게 아닌가 싶어 소름이 쫙 돋기도 합니다. 미친 게 아닌가 하고 반성하는, 그런 마음도 자주 들곤 하지요. 하지만 저 또한 냉정히 계획하는 바가 있습니다. 정말로 이곳에 한번 와주세요. 언제 오셔도 좋아요. 저는 아무데도 가지 않고 항상 기다리고 있을 겁니다. 저를 믿어주세요.

한번 더 만나서, 그때 싫다면 확실히 말씀해주세요. 제 가슴의 이 불꽃은 당신이 점화한 거니까 당신이 끄고 가세요. 저 혼자 힘으로는 도저히 끌 수가 없어요. 어쨌든 만나면, 만나기만 하면, 제 마음이 편하겠습니다. 『만요오萬葉』[49]나 『겐지 이야기源氏物語』[50] 시대

<hr>

49 『만요오슈우(萬葉集)』라고도 하며, 7세기 후반에서 8세기 후반에 걸쳐 편찬된 일본에서 가장 오래된 시가집.
50 11세기 초 무라사끼 시끼부(紫式部)가 쓴 고전소설.

라면 제가 하고 있는 부탁 따위는 아무것도 아닌 일이었을 텐데 말입니다. 저의 소망은 당신의 애첩이 되고 당신 아이의 엄마가 되는 것입니다.

만약 이런 편지를 비웃는 사람이 있다면 그 사람은 살고자 하는 여자의 노력을 비웃는 사람입니다. 여자의 목숨을 비웃는 사람입니다. 저는 숨 막힐 듯 무겁게 가라앉은 항구의 공기가 참을 수 없어, 항구 바깥에 폭풍이 몰아치더라도 돛을 올리고 싶은 깃입니다. 쉬고 있는 돛은 더럽기 마련이죠. 저를 비웃는 사람들은 틀림없이 모두 쉬고 있는 돛일 거예요. 그 어떤 것도 할 수 없을 거예요.

참 난감한 여자. 그러나 이 문제로 가장 괴로운 사람은 저일 거예요. 이 문제에 대해 그 어떤 것도, 조금도 괴로워하지 않는 방관자가 돛을 흉측하게 늘어뜨린 채 이 문제를 비판하는 것은 난센스입니다. 저는 어설프게 무슨무슨 사상 따위를 말하는 것은 듣고 싶지 않아요. 제게는 사상이 없습니다. 저는 단 한번도 사상이나 철학 따위로 행동한 적이 없습니다.

세상에서 칭찬받고 존경받는 사람들은 모두 다 거짓말쟁이고 가짜라는 사실을 저는 잘 알고 있어요. 저는 세상을 믿지 않습니다. 딱지 붙은 불량배만이 제 편입니다. 딱지 붙은 불량배. 저는 그러한 십자가에만은 못 박혀 죽어도 좋아요. 만인에게 비난받더라도 저는 당당히 반문할 수 있어요. 너희야말로 딱지 붙지 않은 훨씬 더 위험한 불량배가 아니냐고.

아시겠어요?

사랑에 이유는 없습니다. 다소 핑계 같은 얘길 지나치게 많이 했군요. 동생 말을 흉내 냈을 뿐이라는 생각도 들고요. 그저 오시기를 기다릴 뿐입니다. 한번 더 뵙고 싶어요. 그뿐입니다.

기다림. 아아, 인간 생활에는 기뻐하고 화내고 슬퍼하고 미워하는 갖가지 감정이 있지만 그것은 인간 생활의 불과 1퍼센트만 차지하는 감정일 뿐, 나머지 99퍼센트는 단지 기다리며 사는 게 아닐까요? 행복의 발소리가 복도에서 들려오기를 이제나저제나 가슴이 미어지도록 기다려도 헛수고. 아아, 인간의 생활이란 너무나 비참하군요. 차라리 태어나지 않는 편이 좋았을 거라고 모두가 생각하는 이 현실. 그러면서도 매일 아침부터 밤까지, 헛되이 뭔가를 기다리지요. 너무나 비참합니다. 태어나길 잘했다고 하면서, 아아, 목숨을, 인간을, 이 세상을, 소중히 여기고 싶어요.

앞을 가로막는 도덕을 밀어낼 수는 없을까요?

M·C(마이 체호프의 이니셜이 아닙니다. 저는 작가를 사랑하는 건 아니에요. 마이 차일드).

5

나는 올여름 한 남자에게 세통의 편지를 보냈지만, 답장은 없었다. 아무리 생각해도 나는 그것밖에는 살아갈 방도가 없는 것 같아 세통의 편지에 내 속내를 다 털어놓고 벼랑 끝에서 성난 파도를 향해 뛰어내리는 심정으로 우체통에 넣었지만 아무리 기다려도 답장이 없었다. 넌지시 동생 나오지에게 그 사람의 사정을 물어보니, 그 사람은 변함없이 매일 밤 술 마시며 돌아다니고 있었다. 더 부도덕한 작품을 써서 세상 사람들의 빈축을 사고 미움을 받는 것 같았다. 또한 그 사람이 출판업을 시작해보라고 권하여 나오지는 아주 적극적으로, 그 사람 외에도 소설가 두어분을 고문으로 앉혔고, 자본을 대줄 사람이 있다나 어쨌다나, 나오지가 하는 이야기를 듣고 있노라면, 내가 사랑하는 사람의 주변 분위기에 내 냄새는 조금도 배어 있지 않은 듯했다. 나는 부끄럽다는 생각보다도 이 세상이 내가 생각하는 것과 전혀 다른 별개의 기묘한 생물처럼 여겨졌고, 나 혼자만 덩그러니 내동댕이쳐져 아무리 소리쳐 불러도 전혀 반응이 없는 저물녘 가을 벌판에 우두커니 서 있는 듯한, 이제까지 느껴본 적 없는 처참한 기분에 휩싸였다. 이것이 실연이라는 걸까? 벌판에 이렇게 꼼짝 않고 망연히 서 있는 동안 해가 완전히 저물어서 밤이슬에 얼어 죽는 수밖에 없겠구나 생각하니, 눈물 나지 않는 통곡으로 양어깨와 가슴이 격렬하게 들썩거려 숨도 쉴 수 없는 지경이 되었다.

이제 이렇게 된 이상, 무슨 수를 써서라도 상경하여 우에하라 씨를 만나야지, 내 돛은 이미 올려져 항구 밖으로 나가버렸으니 이대로 망연히 서 있을 순 없다, 갈 데까지 가야만 해, 하고 몰래 상경할 마음의 준비를 하려는 순간 어머니의 상태가 좀 이상해졌다.

밤새도록 기침을 심하게 하셔서 열을 재보니 39도였다.

"오늘은 좀 추워서 그럴 거야. 내일이면 낫겠지."

어머니는 콜록거리며 작은 소리로 말씀하셨지만 아무래도 단순한 기침으로 여겨지지 않아 내일 어쨌든 아랫마을 의사 선생님을 불러야겠다고 마음먹었다.

이튿날 아침, 열이 37도로 내렸고 기침도 많이 줄었지만 그래도 나는 마을 의사 선생님께 가서 어머니가 요즘 갑자기 쇠약해진 사실과 어젯밤부터 열이 나고 기침도 단순한 감기로 인한 기침과는 다른 듯하다는 말씀을 드리고 진찰을 부탁했다.

의사 선생님은, 그렇다면 잠시 후 들르지요, 이건 선물로 받은 건데요, 하며 응접실 구석 찬장에서 배 세개를 꺼내어 내게 주었다. 그리고 정오 조금 지나 잔무늬가 있는 여름철 흰색 하오리 차림으로 진찰하러 오셨다. 여느 때처럼 공들여 오랫동안 청진기로 진찰하신 다음, 나를 정면으로 향하게 몸을 돌려서,

"걱정할 필요는 없습니다. 약을 드시면 나을 거예요."

라고 하셨다.

나는 이상하게도 우스웠다. 웃음을 참으며,

"주사는 안 놓나요?"

하고 물었는데, 의사 선생님은 진지한 표정으로,

"그럴 필요는 없어요. 감기니까 안정을 취하고 계시면 금방 뚝 떨어질 겁니다."

라고 하셨다.

하지만 어머니의 열은 그후 일주일이 지나도 내리지 않았다. 기침은 가라앉았지만 열은 아침에 37도 7부 정도였다가 저녁이 되면 39도가 되었다. 의사 선생님이 그 이튿날부터 배탈 때문에 일을 쉬고 계신다기에 내가 직접 약을 받으러 갔다. 어머니의 용태가 심상치 않다는 사실을 간호사를 통해 선생님께 전했지만, 보통 감기이니 걱정 안하셔도 됩니다,라고 하시며 물약과 가루약만 주셨다.

나오지는 여전히 토오꾜오에 가서 벌써 열흘이 지났는데도 돌아오지 않고 있다. 나는 혼자 불안한 나머지 와다 외숙부께 어머니의 상태가 안 좋다는 사실을 엽서로 알려드렸다.

열이 난 지 거의 열흘째 되는 날, 마을 의사 선생님이, 이제 겨우 제 배탈이 나았습니다, 하며 진찰하러 오셨다.

선생님은 어머니 가슴을 주의 깊게 아주 진지한 표정으로 진찰하다가,

"알았습니다. 이제 알았어요."

하고 외치시더니 나를 정면으로 향하게 몸을 돌려서,

"열이 나는 원인을 알았습니다. 왼쪽 폐에 침윤이 생겼어요. 하지만 걱정하실 필요는 없습니다. 열은 당분간 계속되겠지만 안정을 취하면 걱정 없으실 겁니다."

라고 하셨다.

과연 그럴까 싶으면서도 물에 빠진 사람이 지푸라기라도 집는 심정으로 마을 의사 선생님의 그 진단에 나는 좀 안심을 하기도 했다.

의사 선생님이 돌아간 뒤,

"다행이에요, 어머니. 누구에게나 약간의 침윤은 있게 마련이니까요. 마음만 굳게 먹으면 쉽게 나을 거예요. 올여름 날씨가 불순해서 그랬을 거예요. 여름이 싫어요. 저는 여름 꽃도 싫어요."

라고 하자 어머니는 눈을 감은 채 웃으셨다.

"여름 꽃을 좋아하는 사람은 여름에 죽는다기에 나도 올여름쯤엔 죽겠구나 싶었는데, 나오지가 돌아와서 가을까지 살게 되었구나."

저런 나오지임에도 결국 어머니가 살면서 의지하는 기둥이 되는가 싶어 괴로웠다.

"그럼 이제 여름도 다 지났으니 어머니는 고비를 넘기신 셈이에요. 어머니, 마당에 싸리꽃이 피었어요. 그리고 마타리, 오이풀, 도라지, 솔새, 참억새. 마당이 완전히 가을 정원이 되었어요. 10월이 되면 반드시 열도 내리실 거예요."

나는 그렇게 되기를 기도했다. 빨리 이 9월의 무더운, 이른바 늦더위의 계절이 지나갔으면 좋겠다. 그리하여 국화꽃이 피고, 화창한 가을 날씨가 계속되면 분명 어머니는 열이 내려 다시 건강해지시겠지. 그러면 나는 그 사람과 만날 수 있게 되어 내 계획은 커다란 국화꽃처럼 멋지게 꽃피울 수 있을지도 모른다. 아아, 어서 10월이 되어 어머니의 열이 내렸으면 좋겠다.

와다 외숙부께 엽서를 보낸 후 일주일쯤 지나서 와다 외숙부의 주선으로 예전에 시의를 하셨던 미야께라는 연로한 선생님이 간호사를 데리고 토오꾜오에서 진찰을 와주셨다.

미야께 선생님은 돌아가신 아버지와도 친분이 있었던 분이라 어머니는 무척 기뻐하시는 것 같았다. 게다가 선생님은 옛날부터 예절 바르지 않고 말씀도 거칠었는데, 그런 점이 오히려 어머니 마음에 드셨는지 그날은 두분이 진찰도 뒷전으로 미루고 격의 없이 세상 돌아가는 이야기를 나누며 즐거워하셨다. 내가 부엌에서 푸딩을 만들어 방으로 들고 갔더니 이미 그사이에 진찰도 끝난 듯 선생님은 청진기를 아무렇게나 목걸이처럼 어깨에 걸친 채 타따미방 복도의 등의자에 앉아,

"나도 포장마차에 들어가면 서서 우동을 먹어요. 맛이 있는지 없는지도 모른다니까요."

하고 느긋하게 잡담을 계속하셨다. 어머니도 무심한 표정으로 천장을 보며 그 이야기를 듣고 계셨다. 아무 일도 아니었구나 하고 나는 안심을 했다.

"어떠셨어요? 이 마을 의사 선생님은 왼쪽 가슴에 침윤이 있다고 하시던데요."

하고 나는 갑자기 기운을 내서 미야께 선생님께 여쭈어보았다. 그러자 선생님은 대수롭지 않다는 듯이,

"아니, 뭐 괜찮아."

하고 가볍게 말씀하셨다.

"아, 정말 다행이에요, 어머니."

나는 진심으로 미소를 지으며 어머니를 불렀다.

"괜찮대요."

그때 미야께 선생님이 등의자에서 벌떡 일어나 응접실 쪽으로 가셨다. 뭔가 내게 볼일이 있으신 것 같아 나는 슬그머니 그 뒤를 따라갔다.

선생님은 응접실의 벽걸이 뒤에 가서 멈춰서시더니,

"그렁그렁하는 소리가 들려."

하고 말씀하셨다.

"침윤이 아닌가요?"

"아니야."

"그럼 기관지염이에요?"

나는 금세 눈물이 고였다.

"아니야."

결핵! 나는 그것이라고 생각하고 싶지 않았다. 폐렴이나 침윤 혹은 기관지염이라면 반드시 내 힘으로 낫게 해드릴 수 있다. 하지만 결핵이라면, 아아, 이제 가망이 없는지도 모른다. 나는 발밑이 무너져내리는 듯한 기분이 들었다.

"소리가 많이 나쁜가요? 그렁그렁 소리가 들리나요?"

불안한 마음에 나는 흐느껴 울었다.

"오른쪽, 왼쪽 다 그래."

"하지만 어머니는 아직 기운이 넘치세요. 밥도 맛있어, 맛있어 하시고……"

"어쩔 수 없어."

"거짓말이에요. 그렇죠? 그런 건 아니죠? 버터나 계란, 우유를 많이 드시면 나을 수 있죠? 몸에 저항력만 생기면 열도 내리죠?"

"응, 뭐든 많이 먹어야지."

"네, 그렇죠? 토마토를 매일 다섯개나 드시는걸요."

"응, 토마토는 좋지."

"그럼 괜찮은 거죠? 나을 수 있는 거죠?"

"하지만 이번 병은 목숨을 앗아갈지도 몰라. 그렇게 각오하고 있는 게 좋을 거야."

사람의 힘으로는 도저히 어쩔 수 없는 일이 이 세상에 많이 있다는, 절망의 벽의 존재를 난생처음 안 듯한 기분이었다.

"이년? 삼년?"

나는 떨면서 작은 목소리로 물었다.

"모르겠어. 어쨌든 더이상 손쓸 수가 없어."

그러고 나서 미야께 선생님은 그날 이즈의 나가오까 온천에 방을 예약해두었다며 간호사와 함께 돌아가셨다. 문밖까지 배웅해드리고 나서 정신없이 방으로 돌아와 어머니 머리맡에 앉아 아무 일도 없었다는 듯 웃으니 어머니는,

"선생님이 뭐라고 하시던?"

하고 물으셨다.

"열만 내리면 된대요."

"가슴은?"

"별거 아닌가봐요. 언젠가 앓았던 병 같은 걸 거예요, 틀림없이. 이제 선선해지면 점차 건강해지실 거예요."

나는 자신의 거짓말을 믿고자 했다. 목숨을 잃을 거라는 무서운 말은 잊고자 했다. 내게 어머니가 돌아가시는 건 바로 내 육체도

함께 사라져버리는 것과 같아서 도저히 사실로 받아들일 수가 없었다. 이제부터는 모든 것을 잊고 어머니께 맛있는 음식을 잔뜩 만들어드려야지. 생선, 수프, 통조림, 간, 육즙, 토마토, 달걀, 우유, 맑은장국. 두부가 있으면 좋을 텐데. 두부를 넣은 된장국, 흰쌀밥, 떡. 맛있는 건 뭐든, 내가 가진 물건을 전부 팔아서라도 어머니께 대접해드려야지.

나는 일어나 응접실로 갔다. 그리고 응접실의 소파를 타따미방의 툇마루 가까이 옮기고 어머니의 얼굴이 잘 보이게 앉았다. 누워 계시는 어머니는 전혀 환자 같지 않았다. 눈은 아름답게 맑았고, 안색도 생기가 넘쳤다. 어머니는 매일 아침 규칙적으로 일어나 세면장에 가셨다. 그후 욕실의 작은 방에서 머리를 손수 묶고 몸단장을 단정하게 하고는 침상으로 돌아와 거기에 앉아서 식사를 하셨다. 그러고는 다시 누웠다 일어났다 하며 오전 중에는 줄곧 신문이나 책을 읽으셨다. 열이 나는 것은 오후뿐이었다.

'아아, 어머니는 건강한 거야. 분명 괜찮을 거야.'

나는 마음속으로 미야께 선생님의 진단을 강하게 부정했다.

10월이 되어 국화꽃이 필 무렵이 되면, 하고 생각하던 중 나는 꾸벅꾸벅 선잠이 들었다. 현실에서는 한번도 본 적이 없는 풍경인데 꿈에서는 이따금 그 풍경을 보고, 아아, 여기 또 왔네 싶은 낯익은 숲속 호숫가로 갔다. 나는 키모노를 입은 청년과 발소리도 내지 않고 함께 걸었다. 풍경 전체가 초록빛 안개가 낀 듯한 느낌이었다. 호수 밑바닥에는 희고 가느다란 다리가 잠겨 있었다.

"아아, 다리가 잠겼네. 오늘은 아무데도 못 가겠군. 이곳 호텔에서 쉬어야겠다. 틀림없이 빈방이 있을 거야."

호숫가에 돌로 지은 호텔이 있었다. 그 호텔의 돌은 초록빛 안개에 촉촉이 젖어 있었다. 돌문 위에 금박으로 가늘게 HOTEL SWITZERLAND라는 글자가 새겨져 있었다. S, W, I 하고 읽던 중 문득 어머니 생각이 났다. 어머니는 어쩌시려나? 어머니도 이 호텔에 오시려나? 하는 궁금증이 생겼다. 그리고 청년과 함께 돌문을 지나 앞뜰로 들어갔다. 안개 낀 정원에 수국 비슷한 크고 붉은 꽃이 불타듯 피어 있었다. 어릴 적에 이불에 새빨간 수국 무늬가 여기저기 있는 걸 보고 이상하게 슬펐는데, 역시 빨간 수국이 정말로 있구나 싶었다.

"안 추워?"

"응, 조금. 귀가 안개에 젖어서 귀 뒤쪽이 좀 시려."

하고 말하고는 웃으면서,

"어머니는 어떻게 하실까?"

하고 물었다.

그러자 청년은 무척 슬프면서 몹시도 자애로운 미소로,

"그분은 무덤 안에 계셔."

하고 대답했다.

"아!"

나는 작게 소리쳤다. 그렇다. 어머니는 이제 안 계신다. 어머니의 장례식도 이미 오래전에 치르지 않았던가. 아아, 어머니는 이미 돌아가셨다는 사실을 의식하면서, 말할 수 없는 쓸쓸함에 몸이 떨렸다. 그러다 잠이 깼다.

베란다에는 이미 땅거미가 지고 어둑어둑했다. 비가 내리고 있었다. 초록빛 쓸쓸함이 꿈에서 본 그대로 주위에 가득 감돌고 있었다.

"어머니!"

하고 나는 불러보았다.

조용한 목소리로,

"뭐하는 거니?"

하는 대답이 있었다.

나는 너무나 기뻐서 벌떡 일어나 방으로 갔다.

"방금 저, 깜빡 잠들었어요."

"그래? 무얼 하고 있나 했어. 낮잠을 오래 잤나보네."

하며 어머니는 재미있다는 듯이 웃으셨다.

나는 어머니가 이렇게 우아하게 숨 쉬며 살아 계시다는 사실이 너무나 기쁘고 고마워서 눈물을 글썽이고 말았다.

"저녁은 뭘로 할까요? 드시고 싶은 거 있어요?"

나는 약간 들뜬 어조로 그렇게 말했다.

"괜찮아. 아무것도 필요 없어. 오늘은 39도 5부까지 올라갔어."

갑자기 나는 맥이 탁 풀렸다. 그러고는 어찌할 바를 몰라 어둑한 방 안을 멍하니 둘러보다가, 문득 죽고 싶어졌다.

"왜 그렇죠? 39도 5부라니요."

"별거 아니야. 단지 열이 나기 전이 싫을 뿐이야. 머리가 지끈지끈 아프고 오한이 들다가 그후 열이 나거든."

밖은 이미 어두워졌고 비는 그친 듯했지만 바람이 불기 시작했다. 전등을 켜고 식당으로 가려는데 어머니가,

"눈부시니 켜지 마."

라고 하셨다.

"깜깜한 데서 가만히 누워 계시는 거 싫어하시잖아요."

내가 선 채로 물으니 어머니는,

"눈을 감고 누워 있으니 마찬가지야. 하나도 안 쓸쓸해. 오히려 눈부신 게 싫어. 앞으로도 계속 방의 전등불은 켜지 마라."

하고 말씀하셨다.

나는 그 또한 불길한 느낌이 들어 가만히 방의 전등불을 끄고 옆방으로 가서 스탠드를 켰다. 견딜 수 없이 쓸쓸해 서둘러 식당으로 갔다. 식은 밥 위에 통조림 연어를 얹어 먹는데 눈물이 뚝뚝 떨어졌다.

밤이 되자 바람은 더욱 거세게 불었다. 그러다가 9시쯤부터는 비까지 섞여 진짜 폭풍우가 되었다. 이삼일 전 걷어올린 툇마루 끝의 발이 덜컹덜컹 소리를 냈다. 난 옆방에서 로자 룩셈부르크의 『경제학 입문』을 묘한 흥분을 느끼면서 읽었다. 이 책은 내가 얼마 전 2층 나오지의 방에서 가져온 것이다. 그때 이 책과 함께 레닌 선집, 카우츠키의 『사회혁명』도 무단으로 가져와 옆방 내 책상 위에 놓아두었는데, 어머니가 아침에 세수하고 방으로 돌아가는 길에 내 책상 옆을 지나다가 문득 그 세권의 책에 눈길을 멈추시더니 일일이 손에 들고 살펴보셨다. 그런 후 작은 한숨을 내쉬며 다시 살짝 책상 위에 내려놓고는 쓸쓸한 표정으로 내 쪽을 힐끗 바라보셨다. 하지만 그 눈빛은 깊은 슬픔으로 가득 차 있으면서도 결코 거부나 혐오가 깃들어 있진 않았다. 어머니가 읽으시는 책은 위고, 뒤마 부자, 뮈세, 도데 등이었지만, 나는 그런 감미로운 소설책에도 혁명의 냄새가 있다는 걸 알고 있다. 천성적 교양이라고 하면 이상하지만, 어머니처럼 그런 것을 지니신 분은 의외로 혁명을 아무 일도 아닌 듯 당연하게 맞이할 수 있을지도 모른다. 나 역시 이렇게 로자 룩셈부르크의 책을 읽으며, 나 자신이 같잖다는 생각도 들긴 하지만, 그래도 나 나름대로 깊은 흥미를 느낀다. 여기 씌어 있는 건 경제학에 관한 내용이긴 하지만, 경제학적 시각으로만 읽으면 정말이지 시시하다. 진짜 단순하고 뻔한 이야기뿐이다. 아니, 어쩌면 나는 경제학을 전혀 이해하지 못하는지도 모른다. 어쨌든 난 재미가 하나도 없다. 인간이란 인색한 존재이며, 그리고 영원히 인색하다는 전제가 없으면 아예 성립되지 않는 학문이다. 인색하지 않은 사람에게는 분배 문제든 뭐든 전혀 흥미가 없다. 그래도 나는 이 책을 읽고 다른 면에서 묘한 흥분을 느꼈다. 그것은 이 책의 저자가 종래의 사상을 아무 망설임 없이 모조리 파괴해가는 저돌적인 용기를 지녔기 때문이다. 아무리 도덕에 위배되더라도 사랑하는 사람 곁으로 시원하게 내달리는 유부녀의 모습이 떠오른다. 파괴 사상. 파괴는 애처롭고 슬프고 또 아름답다. 파괴하고 다시 세워 완성하려는 꿈. 일단 파괴하면 완성의 그날이 영원히 오지 않을지도 모른다. 그렇지만 사랑 때문에 파괴하지 않을 수 없다. 혁명을 일으키지 않으면 안된다. 로자는 맑스주의와 슬프고도 맹목적인 사랑을 했다.

십이년 전 겨울의 일이다.

"너는 『사라시나 일기更級日記』[51]의 소녀로구나. 더이상 무슨 말을 해도 소용없는."

그렇게 말하며 내 곁에서 멀어져간 친구가 있다. 그때 나는 그 친구에게 레닌의 저서를 읽지 않고 돌려주었다.

"읽었니?"

"미안. 못 읽었어."

니꼴라이 성당이 보이는 다리 위였다.

"왜? 어째서?"

나보다 키가 한치 정도 더 컸던 그녀는 어학에 뛰어난 재능이 있

---

51 11세기 일본의 귀족 여성 스가와라노 타까스에노 무스메(菅原孝標女)가 쓴 일기로, 이야기나 꿈의 세계를 믿었던 저자의 감상적인 성향이 담겨 있다.

었다. 빨간 베레모가 잘 어울렸고 얼굴도 모나리자와 닮았다는 소
릴 듣는, 잘생긴 친구였다.

"표지 색깔이 싫었어."

"이상한 애구나. 그런 이유가 아니지? 실은 내가 무서워진 거
지?"

"무섭지 않아. 난, 진짜 표지 색깔이 싫었던 거야."

"그랬구나."

라고 쓸쓸히 말하고는 나를 『사라시나 일기』의 소녀라고 하면서
무슨 말을 해도 소용없다고 단정지어버렸다.

우린 잠시 말없이 겨울 강을 내려다보았다.

"안녕. 만약 이것이 영원한 이별이라면 영원히 안녕. 바이런."

하며 바이런의 시구를 원문으로 재빨리 읊고는 내 몸을 가볍게 안
았다.

나는 부끄러워서,

"미안해."

하고 작은 소리로 사과한 뒤 오짜노미즈 역 쪽으로 걸어갔다. 가다
가 뒤돌아보니 그 친구는 여전히 다리 위에 선 채 꼼짝도 않고 물
끄러미 나를 바라보고 있었다.

그것을 끝으로 그 친구와 다시는 만나지 못했다. 같은 외국인 교
사 댁을 드나들긴 했지만 학교가 달랐던 것이다.

그때로부터 십이년이 지났건만 여전히 난 『사라시나 일기』에서
한걸음도 나아가지 못했다. 도대체 그동안 나는 뭘 했던가. 혁명을
동경한 적도 없었고, 사랑조차 몰랐다. 지금까지 세상 어른들은 우
리에게 혁명과 사랑, 이 두가지를 가장 어리석고 나쁜 것이라고 가
르쳤다. 전쟁 전에도 전쟁 중에도 우린 그대로 믿었다. 하지만 패전

후 세상 어른들을 신뢰할 수 없게 되자 아무래도 그들이 말하는 반대편에 진정한 살길이 있을 것 같았다. 혁명과 사랑은 사실 이 세상에서 가장 좋고 맛있는 건데, 너무나 좋은 것이어서 어른들은 심술궂게도 우리에게 덜 익은 포도라고 거짓말했던 게 틀림없다고 생각하게 되었다. 나는 확신한다. 인간은 사랑과 혁명을 위하여 태어난 것이다.

쓰윽 하고 장지문이 열리더니, 어머니가 웃으며 얼굴을 내미시면서,

"아직 안 잤구나? 졸리지 않니?"

하고 물으셨다.

책상 위 시계를 보니 12시였다.

"네, 전혀 졸리지 않아요. 사회주의 책을 읽었더니 흥분이 돼서요."

"그래? 술 없니? 그럴 땐 술을 마시고 자면 푹 잘 수 있는데."

하고 놀리는 듯한 어조로 말씀하셨다. 그 태도엔 어딘가 데까당과 종이 한장 차이의 요염함이 있었다.

이윽고 10월이 되었으나 활짝 갠 가을 하늘이 아니라 장마철 같은 눅눅하고 후텁지근한 날이 이어졌다. 그리고 어머니의 열은 매일같이 저녁만 되면 여전히 38도와 39도 사이를 오르내렸다.

그러던 어느날 아침, 나는 무서운 것을 보게 되었다. 어머니의 손이 부어 있었던 것이다. 아침밥이 제일 맛있다고 하셨던 어머니가 최근에는 침상에 앉아 아주 조금, 가볍게 죽 한그릇만 드실 뿐이고, 반찬도 냄새가 심한 것은 못 드셔서 그날은 송이버섯을 넣은 맑은장국을 드렸는데 역시 송이버섯의 향이 역겨우신 듯 밥그릇을

입언저리로 가져가다 말고 다시 가만히 밥상 위에 올려놓으셨다. 그때 나는 어머니 손을 보고 깜짝 놀랐다. 오른손이 퉁퉁 부어올라 있었다.

"어머니! 손 괜찮으세요?"

얼굴도 약간 창백하니 부어오른 것 같았다.

"괜찮아. 이 정도는 아무것도 아니야."

"언제부터 부은 거예요?"

어머니는 눈이 부신 듯한 얼굴을 하고서 잠자코 계셨다. 나는 소리 내어 울고 싶었다. 이런 손은 어머니의 손이 아니다. 다른 아주머니의 손이다. 우리 어머니의 손은 훨씬 가느다랗고 자그마한 손이다. 내가 잘 아는 손, 부드러운 손, 귀여운 손. 그 손은 영원히 사라져버린 걸까? 왼손은 아직 그다지 붓지 않았지만 어쨌든 애처로워서 보고 있을 수가 없어 나는 눈을 돌려 토꼬노마[52]의 꽃바구니를 노려보았다.

눈물이 나올 것 같아 견딜 수가 없어서 벌떡 일어나 식당으로 가니, 나오지가 혼자 반숙 계란을 먹고 있었다. 나오지는 이따금 이즈의 집에 있더라도 밤에는 으레 오사끼 씨네 집에 가서 소주를 마셨고, 아침에는 불쾌한 표정으로 밥은 안 먹고 반숙 계란만 네댓개 먹을 뿐으로, 그리고 나서는 다시 2층으로 올라가 자다 깨다 했다.

"어머니 손이 부어서……"

하고 나오지에게 얘기하다 말고 고개를 떨어뜨렸다. 말을 이을 수가 없어서 나는 고개를 숙인 채 어깨를 들썩거리며 울었다.

나오지는 말없이 있었다.

---

52 일본 집의 객실 정면에 바닥을 한층 높게 만든 공간으로 꽃병이나 장식품 등을 놓아두는 장소.

나는 얼굴을 들고,

"이젠 글렀어. 넌 눈치 못 챘니? 저렇게 부으면 이젠 다 틀린 거야."

하고 테이블 모서리를 잡고서 말했다.

나오지도 침울한 표정이 되었다.

"머지않았겠지, 그게. 쳇, 참 더럽게 재수 없군."

"난 다시 한번 낫게 해드리고 싶어. 어떻게 해서든 꼭 낫게 해드리고 싶어."

하고 내가 오른손으로 왼손을 주물럭거리며 말하는데, 갑자기 나오지가 훌쩍훌쩍 울면서,

"왜 좋은 일이라곤 하나도 없는 거야. 우리한텐 왜 좋은 일이 하나도 없냐고."

하며 주먹으로 눈을 마구 비볐다.

그날 나오지는 와다 외숙부께 어머니의 상태를 보고하고 앞으로 일어날 일에 대한 지시를 받으러 상경했다. 나는 어머니 곁에 있지 않을 때는 아침부터 밤까지 거의 울며 지냈다. 우유 배급을 받으러 아침 안개 속을 걸어가면서도, 거울을 보며 머리를 매만지면서도, 립스틱을 바르면서도, 나는 늘 울기만 했다. 어머니와 지낸 행복했던 날들의 이런저런 일들이 그림처럼 떠올랐다. 아무리 울어도 어쩔 도리가 없었다. 저녁이 되어 어둑어둑해지자 응접실의 베란다에 나가서 오랫동안 흐느껴 울었다. 가을 하늘에는 별이 빛나고 있었고, 발밑에는 남의 집 고양이가 웅크린 채 꼼짝도 하지 않았다.

이튿날 손의 부기는 전날보다 더 심해졌다. 음식은 전혀 못 드셨다. 감귤 주스도 입안이 다 헐어서 쓰라려 못 마시겠다고 하셨다.

"어머니, 나오지가 말한 그 마스크를 다시 해보시는 게 어때요?"
하고 웃으면서 말할 생각이었는데, 말하는 도중 가슴이 메어 으앙
하고 소리 내어 울고 말았다.

"날마다 바빠서 피곤하지? 간호사를 고용하려무나."
하고 어머니가 조용히 말씀하셨다. 당신의 몸보다도 내 몸을 더 걱
정하고 계신 걸 아주 잘 알기에 더욱 슬펐다. 난 일어나 욕실의 작
은 방으로 달려가 실컷 울었다.

점심때가 조금 지나 나오지가 미야께 선생님과 간호사 두명을
데리고 왔다.

늘 농담만 하시던 선생님도 그때는 화가 난 듯한 몸짓으로 성큼
성큼 병실로 들어와 곧바로 진찰을 시작하셨다. 그러고는 누구에
게랄 것 없이 혼잣말로,

"많이 쇠약해지셨군요."
라는 한마디 말씀만 나직이 하시고 캠퍼 주사를 놓으셨다.

"선생님, 숙소는요?"
하고 어머니는 헛소리처럼 말씀하셨다.

"이번에도 나가오까예요. 예약해두었으니까 걱정 안하셔도 돼
요. 환자께서는 남의 일 걱정 마시고 더욱더 마음대로, 드시고 싶
은 건 뭐든지 많이 드셔야 합니다. 영양분을 섭취하면 좋아지실 거
예요. 내일 또 들르겠습니다. 간호사를 한사람 두고 갈 테니 필요한
일 있으면 도움을 받으세요."

미야께 선생님은 병상의 어머니를 향해 큰 소리로 말씀하시고
는, 나오지에게 눈짓을 하며 일어나셨다.

나오지 혼자 선생님과 수행 간호사를 배웅하러 갔다. 이윽고 되
돌아온 나오지의 얼굴을 보니 터져나오는 울음을 꾹 참고 있는 표

정이었다.

우리는 슬그머니 병실에서 나와 식당으로 갔다.

"틀린 거니? 그런 거니?"

"젠장."

나오지는 입술을 일그러뜨리며 웃고는,

"아주 급격히 쇠약해지신 것 같아. 오늘일지 내일일지 모른다고
해서."

하고 말하는 중에 나오지의 눈에서 눈물이 흘러나왔다.

"여기저기 전보를 쳐야 되지 않을까?"

나는 오히려 침착하게 말했다.

"그것에 대해 외숙부와도 상의했지만 외숙부께서는 지금 그렇
게 사람들을 불러모을 수 있는 시기가 아니라고 하셨어. 와준다 해
도 이런 비좁은 집에서는 오히려 실례가 되고, 이 근처에는 변변한
여관도 없는 데다, 나가오까 온천에 방을 두세개씩이나 예약하는
것도 불가능해. 요컨대 우리는 이제 가난하기 때문에 그런 높은 분
들을 모실 힘이 없다는 이야기지. 외숙부는 곧 오시겠지만 그 양반
은 옛날부터 구두쇠라 도무지 믿을 수가 없어. 어젯밤에만 해도 어
머니 병은 제쳐놓고, 나한테 잔뜩 설교만 늘어놓더군. 구두쇠한테
설교를 듣고 정신 차렸다는 사람은 동서고금을 막론하고 한명도
본 적이 없어. 누나 동생 사이라지만 어머니와 그 양반은 정말이지
하늘과 땅 차이라니까. 정말 싫어."

"하지만 나는 상관없지만 넌 앞으로 외숙부께 의지하지 않으
면……"

"사양하겠어. 차라리 거지가 되는 게 나아. 누나야말로 앞으로
외숙부께 잘 말씀드려보든가."

"난······"

눈물이 났다.

"난 갈 데가 있어."

"혼담? 정해졌어?"

"아니."

"자립하려고? 일하는 여성. 그만둬, 그만두라고."

"자립이 아니야. 난 말이지, 혁명가가 될 거야."

"뭐라고?"

나오지는 이상한 표정으로 나를 바라보았다.

그때 미야께 선생님이 데려온 간호사가 나를 부르러 왔다.

"어머니께서 뭔가 하실 말씀이 있으신가봐요."

나는 서둘러 병실로 가서 이불 옆에 앉으며,

"무슨 일이에요?"

하고 얼굴을 가까이 대고 물었다.

하지만 어머니는 뭔가 말하고 싶으면서도 잠자코 계셨다.

"물 드려요?"

하고 물었다.

살며시 고개를 저으셨다. 물은 아닌 것 같았다.

어머니는 잠시 후 작은 목소리로,

"꿈을 꿨어."

라고 하셨다.

"그래요? 어떤 꿈인데요?"

"뱀 꿈."

나는 깜짝 놀랐다.

"툇마루 섬돌 위에 빨간 줄무늬 암컷 뱀이 있을 거야. 가서 보고 오렴."

나는 몸이 오싹해지는 것 같았다. 벌떡 일어나 툇마루로 가서 유리문 너머로 보니, 섬돌 위에 뱀이 가을 햇볕을 받으며 길게 몸을 늘어뜨리고 있었다. 나는 어질어질 현기증이 났다.

'난 너를 알아. 넌 그때보다 조금 더 자라고 늙었지만 내가 알을 태운 바로 그 암컷 뱀이지? 네 복수는 이제 잘 알았으니 저리 가! 당장 저리 가버려!'

하고 마음속으로 염원하며 그 뱀을 바라보았지만 뱀은 도무지 꿈쩍도 하지 않았다. 나는 왠지 간호사에게 그 뱀을 보이고 싶지 않았다. 나는 쿵 하고 아주 세게 발을 구르며,

"없어요, 어머니. 꿈 따위는 역시 믿을 게 못돼요."

하고 일부러 필요 이상으로 큰 소리로 말하고 힐끗 섬돌 쪽을 보니 뱀은 그제야 몸을 움직여 주르륵 섬돌에서 미끄러져 내려갔다.

이제 글렀어, 끝장이야, 하면서 그 뱀을 바라보았다. 처음으로 체념이 내 가슴 밑바닥에서 솟아났다. 아버지가 돌아가실 때에도 머리맡에 검고 작은 뱀이 있었다고 했다. 또 그때 정원의 나무란 나무에 모두 뱀이 감겨 있는 걸 나는 보았다.

어머니는 침상에 일어나 앉을 기력도 없어진 듯 연신 꾸벅꾸벅 졸기만 하셨다. 이제 몸을 가눌 때에도 완전히 간호사에게 내맡겼고, 밥도 거의 넘기시지 못하는 것 같았다. 뱀을 보고 나니 나는 슬픔의 바닥을 빠져나온 마음의 평안이라고 할까, 그런 행복감과 유사한 마음의 여유가 생겼고, 이렇게 된 이상, 가능한 한 그저 어머니 곁에만 있어야겠다고 생각했다.

그리고 이튿날부터 어머니 머리맡에 바싹 붙어앉아 뜨개질을 했다. 나는 뜨개질이나 바느질을 남보다 훨씬 빠르게 하지만 그 대

신 서툴렀다. 그래서 어머니는 언제나 그 서툰 부분을 일일이 내 손을 잡고 가르쳐주시곤 했다. 그날도 나는 뜨개질할 마음은 그다지 없었지만, 어머니 곁에 찰싹 붙어 있더라도 어색하지 않도록 털실 상자를 가져와 열심히 뜨개질을 했다.

어머니는 내 손을 가만히 바라보시다가,

"네 양말을 뜰 거지? 그렇다면 여덟코 더 늘려야 신을 때 불편하지 않을 거야."

하고 말씀하셨다.

나는 어릴 적 아무리 가르쳐주어도 뜨개질을 영 제대로 할 수가 없었는데, 그때처럼 당황스럽고 부끄러우면서 반갑기도 하고, 아아, 이젠 이렇게 어머니께 배우는 것도 이걸로 끝이라고 생각하니 그만 눈물이 나서 뜨개질의 코가 보이지 않게 되었다.

어머니는 이렇게 누워 계실 때면 조금도 고통스러워 보이지 않았다. 식사는 이미 오늘 아침부터 어려워져 가제를 차에 적셔 이따금 입을 축여드릴 뿐이나, 의식은 명료해서 가끔 내게 조용히 말을 거셨다.

"신문에 폐하의 사진이 실린 것 같던데 다시 한번 보여주겠니."

나는 신문의 그 부분을 어머니 얼굴 위에 펼쳐드렸다.

"늙으셨구나."

"아니에요. 사진이 잘못 나온 거예요. 저번에 본 사진은 아주 젊고 활기차게 나왔던데요. 오히려 이런 시대가 온 것을 기뻐하고 계실 거예요."

"왜?"

"왜냐하면 폐하도 이번에 해방되셨으니까요."

어머니는 쓸쓸한 듯 웃으셨다. 그리고 잠시 후,

"울고 싶어도 이젠 눈물이 안 나는구나."

라고 하셨다.

나는 문득, 어머니는 지금 행복한 게 아닐까, 하고 생각했다. 행복감이란 비애의 강바닥에 가라앉아 희미하게 빛나는 사금 같은 것이 아닐까? 슬픔의 극한을 지나 이상하면서도 희미하게 빛나는 기분, 그것이 행복감이라면 폐하도, 어머니도, 그리고 나도, 분명 지금 행복한 것이다. 고즈넉한 가을날 오전. 햇살이 부드러운 가을 뜨락. 나는 뜨개질을 멈추고 가슴 높이에서 빛나는 바다를 바라보며,

"어머니, 전 지금까지 세상을 꽤나 모르고 산 것 같아요."

라고 했다. 더 하고 싶은 말이 있었지만 방 한쪽 구석에서 정맥 주사 놓을 준비를 하는 간호사가 들을까 부끄러워 입을 다물었다.

"지금까지라니……"

어머니는 희미하게 웃으며 따지듯 물으셨다.

"그럼 지금은 세상을 알 것 같니?"

나는 왠지 얼굴이 새빨개졌다.

"세상은 알 수 없어."

하시며 어머니는 얼굴을 저쪽으로 돌리고, 혼잣말처럼 작은 소리로 말씀하셨다.

"난 모르겠어. 아는 사람이 있을까? 언제까지나 모두 다 어린애야. 그 어떤 것도 알 수 없어."

하지만 나는 살아가야 한다. 아직 어린애인지 모르지만, 그렇다고 마냥 응석을 부리고 있을 수만은 없다. 나는 이제부터 세상과 싸워나가야만 한다. 아아, 어머니처럼 사람들과 싸우지 않고 미워하거나 원망하지 않으면서 아름답고 슬픈 생애를 마칠 수 있는 사람은, 어머니를 마지막으로, 이젠 더이상 이 세상에 존재할 수 없

는 게 아닐까? 죽어가는 사람은 아름답다. 산다는 것, 살아남는다는 것. 그건 몹시 추악하고 피비린내 나는 더러운 것처럼 느껴진다. 나는 타따미 위에서, 새끼를 배고서 구덩이를 파는 뱀의 모습을 상상해본다. 하지만 난 포기할 수 없는 게 있다. 한심스러워도 상관없다. 나는 결심한 일을 이루기 위해 살아남아서 세상과 싸워나갈 거다. 결국 어머니의 죽음이 기정사실로 되자 나의 로맨티시즘과 감상은 차츰 사라져, 뭔가 나 자신이 방심할 수 없는 교활한 생물체로 변해가는 것 같았다.

그날 점심때가 지나 어머니 곁에서 입을 축여드리고 있는데 문앞에 자동차가 와서 멈추었다. 와다 외숙부가 외숙모와 함께 토오꾜오에서 자동차로 달려오신 것이다. 외숙부가 병실에 들어와 어머니 머리맡에 말없이 앉으시자, 어머니는 손수건으로 얼굴 아래쪽을 반쯤 가리고 외숙부 얼굴을 바라보며 우셨다. 하지만 울상이 되었을 뿐, 눈물은 나오지 않았다. 인형 같다는 느낌이 들었다.

"나오지는 어디 있니?"

잠시 후 어머니가 내 쪽을 보고 말씀하셨다.

나는 2층으로 올라가 소파에 드러누워 신간 잡지를 보고 있던 나오지에게,

"어머니가 부르셔."

하니 나오지는,

"와, 또 눈물 흘리며 슬퍼하는 연극 장면인 거야? 그대들은 거기서 잘도 참고 버티시는구려. 신경이 둔해. 박정하다니까. 우린 너무나 괴롭고, 실로 마음은 뜨거워도 육체가 나약해서 도저히 어머니 곁에 있을 기력이 없다네."

라고 하면서 겉옷을 입고 나와 함께 2층에서 내려왔다.

둘이 나란히 어머니 머리맡에 앉자 어머니는 갑자기 이불 속에서 손을 내밀어 잠자코 나오지 쪽을 가리키고, 그다음 나를 가리킨 뒤, 외숙부 쪽으로 얼굴을 돌리고서는 양 손바닥을 합치셨다.

외숙부는 크게 고개를 끄덕이시며,

"네, 알았습니다. 알았어요."

라고 하셨다.

어머니는 안심하신 듯 눈을 가볍게 감고, 손을 이불 속으로 슬며시 넣으셨다.

나도 울고 나오지도 고개 숙인 채 오열했다.

그때 미야께 선생님이 나가오까에서 오셔서 먼저 주사를 놓으셨다. 어머니는 외숙부를 만나서 이제 미련이 없다고 생각하셨는지,

"선생님, 어서 편안하게 해주세요."

라고 하셨다.

미야께 선생님과 외숙부는 서로 얼굴을 마주한 채 아무 말도 하지 않으셨다. 두분의 눈에 눈물이 반짝였다.

나는 일어나 식당으로 가서 외숙부가 좋아하는 유부 우동을 의사 선생님과 나오지, 외숙모 것과 함께 4인분을 만들어 응접실로 가져갔다. 그러고는 외숙부가 사오신 마루노우찌 호텔의 쌘드위치를 어머니께 보여드리고 머리맡에 놓으니,

"바쁘지?"

하고 어머니가 작은 소리로 말씀하셨다.

응접실에서 모두 함께 잠시 잡담을 나눴다. 외숙부와 외숙모는 일이 있어서 아무래도 오늘 밤 토오꾜오에 돌아가야 한다며 나에게 위로금 봉투를 건네셨다. 미야께 선생님도 간호사와 함께 돌아

가야 해서 남은 간호사에게 여러가지 응급처치 방법을 일러주었다. 어쨌든 아직 의식은 명료하고 심장도 그다지 쇠약해지지 않았으니 주사만으로도 앞으로 사오일은 괜찮을 거라고 해서 그날은 일단 모두들 자동차를 타고 토오꾜오로 떠났다.

모두를 배웅하고 방으로 가니 어머니가 나에게만 짓는 그 다정한 웃음을 보이시며,

"많이 바빴지?"

하고 또다시 속삭이듯 작은 소리로 말씀하셨다. 어머니 얼굴은 생기가 넘쳐 오히려 빛이 나는 것처럼 보였다. 외숙부를 만나서 기쁘신 거라고 나는 생각했다.

"아니요."

나도 약간 기분이 들떠 생긋 웃었다.

그리고 이게 어머니와의 마지막 대화였다.

그로부터 세시간쯤 지나 어머니는 돌아가셨다. 고요한 가을 황혼, 간호사가 맥을 짚고 나오지와 나, 이렇게 둘뿐인 육친이 지켜보는 가운데 일본의 마지막 귀부인이었던 아름다운 어머니가.

얼굴은 거의 그대로였다. 아버지가 돌아가실 때에는 금세 얼굴색이 변했지만 어머니의 얼굴색은 조금도 변하지 않고 호흡만 멎었다. 그 호흡이 멈춘 때가 언제인지도 확실히 알 수 없을 정도였다. 얼굴의 부기도 전날부터 가라앉기 시작해 뺨이 밀랍처럼 매끄러웠고, 얇은 입술은 살짝 일그러져 미소를 띠고 있는 듯 보여 생전의 어머니보다도 더 매혹적이었다. 나는 삐에따의 마리아와 비슷하다고 생각했다.

6

전투 개시.

언제까지나 슬픔에 잠겨 있을 수만은 없었다. 나에게는 무슨 일이 있어도 꼭 쟁취해야 할 게 있었다. 새로운 윤리. 아니, 그렇게 말하면 위선으로 비친다. 사랑. 그것뿐이다. 로자가 새로운 경제학에 의지하지 않고서는 살 수 없었듯, 나는 지금 사랑 하나에 매달리지 않고서는 살아갈 수 없다. 예수가 이 세상의 종교가, 도덕가, 학자, 권위자의 위선을 파헤치고, 하느님의 진정한 애정을 주저함 없이 있는 그대로 사람들에게 전하기 위해 열두 제자를 각지에 파견할 때, 제자들에게 들려주신 말씀은 이런 내 경우와도 전혀 무관하지 않은 듯했다.

"전대에 금이나 은이나 동이나 가지지 말고 여행을 위하여 주머니나 두벌 옷이나 신이나 지팡이도 가지지 마라. 보라 내가 너희를 보냄이 양을 이리 가운데 보냄과 같도다. 그러므로 너희는 뱀같이 지혜롭고 비둘기같이 순결하라. 사람들을 삼가라. 저희가 너희를 공회에 넘겨주겠고 저희 회당에서 채찍질하리라. 또 너희가 나로 인하여 총독들과 임금들 앞에 끌려가리라. 너희를 넘겨줄 때에 어떻게 또는 무엇을 말할까 염려치 마라. 그때에 무슨 말할 것을 주시리니 말하는 이는 너희가 아니라 너희 속에서 말씀하시는 자 곧 너희 아버지의 성령이시니라. 또 너희가 내 이름으로 인하여 모든 사람에게서 미움을 받을 것이나 나중까지 견디는 자는 구원을 얻으리라. 이 동네에서 너희를 핍박하거든 저 동네로 피하라. 내가 진실로 너희에게 이르노니 이스라엘의 모든 동네를 다 다니지 못하여서 인자가 오리라.

　몸은 죽여도 영혼은 능히 죽이지 못하는 자들을 두려워하지 말고 오직 몸과 영혼을 능히 지옥에서 멸하시는 자를 두려워하라. 내가 세상에 화평을 주러 온 줄로 생각지 마라. 화평이 아니요 검을 주러 왔노라. 내가 온 것은 사람이 그 아비와, 딸이 어미와, 며느리가 시어미와 불화하게 하려 함이니 사람의 원수가 자기 집안 식구리라. 아비나 어미를 나보다 더 사랑하는 자는 내게 합당치 아니하고 아들이나 딸을 나보다 더 사랑하는 자도 내게 합당치 아니하고 또 자기 십자가를 지고 나를 쫓지 않는 자도 내게 합당치 아니하니라. 자기 목숨을 얻는 자는 잃을 것이요, 나를 위하여 자기 목숨을 잃는 자는 얻으리라."[53]

　전투 개시.

　만일 내가 사랑을 위해 예수의 이러한 가르침을 모두 그대로 반드시 지킬 것을 맹세한다면, 예수님은 꾸짖으실까? 왜 '연애'는 나쁘고 '사랑'은 좋은 건지, 난 잘 모르겠다. 둘 다 똑같다는 생각이 들 뿐이다. 뭔지 잘 모르는 사랑 때문에, 연애 때문에, 그 슬픔 때문에 몸과 영혼을 게헤나[Gehenna][54]에서 멸하려는 자 누구인가. 아아, 나야말로 내가 그런 자라고 주장하고 싶다.

　숙부 내외분의 도움으로 집안사람만 모인 어머니의 약식 장례는 이즈에서 치르고, 정식 장례는 토오꾜오에서 치렀다. 그후 나오지와 나는 이즈의 산장으로 되돌아와 서로 마주 보면서도 말을 하지 않는, 이유를 알 수 없는 서먹한 생활을 했다. 나오지는 출판업

---

53 신약성서 「마태복음」 10장 9, 10, 16~20, 22, 23, 28, 34~39절에서 인용.
54 '흰놈의 계곡'이라는 뜻의 '게 흰놈'을 그리스 어로 음역한 말. 신약성경에서는 '지옥'과 같은 의미로 쓰였다.

을 하기 위한 자본금이라고 하면서 어머니의 보석류를 전부 들고 나가, 토오꾜오에서 마구 퍼마시다가 지치면 중환자처럼 창백한 낯을 한 채 이즈의 산장으로 비틀거리며 돌아와 잠을 잤다. 언젠가는 댄서 같아 보이는 젊은 여자를 데리고 오기도 했다. 나오지가 약간 멋쩍어하는 것 같아서 나는,

"오늘 나 토오꾜오에 가도 되겠니? 오랜만에 친구 집에 놀러 가고 싶어서 말이야. 이삼일 묵고 올 테니, 네가 집을 좀 지키렴. 식사는 저 아가씨에게 부탁하면 되겠네."

하며 잽싸게 나오지의 약점을 놓치지 않고, 말하자면 뱀처럼 지혜롭게, 가방에 화장품과 빵 등을 쑤셔넣고 아주 자연스럽게 그 사람을 만나러 상경할 수 있었다.

토오꾜오 교외에 있는 오기꾸보 전철역의 북쪽 출구로 나와 이십분 정도 걸으면 전쟁 후에 이사한 그 사람의 새 거처에 도달하게 된다는 사실은 전에 나오지로부터 넌지시 들어놓은 터였다.

초겨울 찬바람이 강하게 부는 날이었다. 오기꾸보 역에 내렸을 무렵에는 이미 주위가 어두컴컴했다. 나는 지나가는 사람을 붙잡고 그가 사는 집의 번지를 대며 어딘지 물어보았다. 방향을 알려줘서 한시간 가까이 어두운 교외의 골목길을 헤매는데 불안한 나머지 눈물이 나왔다. 그러다가 자갈길의 돌부리에 걸려 넘어지면서 게따 끈이 뚝 끊어졌다. 어찌하면 좋을지 몰라 그 자리에 우두커니 서 있는데 문득 오른쪽에 있는 두집 가운데 한집의 문패가 어둠 속에서도 희고 어렴풋이 떠올랐다. 거기에 '우에하라'라고 씌어 있는 듯한 느낌이 들어 한쪽 발은 버선만 신은 채 그 집 현관으로 달려가 다시 자세히 문패를 들여다보았다. 확실히 '우에하라 지로오'라고 적혀 있었지만, 집 안은 어두웠다.

어쩌지 하고 잠시 그 자리에 다시 못 박힌 듯 우두커니 서 있다
가 몸을 내던지는 심정으로 현관 격자문에 넘어질 듯 바싹 다가붙
어서,

"실례합니다."

하고 양손의 손가락 끝으로 격자를 어루만지며,

"우에하라 씨."

하고 나직이 속삭여 보았다.

대답이 들렸다. 그러나 그건 여자 목소리였다.

현관문이 안에서 열리더니 갸름한 얼굴에 고전적 분위기가 묻
어나는, 나보다 서너살 위인 듯한 여자가 현관 어둠 속에서 언뜻
웃으며,

"누구신지요?"

하고 물었다. 그 어조에는 어떤 악의나 경계심도 없었다.

"아니, 저⋯⋯"

하지만 나는 내 이름을 차마 대지 못했다. 이 사람에게만은 내
사랑이 이상하게 떳떳하지 못하다는 생각이 들었다. 안절부절못하
다가 거의 비굴하리만큼 저자세로 물었다.

"선생님은요? 안 계시나요?"

"네."

하고 대답하고는 딱하다는 듯 내 얼굴을 보았다.

"하지만 가시는 곳은 대개⋯⋯"

"먼가요?"

"아녜요."

하고 우스운 듯 한 손을 입에 갖다대었다.

"오기꾸보예요. 역 앞의 시라이시라는 어묵집에 가시면 행선지

를 대충 알 수 있을 거예요."

나는 하늘로 날아오를 것 같은 기분이 들었다.

"아, 그래요?"

"어머나, 신발이."

권유를 받고서 나는 현관 안으로 들어가 마루 끝에 앉았다. 부인한테서, 대용 끈이라고 할까, 게따 끈이 끊어졌을 때 간편하게 수선할 수 있는 가죽 끈을 받아서 게따를 고쳤다. 그사이에 부인은 촛불을 켜서 현관으로 가져오더니,

"때마침 전구가 두개나 나가버렸어요. 요즘 전구는 터무니없이 값만 비싼 데다 잘 나가서 못 쓰겠어요. 남편이 있으면 사오라고 할 텐데 어젯밤에도 그저께 밤에도 안 들어왔답니다. 오늘로 우린 사흘째 무일푼이어서 일찍 잠자리에 든 거예요."

하고 정말로 태평스럽게 웃으며 말했다. 부인 뒤에는 열두어살쯤 되어 보이는, 눈이 크고 좀처럼 사람을 따를 것 같지 않은 깡마른 체구의 계집아이가 서 있었다.

적! 나는 그렇게 생각하지 않지만, 이 부인과 딸은 언젠가 나를 적으로 여기고 미워할 게 틀림없다. 그렇게 생각하니 내 사랑도 한순간 식어버린 듯한 느낌이 들었다. 게따 끈을 갈아끼우고 일어나 탁탁 손으로 먼지를 터는데 외로움이 맹렬하게 내 주위로 몰려오는 듯한 느낌 때문에 견딜 수가 없었다. 방으로 뛰어들어 캄캄한 어둠 속에서 부인의 손을 잡고 울어버릴까 하는 격렬한 동요도 일었지만, 문득 그러고 난 뒤의 속이 빤히 들여다보이고 뭔가 형체를 알 수 없는 따분한 내 모습을 생각하니 그건 아니다 싶어,

"감사합니다."

하고 지나칠 정도로 공손하게 인사를 한 뒤 밖으로 나와 초겨울 찬

바람을 맞았다. 전투 개시, 사랑해, 좋아해, 그리워, 정말 사랑해, 정말 좋아해, 정말 그리워, 사랑하니까 어쩔 수 없어, 좋아하니까 어쩔 수 없어, 그리우니까 어쩔 수 없어, 그 부인은 흔치 않은 좋은 분이고 딸도 예쁘다, 하지만 나는 하느님의 심판대에 세워지더라도 자신을 조금도 부끄러워하지 않을 거다, 인간은 사랑과 혁명을 위하여 태어난 것이다, 하느님도 벌주실 리 없어, 난 털끝만큼도 나쁘지 않아, 정말로 좋아하니까 맘껏 으스대며, 그를 한번 만날 때까지 이틀이고 사흘이고 길바닥에서 자더라도, 반드시.

역 앞의 시라이시라는 어묵집은 금방 찾을 수 있었다. 하지만 그분은 안 계셨다.

"아사가야에 있을 거예요, 틀림없이. 아사가야 역의 북쪽 출구에서 곧장 나가서, 글쎄요, 150미터쯤 되려나, 철물점이 있는데 거기서 오른쪽으로 돌아가서, 50미터쯤 되려나, 야나기야라는 작은 요릿집이 있어요. 선생님은 요즈음 야나기야의 오스떼 씨랑 아주 뜨거운 사이여서 그곳에 죽치고 들어앉아 있죠. 어떻게 할 수가 없어요."

역에 가서 표를 산 뒤 토오꾜오행 전철을 탔다. 아사가야에서 내려 북쪽 출구에서 약 150미터, 철물점에서 오른쪽으로 돌아 50미터쯤 갔다. 야나기야는 조용했다.

"방금 나가셨는데, 여럿이서 이제부터 니시오기의 치도리에 가서 밤새도록 마실 거라고 하셨어요."

나보다 나이가 어리면서 침착하고 고상하며 친절해 보이는 이 여자가 바로 오스떼 씨라는, 그 사람과 아주 뜨거운 사이인 아가씨일까?

"치도리? 니시오기의 어디쯤에 있죠?"

불안한 마음에 눈물이 나올 것 같았다. 내가 지금 미친 건 아닐까, 하고 문득 생각했다.

"잘은 모르겠습니다만, 니시오기 역에서 내려 남쪽 출구에서 왼쪽으로 돌아가는 곳이라고 했던가, 하여튼 파출소에 가서 물어보면 알 수 있지 않을까요? 어차피 한집으로는 만족하지 못하는 사람이라 치도리 가기 전에 또 어딘가에서 한잔 걸치고 있을지도 모르겠어요."

"치도리로 가볼게요. 안녕히 계세요."

다시 되돌아갔다. 아사가야에서 타찌까와행 전철을 타고, 오기꾸보, 니시오기꾸보, 역의 남쪽 출구로 나와서 찬바람을 맞으며 헤매다 파출소를 찾아가 치도리가 있는 곳을 물었다. 그리고 가르쳐준 대로 밤길을 달리듯 걸어 치도리의 파란 등롱을 발견하고는 망설임 없이 격자문을 열었다.

토방이 있었고, 바로 앞에 세평 크기의 타따미방이 있었다. 방은 담배 연기로 자욱했으며, 열명 정도의 사람들이 커다란 탁자를 둘러싸고 왁자지껄 크게 떠들며 술판을 벌이고 있었다. 나보다 어려 보이는 아가씨도 셋이나 섞여 담배 피우며 술 마시고 있었다.

나는 토방에 서서 멀찍이서 바라보았다. 그리고 왠지 꿈을 꾸는 듯한 기분이었다. 그가 아니었다. 육년. 완전히 다른 사람이 되어 있었다.

이 사람이 바로 나의 무지개, M·C, 내 삶의 보람, 그 사람인가? 육년. 헝클어진 머리는 옛날 그대로이긴 하지만 처량하리만큼 갈색으로 바래었고 숱도 줄어 있었다. 얼굴이 누렇게 뜬 데다 눈가는 벌겋게 짓물렀고 앞니가 빠져 연신 입을 우물거리는 모습은 마치 늙은 원숭이 한마리가 등을 구부리고 방 한쪽 구석에 앉아 있는 듯한 느낌이었다.

아가씨 하나가 나를 발견하고는 눈짓으로 우에하라 씨에게 내가 왔다는 것을 알렸다. 그 사람은 앉은 채로 가늘고 긴 목을 빼서 내 쪽을 보더니, 아무런 표정도 없이 턱짓으로 들어오라고 했다. 좌중은 나에게 아무런 관심도 없다는 듯 왁자지껄 계속 떠들어대면서도 조금씩 자리를 좁혀 우에하라 씨의 바로 오른쪽 옆에 내 자리를 마련해주었다.

나는 말없이 앉았다. 우에하라 씨는 내 컵에 넘칠 정도로 술을 가득 따라준 뒤 자신의 컵에도 술을 따라 채우고는,

"건배."

하고 쉰 목소리로 나직이 말했다.

두개의 컵이 힘없이 부딪쳐 쨍 하는 슬픈 소리를 냈다.

기요띤, 기요띤, 슐슐슈, 하고 누군가 말하자, 그것에 응답해 또 한사람이 기요띤, 기요띤, 슐슐슈, 하면서 쨍 하고 세게 컵을 부딪치고는 쭉 들이켰다. 기요띤, 기요띤, 슐슐슈, 기요띤, 기요띤, 슐슐슈, 하며 여기저기서 그 엉터리 같은 노래가 나왔고 기세 좋게 잔을 부딪치며 건배를 했다. 그 장난스러운 리듬으로 흥을 돋우어 억지로 술을 목구멍으로 흘려넣는 듯했다.

"그럼, 이만 실례."

하고 비틀거리며 돌아가는 사람이 있는가 하면, 또 새로운 누군가가 슬쩍 들어와 우에하라 씨와 가볍게 인사만 하고는 바로 좌중에 끼어들기도 했다.

"우에하라 씨, 거기 말입니다, 우에하라 씨, 거기 아아아, 하는 부분 말이에요. 그건 어떤 식으로 말해야 좋을까요? 아, 아, 아,입니까? 아아, 아,입니까?"

하고 몸을 쑥 내밀며 묻는 그 사람은, 분명히 나도 무대 얼굴을 기억하는, 신극 배우 후지따였다.

"아아, 아,라네. 아아, 아. 치도리의 술은 비싸, 하는 식이지."
라는 우에하라 씨.

"만날 저렇게 돈 얘기만."
이라는 아가씨.

"참새구이 두마리에 1전이면, 그건 비싼 겁니까? 싼 겁니까?"
라는 젊은 신사.

"한푼도 남김없이 갚아야 한다는 말씀[55]도 있고, 어떤 이에게는 5달란트, 어떤 이에게는 2달란트, 어떤 이에게는 1달란트, 하는 식으로 굉장히 까다로운 비유[56]도 있는 걸 보면 그리스도도 계산은 아주 빈틈없었다니까."
라는 또다른 신사.

"게다가 그 녀석은 술꾼이라고. 이상하게 바이블에는 술 비유가 많다 했는데 과연, 보아라, 술을 즐기는 자여,라고 비난받았다고 바이블에 기록되어 있더군. 술을 마시는 자가 아니라 술을 즐기는 자라고 했으니 상당한 술꾼임에 틀림없어. 됫박으로 퍼마셨을 거야."
라는 또 한사람의 신사.

"그만둬, 그만두라고. 아아, 아, 그대들은 도덕이 두려워서 예수를 핑계대는도다! 치에짱, 마시자. 기요띤, 기요띤, 슐슐슈."
하며 우에하라 씨는 가장 어리고 아름다운 아가씨와 쨍 하고 컵을

---

55 신약성서 「마태복음」 5장 26절, "진실로 네게 이르노니 네가 한푼이라도 남김이 없이 다 갚기 전에는 결코 거기서 나오지 못하리라".

56 신약성서 「마태복음」 25장. 주인이 종들에게 각각 5달란트, 2달란트, 1달란트를 맡겨놓고 멀리 떠나는데, 나중에 장사하여 돈을 불린 종을 칭찬하고 그렇게 하지 못한 종을 힐난한다는 이야기.

세게 부딪치고는 쭉 들이켰다. 술이 입가로 흘러내려 턱이 젖자 귀찮은 듯 거칠게 손바닥으로 쓰윽 닦고는, 큰 재채기를 대여섯번 연달아 했다.

나는 살그머니 일어나 옆방으로 가서 환자처럼 창백하게 야윈 주인아주머니에게 화장실이 어디 있는지 물어 그곳에 갔다가 돌아오는 길에 그 방을 지나는데, 아까 그 가장 예쁘고 어린 치에짱이라는 아가씨가 나를 기다리고 있었다는 듯 서서,

"시장하지 않으세요?"

하고 다정히 웃으며 물었다.

"네. 그런데 전 빵을 가져왔어요."

"별것 없지만……"

하고 환자 같은 주인아주머니는 나른한 듯 비스듬히 앉았더니 화로에 기댄 채로 말했다.

"이 방에서 식사하도록 해요. 저런 주정뱅이들을 상대하다가는 밤새 아무것도 못 얻어먹어요. 앉아요, 여기에. 치에꼬도 같이."

"어이, 키누짱, 술이 없어!"

하고 옆방에서 신사가 소리친다.

"네, 네."

하고 답하는 키누짱이라는 서른 전후의, 세련된 줄무늬 키모노를 입은 여종업원이 술을 쟁반에 열병 정도 담은 채 주방에서 나타났다.

"잠깐!"

주인아주머니가 불러 세우더니,

"여기도 두병."

하고 웃으면서 말한다.

"그리고 키누짱, 미안하지만 뒷집 스즈야에 가서 우동 두그릇 빨리 좀 해달라고 해."

나와 치에짱은 화롯가에 나란히 앉아 손을 쬐었다.

"이불을 깔고 앉아요. 추워졌네요. 한잔 마실래요?"

주인아주머니는 자신의 찻잔에 술을 따르더니, 이어 다른 두 찻잔에도 술을 따랐다.

그러고 나서 우리 셋은 말없이 술을 마셨다.

"모두들 술이 세네요."

주인아주머니는 왠지 숙연한 어조로 말했다.

드르륵 바깥문이 열리는 소리가 나더니,

"선생님, 가져왔습니다."

하는 젊은 남자 목소리가 들렸다.

"하여간 우리 사장님은 빈틈이 없다니까요. 2만 엔을 달라고 졸랐는데 겨우 만 엔이에요."

"수표인가?"

라고 하는 우에하라 씨의 쉰 목소리.

"아뇨, 현금이에요. 죄송합니다."

"아니, 괜찮아. 영수증을 써주지."

기요띤, 기요띤, 슐슐슈, 하는 건배 노래가 그사이에도 좌중에서 끊임없이 나오고 있었다.

"나오 씨는?"

하고 주인아주머니가 진지한 얼굴로 치에짱에게 물었다. 나는 가슴이 철렁했다.

"몰라요. 제가 나오 씨를 감시하는 사람도 아니고."

라며 치에짱은 당황하여 애처로울 정도로 얼굴을 붉혔다.

"요즈음 뭔가 우에하라 씨랑 안 좋은 일이라도 있었던 거 아니야? 늘 꼭 붙어다녔는데."

주인아주머니가 차분하게 말했다.

"댄스가 좋아졌대요. 댄서 애인이라도 생겼나봐요."

"나오 씨는 정말, 술에다 또 여자까지…… 어찌해볼 도리가 없군."

"선생님의 가르침인 거죠."

"하지만 나오 씨가 더 나빠. 그런 철부지 도련님이 몰락하면……"

"저기……"

나는 웃으며 끼어들었다. 말없이 있다가는 오히려 이 두사람에게 실례가 될 것 같다고 생각한 것이다.

"저는 나오지 누나예요."

주인아주머니가 깜짝 놀란 듯 내 얼굴을 다시 살펴봤지만 치에짱은 태연했다.

"얼굴이 정말 많이 닮았더군요. 아까 어두운 토방에 서 계시는 걸 보고 전 깜짝 놀랐다니까요. 나오 씬가 해서."

"그렇습니까?"

하고 주인아주머니는 말투를 바꾸었다.

"이런 누추한 곳에 오시다니, 그런데 저 우에하라 씨와는 전부터?"

"네, 육년 전에 뵙고……"

말이 막혀 고개를 숙이는데 눈물이 날 것 같았다.

"많이 기다리셨죠?"

여종업원이 우동을 가져왔다.

"드세요. 식기 전에."

주인아주머니가 권했다.

"잘 먹겠습니다."

뜨거운 김에 얼굴을 묻고 후루룩후루룩 우동을 먹으면서, 나는 지금이야말로 삶의 쓸쓸함, 그 극치를 맛보고 있는 듯한 느낌이 들었다.

기요면, 기요면, 슐슐슈, 기요면, 기요면, 슐슐슈, 하고 낮게 읊조리며 우에하라 씨가 우리 방에 들어와 내 옆에 털썩 책상다리를 하고 앉더니 말없이 주인아주머니께 커다란 봉투를 건넸다.

"이것으로 나머지를 어물쩍 넘기면 안돼요."

주인아주머니는 봉투 속을 보지도 않고 서랍 속에 집어넣고는 웃으며 말했다.

"가져올게. 나머지 돈은 내년에 주지."

"저런 식이라니까."

만 엔. 그 돈만 있으면 전구를 몇개나 살 수 있을 텐데. 그 돈만 있으면 나 역시 일년은 편히 살 수 있다.

아아, 이 사람들은 뭔가 잘못되어 있다. 그러나 이 사람들은, 내가 사랑을 하는 경우와 마찬가지로, 이렇게라도 하지 않으면 살아갈 수 없을지도 모른다. 사람이 이 세상에 태어난 이상, 무슨 일이 있더라도 끝까지 살아야만 한다면, 이 사람들의 살기 위한 이러한 모습을 미워해선 안되겠지. 살아 있다는 것, 살아 있다는 것. 아아, 이 얼마나 참을 수 없고 숨이 끊어질 듯한 대사업인가.

"하여간."

하며 옆방의 신사가 말했다.

"앞으로 토오꾜오에서 생활하려면, 안녕들 하쇼,라는 경박하기 짝이 없는 인사를 태평스럽게 하지 못하면 정말 곤란해. 지금 우리에게 중후함이나 성실함 따위의 미덕을 요구하는 것은 목매단 사람의 다리를 잡아당기는 거라네. 중후? 성실? 흥, 쳇. 그것 가지고는 살아갈 수가 없잖은가. 만약에 말이지, 안녕들 하쇼,라고 가볍게 말할 수 없다면, 앞으로의 길은 세가지밖에 없네. 하나는 귀농, 또 하나는 자살, 나머지 하나는 기둥서방이지."

"그중의 하나도 못하겠다는 불쌍한 녀석에게는, 하다못해 최후의 유일한 수단은……"

하고 다른 신사가 말한다.

"우에하라 지로오에게 들러붙어서 술 퍼마시기."

기요띤, 기요띤, 슐슐슈, 기요띤, 기요띤, 슐슐슈.

"잘 데가 없겠지?"

우에하라 씨가 나지막한 목소리로 혼잣말처럼 말했다.

"저요?"

나는 나에게 머리를 쳐든 뱀을 의식했다. 적의! 그것에 가까운 감정으로 나는 내 몸을 바짝 긴장시켰다.

"뒤섞여 잘 수 있겠어? 추운데."

우에하라 씨는 나의 분노에 개의치 않고 중얼거렸다.

"무리겠지요."

하며 주인아주머니가 참견했다.

"불쌍해요."

쳇, 하고 우에하라 씨가 혀를 찼다.

"그럼 이런 데 오질 말았어야지."

나는 잠자코 있었다. 이 사람은 분명 내 편지를 읽었다. 그리고 누구보다도 나를 사랑하고 있다는 사실을 나는 그의 말투에서 재빨리 알아챘다.

"할 수 없군. 후꾸이 씨한테 잠자리를 부탁해볼까? 치에짱, 데려다주겠어? 아니, 여자들만 가면 위험하지. 성가시게 됐군. 임자, 이 사람 신발을 몰래 부엌 쪽에 가져다놓게. 내가 바래다주고 올 테니."

밖은 한밤중이었다. 바람은 어느정도 잠잠해졌고 하늘 가득 별이 빛나고 있었다. 우리는 나란히 걸었다.

"저, 얼마든지 뒤섞여 잘 수 있는데요."

우에하라 씨는 졸린 듯한 목소리로,

"응."

할 뿐이었다.

"둘만 있고 싶었던 거죠? 그렇죠?"

내가 그렇게 말하며 웃자 우에하라 씨는,

"이래서 싫다니깐."

하고 입을 일그러뜨리며 쓴웃음을 지었다. 나는 내가 무척 사랑받고 있다는 사실을 몸에 사무치도록 느꼈다.

"술을 꽤나 드시더군요. 매일 밤 드세요?"

"그래, 매일. 아침부터."

"술이 맛있어요?"

"맛없어."

그렇게 말하는 우에하라 씨의 목소리에 나는 어쩐지 오싹해졌다.

"하시는 일은요?"

"잘 안돼. 뭘 써도 형편없고 그냥 슬퍼서 참을 수가 없어. 목숨의 황혼, 예술의 황혼, 인류의 황혼. 그것도 영 거슬리는군."

"위트릴로."[57]

---

57 모리스 위트릴로(Maurice Utrillo, 1883~1955): 프랑스의 인상주의 화가.

나는 거의 무의식적으로 그렇게 말했다.

"아아, 위트릴로. 아직 살아 있는 모양이더군. 알코올의 망령, 시체지. 최근 십년간 그 녀석의 그림은 이상하게 세속적이라서 다 글러먹었어."

"위트릴로만 그런 게 아니잖아요? 다른 대가들도 전부……"

"그래, 쇠약해졌지. 하지만 새로 난 싹들도 새싹인 채로 시들어 있어. 서리, 프로스트frost. 온 세상에 때 아닌 서리가 내린 것 같아."

우에하라 씨가 내 어깨를 가볍게 안아서, 내 몸은 우에하라 씨의 외투 소매에 푹 싸인 듯한 모양새가 되었지만, 난 거부하지 않고 오히려 더 바짝 달라붙어서 천천히 걸었다.

길가 나뭇가지. 이파리 하나 남지 않은 가지가 가늘고 뾰족하게 밤하늘을 찌르고 있었다.

"나뭇가지가 참 아름다워요."

하고 나도 모르게 혼잣말처럼 중얼거리니,

"응, 꽃과 새까만 가지의 조화가 말이지."

하고 좀 당황한 듯 답한다.

"아뇨, 저는 꽃도 잎도 새싹도 아무것도 달리지 않은 이런 가지가 좋아요. 이렇긴 하지만 어엿하게 살아 있잖아요. 시든 가지와는 달라요."

"자연만은 쇠약해지지 않는 건가."

그렇게 말하고는 다시 심하게 재채기를 몇번이나 계속했다.

"감기 아니에요?"

"아니, 아니, 그게 아니야. 실은 이건 내 기벽인데 술의 취기가 포화점에 이르면 갑자기 이런 식으로 재채기가 나와. 취기의 바로미터 같은 거지."

"연애는요?"

"응?"

"어떤 분이 있으신가요? 포화점 가까이 진행되고 있는 분이."

"뭐야, 놀리지 마. 여잔 다 똑같아. 까다로워서 안돼. 기요띤, 기요띤, 슐슐슈, 실은 한명, 아니, 반명 정도 있지."

"제 편지 보셨나요?"

"봤지."

"답장은요?"

"난 귀족이 싫어. 아무래도 어딘가에 역겨운 오만함이 있거든. 당신 동생인 나오지도 귀족치고는 훌륭한 남자지만 이따금 불쑥 도저히 같이 있기 힘든 건방진 태도를 보이곤 하지. 난 시골 농부의 아들이라서 이런 개울가를 지날 때면 어릴 적 고향 냇가에서 붕어를 낚던 일이나 송사리를 잡던 일이 늘 떠올라서 참을 수 없는 기분이 돼."

우린 어둠의 밑바닥에서 희미하게 소리를 내며 흐르는 개울을 따라 걸었다.

"하지만 당신네 귀족들은 그런 우리의 감상을 절대로 이해할 수 없을 뿐만 아니라 경멸하지."

"뚜르게네프는요?"

"그놈은 귀족이었어. 그래서 싫어."

"하지만 『사냥꾼 일기』……"

"응, 그거 하나는 좀 괜찮지."

"그건 농촌생활의 감상……"

"그 녀석은 시골 귀족이라는 것으로 타협할까?"

"저도 지금으로서는 시골 사람이에요. 밭을 갈고 있어요. 시골 가난뱅이."

"지금도 날 좋아하나?"

거친 말투였다.

"내 아이를 갖고 싶나?"

나는 대답하지 않았다.

떨어져내릴 것 같은 바위의 기세로 그 사람의 얼굴이 다가오더니 막무가내로 나에게 키스를 했다. 성욕 냄새가 나는 키스였다. 나는 키스를 당하며 눈물을 흘렸다. 굴욕적인 분노의 눈물 같은 씁쓸한 눈물이었다. 눈물이 하염없이 흘러나왔다.

다시 둘이서 나란히 걷다가,

"실수야. 반해버렸어."

라고 하며 그 사람은 웃었다.

하지만 나는 웃을 수 없었다. 눈썹을 찌푸리며 입술을 오므렸다.

어쩔 수 없다.

말로 표현하자면 그런 느낌이었다. 나는 자신이 게따를 질질 끌면서 거친 걸음새로 가고 있음을 깨달았다.

"실수야."

하고 그 남자가 다시 말했다.

"갈 데까지 가볼까?"

"됐거든요."

"이 녀석."

우에하라 씨는 내 어깨를 주먹으로 툭 치더니 다시 크게 재채기를 했다.

후꾸이 씨라는 분의 댁에서는 이미 다들 잠자리에 든 모양이었다.

"전보, 전보! 후꾸이 씨, 전보입니다!"

하고 큰 소리로 외치며 우에하라 씨가 현관문을 두드렸다.

"우에하란가?"

집 안에서 남자 목소리가 들렸다.

"그래. 프린스와 프린세스가 하룻밤 잠자리를 부탁하러 왔네. 이렇게 추워서야, 재채기만 나와서 모처럼 벌인 사랑의 도피행각도 코미디가 되어버리겠어."

현관문이 안에서 열렸다. 이미 오십은 족히 넘은, 머리가 빗어지고 몸집 작은 아저씨가 화려한 파자마를 입고 묘하게 수줍어하는 미소로 우리를 맞이했다.

"부탁하네."

라고 한마디 하면서 우에하라 씨는 망또도 벗지 않고 집 안으로 성큼성큼 들어갔다.

"아뜰리에는 추워서 안되겠어. 2층을 빌리겠네. 이리 와."

내 손을 잡고 복도 끝에 있는 계단을 오르더니 어두운 방으로 들어가 구석에 있는 스위치를 딸깍 틀었다.

"요릿집 방 같군요."

"응, 벼락부자 취향이지. 하지만 저런 엉터리 그림쟁이에게는 과분해. 악운이 세서 재난마저 피해간 거야. 그러니 이용하지 않을 수 없지. 자, 어서 자도록 해."

자기 집처럼 멋대로 벽장을 열더니 이불을 꺼내 깔았다.

"여기에서 자. 나는 돌아갈 거야. 내일 아침에 데리러 올게. 변소는 계단을 내려가서 바로 오른쪽에 있어."

우당탕, 계단에서 굴러떨어지듯 요란하게 내려가더니 그뿐, 다시 쥐 죽은 듯 조용해졌다.

나는 다시 스위치를 돌려 전등을 끄고 아버지가 외국에서 사다주신 옷감으로 만든 벨벳 코트를 벗었다. 그리고 오비만 풀고 키모노는 입은 채 잠자리에 들었다. 피곤한 데다가 술을 마신 탓인지 몸이 나른하여 곧바로 꾸벅꾸벅 졸았다.

어느 틈엔가 그 사람이 내 옆에 누워 있고…… 나는 한시간 가까이 필사적으로 무언의 저항을 했다.

문득 가여워져서 포기했다.

"이렇게 하지 않으면 안심이 안되는 거죠?"

"뭐, 그렇다고 할 수 있지."

"당신, 몸이 안 좋은 거 아니에요? 각혈하셨죠?"

"어떻게 아는 거지? 사실은 얼마 전에 꽤 심하게 각혈했지만 아무한테도 알리지 않았어."

"어머니가 돌아가시기 전이랑 똑같은 냄새가 나는걸요."

"죽을 작정으로 마시고 있지. 살아 있다는 게 슬퍼서 견딜 수가 없어. 쓸쓸하거나 외롭거나 하는 그런 여유로운 감정이 아니라 그냥 슬퍼. 음침한 탄식의 한숨이 사방의 벽에서 들려올 때 자신들만의 행복 따위 있을 리 없잖아. 자신의 행복과 영광이 살아 있을 동안에 결코 없다는 사실을 알았을 때 사람은 어떤 기분이 들까? 노력? 그런 건 단지 굶주린 야수의 먹이가 될 뿐이야. 비참한 사람이 너무 많아. 듣기 거북한가?"

"아뇨."

"연애뿐이지. 자네가 편지에서 한 말처럼."

"그래요."

나의 그 연애는 사라지고 없었다.

날이 밝아왔다.

방 안이 희미하게 밝아졌다. 나는 곁에서 잠든 그 사람의 얼굴을 지그시 바라보았다. 머지않아 죽을 사람 같은 얼굴을 하고 있었다. 몹시 지친 얼굴이었다.

희생자의 얼굴. 고귀한 희생자.

내 사람. 나의 무지개. 마이 차일드. 미운 사람. 교활한 사람.

이 세상에 다시없을 만큼 너무너무 아름다운 얼굴처럼 여겨져, 사랑이 새롭게 되살아난 듯이 가슴이 두근거렸다. 그 사람의 머리를 쓰다듬으며 내 쪽에서 키스를 했다.

슬프디슬픈 사랑의 성취.

우에하라 씨는 눈을 감으면서 나를 품에 안고 말했다.

"내가 좀 삐딱했지. 난 농부의 자식이니까."

이제는 이 사람한테서 떠나지 말아야지.

"전 지금 행복해요. 사방의 벽에서 탄식 소리가 들려와도 지금 저의 행복감은 포화점이에요. 재채기가 날 만큼 행복해요."

우에하라 씨는 후후 하고 웃었다.

"하지만 이미 늦었어. 황혼이야."

"아침이에요."

동생 나오지는, 그날 아침에 자살했다.

7

나오지의 유서.

누나.

안되겠어요. 먼저 갑니다.

나는 내가 왜 살아야 하는지 그 이유를 전혀 모르겠어요.

살고 싶은 사람만 살면 돼요.

인간에게는 살 권리가 있는 것과 마찬가지로 죽을 권리도 있어요.

이러한 내 생각은 전혀 새로울 것이 없는 너무나 당연한 것이고 그야말로 프리머티브primitive한 것인데 사람들은 공연히 두려워하며 분명하게 말하지 않을 뿐이죠.

살고 싶은 사람은 무슨 일이 있더라도 반드시 굳건히 살아가야 해요. 그건 멋진 일로 인간의 영예로운 관冠도 분명 그 곁에 있겠죠. 하지만 죽는 것 또한 죄는 아니라고 생각해요.

나는, 나라고 하는 풀은 이 세상의 공기와 햇빛 속에서 살기가 힘들어요. 살아가기에는 뭔가 하나가 결여되어 있어요. 부족해요. 지금까지 살아온 것도 나로선 안간힘을 쓴 거예요.

나는 고등학교에 들어가, 내가 자라온 계급과는 전혀 다른 계급에서 자란, 억세고 튼튼한 잡초 같은 친구들과 처음으로 사귀었어요. 그 기세에 눌려 지지 않으려고 마약을 하면서 반미치광이가 되어 저항했지요. 그후 군대에 가서도 역시 삶의 마지막 방편으로 아편을 했어요. 누나는 이런 내 심정을 모를 거예요.

나는 천박한 인간이 되고 싶었어요. 강해지고, 아니, 난폭해지고 싶었어요. 그리고 그것이 소위 민중의 벗이 될 수 있는 유일한 길이라고 생각했어요. 술 같은 걸로는 도저히 안되겠더군요. 늘 어질어질 현기증을 느끼지 않으면 안되었어요. 그러기 위해서는 마약 외에는 방도가 없었어요. 나는, 집을 잊어야만 한다, 아버지의 핏줄에 반항해야 한다, 어머니의 다정함을 거부해야 한다, 누나를 차갑게 대해야 한다, 그렇게 하지 않으면 그 민중의 방에 들어갈 입장권을 손에 넣을 수 없다고 생각했어요.

저는 천박해졌어요. 천박한 말투를 쓰게 되었어요. 하지만 그것은 절반, 아니 60퍼센트는 가련한 고식지계였어요. 서툰 잔재주였죠. 민중에게 역시 난 아니꼽고 거슬리는 남자였어요. 그들은 나와 진정으로 마음을 터놓고 지내려 하지 않았어요. 하지만 나 또한 이제 와서 버리고 나온 쌀롱으로 되돌아갈 수는 없었어요. 이제 나의 천박함은 가령 60퍼센트가 위위적 고식지계라 하더라도 나머지 40퍼센트는 진짜 천박함이 되었어요. 나는 그, 이른바 상류 쌀롱의 역겨운 고상함에는 구역질이 날 것 같아 잠시도 참을 수가 없게 되었지요. 높으신 분들이나 지체 있으신 귀한 분들 또한 나의 좋지 않은 행실에 질려 당장 내쫓을 거예요. 한번 버렸던 세계로는 다시 돌아갈 수 없고, 민중은 악의로 가득 찬 극도로 정중한 방청석을 내어줄 뿐이지요.

어느 시대에서나, 나처럼 이른바 생활력 없고 결함 있는 풀은 사상도 뭣도 없이 그저 스스로 소멸될 뿐인 그런 운명인지도 모르겠어요. 그러나 내게도 조금은 할 말이 있어요. 아무리 애써도 살아가기 힘든 까닭이 제게는 있는 것 같아요.

인간은 모두 똑같다.

이 말이 도대체 사상일까요? 난 이런 이상한 말을 발명한 사람은 종교가도 철학자도 예술가도 아니라고 생각해요. 민중의 술집에서 생겨난 말일 거예요. 구더기가 끓듯이 어느새, 누가 그 말을 내뱉었다고 할 것도 없이, 부글부글 끓어올라 전세계를 뒤덮고 세상을 거북하게 만들어버렸어요.

이 이상한 말은 민주주의와도, 또 맑스주의와도 전혀 무관해요. 그것은 분명 술집에서 못생긴 사내가 미남자에게 내뱉은 말일 거예요. 단순한 조바심이에요. 질투예요. 그러니 사상이고 뭐고 있을 리가 없어요.

하지만 그 술집에서 내뱉은 질투 어린 분노의 소리가 이상하게도 사상과 같은 얼굴로 민중 사이를 행진하고, 민주주의나 맑스주의와는 전혀 무관한 말인데도 어느 틈엔가 정치사상이나 경제사상에 엉겨붙어 묘하게 졸렬한 형태로 바뀌고 말았어요. 메피스토[58]라도 이런 터무니없는 말을 사상과 바꿔치기하는 짓 따위는 차마 양심에 부끄러워 주저했을지 몰라요.

인간은 모두 똑같다.

이 얼마나 비굴한 말인가요? 남을 업신여기는 동시에 자신마저 업신여기고, 아무런 프라이드도 없고 모든 노력을 포기하게 만드는 말. 맑스주의는 노동자의 우위를 주장해요. 똑같다고 하지 않아요. 민주주의는 개인의 존엄을 주장해요. 똑같다고 말하진 않지요. 단지 조방꾼이만 그런 말을 해요. "헤헤헤, 아무리 잘난 척해본들 다 똑같은 인간이잖아?"

어째서 똑같다고 할까요? 남보다 뛰어나다고 할 수는 없나요? 노예근성의 복수.

하지만 이 말은 실로 외설적이고 까닭 모를 두려움을 느끼게 하지요. 사람들은 서로를 두려워하고, 모든 사상은 능욕당하고, 노력은 조소당하고, 행복은 부정되고, 미모는 더럽혀지고, 영광은 끌어내려지는, 소위 '세기의 불안'은 이 이상한 한마디 말에서 비롯된 거라고 나는 생각해요.

기분 나쁜 말이라고 생각하면서도 나 역시 이 말에 협박당해서

---

58 메피스토펠레스의 약칭으로 서양의 파우스트 전설 또는 괴테의 『파우스트』에 등장하는 악마.

부들부들 떨고, 뭘 해도 쑥스러우며, 끊임없이 불안하고, 가슴이 두 근거려 몸 둘 바를 모르겠어서, 차라리 술이나 마약의 어질어질함 에 의존하여 잠시나마 안정을 얻고 싶었고, 그래서 이렇게 엉망진 창이 되고 말았어요.

약해서겠지요. 어딘가 한가지 중대한 결함이 있는 풀이어서 그 런 거겠죠. 또한 뭔가 그럴싸한 핑계를 늘어놓더라도, 흥, 원래 노 는 걸 좋아했던 놈이지, 게으름뱅이에, 색골에, 방자한 탕아야,라고 그 조방꾸니가 비웃으며 말할지도 몰라요. 나 또한 그런 말을 들어 도 지금까지는 그저 부끄러워 모호하게 수긍해왔지만, 나는 죽음 을 눈앞에 두고 한마디 항의 같은 말을 하고 싶어요.

누나.

믿어주세요.

나는 놀아도 전혀 즐겁지 않았어요. 쾌락 불감증인지도 모르죠. 나 는 다만 귀족이라는 자신의 그림자에서 벗어나고 싶어서 발광하고 놀며 무절제한 생활을 했어요.

누나.

도대체 우리에게 죄가 있을까요? 귀족으로 태어난 게 우리의 죄일 까요? 단지 그 집에 태어났다는 이유만으로 우린 영원히, 이를테면 유다의 가족처럼, 죄송스러워하고 사죄하고 부끄러워하며 살아야 해요.

나는 더 빨리 죽었어야 해요. 하지만 단 하나, 어머니의 애정. 그 걸 생각하면 죽을 수가 없었어요. 인간은 자유로이 살 권리를 가진 것과 마찬가지로 언제라도 맘대로 죽을 권리도 가졌지만, '어머니' 가 살아 계시는 동안 그 죽을 권리는 유보되어야 한다고 난 생각했 어요. 그것은 '어머니'까지 동시에 죽이고 마는 일이 되니까요.

이젠 더이상 내가 죽더라도 몸이 상할 만큼 괴로워할 사람도 없고, 아뇨, 누나, 나는 알고 있어요, 나를 잃어버린 당신들의 슬픔이 어느 정도일지. 아니, 허식의 감상은 그만둘게요. 당신들은 내가 죽은 것을 알면 틀림없이 울겠죠. 그러나 살아 있는 고통과 그 넌덜머리 나는 생으로부터 완전히 해방된 내 기쁨을 생각해본다면 당신들의 그 슬픔은 점차 사라지리라 생각해요.

나의 자살을 비난하며 끝까지 살았어야 했다고, 나에게 아무런 도움도 주지 않으면서 그럴듯한 얼굴로 말로만 비판하는 사람은 폐하께 과일 가게를 해보시라고 태연하게 권할 수 있을 만큼 대단한 위인임에 틀림없어요.

누나.

나는 죽는 게 나아요. 내겐 소위 생활능력이 없어요. 돈 문제로 남들과 다툴 힘이 없어요. 난 남에게 빌붙는 일조차 못해요. 우에하라 씨와 놀더라도 내 몫의 계산은 늘 내가 했어요. 우에하라 씨는 그것을 귀족의 치사한 프라이드라며 몹시 싫어했어요. 그러나 난 프라이드 때문에 지불한 게 아니고 우에하라 씨가 일해서 번 돈으로 내가 허투루 먹고 마시고 여자를 끌어안는 것 따위가 두려워서 도저히 그렇게 할 수가 없었던 거예요. 우에하라 씨의 일을 존경하니까,라고 간단히 말한들 그 또한 거짓말이겠죠. 실은 나도 확실히 모르겠어요. 다만 남들한테서 얻어먹는 것이 왠지 두려워요. 더군다나 능력 하나로 번 그분의 돈으로 대접받는 건 괴롭고 가슴이 아파서 견딜 수가 없어요.

그래서 무작정 우리 집에서 돈이나 물건을 들고 나가 어머니와 누나를 슬프게 했어요. 나 자신도 전혀 즐겁지 않았어요. 출판업을 계획한 것도 단지 쑥스러움을 감추기 위한 방편으로, 사실 추호도 진심이 아니었어요. 진심으로 해본들 남의 대접조차 거북해하는 사내가 돈벌이라니, 내가 아무리 어리석어도 그건 도저히 불가능하다는 정도는 알고 있어요.

누나.

우린 가난해졌어요. 사는 동안 남에게 베풀고 싶었지만 이젠 남의 신세를 지지 않고는 살아갈 수 없게 되어버렸어요.

누나.

그런데도 왜 난 살지 않으면 안된단 말인가요. 이젠 안되겠어요. 난 죽을 거예요. 편안하게 죽을 수 있는 약이 있어요. 군대에 있을 때 손에 넣어둔 것이에요.

누나는 아름답고(나는 아름다운 어머니와 누나를 자랑스러워했어요), 또 현명하니까 걱정되지 않아요. 걱정할 자격조차 내게는 없어요. 도둑이 피해자의 신상을 염려하는 것 같아 얼굴이 화끈거릴 뿐이에요. 분명 누나는 결혼해서 아이를 낳고 남편을 의지하며 꿋꿋하게 잘 살아가리라고 생각해요.

누나.

내게 비밀이 하나 있어요.

오랫동안 꼭꼭 숨겼고, 전쟁터에서도 그 사람 생각만 했어요. 그 사람 꿈을 꾸다가 잠이 깨어 눈물 흘린 적이 몇번이나 있었는지 몰라요.

그 사람 이름은 도저히 누구에게도, 입이 썩어 문드러져도 절대 말할 수 없어요. 난 곧 죽을 테니 누나에게만은 분명히 말해둘까 하고 생각했지만 역시 아무래도 두려워 말 못하겠어요.

하지만 나는 그 비밀을 절대 비밀인 채로, 결국 이 세상의 누구에게도 밝히지 않고 가슴속에 묻고 죽는다면, 내 몸이 화장되더라도 비릿한 가슴속만 채 못 타고 남을 것 같다는 생각이 들었어요. 그건 도저히 불안해 못 견디겠기에 누나에게만 에둘러 어렴풋이 픽션처럼 알려둘까 합니다. 픽션이라고 해도 누난 틀림없이 그 상대가 누구인지 바로 알아차릴 거예요. 픽션이라기보다는 그저 가명을 사용하는 정도의 속임수니까요.

누나는 알까요?

누나는 그 사람을 알고 있겠지만 아마 만난 적은 없을 거예요. 그 사람은 누나보다 조금 더 나이가 많아요. 쌍꺼풀이 없고 눈꼬리가 치켜올라갔으며 파마를 한 적도 없어요. 언제나 뒤로 바싹 묶는 수수한 헤어스타일에 무척 초라한 옷차림이랍니다. 그렇다고 깔끔하지 못한 모습은 아니어서 늘 단정하게 차려입고 청결해 보입니다. 그분은 전후에 새로운 기법의 그림을 잇따라 발표하여 갑자기 유명해진 어느 중년 서양화가의 부인으로, 그 화가의 행실이 무척 난폭하고 거친 데 비해, 그 부인은 태연한 듯하며 항상 온화한 미소를 띠고서 살아가고 있어요.

언젠가 내가 자리에서 일어나며,

"그럼, 이만 가보겠습니다."

하자 그 사람도 일어나 아무런 경계심도 없이 내 곁으로 다가와 내 얼굴을 올려다보며,

"왜 벌써 가시게요?"

하고 평상시 목소리로 말했어요. 그리고 정말로 이상하다는 듯 약간 고개를 갸웃하며 잠시 내 눈을 응시했어요. 그 눈에는 어떤 사악한 마음도 허식도 없었어요. 나는 여자와 시선이 마주치면 당황하여 시선을 피하는 성격이지만, 그때만은 조금도 부끄러워하지 않고 그 사람의 얼굴과 불과 일척 정도의 간격을 두고 육십초 또는

그 이상, 정말 기분 좋게 그 사람의 눈동자를 바라보다가 그만 미소 짓고 말았어요.

"하지만……"

"곧 오실 거예요."

라고 그 사람은 여전히 진지한 표정으로 말했어요.

정직이란 이런 감정의 표정을 말하는 게 아닐까 하는 생각이 문득 들었어요. 정직이라는 말로 표현된 본래의 덕은, 도덕 교과서에서 말하는 것 같은 위엄 가득한 덕이 아니라, 이처럼 사랑스러운 게 아닐까 싶었어요.

"다시 들르겠습니다."

"그래요."

처음부터 끝까지 모든 게 별로 대수롭지 않은 대화였어요. 어느 여름날 오후 제가 그 서양화가의 아파트를 방문하였을 때, 서양화가는 부재중이었지요. 하지만 곧 돌아올 테니 들어와 기다리시겠어요? 하는 부인의 말에 따라 방에 들어가서 삼십분가량 잡지를 보며 기다리다가 돌아올 것 같지 않아서 일어나, 이만 가보겠습니다, 하고 말한 것뿐이었어요. 하지만 저는 그날 그때, 그 사람의 눈동자에 미칠 듯한 사랑을 느끼게 되었어요.

고귀함이라고 하면 좋을까요? 제 주변 귀족 가운데서 어머니를 제외하고 그토록 경계심 없고 '정직'한 눈 표정을 보여준 사람은 한명도 없었다는 사실만은 단언할 수 있어요.

그리고 나는 어느 겨울날 저녁, 그 사람의 옆모습에 감동한 적이 있어요. 역시 그 서양화가의 아파트에서 서양화가의 술 상대가 되어 각로脚爐에 들어가 아침부터 술을 마시며 서양화가와 함께 일본의 소위 문화인들을 마구 욕해대면서 자지러지게 웃다가, 이윽고 서양화가는 쓰러져서 요란하게 코를 골며 곯아떨어졌지요. 나도 누워서 막 잠이 들려는데 푹신하게 담요가 덮이는 것 같아 살짝 눈을 떠보니, 토오꾜오의 겨울 저녁 하늘은 물빛으로 맑고 부인은 따님을 안고 아파트 창가에 무심히 앉아 있는 거예요. 그 부인의 단정한 옆모습이 먼 물빛 저녁 하늘을 배경으로 해서 마치 르네상스 시대의 인물화처럼 선명하게 그 윤곽을 드러내고 있었어요. 내게 살짝 담요를 덮어준 친절은 무슨 교태도 아니었고 욕망도 아니었어요. 아아, 휴머니티라는 말은 이런 때 사용되어서 소생하는 말이 아닐까요. 인간이라면 당연히 보여야 할 작은 배려심이었지요. 거의 무의식적으로 보이는 행동처럼 부인은 그림 같은 차분한 모습으로 먼 곳을 바라보고 있었지요.

나는 눈을 감아보았어요. 그립고 애가 타서 미칠 것 같은 심정이 되었고, 눈에서 눈물이 흘러나와서 담요를 머리까지 푹 뒤집어써 버렸지요.

누나.

내가 그 서양화가의 집에 놀러 간 것은, 처음에는 그가 그린 작품의 특이한 터치와 그 밑바닥에 감춰진 열광적인 열정에 취했기 때문이었어요. 그러나 교제가 깊어질수록 그 사람의 교양 없음, 아무렇게나 지껄이는 말, 지저분함에 정이 뚝 떨어졌고, 그것과 반비례하여 그 사람의 부인이 지닌 아름다운 마음씨에 이끌려, 아니, 올바르고 애정이 있는 사람이 그리워, 부인의 모습을 한번이라도 보고 싶은 마음에 그 서양화가의 집에 놀러 가게 되었지요.

난 지금 그 서양화가의 작품에 조금이라도 예술의 고귀한 향기라고 할 만한 게 나타나 있다면, 그것은 부인의 자상한 마음이 반영된 것이 아닐까라는 생각이 들기까지 해요.

나는 이제야 느낀 그대로를 분명히 말하는데, 그 서양화가는 그저 지독한 술꾼에다 놀기 좋아하는 교묘한 장사꾼일 뿐이에요. 유흥비가 필요하니까 그냥 함부로 캔버스에 물감을 처바르고는, 유행에 편승하여 잘난 척하며 비싸게 팔아먹고 있는 거예요. 그 사람이 지닌 건 촌놈의 뻔뻔함, 터무니없는 자신감, 교활한 상술, 그런 것뿐이에요.

아마도 그 사람은, 외국인의 그림이건 일본인의 그림이건 다른 사람의 그림은 전혀 이해하지 못할 거예요. 더구나 자신의 그림조차 실은 뭐가 뭔지 모를 거예요. 단지 유흥비가 필요하니 정신없이 물감을 캔버스에 처바를 뿐이에요.

그리고 더욱 경악할 일은, 그 사람은 자신의 그러한 행위에 아무런 의문도 수치도 공포도 갖고 있지 않다는 사실이에요.

그저 자신만만할 뿐이에요. 어차피 자기가 그린 그림을 자신도 이해 못하는 사람이라서 타인의 작품에 있는 좋은 점을 알 리도 없고 무작정 비방만 해요.

다시 말해 그 사람의 데까당 생활은, 입으로는 이러쿵저러쿵 괴로운 소리를 하지만, 사실은 모자란 촌놈이 일찍이 동경하던 도시에 와서 그 자신도 의외일 만큼 성공을 거두니 기뻐서 어쩔 줄 몰라 신나게 놀러 다니는 것에 불과해요.

언젠가 내가,

"친구들이 모두 빈둥거리며 놀고 있을 때 나 혼자만 공부하는 건 쑥스럽고 두려운 데다 도저히 그럴 수가 없어서, 놀고 싶은 생각이 전혀 없는데도 결국 어울려서 논다."

라고 하니 그 중년의 서양화가는,

"그래? 그게 귀족 기질이라는 건가. 역겨워. 난 남들이 노는 걸

보면 나도 놀지 않으면 손해다 싶어 마음껏 놀지."

하고 태연히 대답했는데, 난 그때 그 서양화가를 진정으로 경멸하게 되었어요. '이 사람의 방탕에는 고뇌가 없다. 오히려 흥청거리며 노는 걸 자랑스러워하고 있다. 진짜 멍청한 방탕이다.'

하지만 이 서양화가에 대한 험담을 이 이상 잔뜩 늘어놓아봤자 누나와는 아무 상관도 없는 일이고, 나 또한 지금 죽음 앞에서 역시 그 사람과의 오랜 교제를 생각하니 그리워져 다시 한번 만나서 놀고 싶은 충동마저 드네요. 하지만 미워하는 감정은 전혀 없어요. 그 사람 역시 외로움을 타는 사람이고, 정말로 좋은 점이 많은 사람이니 더이상 아무 말도 하지 않을게요.

다만 누나는 내가 그 사람의 부인을 사모하여 안절부절못하고 괴로워했다는 사실만 알아주면 돼요. 그러니까 누나는 이 사실을 알더라도 굳이 누군가에게 그 일을 호소하여 동생의 생전 소망을 이루려 한다든가 하는 그런 쓸데없는 참견 따윈 할 필요는 전혀 없어요. 누나 혼자만 알고 속으로, 아아, 그랬구나, 하고 생각하면 그걸로 충분해요. 굳이 욕심을 말하자면, 이러한 내 부끄러운 고백을 듣고 누나만이라도 내가 지금까지 겪어온 삶의 고통을 더욱 깊이 이해해준다면 나는 무척 기쁠 거예요.

나는 언젠가 그 부인과 손을 마주 잡는 꿈을 꾸었어요. 부인 역시 오래전부터 나를 좋아했다는 사실을 알고, 꿈에서 깬 후에도 내 손바닥에 부인의 손가락 온기가 남아 있어서, 나는 이제 이것으로 만족하고 단념하리라 마음먹었어요. 도덕이 두려웠던 것이 아니라, 나로서는 그 반미치광이, 아니, 거의 미치광이라고 해도 좋을 그 서양화가가 두려워서 견딜 수 없었어요. 단념하자고 마음먹고 가슴의 불을 다른 곳으로 옮기려고 어느날 밤 그 서양화가조차 얼굴을 찌푸릴 정도로 닥치는 대로 여러 여자들과 미친 듯 놀았어요. 어떻게 해서든 부인에 대한 환상에서 벗어나, 다 잊고 평온해지고 싶었어요. 하지만 그럴 수가 없었어요. 나는 결국 한 여자만 사랑할 수밖에 없는 남자였어요. 난 분명히 말할 수 있어요. 그 부인 외의 다른 여자친구를 한번도 아름답다거나 사랑스럽다고 느낀 적이 없어요.

누나.

죽기 전에 딱 한번만 써볼게요.

……스가짱.

그 부인의 이름이에요.

내가 어제 전혀 좋아하지도 않는 댄서(이 여자에게는 본질적으로 바보스러운 데가 있어요)를 데리고 산장에 온 것은, 아무리 그래도 오늘 아침에 죽으려는 생각으로 데리고 온 건 아니었어요. 언젠가 머지않아 반드시 죽을 작정이긴 했지만 어제 여자를 데리고 산장에 온 것은 여자가 여행을 졸라댄 데다 나도 토오꾜오에서 노는 데에 지쳐 이 바보 같은 여자랑 이삼일 산장에서 쉬는 것도 나쁘지 않겠다 싶어서, 누나한테는 면목이 없긴 했지만 어쨌든 이곳에 같이 오게 되었어요. 그런데 와보니 누나가 토오꾜오에 사는 친구 집에 간다고 해서 그때 문득, 내가 죽는다면 지금이 기회다,라고 생각한 거예요.

나는 예전부터 니시까따 초오의 그 집 안방에서 죽고 싶다는 생각을 했어요. 길가나 들판에서 죽어 구경꾼들에 의해 사체가 마구 주물러지는 건 정말로 싫었거든요. 그러나 니시까따 초오의 그 집은 남의 손에 넘어가 이제는 역시 이 산장에서 죽는 수밖에 없겠구나 싶었어요. 하지만 자살한 나를 처음 발견하게 될 사람은 누나일 테고, 그러면 누나가 그때 얼마나 놀라고 두려움에 떨까 생각하니, 누나랑 단둘이 있는 밤에 자살하는 건 마음이 무거워서 도저히 실행할 수 없을 것 같았어요.

그런데 이 얼마나 좋은 찬스인가요. 누나가 없는 대신에 둔하기 그지없는 댄서가 자살한 나를 발견할 테니까요.

어젯밤 둘이서 술을 마시고 여자를 2층 방에 재웠어요. 그리고 혼자 어머니가 돌아가셨던 아래층 방에 이불을 깔고 이 비참한 수기를 쓰기 시작했어요.

누나.

내게는 희망의 지반地盤이 없어요. 안녕.

결국 나의 죽음은 자연사예요. 인간은 사상만으로 죽을 수 있는 존재는 아니니까요.

그리고 정말 쑥스러운 부탁이 하나 있어요. 어머니의 유품인 삼베 키모노, 그걸 내년 여름에 내가 입을 수 있도록 누나가 수선해주었죠. 그 키모노를 내 관에 넣어주세요. 꼭 입어보고 싶었거든요.

날이 밝아오네요. 오랜 세월 고생 많았어요.

안녕.

간밤의 취기는 완전히 사라졌어요. 난 온전한 정신으로 죽는 거예요.

다시 한번, 안녕.

누나.

나는, 귀족이에요.

8

꿈.

모두가 내게서 떠나간다.

나오지가 죽은 후 뒤처리를 하고 한달 동안 나는 겨울 산장에서 혼자 지냈다.

그리고 나는 그 사람에게 어쩌면 이번이 마지막이 될 편지를 물과 같은 심정으로 써 보냈다.

어쩐지 당신도 저를 버리신 것 같군요. 아니, 차츰 잊어가시는 듯하군요.

하지만 저는 행복해요. 제가 바라던 대로 아기가 생긴 것 같아요. 저는 이제 모든 것을 잃어버린 듯한 느낌이지만, 그래도 배 속의 작은 생명은 고독한 미소의 씨앗이랍니다.

추악한 실책을 범했다는 생각 따위는 전혀 들지 않아요. 이 세상에 전쟁이니, 평화니, 무역이니, 조합이니, 정치니 하는 것들이 무엇 때문에 존재하는지 이젠 저도 알겠어요. 당신은 모르시겠지요. 그러니까 늘 불행한 거예요. 그건 말이죠, 가르쳐드릴게요, 여자가 좋은 아이를 낳기 위해서랍니다.

저는 처음부터 당신의 인격이나 책임감에 기댈 마음은 없었습니다. 저는 오로지 사랑의 모험을 성취하는 것만이 문제였습니다. 그리고 저의 그 소망이 이루어져 이제 제 가슴은 숲속의 늪처럼 고요합니다.

저는, 이겼다고 생각합니다.

마리아가 설령 남편의 자식이 아닌 아이를 낳는다 한들, 마리아에게 빛나는 긍지가 있다면 성모자聖母子가 되는 것입니다.

제게는 낡은 도덕을 태연히 무시하고 좋은 아이를 얻었다는 만족감이 있습니다.

당신은 그후에도 여전히, 기요띤 기요띤 하며 신사 숙녀분과 술을 마시면서 데까당 생활인가를 계속하고 있겠지요. 하지만 저는 그것을 그만두라고 하지는 않겠어요. 그것 또한 당신이 선택한 마지막 투쟁의 형식일 테니까요.

술을 끊고, 병을 고치고, 오래오래 살아서 훌륭한 일을 하시라는, 속이 빤히 들여다보이는 인사치레 같은 말을 저는 더이상 하고 싶지 않아요. '훌륭한 일'보다는 목숨을 버릴 각오로 이른바 악덕 생활을 계속하는 편이 오히려 후세 사람들한테서 감사의 말을 듣게 될지도 몰라요.

희생자. 도덕 과도기의 희생자. 당신도, 저도, 분명히 그런 존재겠지요.

혁명은 도대체 어디서 일어나고 있을까요? 적어도 우리 주변에서는 낡은 도덕이 여전히 그대로인 채 조금도 바뀌지 않고 우리의 앞길을 가로막고 있어요. 바다 표면의 파도가 아무리 요란스러워도 그 밑바닥의 바닷물은 혁명은커녕 꿈쩍도 않고 잠든 척 드러누워 있는걸요.

하지만 저는 이제까지의 1회전에서 낡은 도덕을 조금이나마 밀어낼 수 있었다고 생각해요. 그리고 이번엔 태어날 아이와 함께 2회전, 3회전을 치러나갈 작정이에요.

사랑하는 사람의 아이를 낳아 키우는 일은 제 도덕혁명의 완성이랍니다.

당신이 저를 잊더라도, 또한 당신이 술 때문에 목숨을 잃더라도, 이 혁명의 완성을 위해 저는 씩씩하게 살아갈 거예요.

당신의 형편없는 인격에 대해 저는 얼마 전에 어떤 사람한테서 이런저런 얘기를 들었어요. 그렇더라도 저에게 이런 강인함을 준 건 당신이에요. 제 가슴에 혁명의 무지개를 띄워준 건 당신이에요. 살아갈 목표를 준 것도 당신이에요.

저는 당신을 자랑스럽게 여기며, 또한 태어날 아이에게도 당신을 자랑스럽게 여기도록 할 생각입니다.

사생아와 그 어머니.

하지만 우리는 낡은 도덕과 끝까지 싸우며 태양처럼 살아갈 작정입니다.

부디 당신도 당신의 투쟁을 계속해주세요.

혁명은 아직 조금도, 전혀 일어나지 않았어요. 더욱더 많은, 안타깝고 숭고한 희생이 필요한 모양이에요.

지금 이 세상에서 가장 아름다운 건 희생자입니다.

어린 희생자가 또 한명 있었어요.

우에하라 씨.

저는 더이상 당신에게 그 어떤 것도 부탁할 생각이 없습니다만 그 어린 희생자를 위해 한가지만 허락을 받고 싶어요.

그것은 제가 낳은 아이를 단 한번만이라도 좋으니 당신 부인이 안아주셨으면 하는 겁니다. 그러면 그때 저는 이렇게 말할 거예요.

"이 아이는 어떤 여자가 몰래 낳은 나오지의 아이예요."

왜 그렇게 하려는 건지, 그것만은 아무한테도 말할 수 없습니다. 아니, 제 자신도 왜 그렇게 하려고 하는가를 잘 모르겠어요. 하지만 저는 무슨 일이 있더라도 그렇게 해야 합니다. 나오지라는 어린 희생자를 위해서 무슨 일이 있더라도 그렇게 해야 해요.

불쾌한가요? 불쾌하더라도 참아주세요. 버림받고 잊혀가는 박복한 여자의 유일한 투정이라 생각하시고 이것을 꼭 들어주셨으면 합니다.

M·C 마이 코미디언.

1947년 2월 7일.

향응 부인
饗應婦人

사모님은 본래 수고를 아끼지 않고 손님을 돌보며 대접하기를 좋아하시는 편이지만, 아니, 그럼에도 사모님의 경우, 손님을 좋아한다기보다는 손님을 두려워한다고 말할 수 있을 정도예요. 현관의 벨이 울리면 우선 제가 나가서 손님을 맞이하지요. 그리고 손님 성함을 전하러 사모님 방에 들어가면 사모님은 벌써 독수리 날개 소리를 듣고 날아가려는 작은 새같이 이상하게도 긴장한 표정을 하고 계시지요. 머리를 빗고 옷고름을 단정히 하신 후 벌떡 일어나서 제 말이 절반도 채 끝나기 전에 복도로 나가 종종걸음으로 달려가신답니다. 현관에 도착하자마자 우는 것 같기도 하고 웃는 것 같기도 한, 피리 소리와도 같은 신기한 소리를 내며 손님을 맞이하시지요. 그러고 나서는 이미 정신착란을 일으킨 사람 같은 눈초리를 하고, 객실과 부엌 사이를 미친 듯이 뛰어다니며 냄비를 뒤엎기도 하고 접시를 깨기도 하면서, 미안해요, 미안해, 하고 가정부인 제게 사과하십니다. 손님이 돌아간 후에는 멍하니 객실에 혼자 축 늘어져 앉아 뒷정리고 뭐고 내팽개친 채 가끔 눈물을 글썽거리는 일도 있었지요.

이곳 주인어른은 혼고오에 있는 대학의 선생님으로, 태어난 집이 부잣집이라고 합니다. 더구나 사모님의 친정도 후꾸시마의 호농이어서 그런지, 자제분이 없는 탓도 있지만, 부부가 모두 어린아이처럼 고생을 모르고 유유자적하는 면이 있었습니다. 저는 전쟁이 아직 한창이던 사년 전에 이 집에 가정부로 왔지요. 그후 반년 정도 지나 주인어른은 나약한 몸임에도 불구하고 제2국민병으로 돌연 소집되었고, 운 나쁘게도 바로 남양의 섬으로 이끌려가신 것 같더군요. 얼마 지나지 않아 전쟁이 끝났음에도 불구하고 소식을 알 수 없었어요. 그런데 그때 당시 부대장이 사모님에게, 포기하셔야 할지도 모른다는 내용의 간단한 엽서를 보내왔어요. 그때부터 사모님의 손님 접대는 점점 광적으로 변해 불쌍해서 차마 볼 수 없을 정도가 되어버렸어요.

그 사사지마 선생이 이 집에 나타나기 전까지는 그래도 사모님의 교제는 주인어른의 친척이나 사모님의 집안사람들로 한정되어 있었지요. 주인어른이 남양의 섬으로 가신 후에도 생활은 사모님의 친정으로부터 충분한 지원도 있고 해서 비교적 편하고 조용하며, 이른바 품위 있었지만, 그 사사지마 선생이 오시고부터는 엉망이 되고 말았습니다.

여기는 토오꾜오 교외이긴 해도 도심에서 비교적 가깝고, 다행히 전쟁 재해로부터도 벗어날 수 있어서 도심에서 피해를 입은 사람들이 그야말로 홍수처럼 이 근방으로 몰려들었어요. 상점가를 걷는데 마주치는 이들의 면면이 죄다 완전히 바뀐 듯한 느낌이 들었어요.

작년 말, 사모님이 십년 만에 주인어른의 친구인 사사지마 선생을 시장에서 만나 집으로 모시고 온 것이 불행의 시작이었습니다.

사사지마 선생은 이곳 주인어른과 같은 사십세 전후의 분으로, 역시 주인어른이 근무하시던 혼고오에 있는 대학에서 교편을 잡고 계신 것 같았습니다. 주인어른은 문학자이신데 비해 사사지마 선생은 의학자이시고, 잘은 모르겠지만 중학 시절 동급생이었다나 그랬다고 해요. 그리고 주인어른께서 지금 이 집을 짓기 전에 사모님과 함께 코마고메에 있는 아파트에 잠시 사셨는데, 그때 사사지마 선생이 독신으로 같은 아파트에 사셔서 아주 잠깐 교류가 있었을 뿐, 주인어른이 이쪽으로 이사한 뒤로는 역시 연구 분야가 달라서인지 서로 집을 방문하는 일도 없었고, 교제는 그게 마지막이었다고 해요. 그후 십 몇년이 지나 우연히 이곳 시장에서 사모님을 보고 말을 거셨다고 합니다. 불렀을 때 사모님도 그저 인사만 하고 헤어지면 좋았을 텐데, 정말 그렇게만 했으면 좋았을 텐데, 늘 하시던 대로 평소의 환대하는 버릇이 나와, 저희 집은 바로 저기니까 자, 아무쪼록 함께 가시죠, 하며 붙잡을 마음도 없었으면서 손님에 대한 걱정에 오히려 흥분하여 필사적으로 붙잡으신 것 같았어요. 사사지마 선생은 니주우마와시[59]에 장바구니를 든 이상한 모습으로 이 집에 오셨답니다.

"야, 굉장히 멋진 집이네요. 전쟁 재해를 면하다니 정말 악운이 강했군요. 같이 사는 분은 안 계시나요. 아무래도 이건 너무 사치스럽군요. 아니, 물론 여자만 있는 가정집으로, 더구나 이렇게 깨끗이

---

59 일본 옷 중에서 남자 옷 위에 입는 외투.

청소해놓은 집은 오히려 동거를 부탁하기 힘든 법이죠. 동거를 시켜주더라도 불편할 테니까요. 하지만 사모님이 이렇게 가까운 데 사실 줄은 생각도 못했네요. 집이 M 동네라는 말은 들었지만, 사람이란 참 바보 같은 존재군요. 제가 이쪽으로 흘러들어온 지 벌써 일년 가까이 되는데도 이 문패를 전혀 못 봤어요. 이 집 앞을 자주 지나가는데도 말이에요. 마켓에 장보러 갈 땐 반드시 이 길을 지나가거든요. 실은 저도 이번 전쟁에서 곤욕을 치렀답니다. 결혼한 뒤 곧바로 소집되었다가 겨우 돌아와보니 집은 깨끗이 전소돼버렸고, 마누라는 제가 없는 동안 태어난 아이와 함께 치바 현에 있는 친정으로 피난 가 있더군요. 불러들이고 싶어도 살 집이 없는 형편이다 보니 하는 수 없이 저 혼자 바로 저기 잡화점 안쪽의 단칸방을 빌려 자취 생활을 하고 있답니다. 오늘 밤에 닭고기 전골이나 만들어 거하게 마셔볼까 해서 이 장바구니를 들고 시장을 돌아다니고 있던 참이었죠. 자포자기 심정이지요, 이제 이렇게 되면요. 저 스스로도 살았는지 죽었는지 알 수가 없어요."

객실에서 책상다리를 하고 앉아서 사사지마 선생은 자신의 이야기만 하고 있습니다.

"저런, 어떡해요!"

라고 하신 뒤, 사모님은 벌써 평소의 앞뒤 가리지 않는 향응 버릇이 시작되어 눈을 번득이며 부엌에 종종걸음으로 달려오셔서,

"우메짱, 미안해요."

하며 저한테 사과하시고는 닭고기 전골을 만들 것과 술상 차릴 준비를 시키십니다. 그리고 다시 몸을 돌려 응접실로 달려가시나 했는데 곧바로 부엌으로 되돌아와서는 불을 피우고 차를 낼 준비를 하십니다. 아무리 매번 있는 일이라고는 하나 그 흥분과 긴장과 허

둥댐은 불쌍한 정도를 넘어 불쾌한 느낌마저 들었습니다.

사사지마 선생도 역시 뻔뻔스럽게,

"야, 닭고기 전골이군요. 죄송합니다만 사모님, 저는 닭고기 전골에는 반드시 실곤약을 넣는 버릇이 있는데, 부탁드릴게요. 수고하는 김에 구운 두부가 있으면 더 좋을 것 같군요. 그냥 파만 달랑 있으면 왠지 좀 허전해서요."

라고 큰 소리로 말했고, 사모님은 그 말을 끝까지 듣지도 않고 부엌으로 굴러들듯 달려오셔서,

"우메짱, 미안해요."

하며 멋쩍은 것 같기도 하고 우는 것 같기도 한, 갓난아기와도 같은 표정으로 제게 부탁하는 게 아니겠어요?

사사지마 선생은 술을 작은 술잔으로 마시는 건 귀찮다며 컵으로 벌컥벌컥 들이켜고는 취해서,

"그렇군. 바깥어른도 생사불명인가. 아이고, 그거 십중팔구는 전사하신 거요. 어쩔 수 없어요, 사모님. 불행한 사람은 당신만이 아니니까요."

하고 아주 간단히 결말을 짓고는,

"저는요, 사모님."

하고 또 자신의 이야기를 꺼냅니다.

"살 집도 없고, 사랑하는 처자식과도 떨어져 살아요. 가재도구도 타버리고, 옷가지도 타버리고, 이불도 타버리고, 모기장도 타버려서 하나도 없어요. 저는요 사모님, 이 잡화점 안쪽의 단칸방을 빌리기 전에는 대학병원 복도에서 잔 적도 있어요. 의사가 환자보다 몇 배나 더 비참한 생활을 하고 있답니다. 이럴 바에야 차라리 환자가 되고 싶을 정도지요. 아아, 정말 재미없어요. 비참해요. 사모님, 그

래도 당신은 괜찮은 편이에요."

"네, 그래요."

하고 사모님은 재빨리 맞장구를 쳤습니다.

"저도 그렇게 생각해요. 정말 다른 분들에 비하면 저는 너무나 행복하다 싶어요."

"그럼요, 그렇고말고요. 이번에 제 친구들을 데리고 올게요. 다들 정말이지 불행한 동료들이라서 잘 좀 부탁드린다고 말씀드릴 수밖에 없는 형편이에요."

사모님은 호호호, 한층 즐거운 듯 웃으시며,

"그야, 당연하죠."

라고 한 뒤, 차분한 어조로 말씀하셨습니다.

"영광입니다."

그날부터 저희 집은 엉망진창이 되고 말았지요.

취해서 한 농담이 아닌 듯, 정말로 그로부터 사오일 지나 진짜 뻔뻔스럽게도 이번엔 친구를 셋이나 데리고 와서, 오늘 병원 송년회가 있었습니다, 오늘 밤 이제부터 댁에서 2차를 하겠습니다, 사모님, 지금부터 거하게 밤새도록 마십시다, 요즘은 도무지 2차를 가기에 적당한 집이 없어서 참 곤란해요, 이보게 제군, 전혀 부담을 느낄 필요가 없는 집이라네, 들어오게나, 어서 들어와, 응접실은 이쪽이야, 외투는 입고 있으라고, 추워서 견디기 힘들다네, 하며 완전히 자기 집처럼 행세하고 큰 소리로 떠들어댔습니다. 그 친구들 중 한명은 여자분으로 아무래도 간호사 같은데, 사람들 앞에서 개의치도 않고 그 여자와 장난치며 놀더군요. 그러면서 안절부절못하고 억지로 웃고 계시는 사모님을 마치 하인처럼 부려먹었습니다.

"사모님, 죄송합니다만, 이 각로에 불 좀 넣어주세요. 그리고 또

지난번처럼 술상 좀 차려주세요. 일본 술이 없으면 소주든 위스키든 상관없어요. 그리고 먹을 건, 아, 맞다, 사모님, 오늘 밤 멋진 선물을 들고 왔답니다. 드셔보세요, 장어구이예요. 추울 땐 이게 최고죠. 꼬치 하나는 사모님께 드리고 나머지 하나는 저희가 먹을게요. 그리고 이봐, 누군가 사과를 가지고 왔었지. 아끼지 말고 사모님께 드리라고. '인도'라고 하는 향기가 월등히 좋은 사과랍니다.”

제가 차를 들고 응접실로 갔더니 누군가의 주머니에서 작은 사과 하나가 데굴데굴 굴러나와 제 발치에 와서 멈추었습니다. 그때, 저는 그 사과를 발로 툭 걷어차버리고 싶었습니다. 딱 한개. 그것을 선물이라고 하다니 뻔뻔스럽게 허풍을 떤 거죠. 또 장어도 제가 나중에 보니 말라빠져서 거의 말린 장어 같은 한심한 것이었어요.

그날 밤에는 동트기 전까지 시끄러웠고, 사모님도 억지로 술을 드셨답니다. 희붐하게 동이 틀 무렵, 이번엔 각로를 한가운데에 두고 남녀 할 것 없이 모두 한데 뒤섞여 자게 되었어요. 사모님도 억지로 그 무리 속에 끼여 잤지만 분명 한숨도 못 주무셨을 거예요. 다른 사람들은 오후까지 쿨쿨 잤고, 일어나서는 오짜즈께[60]를 먹었지요. 이미 술도 깼기 때문에 과연 조금은 머쓱한 얼굴이더군요. 특히 제가 노골적으로 잔뜩 화난 모습을 보였더니 저를 보고는 모두 하나같이 얼굴을 돌리더군요. 이윽고 기력 없고 곰삭은 생선 같은 몰골로 다들 우르르 앞다투어 돌아가버렸지요.

“사모님, 왜 저런 사람들이랑 뒤섞여 주무시는 거예요. 저는 그런 난잡한 꼴 정말 싫어요.”

“미안해. 난 싫다는 말을 못하거든.”

------

60 밥을 찻물에 만 일본 음식.

수면 부족으로 지쳐 창백한 얼굴을 하고서, 눈물까지 글썽이며 그렇게 말씀하시니 저는 더이상 아무 말도 할 수 없었습니다.

그러는 동안 늑대들의 습격은 점점 심해져가기만 했습니다. 이 집은 사사지마 선생 일당의 기숙사처럼 변하여 사사지마 선생이 오지 않을 때에는 사사지마 선생의 친구들이 와서 묵고 갔고, 그때마다 사모님은 이 혼숙 상대의 분부를 받드느라 한숨도 못 주무셨습니다. 본래 튼튼한 분이 아니었기에 결국 손님이 오지 않을 때에는 항상 주무시기만 했지요.

"사모님, 얼굴이 몹시 수척해지셨어요. 저런 손님들과 상종하면 안되겠어요. 관두세요."

"미안해. 난 그럴 수 없어. 모두 불행한 분들뿐이잖아. 우리 집에 놀러 오는 게 유일한 낙인걸."

어이가 없었어요. 사모님의 재산도 지금으로선 얼마 남지 않아 이대로 가다가는 반년도 못 가서 집을 팔아야 할 것 같았어요. 그런데 손님들한테 그런 불안한 모습을 조금도 보이지 않으세요. 그리고 건강도 분명히 악화되고 있는 것 같은데 손님이 오면 금세 자리에서 튀듯 일어나 재빨리 단장을 하십니다. 그러고는 현관에 종종걸음으로 쪼르르 달려가 금세 우는 것 같기도 하고 웃는 것 같기도 한 이상한 환호성을 지르며 손님을 맞이하시는 거예요.

초봄의 어느날 밤이었어요. 역시나 한무리의 취객들이 있었습니다. 어차피 밤을 새게 될 것 같으니 지금 서둘러 조금이라도 배를 채워두시라고 사모님께 권해드렸습니다. 그리고 우리 둘은 부엌에서 선 채로 대용식인 찐빵을 먹었습니다. 사모님은 손님들에게는 아주 맛있는 성찬을 차려주면서 혼자일 때의 식사는 항상 대용식으로 때우고 넘어가셨죠.

그때 객실에서 술에 취한 손님들의 천박한 웃음소리가 와하고 크게 들리더니 이어서,

"아냐, 아냐, 그럴 리 없어. 분명 자네랑 수상쩍어 보여. 저 아줌마도 자네랑……"

하며 도저히 참고 들을 수 없는 실례되고 상스러운 말들을 의학 용어로 하고 있었습니다.

그러자 젊은 이마이 선생의 목소리가 그것에 대답했습니다.

"무슨 소릴 하는 거야. 나는 애정 때문에 여길 오는 게 아니라고. 여긴 단순한 여인숙이라니까."

저는 불끈 화가 치밀어 고개를 쳐들었습니다.

어두운 전등 밑에서 가만히 고개를 숙이고 찐빵을 드시는 사모님 눈에 그때는 정말이지 눈물이 반짝였습니다. 저는 말문이 막혀 아무 말도 못하고 있는데, 사모님이 고개를 숙인 채 조용히 말씀하셨습니다.

"우메짱, 미안하지만 내일 아침에 목욕물 좀 데워줘요. 이마이 선생님은 아침 목욕을 좋아하시니까."

그렇지만 사모님이 저에게 분한 듯한 표정을 보이신 건 그때뿐이었습니다. 나중엔 다시 아무 일도 없었다는 듯이 화려하고 간드러진 웃음으로 손님을 대하며 응접실과 부엌 사이를 미친 듯이 뛰어다니셨지요.

사모님의 몸이 무척 허약해졌다는 것을 저는 잘 알고 있었습니다. 손님은 모두 다 훌륭한 의사였지만, 워낙에 사모님이 손님을 대할 때엔 눈곱만큼도 피로한 기색을 보이지 않으셔서, 그 누구도 사모님의 건강이 안 좋다는 것을 눈치채지 못한 것 같았어요.

어느 조용한 봄날 아침, 그날은 다행히 한사람도 자고 가는 손님

이 없어서 우물가에서 느긋하게 빨래를 하고 있었습니다. 그런데 사모님께서 비틀거리며 맨발로 마당에 내려오시더니 황매화가 피어 있는 담장 근처에 쭈그리고 앉아 많은 양의 피를 토하시는 거예요. 저는 소리치며 우물가에서 뛰어가 뒤에서 끌어안고 부축한 다음 방으로 데려갔습니다. 가만히 뉘어드리고 울면서 말씀드렸지요.

"그러니까, 그래서 저는 손님이 너무나 싫었던 거예요. 이렇게 된 이상 저 손님들은 의사니까 원래의 몸 상태로 되돌려놓지 않으면 용서하지 않을 거예요."

"안돼, 그런 말을 손님들한테 하면. 손님들이 책임을 느끼고 풀이 죽어버릴 테니까."

"하지만 이렇게 몸이 악화되어서 사모님은 이제 어떻게 하실 셈이에요? 역시 일어나 손님 접대를 하실 건가요. 손님들 틈에 끼여 자면서 피 같은 걸 토하면 참 볼만하겠어요."

사모님은 눈을 감은 채 잠시 생각하시더니,

"친정에 한번 다녀올게요. 우메짱은 집을 지키면서 손님들을 묵을 수 있게 해드려요. 그분들한테는 마음 편히 쉴 만한 집이 없으니까요. 그리고 내 병에 대해서는 알리지 말고요."

하며 온화한 미소를 지으셨습니다.

손님들이 안 오는 틈에 저는 그날 벌써 짐을 싸기 시작했습니다. 그리고 어쨌든 저도 사모님 고향인 후꾸시마까지 동행하는 게 좋겠다 싶어 차표를 두장 끊었습니다. 그리고 사흘째 되는 날, 사모님도 어느정도 원기를 회복하셨고 다행히 손님도 없어서, 도망치듯 사모님을 재촉하여 덧문을 닫고 문단속을 한 뒤 현관을 나서는데,

도로 아미타불!

사사지마 선생이 대낮부터 술에 취해 간호사처럼 보이는 젊은 여자 둘을 데리고 오더군요.

"아이고, 이거 어디 가십니까?"

"괜찮아요. 염려하지 마세요. 우메짱, 미안하지만 응접실 덧문 좀 열어줘요. 자, 선생님, 어서 들어가시죠. 괜찮아요."

　우는 것 같기도 하고 웃는 것 같기도 한 이상한 소리를 내며 젊은 여자들한테도 인사하시고는, 또다시 빙글빙글 챗바퀴 도는 다람쥐처럼 접대를 위한 광분을 시작하셨습니다. 내가 심부름하러 나갈 때, 사모님이 당황해서 지갑 대신 건네주신 여행용 핸드백을 시장에서 열어 돈을 꺼내려 하는데, 사모님의 차표가 두쪽으로 찢어져 있는 것을 보고 놀랐습니다. 이것은 이미 집 현관에서 사사지마 선생을 만나는 순간 사모님이 몰래 찢은 게 분명하다는 생각이 미치자, 사모님의 한없는 선량함에 어안이 벙벙해졌습니다. 더불어 인간이라는 존재는 동물과 전혀 다른 고귀함을 간직하고 있다는 사실을 태어나서 처음으로 알게 된 듯한 기분이 들었지요. 그래서 저도 오비 사이에 있던 제 차표를 꺼내 두쪽으로 쭉 찢고서 무언가 더 맛있는 것을 사려고 두리번거리며 열심히 시장 안을 돌아다녔습니다.

여성, 사랑과 혁명을 위해 다시 태어나다

매년 6월 19일에는 다자이 오사무(太宰治, 1909~48)를 추모하는 '앵두기(櫻桃忌)'라는 행사가 열린다. 탄생 100주년이던 지난 2009년에는 그를 기리는 열기가 더욱 고조되어 여러 관련 서적이 발간되고 학술연구대회도 활발히 열렸으며, 「인간 실격(人間失格)」을 비롯해 「판도라의 상자(パンドラの匣)」, 「뷔용의 아내(ヴィヨンの妻)」 등의 작품이 스크린으로 옮겨지기도 했다. 하지만 무엇보다 최근 일본 내 사회적 불안과 미래에 대한 불확실성이 증대되자 일본 근대문학사에서 '데까당스 문학'의 거대한 획을 그은 다자이의 작품이 재조명되며 큰 인기를 얻고 있다.

다자이는 타이쇼오(大正, 1912~26) 시대와 쇼오와(昭和, 1926~89) 시대라는 극도로 혼란했던 광기의 시대에 고뇌로 점철된 삶을 살다가 자살로 생을 마감한 작가다. 그는 아오모리(青森) 현 기타쯔가루(北津軽)의 대지주 집안의 11남매 중 열번째이자 여섯번째 아들로 태어났다. 고리대금업으로 부를 축적했으며 장남만을 중시하는 가부장적인 집안이었고, 아버지의 정치활동으로 부모가 집을 비우는 일이 잦아 다자이는 이모와 보모의 손에서 자랄 수밖에 없었다. '어머니의 부재'는 다자이 문학을 이해하는 가장 중요한 열쇠 중 하나다. 모성애의 결핍은 심리적 불안으로 고착되어 수차례의 자살시도와 여성편력 등 불안정한 삶을 살게 한 동시에 창작의 동원으로 평생 문학이라는 공간 안에서 살게끔 그를 이끌었다.

그의 생애 동안 일본은 청일전쟁, 러일전쟁으로 입은 상흔이 채 아물지 않은 상태에서 세계공황의 파급으로 경제불황을 맞았고, 1931년 만주사변을 시작으로 중일전쟁을 거쳐 태평양전쟁에 이르는 15년의 전쟁으로 혼란이 점차 가중되던 시기였다. 또한 세계적으로 사회주의가 널리 퍼지고, 일본 문단 역시 이념의 지배를 받아 프롤레타리아 문학이 문단의 주류를 차지하던 때였다.

1936년 첫 소설집 『만년(晚年)』을 발표하면서 본격적으로 문단 활동을 시작한 다자이 역시 이 격동의 시기를 거치며 주변 인물을 작품에 투영시키는 사소설 작가이자 나아가 극한 상황에 놓인 현대인의 고뇌와 불안, 인간 존재의 본질 등을 다룬 '무뢰파(無賴派)'[1] 작가로 활동한다. "인간은 추락할 수 있는 데까지 추락해야 한다. 그리고 일본도 인간과 함께 떨어져야 한다. 떨어질 데까지 떨어져서 자기 자신을 찾아내고 구원해야 한다"는 사까구찌 안고의 주장은 무뢰파의 선전구호처럼 쓰이며 패전 후 방향 잃은 일본인들에

---

[1] 1930년대에 문학적 활동을 개시한 작가들 중 패전 직후의 사회 혼란 속에서 기성의 권위나 윤리에 저항을 시도한 작가들을 일컫는다. 다자이 오사무, 이시까와 준(石川淳), 오다 사꾸노스께(織田作之助), 사까구찌 안고(坂口安吾) 등이 이에 속한다.

게 열광적인 지지를 받았다. 패전과 함께 근대적 자아의 환상이 해체되자 다자이는 '자기파괴' 이외에는 나아갈 길이 없다고 자각하고 인간의 위선, 잘못된 질서와 윤리에 정면 투쟁하기 위해서 '자기부정'과 '자기파괴'를 실행했다. 또한 패전 후 엄습한 무력감, 공허함, 허탈감을 그만의 글쓰기와 살아내기로 표현하고 절규했다. 기성세대의 권위와 윤리에 반발하는 그의 작품세계는 혼란한 현실에 대한 시대 인식의 반영일 수밖에 없었다.

다자이 오사무에 대해서는 꽤나 오래 우울한 파멸형 작가라는 점이 강조되어왔다. 하지만 그의 탄생 100주년을 기념하던 즈음의 신문 논평(『아사히 신문』)은 그러한 평가와 달리 왜 요즘 다시 다자이의 문학이 독자들에게 큰 힘을 주는지를 명확하게 시사한다. "다자이는 사회와 잘 어울리지 못하는 불안을 외면하지 않고 인생과 작품에 아로새겼다. 인간의 내면을 드러내는 '강한 작품'은 뜨겁게 읽힌다. 자신과 타인의 약함을 속속들이 다 아는 사람만이 말할 수 있는 것이 있다. 약함과 마주하지 못하는 젊은이, 내일이 보이지 않는 시대 등 우리는 저 세상에서 턱을 괸 다자이에게 물어보고 싶은 게 많다."

또한 다자이는 일본의 패전을 진지하게 성찰하며 스스로를 보수파라 선언했으나 새로운 사조, 새로운 현실, 새로운 문화를 갈망했으며 새로운 표현을 추구한 '청춘'의 작가였다. 특히나 작품 내에서 그리는 여성의 역할은 시대에 묶이지 않고 주체적이며 다양하게 변화하는 양상을 구현해냈다. 문학평론가 히라노 켄(平野謙)은 그의 작품을 정말 보기 드문 페미니즘 문학으로 보고 "다자이 오사무의 진면모는 일본에는 보기 드문 페미니스트인 점에 있는지 모른다"며 다자이를 새로운 시각으로 바라보았다. 프랑스의 여성학자 엘렌 씩수(Hélène Cixous)가 글 쓰는 사람의 성별이 아닌 글쓰기 자체의 성별을 문제 삼으며 여성이 썼더라도 지극히 남성적인 글일 수도 있고, 남자 이름으로 발표된 글이라 할지라도 여성성이 발견되는 작품이 있다고 논했던 바 다자이 또한 남성 작가임에도 여성성이 발견되는 작가이다(여기서 여성성이란 작가가 구현하고자 하는 여성성을 말한다). 역자는 다자이의 수많은 작품 가운데에서도 특히 다자이 문학에 쉽게 다가가고 공감할 수 있는 작품에 주목하였다. 여기에 착안하여 주요 여성 독백체 소설들을 한데 모아보았다. 다자이는 여성에 대한 깊은 이해를 작품 속에서 표출하고 있는데 그의 작품 대부분이 여성을 주제화하거나 여성을 다룬 것이 많으며 주요 작품은 모두 여성과 관계가 있다. 무엇보다도 다자이 문학에서 여성의 역할은 제한적이지 않고 다양하게 변화하는 양상을 보인다. 사소설 작가라는 인식이 강한 탓에 작가의 실생활과 작품 속 인물들을 동일시하는 왜곡이 발생하곤 하지만 그 경계를 넘어서 바라보면 다자이가 여성 인물을 통해 무엇을 드러내고자 했는지 알 수 있다.

수용하는 독자의 관점과 생각에 따라 지금도 다자이에 대한 평가는 다양하다. 그러나 분명한 것은 독자들을 '공감'이라는 그릇 안에 담아 공명하고 위로하는 그의 독보적인 능력, 시대를 관통하는 그만의 힘이다. 다자이의 문학적 위상을 한마디로 간단히 논하기 어렵기에 이 선집에서는 여성성이라는 관점을 도입해 살펴보았다. 이로써 다자이 문학의 또다른 감동을 맛볼 수 있으리라 본다. 더불어 현 시대와의 접점을 발견함으로서 내일을 기대하고 살아가는 데 한줄기 공감대, 혹은 작은 위로의 순간으로 남아 특히 불안한 시대를 살아가는 젊은 세대, 정서적으로 취약할 수밖에 없는 청년들에게 막연한 희망이 아닌, 구체적인 생의 무늬를 짤 수 있도록 마음의 조력자가 되어주지 않을까 기대해본다.

다자이 오사무의 작품세계

다자이는 이십대 후반까지 전시(戰時)의 시대적 광기 속에서 방황과 갈등을 계속했다. 당시 일본은 국가적으로나 사회적으로 변화와 혼란이 극심하여 국민들의 정신적 불안이 팽배해 있었다. 특히 1931년 만주사변을 기점으로 전시체제를 구축했으며 1937년에 중일전쟁이 발발하자 국가 총력전에 돌입했다. 다자이는 이 시기를 "우리에게는 고난의 시대였다"라고 토로하기도 했다. 다자이는 이런 혼란의 시기를 보내며 1939년 이시하라 미찌꼬(石原美知子)와 결혼하기 전까지 네번이나 자살을 기도했고,[2] 약물중독 등으로 인해 죽음을 의식한 자전적 작품을 많이 썼다. 특히 여성과의 동반자살 내용이 작품에 자주 등장했다. 다자이가 사사한 소설가 이부세 마스지(井伏鱒二)는 다자이를 위해서는 무엇보다 안정된 가정이 필요하다고 생각하여 이시하라 미찌꼬와 결혼을 주선했다. 실제로

---

2 다자이 오사무는 1927년 히로사끼 고등학교 재학시절에 아꾸따가와 류우노스께(芥川龍之介)의 자살에 커다란 충격을 받은 적이 있다. 1929년에 그는 공산주의 사상으로 인한 번뇌 때문에 자살을 시도한다. 1930년 긴자의 까페 여급 타나베 아쯔미(田辺あつみ)와 함께 투신하지만 여자만 목숨을 잃는다. 이로 인해 자살방조 혐의를 받지만 기소유예로 풀려난다. 1935년에 신문사 입사시험에서 떨어지고, 카마꾸라의 산속에서 자살을 시도하지만 실패한다. 1936년에 아꾸따가와상을 받지 못하게 되었다는 소식을 듣고 강한 충격을 받는다. 1937년 아내 오야마 하쯔요(小山初代)가 다른 사람과 정을 통한 것을 알고 동반자살을 시도하나 실패하고 결국 이혼하게 된다.

결혼 후 다자이의 신상에 많은 변화가 일어났음은 이부세에게 보낸 그의 편지에서도 감지할 수 있다.

1938. 10. 25.

저는 당시의 고통 이후, 다소나마 인생이라는 것을 알게 되었습니다. 결혼이라는 것의 참뜻을 알게 되었습니다. 결혼은, 가정은, 노력이라고 생각합니다. 엄숙한 노력이라고 믿고 있습니다. 들뜬 마음은 없습니다. 가난할지라도 평생 힘껏 노력하겠습니다. 또다시 제가 파혼을 거듭하는 일이 있다면 저를 완전히 미치광이로 여기시고, 버리시기 바랍니다. (『太宰治全集』第11卷, 筑摩書房 1979, 140면)

1939. 1. 10.

저도 틀림없이 좋은 작가가 되겠습니다. 이름을 더럽히지 않도록, 열심히 정진하겠습니다. (…) 요즘에 어떤, 예술에 대한 흔들리지 않는 신앙을 품기 시작했습니다. (같은 책 155면)

다자이의 편지에는 이전의 생활에서 탈피해 새롭게 태어나고자 하는 결의와 희망이 분명한 어조로 피력되어 있다. 결혼은 다자이에게 인생의 중요한 전환점이 되었고, 이러한 변화는 자신을 성찰하는 계기가 되어 작품에 영향을 미치게 된다. 이후 다자이가 의욕이 넘치는 밝은 작품을 쓴 것을 볼 때 방랑과 방황을 끝내고 안정된 시기로 진입했음을 알 수 있다.[3]

---

3 다자이 작품은 크게 세 시기로 나뉜다. 1933~37년 본격적으로 작품활동을 시작한 전기, 1938~45년 결혼 후 안정된 생활 속에서 활발히 작품활동을 한 중기, 1945~48년 다자이 문학이 성숙기에 접어든 후기이다.

다자이의 전기 작품에서 여성은 대개 억압받고 굴절된 모습을 보인다. 수동적인 위치에 놓이며 주체적이지 못해 피해자나 희생자로 그려졌는데, 역자는 이러한 특징에 반해 상징질서에 도전하는 여성의 목소리가 점차로 터져나오는 양상에 주목해보았다. 여성이 기존의 억압적 질서에 저항하며 자아를 발견하고 자유를 획득하려는 행위는 그 자체만으로도 큰 의미가 있으며, 이러한 여성의 도전이 다자이 중기 문학의 특색이라 할 수 있는 '여성 독백체'를 통해 포착되기 때문이다. 여성이 주체가 되어 발화하는 행위, 즉 자신의 목소리를 내는 것은 남성에 속한 존재가 아닌 주체자로서의 여성을 세우는 일이다. 이를 위해 다자이는 자신의 문학적 서술 방식 내에서 여성 화자의 성장, 타자와의 공존을 위해 필연적인 내적 갈등을 심어 화자의 의식 변화와 자각을 도모했다.

1. 여성 주체의 부상과 변모

「등롱(燈籠)」

「등롱」(1937)은 다자이의 작품 중 여성 독백체 소설로 분류되는 첫번째 작품으로, 전기에서 중기로의 전환을 보이며 다자이가 자기 속의 여성성을 드러내는 계기가 된 작품으로 의의가 있다. 다자이 문학에서 아버지는 하나의 억압적 기제로 작용해 대인관계에서 부자연스러움을 초래하는데 이는 특히 여성에게 전이되어 나타난다는 점에 주목할 필요가 있다. 모성 결핍에서 비롯된 심리적 불안은 상대적으로 취약한 위치에 있는 여성에게 투영되고 여성은 수동적인 모습의 피해자로 작품 속에 드러나는 것이다. 전기의 작품에 등장하는 여성 인물을 살펴보면 억압받고 굴절된 모습이 주를 이루는데 주체적 입장을 갖지 못한 채 피해자나 희생자의 모습으로 주로 등장한다.

그러나 「등롱」을 계기로 조금씩 여성이 자신을 바라보고 자아를 찾기 시작한다. "저는 사람을 신뢰하지 않아요. 제 이야기를 듣고 믿을 수 있는 사람은 제발 믿어주셨으면 좋겠습니다"(10면)에서 나타나듯 주인공 사끼꼬는 과잉된 피해자 의식에 사로잡혀 있다. 이러한 주인공의 심리는 작품에서 서술방식을 통해 더욱 부각된다. 관념보다는 육체, 논리보다는 생리, 이성보다는 감성으로써 수동적인 자기표현을 완수하고자 하는 여성 독백체 서술방식은 여주인공의 심리상태를 반영하고 존재감을 드러내는 장치이다.

다자이 문학에서 타자는 중요한 키워드 중 하나이다. 작품 전체에 걸쳐 타자와의 관계와 그에 따른 심리가 그려진다. 그전에 다자이는 자기 내면을 드러내기 위한 고백체를 사용했기 때문에 타자가 개입할 여지가 없었고 주인공은 늘 자기 자신이었다. 그러다보니 자기중심적·독선적 내용이 많았다. 그러나 「등롱」에서는 타자의 눈을 의식하고 있다. 다자이는 이전과 달리 여성의 입장에서 바라보면서 자기를 냉정히 묘사할 수 있게 되었다. 작품 창작에 변화가 생긴 것이다.

세상에서 소외되어 외롭게 지내던 사끼꼬는 미즈노라는 연하의 청년에게 사랑을 느낀다. '첫눈에 반하는 스타일'이긴 하지만 사끼꼬가 미즈노에게 마음을 빼앗길 수밖에 없었던 이유는 그가 자신의 공감을 불러일으켰기 때문이다. 이는 사끼꼬 자신이 단순히 불행한 존재가 아닌, 어쩔 수 없는 외적 요인에 의해서 버림받은 소외된 존재라는 공감을 확산시킨다. 자신을 인정해주는 미즈노의 등장으로 인해 사끼꼬는 그동안 자신을 가두고 있던 일상의 울타리에서 벗어나 일탈을 감행하게 된다.

어느날 사끼꼬는 미즈노의 딱한 형편을 알고 남자 수영복을 도둑질한다. 그녀가 체포되자 "도둑질에도 서푼의 이유가" "변질된 좌익 소녀의 도도한 미사여구"라는 표제로 신문에 기사가 난다. 치욕은 거기서 그치지 않고 이웃 사람들의 행동으로 더욱 확대되는데, 그녀는 세상의 화젯거리가 되고 사람들의 관심사가 된 것이다. 사태가 커지자 미즈노는 편지를 보내 사끼꼬와의 관계를 냉정하게 정리한다. 이를 계기로 사끼꼬는 미즈노에게 자신을 투영하고 동일시했던 마음을 거두게 된다. 미즈노를 포함해 자신을 둘러싼 세상의 냉정함을 깊이 인식하게 된 것이다.

다자이에게 집은 존재를 증명해주고 실존에 영향을 주는 요소이다. 집은 나를 포용하고, 외부로부터 나를 보호해주는 곳이다. 그 구성원인 가족은 존재의 당위성을 각인시켜주는 사람들이다. 「등롱」의 주인공은 가족을 통해 존재의 의미를 자각하고 세상과의 유대를 도모한다. 유치장에 갇힌 사끼꼬를 데리러 온 아버지는 오직 그녀를 걱정할 뿐이다. 절도죄를 범한 딸을 질책하지 않고, 오히려 걱정하고 위로해주는 아버지의 태도는 가족애를 부각한다.

결말에서 아버지는 "이렇게 전등이 어두워서는 기분이 우울해져서 안되겠다"(16면)며 방의 전등을 밝은 것으로 바꾸고 그 밝은 빛 아래에서 사끼꼬 가족은 단란한 시간을 보낸다. 세상에서 약자일 수밖에 없는 그들이지만 서로를 믿고 위로하며 행복을 지키고자 하는 자세는 매우 긍정적이고 희망적이다. 사끼꼬는 그동안 세상의 시선이 두려워 단절된 공간에서 외롭게 지냈지만 이제는 자신을 당당히 드러내고자 한다. 행복이란 이렇게 집 전등 하나를 바꾸는 것임을 인식한 사끼꼬는 가족의 소중함을 실감하고, 그 속에서 자신이 인정받고 있음을 느낀다. 가슴에 복받치는 '고요한 기쁨'은 인정받고 있음에 대한 감정의 표출로, 여기서 화자는 드디어 나를 발견하고 현실과 마주하게 된다. 절망 속에서 찾은 작은 행복으로 희망을 점등하고자 하는 화자의 결의가 그 속에 담겨 있다.

화자인 사끼꼬는 미즈노에게서 약함을 발견하면서 연민을 느끼고 애정까지 느껴 도둑질을 하지만, 사회 통념과 도덕이 폭력적으로 그녀를 궁지에 몰아넣자 내면에 큰 변화를 경험한다. 결국 그녀는 외부의 지탄에 일방적으로 상심하기보다 긍정적인 방향으로 사고를 전환한다. 그리고 자기를 포함한 가족을 객관화해보려고 한다. 사끼꼬는 스스로 약자임을 인식하지만 거기에 굴하지 않고 오히려 그 약함을 있는 그대로 표현해 자신을 당당히 드러내고자 한다. 그리고 가족을 통해 변화하는 내일을 기약한다.

「여학생(女生徒)」

「여학생」(1939)은 여성 독백체 소설로는 「등롱」에 이어 두번째 작품이다. 카와바따 야스나리(川端康成)는 「여학생」을 여학생의 심리 상태와 변화가 잘 나타나 있으며, 다자이 작품 중에서도 완성도가 높은 작품으로 평가한 바 있다. 사춘기 여학생의 육체적 성장에 따른 의식 변화를 섬세하게 그린, 일종의 성장소설(initiation novel)로, 주인공의 자아 발견을 중심으로 전개된다.

「여학생」은 여학생의 하루 동안의 생활과 생각을 담은 작품이다. 아침에 눈뜨는 순간의 인상적인 이미지로 시작해 하루가 끝나 잠자리에 들기까지의 과정이 그려져 있다. 특히 잠에서 깰 때부터 화자인 여학생의 의식에 따라 이야기가 전개되는 '의식의 흐름' 기법이 쓰였다. 화자는 현실과 괴리되어 현실을 있는 그대로 받아들이지 못한다. 이같은 모습은 불안정하고 불확실한 현재에 대한 괴로움으로 인식된다. 거기에는 크게 두가지 원인이 있다. 첫째는 여학생이 불안정한 상태에 있다는 점이다.

육체가 내 기분과는 상관없이 저절로 성장해가는 것이 견딜 수 없이 곤혹스럽다. 부쩍부쩍 어른이 되어가는 자신을 주체할 수가 없어서 슬프다. 될 대로 되라며 내버려두고 잠자코 내가 어른이 되어가는 걸 지켜보는 수밖에 없는 걸까. 언제까지나 인형 같은 몸이고 싶다. 목욕물을 첨벙첨벙 휘저으며 아이 같은 행동을 해봐도, 어쩐지 마음이 무겁다. 앞으로 살아갈 이유가 없는 것 같은 기분이 들어 괴롭다. (53면)

'내가 누구인지 모르겠다는 불안'은 화자인 여학생을 우울하게 만든다. 그녀는 성장하면서 여자의 생리에 막연한 불안을 느끼며 자기의 존재가치를 어디에서 찾으면 좋을지 모르는 불안정한 상황에 놓인다. '생활의 고뇌'가 없고 시간이 무한대로 있는 환경은 '생각의 홍수'를 낳고 있다. 자신의 필요성이 사회적으로도 개인적으로도 발견되지 않는 상태에서 그녀에게는 현재의 생각하는 시간만이 주어져 있다. 그러나 남아도는 시간은 관념의 세계를 팽창시켜 그녀의 마음을 불안정하게 하는 원인이 된다.

현재에 대한 괴로움의 두번째 이유는 아버지의 상실과 함께 언니가 먼 곳으로 시집갔다는 점이다. 작품 속에는 타계한 아버지를 몇번이나 부르고, 언니를 생각하며 옛날을 그리워하는 여학생의 모습이 그려진다. 이것은 화자인 여학생의 불안한 심리를 보여준다. 엄격한 군대 생활을 부러워하는 까닭은 그것이 불안정한 자신을 통제해줄 외적 상태로, 외부의 구속에 의해서라도 내부의 불안을 해소하고자 하는 심리상태를 반영한다.

또한 화자는 갑작스러운 신체의 변화와 성장에 당황한다. 자신을 돌보아야 한다는 부담감은 불안을 동반한다. 여기서 발생하는 혐오의 감정은 순수한 삶에 대한 지향과는 대척점에 서서 집착이라는 형태로 나타난다. 화자는 내면에 또다른 여자가 있음을 느끼고 자신의 성숙, 특히 몸의 변화를 자각하기 시작한다.

성장기 소녀가 성숙한 여자에 대해 반발심을 보이는 것은 당연한 일이다. 이것은 자신을 성숙한 여자의 카테고리에 포함시키지 않고 육체적 성숙을 부정하려는 의식에서 기인한다. 화자는 성(性)이 발달하지 않은 육체적 미성숙 상태를 아름답고 순수하다고 생각하기 때문에 아직 소녀로 있고 싶은 것이다.

성숙한 여자에 대한 혐오는 자신이 비린내, 암컷의 체취를 갖고 있다는 자각 때문에 그대로 자기혐오로 이어진다. 이런 성숙에 대한 혐오와 거부는 "소녀인 채로 죽고 싶다"(40면)는 말로 표출되면서 극에 달한다. 화자는 소녀에서 한사람의 여자에 이르는 과도기에 있다. 그러므로 감정의 대부분을 차지하는 우울이나 괴로움, 외로움은 소녀도 아니고 성숙한 여자도 아닌 불안정한 정체성에서 유래한다고 할 수 있다.

이러한 성(性)에 대한 혐오감은 가족에 대해서도 드러난다. 화자에게 성적 성숙기에 이른 언니는 더이상 화자와 교감할 수 있는 상대가 아니다. 왜냐하면 언니의 사랑에는 '남성'이 개입되어 있기 때문이다. 화자가 바라는 사랑은 성이 개입되지 않은 순수하고 아름다운 것이다. 육체적 관계에 대한 화자의 혐오는 어머니에게도 표출된다. 화자는 부부간 유대를 생각하다가 묘한 수치심을 느낀다. 그리고 어머니의 슬픔에 부부간의 성이 연상되자 부끄러워진다. 어머니는 이미 남녀의 은밀한 관계를 가져본 여성이다. 그렇기 때문에 아버지와 어머니의 성적 교류를 상기하고 화자는 당황스러워한다. 성과 관련된 것을 수치스럽고 불결한 것으로 인식하는 화자는 이를 해소해줄 방법이 필요한데, 이는 결국 세탁 행위로 나타난다.

여학생 시절에는 존재의 본질에 대해 심각하게 고민하게 된다. 이는 이 시기의 정신적 고통이 '홍역 같은 병'으로 표현된 것에서도 알 수 있다. "정말로 나는 어떤 게 진짜 나인지 모르겠다"(30면) "몸에 불쾌한 온기가 남아서 견딜 수가 없다"(같은 면)란 구절에서 보이듯 화자는 불확실한 정체성 때문에 혼란스러워한다. 결국 현실은 괴롭지만 나만 괴로운 것이 아니며, 자신은 왕자님이 찾아올 그런 특별한 사람이 아님을 깨닫는다. 이는 과거에 대한 집착 때문에 자신을 제대로 바라보지 못하던 화자가 드디어 '나'를 발견하고 현실과 마주하게 되었음을 의미한다. 화자는 자신의 신체적·정신적 변화를 수용한 후 비로소 안정과 성숙의 단계에 접어든다.

「피부와 마음(皮膚と心)」

「피부와 마음」(1939)도 「여학생」과 마찬가지로 다자이 오사무의 창작활동에서 중기에 속하는 작품이다. 피부는 인간의 관계성 및 자아와 밀접하게 관련된 것이며, 그렇기 때문에 피부의 붕괴는 관계성의 붕괴로 나아가게 된다.

이 작품은 여성의 심리를 날카롭게 묘파한 소설로, 피부라는 외면과 마음이라는 내면의 관계를 다루고 있다. 주인공인 화자는 갓 결혼한 28세 여성이다. 그녀는 고인이 된 아버지의 은인의 소개로

재혼인 도안공과 결혼한다. 그녀는 용모와 연령에서, 남편은 학력·
재혼·용모 등에서 자신감을 잃어 자기비하가 강한 점이 특징이다.
둘은 애정은 있지만 서로 마음이 통하지 않는 사이처럼 보인다.

어느날 그녀는 왼쪽 젖가슴 아래에 작은 콩알만 한 부스럼이 난
것을 알게 된다. 그리고 그것은 금세 가슴·배·등으로 퍼진다. 그후
그녀는 이상하게 표면에 집착하는 심리상태에 빠지게 된다. 피부
의 상태가 심각해지자 화자는 자기를 도깨비에 비유하면서 쓰레
기·쓰레기장으로 여긴다.

남편의 권유로 병원에 온 화자는 남편을 병원 대기실 밖으로 내
보내고 혼자 순서를 기다리는 동안 문득 남편에게 전처가 있었다
는 사실을 깨닫고 격렬한 질투심에 휩싸인다. 그 감정은 화자로 하
여금 혼란스러운 감정을 경험하게 하고 질투 망상을 불러일으킨
다. 극심한 심리적 변화를 겪으며 화자는 삶에 회의를 느낀다. 남편
의 이전 여자에게 증오심을 느끼다가 그 여자를 생각해본 적 없는
자신의 태평함에 눈물 흘리며 분개한다. 이는 남편과의 관계에서
부자연스러움을 느끼고 위기를 직감한 화자가 적극적으로 나를 찾
고자 하는 몸부림이라고 할 수 있다.

주인공은 스스로를 한심스러워하며 『보바리 부인』을 꺼내 읽는
데 공교롭게도 그 소설의 주인공 에마는 그녀에게 공감을 불러일
으킨다.

『보바리 부인』. 에마의 고통스러운 생애는 언제나 저를 위로해줍니
다. 에마가 이렇게 타락해가는 그 길이 제게는 가장 여자답고, 자연스
럽게 느껴져 견딜 수 없습니다. 물이 낮은 곳으로 흐르듯 몸이 나른해
지는 듯한 솔직함을 느낍니다. 여자란 이런 존재예요. 말할 수 없는 비

밀을 간직하고 있지요. 그게 여자의 '천성'이거든요. 틀림없이 수렁을 하나씩 갖고 있어요. 그건 확실히 말할 수 있어요. 왜냐하면 여자에겐 하루하루가 전부인걸요. 남자와는 달라요. 사후(死後)도 생각하지 않아요. 사색도 하지 않고요. 순간순간 아름다움의 완성만을 바라며 살아요. 생활을, 생활의 감촉을 맹목적으로 사랑한답니다. 여자가 밥공기나 아름다운 무늬의 옷을 사랑하는 것은, 그것만이 진정한 삶의 보람이기 때문입니다. 시시각각의 움직임은 그 자체로 삶의 목적입니다. 달리 뭐가 더 필요하겠어요. (81면)

여기서 주목할 점은 화자가 '여자'라는 단어를 반복적으로 사용하고 있다는 점이다. 나를 '여자'의 카테고리에 포함시켜 여자와 여자의 생애에 대해 생각하고, 삶의 이유와 목적에 대해 심각하게 고민한다. 감정 없이 무의식적으로 일상을 살아온 그녀가 드디어 자신의 여성성에 대해 자각하기 시작한 것이다. 이렇게 여성 정체성에 대한 모색은 자신에 대한 인식의 변화를 가져온다.

화자는 몸을 구성하는 피부를 통해 자신의 내면에 관심을 보이고, 『보바리 부인』을 통해 관심이 여자의 생애로 이동한다. 여자의 피부병은 여성의 운명까지도 바꿀 수 있는 중대한 사건이기 때문에 화자에게는 절체절명의 위기가 닥쳤다고 볼 수 있다. 화자는 진료 순서를 기다리며 스스로를 '바보' '우둔한 백치'로 여기고 마음을 비운다. 그리고 남편과 함께 진찰실로 들어가 뜻밖에도 대수롭지 않은 병이라는 진단을 받게 된다. 이 진단으로 화자는 자신의 정체성을 회복하게 된다. 결국 피부병은 자신을 응시하고 성찰하는 계기가 된 것이다.

여기서 피부는 주인공의 내면을 반영하는 것으로, 마음 상태가 피부병으로 나타난 것이다. 피부병은 결국 현재의 모습인 자아의 균열과 관계의 붕괴를 가리킨다. 표면과 내면의 불일치는 관계의 부자연스러움을 초래하여 삶을 구속했지만, 피부병이 이를 조정하는 매개체 역할을 했고, 자아를 아는 계기로서 기능을 한 것이다. 다시 말해 피부 접촉은 타인과의 소통의 토대가 된 것이다.

「피부와 마음」은 표면이라는 형태에 갇혀 내면에 무심했던 화자가 피부병을 통해 자기를 발견하고 여성으로서의 정체성을 자각하며 앞으로의 삶의 방향을 모색하는 작품이다.

2. 생존 전략과 의식의 전환

다자이 작품에는 부부 이야기가 많이 나온다. 상호 타자로서 서로 다른 입장에 서 있는 부부는 몰이해의 양상을 주로 보인다. 남편들은 변모하는 아내의 모습에 긍정적이지만은 않은데 아내는 이해를 강요받는 입장에 놓인다.

작품 속 아내들은 억눌리고 굴절된 양상을 많이 보인다. 그러나 여기에 주저앉지 않고 살아가는 당찬 여성의 모습이 다자이 작품 곳곳에 등장한다.

다자이의 후기 작품에는 사랑과 혁명을 당당히 주장하고 자신의 존재성을 고민하는 여성 인물이 종종 등장한다. 「오상」에는 가정을 지키기 위해 최선을 다하면서, 자살하는 무책임한 남편을 한탄하는 아내가 등장하고, 「버찌」에도 아이 셋을 데리고 무능력한 남편과 살며 고생하는 아내가 나온다. 「사양」에는 유부남을 사랑한 카즈꼬가 사생아가 될 운명임을 알면서도 아이를 낳아 당당히 키우고자 한다.

다자이는 전후(戰後)의 변혁기에 남성과 대등하거나, 오히려 남성을 능가할 정도로 강하고 당당하게 살아가는 매력적인 여성상을 그렸다. 그녀들은 강한 정신력으로 무장하여 전후 사회를 살아나가고자 하는 생활인으로서의 여성들이었다. 남편들은 공통적으로 무능력하고 무책임하며, 아내들은 남편에 의해 정신적·육체적 불안과 고통을 짊어진 채 살아간다. 그러나 운명에 굴하지 않는 당찬 모습과 더불어 자신의 존재성과 정체성을 발견한다.

「비용의 아내(ヴィヨンの妻)」

「비용의 아내」(1947)는 가정 혹은 가족을 유지하는 일의 심각성을 아내의 시점에서 이야기한 가정소설로 발표 당시부터 많은 화제와 격찬을 받은 작품이다. '비용의 아내'라는 제목은 15세기 프랑스의 방탕 시인이자 범죄자였던 프랑수아 비용과 관련이 있다.

전후 사회의 급변과 기성질서의 붕괴, 가정의 파괴는 「비용의 아내」를 비롯해 가정을 다룬 일련의 작품이 만들어질 수 있는 계기가 되었다. 가정을 돌보지 않고 방탕한 생활을 하는 시인 오오따니와 이를 지켜보며 병약한 아이와 함께 힘겨운 생활을 이어가는 아내의 이야기를 다룬 이 작품에 대해 문학연구자 야마노우치 쇼오시(山內祥史)는 "비용의 아내는 세상에 대한 투쟁의 기록이며 그 고뇌의 깊이는 동시에 그 시대 어두움의 깊이이기도 하다. 다자이의 고뇌와 시대의 어두움이 맹렬히 겨루는 가운데 시인 오오따니의 생이 선명해진다"고 지적했다.

작품 속에서 남편 오오따니는 가정에 관심이 전혀 없다. 보통의 남편과는 달리 아무 때나 집에 들어오고 나가는 무책임하고 무능한 무뢰한의 모습으로 등장한다. 방탕한 생활을 하는 오오따니는

"빈털터리로 집을 나와 있는" 남자일 뿐이다. 예술이라는 이름으로 자신의 행동을 합리화하지만 세인들은 그를 사람도 아니라고 비난한다.

이러한 남편을 둔 아내는 안팎에서 문제만 일으키는 속수무책의 무능한 가장에 대해 투정이나 불만을 전혀 표출하지 않는다. 그러던 중 남편이 오천 엔이라는 거금을 훔쳐 달아나자 아내는 어떻게든 이 상황을 타개할 방책을 찾으려 한다. "언제까지나, 언제까지나 날이 밝지 않았으면 좋겠다"(158면)고 생각하던 그녀는 이윽고 남편의 술값을 갚기 위해 새로운 세계인 요릿집 츠바끼야에서 '삿짱'이라는 이름으로 일을 시작하게 된다. 인간이 주체적 존재로 인정되는 때는 누군가가 이름을 불러줄 때이다. 호명은 개인에게 부여된 이름으로 정체성을 부여해준다. 기존의 관계에서 완전히 벗어나 요릿집에서 일하는 삿짱은 새로운 존재성을 부여받는다. 많은 남자와 만나는 이 기회의 장에서 그녀는 제2의 인생의 서막을 열게 된다.

츠바끼야의 삿짱은 손님 접대를 통해 '살아 있다'라는 존재감과 쾌감을 느낀다. 삿짱으로 살아가는 그녀는 도덕적인 타락에 대해 진지하게 고민하는 모습을 보인다. 예를 들어 요릿집 주인이 자신의 아내와 오오따니 사이의 과거 부적절한 관계를 알면서도 묵인하는 것처럼, 남편의 과거 부적절한 관계에 대해 그녀 또한 살아가기 위해서는 묵인이 필요함을 깨닫는다. 그녀는 남편의 도덕적 타락을 알고도 크게 신경 쓰지 않는다. 남편의 행동을 묵인하는 것은 그녀가 살아가기 위한 방책인 것이다. 그녀는 요릿집에서 일을 하면서 사람은 죄를 범하지 않고는 살아갈 수 없음을 깨닫는다.

그러던 중 뜻밖의 사건과 조우하게 되는데 바로 '능욕 사건'이다. 남편의 팬임을 자처하는 가게 손님에게 베푼 친절이 능욕으로 그녀에게 되돌아오는데 이로 인해 그녀는 "신이 있다면 나와보세요!"(169면) 하며 신에게 대든다. 능욕을 당한 것에 대해 신을 상대로 항의를 한 것이다. 아내는 남성을 접대하는 일을 시작함으로써 남성 세계의 자발적인 참여자로 변신했다. 그러면서 발생하게 된 능욕 사건은 남녀 간 권력의 차이를 분명하게 보여주며 그녀에게 인식의 변화를 가져온다.

능욕 당한 그 이튿날, 그녀는 아무 일도 없었다는 듯이 일상을 시작한다. 그리고 요릿집에서 남편과 만났을 때, 테이블 위에 놓인 컵에 아침 햇살이 닿아 예쁘다고 생각하기까지 한다. 이 사건을 계기로 그녀는 일체의 일상성을 버리게 된다. 가정에 대한 인식과 여성의 행복에 대한 인식에서 전환이 생긴 것이다. 그녀는 가정과의 결별을 선언하고 여자에게 절대적인 집에 대한 일상성을 과감히 포기한다. 그 순간, 그녀는 자신을 가로막고 있던 남편이라는 큰 장벽을 거뜬히 넘어서게 된다. '뒤가 켕기는 점'이 있다는 일종의 공범의식이 그녀와 남편을 묶어주는 연대감이라고 볼 수 있다. 가정에서 벗어나자 비로소 그녀는 자기 자신이 보이고 세상이 이해되기 시작한다. 여기에는 자신의 삶을 스스로 헤쳐나가고자 하는 의지가 깔려 있다. 그녀는 완전한 변모, 완벽한 재생을 시도한다.

작품 후반에서 남편 오오따니가 "사람이니까 그런 짓도 저지르는 거라고"(173면)라며 세간의 비난을 부정하고 오천 엔을 훔친 것은 삿짱이랑 아이와 함께 오랜만에 설을 즐겁게 보내기 위해서였다고 변명하자, 그녀는 남편의 말을 받아치며 대화의 주체가 되어 처음으로 남편에게 굽히지 않고 자신의 주장을 편다. 그녀는 남편의 말에 별로 기뻐하지도 않고 "사람이 아니라고 해도 상관없잖아요? 우리는 살아 있기만 하면 돼요"(같은 면)라고 말한다. 이 말은 가정 윤리가 붕괴된 이상 남편의 변명은 더이상 의미가 없음을 보여준다.

여성 독백체인 이 소설은 아내의 독백으로 시작하여 아내의 말로 끝맺는다. 극도의 정중한 말투와 혼잣말은 남편에 대한 아내의 위치를 보여주는 것이기도 하다. 그러나 사건이 일어난 뒤 그녀는 남편에게 높임말이 아닌 말을 사용한다. 그동안 상대방을 의식해 조심스러운 화법을 사용하고 내면 독백을 유지하던 아내가 노동과 능욕을 계기로 '말하는 주체'가 된 것이다. 마지막의 "사람이 아니라고 해도 상관없잖아요? 우리는 살아 있기만 하면 돼요"라는 이 말은 그전의 자폐적인 독백을 깨뜨리며 남편과의 새로운 관계 정립을 암시한다.

아내는 남성의 세계에 자발적으로 들어가 그 세계에서 통과의 례를 거치고 변모한다. 억압적인 젠더 공간에서 벗어나 일탈함으로써 여성에게 정형화된 수동적 모습을 벗어버린다. 그녀에게는 이제 능동적인 여성 주체만 있을 뿐이다.

「오상(おさん)」

「오상」(1947)은 한 부부의 일상을 통해 부부간의 갈등과 대립을 보여주면서 전후 일본의 문제를 담론화한 다자이 특유의 여성 독백체 소설이다. 여성 독백체에서 핵심은 '여성'과 '독백'이다. 「오상」은 간접화법을 통해 여성어를 적극 활용하며 아내를 화자로 내세운 작품이다. 화자인 아내는 사건의 의미가 독자에게 전달되도록 이야기를 이끌어가다가 결국 자신의 정체성을 확인하게 된다. 아내는 자신의 미묘하고 섬세한 의식의 변화를 독백으로 전달한다. 아내는 독자로 하여금 그녀의 시점에서 이야기를 재구성하도록 하며, 그녀가 정체성을 확인하는 과정에 동참하도록 이끈다.

이 작품 속 화자인 '나'는 잡지사에 근무하는 자상한 남편과 팔년 동안 행복한 결혼 생활을 해왔다. 그러나 전쟁으로 집이 폭격당하게 되자 아이들만 데리고 고향 아오모리로 피난을 가게 된다. 집으로 다시 돌아왔건만 패전 후의 현실은 참담하였고 전쟁은 결국 그들을 비참한 신세로 만든다. 어느새 남편은 가정에서 존재감이 없는 '유령' 같은 인물로 변하여 이내에게 불안감과 실망을 안겨준다.

자신을 감당하기 힘들어하는 남편의 모습은 전쟁의 소용돌이와 사회 혼란 때문이다. 남편은 올바른 국가의 모습을 되찾기 위해 혁명을 꿈꾸지만 현실의 벽에 좌절하고 이상과 현실의 괴리에서 오는 좌절감과 분노는 외도로 표출된다. 이는 아내와의 잠자리 거부와 소통의 단절로 이어진다. 남편의 외도는 아내에게 정신적 고통을 안겨주지만 더 두려운 것은 부부관계를 유지해갈 수 없다는 것이다. 남편의 외도보다 가정이 파괴되는 것이 문제인 것이다. 그녀는 괴로워하지만 결코 남편을 비난하거나 그에게 책임을 묻지 않는다. 오히려 자신이 끌어안아야 할 현실로 보면서 담대하게 대응한다. 그러나 남편은 이러한 아내를 배신이라도 하듯 잡지사의 여기자와 '동반 자살'로 생을 끝낸다. 이런 남편의 행위를 접하고서 아내는 혁명의 진정한 의미에 대해 다음과 같이 말한다.

혁명은 사람이 편하게 살기 위해 하는 것입니다. 비장한 얼굴을 한 혁명가를 저는 믿지 않습니다. 남편은 왜 그 여자를 좀더 공공연히 즐겁게 사랑하고, 아내인 저까지 즐겁게 사랑할 수 없었을까요? 지옥 같은 심정의 사랑은 당사자의 고통도 고통이지만 무엇보다 남에게 폐를 끼칩니다.

마음가짐을 가볍게 확 바꾸는 게 진짜 혁명이지요. 그렇게 할 수 있다면 뭐 그리 어려운 문제도 아닐 겁니다. 자기 아내에 대한 마음 하나 바꾸지 못하면서 혁명의 십자가라니, 나 참, 기가 막히는군, 하고 저는 세 아이와 함께 남편의 유골을 가지러 스와로 가는 기차 안에서 슬픔이나 분노보다도 너무나 어이없는 바보 같음에 몸서리쳤습니다. (140면)

그녀의 생각처럼 "마음가짐을 가볍게 확 바꾸는 게 진짜 혁명" 이라면 남편의 행동은 개인적으로도 큰 실패이고 비굴한 변명에 지나지 않는다. 혁명은 삶을 전제로 한다. 그러나 삶의 본질에 반하는 행동을 한 남편은 자기모순에 봉착했다고 할 수 있다. 혁명의 실천이라는 명분 아래 진실을 왜곡하고, 삶마저 불행하게 마감했기 때문이다. 뒤에 남겨진 아내는 남편의 '혁명'과는 상관없이 요동치는 삶을 직시한다. 그녀는 남편을 떠나보내며 싸늘하게 스며드는 삶의 냉기와 마주한다.

남편이 죽은 후 아내는 도덕을 무시하면서까지 남편을 인정하고 위해주려는 일에서 벗어난다. 그녀에게 도덕보다 더 가치 있는 것은 서로의 마음이 편해지는 것이었다. 아내는 진정한 혁명이란 사람의 마음가짐을 가볍게 확 바꾸어 편하게 살기 위한 것이라고 생각한다. 혁명사상을 말하고, 위대한 이상을 내세우면서도 유서에 자기의 생각을 밝히지 못하는 유약한 남편과는 대조적으로 아내는 남자의 약함을 비판하는 적극적인 여성으로 변모한다.

소설 속의 남편은 과거 안에 갇힌 고독한 현재를 상징한다. 이에 반해 아내는 인식이 변화하면서 남편의 위선적인 모습을 신랄히 비판하고, 더이상 누구의 아내로서가 아니라 자립적인 모습으로 생활하고자 한다. 「오상」은 이상에 갇혀 현실에 적응하지 못하는 남편과 변화하는 일상에 적응하려는 아내의 상반된 현실 인식을 통해 남편이 꿈꾸던 혁명의 허구성을 비판한다. 또한 현실을 직시하고 변화에 적응하려는 아내를 통해 일상적 삶의 중요성을 일깨운다.

「사양(斜陽)」

「사양」(1947)은 「인간 실격」(1948)과 더불어 전후 다자이의 대표작으로, 패전 후의 몰락 귀족을 그린 중편소설이다. 당시 '사양족(斜陽族)'이라는 말이 유행할 정도로 인기를 끌며, 다자이를 인기 작가로 만든 작품이기도 하다.

「사양」은 고백, 일기, 서간을 한데 엮은 소설로서 모놀로그 형식을 취하면서 작가의 모습이 등장인물을 통해 드러나는 작품이다. 작품 속에서 화자인 카즈꼬는 자신의 내면세계를 상세하게 보여주는데, 이러한 특성으로 인해 독자와 화자 사이에 돈독한 유대관계가 생겨난다.

주인공 카즈꼬와 이 시대의 마지막 귀부인인 어머니, 방탕한 생활 끝에 결국 자살하는 동생 나오지, 그리고 카즈꼬가 사랑하는 방탕한 소설가 우에하라는 모두 패전 후 새로운 현실을 살아가는 사람들이다. 문학평론가 오꾸노 타께오(奧野健男)는 등장인물 모두 다자이의 분신으로, 나오지는 다자이의 전기 모습, 우에하라는 다자이의 후기 모습이고, 어머니와 카즈꼬는 다자이가 중기에 보인 정신을 드러내고 있다고 말한 바 있다.

다자이는 애인인 오오따 시즈꼬(太田靜子)가 보내준 일기를 바탕으로 「사양」을 썼다고 한다. 다자이는 모성에 대한 동경을 카즈꼬의 어머니를 통해 표현함으로써 아름답고 순결무구한 어머니상을 완성해내고자 했다. 이 작품의 화자이며 이야기를 이끌어가는 카즈꼬는 혼란스러운 전후 사회에서 기존의 질서와 윤리에 반기를 들고 '전투 개시'를 외치며 도덕혁명을 꿈꾼다.

카즈꼬는 어머니를 '마지막 귀부인'이라고 말한다. 여기서 귀부인은 정신적 귀족을 말한다. 어머니의 죽음이 정신적 귀족의 죽음을 의미한다면, 카즈꼬는 새롭게 정신적 귀족을 낳기 위해 '어머니'가 되어야 했다. 카즈꼬는 이를 실현하기 위해 사생아의 어머니가 되는 부도덕한 투쟁을 한다.

그녀는 전통적인 여성상을 버리고서라도 지금의 생활에서 벗어나고자 한다. 세상의 시선을 의식하면서도 유부남에 대한 자신의 사랑을 부정하지 않는다. 그 '사랑'을 '새로운 윤리'라고 칭하며 오히려 정당화한다. 희망 없는 이 상황에서 새 생명의 출현이야말로 살아갈 이유를 제공해준다고 믿었기 때문이다.

사생아의 운명을 가진 배 속의 아이는 기존의 도덕을 파괴하면서 이 세상에 나오게 된다. 달리 말하면 카즈꼬가 얽매인 낡은 도덕으로부터 훨씬 자유로울 수 있는 가능성을 가진 존재로 태어나게 된다. 이 사생아는 기존의 지배윤리를 타파하기 위해 태어나는, 즉 체제에 대한 순응이 아닌 거부와 저항을 상징하는 존재이다.

희생자. 도덕 과도기의 희생자. 당신도, 저도, 분명히 그런 존재겠지요.

(⋯) 저는 이제까지의 1회전에서 낡은 도덕을 조금이나마 밀어낼

수 있었다고 생각해요. 그리고 이번엔 태어날 아이와 함께 2회전, 3회전을 치러나갈 작정이에요.

사랑하는 사람의 아이를 낳아 키우는 일은 제 도덕혁명의 완성이랍니다.

(…) 사생아와 그 어머니.

하지만 우리는 낡은 도덕과 끝까지 싸우며 태양처럼 살아갈 작정입니다.

부디 당신도 당신의 투쟁을 계속해주세요. (317~18면)

「사양」은 제목의 이미지와는 달리 생에 대한 강렬한 욕구가 이면에 숨어 있는 작품이다. 보통 사람과 다르게 태어나기 위해서는 힘들게 알을 깨고 나오는 산통이 필요하다. 카즈꼬는 사생아가 될 아이의 운명을 알면서도 개의치 않고 장차 아이와 함께 2회전을 각오한다. 사랑하는 사람의 아이를 낳아 기르는 것으로 자신의 도덕혁명을 완수하고자 한다.

카즈꼬는 여성의 전통적 굴레에서 벗어난 인물로 그녀의 저항은 도덕혁명으로 나아간다. 급변하는 세상, 기성질서와 가정이 붕괴되는 상황에서 강하고 당당하게 살아가는 이러한 카즈꼬의 모습은 패전 후의 나아갈 길을 보여준다.

3. 정체성 매개체로서의 몸: 「향응 부인(饗應婦人)」 「화폐(貨幣)」

전쟁으로 인한 불안과 혼란이 깊어가는 가운데 삶에 대한 성찰과 노력은 다자이의 인식에 변화를 가져왔다. 다자이는 어린 시절에 우월감과 함께 열등감도 지니게 되었고, 이는 다자이의 부조화와 갈등을 심화시켰다. 이러한 그의 내면 상태는 방어기제로서의 창작과 '광대 짓', 외모에 대한 열등감, 복장에 대한 관심 등으로 변화되어 나타났다.

몸은 주체성을 나타내는 표현수단으로 다자이 문학에서는 남성보다 여성에게서 더 부각된다. 인간의 몸은 세계의 중심, 나와 너를 분별하는 주체이다. 우리는 신체를 매개로 하여 외부세계를 지각하고 표현한다. 몸은 타인 속에서 자신을 자각하고 타인들로부터 자신을 유리시키기도 한다.

몸은 극단적인 경우 감옥이 되기도 하며, 몸을 의식하는 것이 몸을 부정하는 행위가 되기도 한다. 이러한 점은 특히 여성에게 중요한데, 여성의 몸은 정체성을 드러내는 통로이기 때문이다. 극도의 접대나 헌신의 '광대 짓'은 가면으로서의 몸으로 이해할 수 있는데, 「향응 부인」(1948)에서 몸을 아끼지 않는 사모님의 수고도 이와 관련지어 생각해볼 수 있다.

사모님은 본래 수고를 아끼지 않고 손님을 돌보며 대접하기를 좋아하시는 편이지만, 아니, 그럼에도 사모님의 경우, 손님을 좋아한다기보다는 손님을 두려워한다고 말할 수 있을 정도예요. (⋯) 이미 정신착란을 일으킨 사람 같은 눈초리를 하고, 객실과 부엌 사이를 미친 듯이 뛰어다니며 냄비를 뒤엎기도 하고 접시를 깨기도 하면서, 미안해요, 미안해, 하고 가정부인 제게 사과하십니다. 손님이 돌아간 후에는 멍하니 객실에 혼자 축 늘어져 앉아 뒷정리고 뭐고 내팽개친 채 가끔 눈물을 글썽거리는 일도 있었지요. (323~24면)

사모님은 자신을 돌보지 않고 손님을 접대하는 습관이 몸에 배어 있는 여성이다. 병적일 만큼 접대를 위해 분주히 뛰어다니는 그녀에게서 느낄 수 있는 것은 '광대 짓'이다. 그녀는 자신의 희생을 통해 사람들에게 웃음과 안락함을 제공한다. 그러나 이러한 행위는 타자와의 교감이 아닌 소외감을 유발한다. 표면상으로는 원만한 관계 유지와 소통으로 보이지만 본래의 취지와는 다르게 접대는 홀로 감내해야 하는 고통을 수반하기 때문이다.

다자이 문학에서는 몸에 대한 다양한 관점이 있는데 이 가운데 '몸의 변형'은 특별한 의미를 지닌다. 몸의 변형은 자기 동일화의 일부분으로 사물이나 동물에 내 존재성을 부여해 나 자신과 동일시하는 것이다. 「화폐」「어복기(魚服記)」「축견담(畜犬談)」「갈매기(鷗)」「여인 훈계(女人訓戒)」 등을 보면 등장인물이 사람이 아닌 동물 혹은 사물이거나 사람에서 동물로 변신한 존재이다. "저는 77851호 백 엔짜리 지폐입니다"(111면)로 시작하는 「화폐」(1946)에서도 사물에 대한 인식이 의인화를 통해 나타난다.

제가 행복을 느낀 것은 바로 이때입니다. 화폐가 이렇게 쓰인다면 정말이지 우린 얼마나 행복할까 싶었습니다. 갓난아기의 등은 꺼칠하니 메마르고 야위어 있었죠. 그래도 나는 동료 지폐에게 말했습니다.

"그 어디에도 이렇게 좋은 덴 없어. 우린 정말 행복해. 언제까지나 여기 있으면서 이 갓난아기의 등을 따뜻하게 해주고 살찌워주고 싶어."

친구들은 모두 똑같이 잠자코 고개를 끄덕였습니다. (119면)

인용문에서는 화자의 처지와 더불어 소망과 기대를 알 수 있다. 의인화된 화폐는 인간과 소통하고 화해하고자 하는 작가의 모습을 반영한다. 작가의 분신으로 설정되어 인간들 사이에서 화해의 모습을 보여준다. 작가는 인간이 아닌 사물과 동물에 인격을 부여하고 나아가 주체화한다. 이는 작가의 정서를 대변하고 표출하기 위한 것이라 할 수 있다. 사물 자체에 인격이 부여되고 작가의 감수성이 이입됨으로써 사물은 하나의 의미 있는 존재가 된다.

인간의 신체는 내면을 표현하는 상징언어이다. 작가의 생각을 대변하는 등장인물들은 다양한 몸의 언어로 메시지를 전달하고 현실의 부조리를 그려낸다. 이는 변형된 몸의 고백이자 내면의 응시로서, 인물의 정체성을 포착할 수 있게 한다. 소통하려는 자아의 내밀한 고백이 몸을 통해 전해지는 것이다.

다자이는 세상의 파멸과 붕괴를 목격하고 온몸으로 고뇌한 작가이다. 타락과 부조리가 만연하고 삶의 왜곡이 극에 달한 현실 속에서 그는 자신을 응시하고 성찰하는 모습을 보였다. 다자이는 자신의 내면을 '문학'이라는 장을 통해 표출함으로써 자기와 대면한 작가였다.

다자이는 남성 작가임에도 불구하고 여성의 타자로서의 남성이 아니라, 여성의 입장에서 글을 썼다. 다자이에게 여성은 인간으로 살아가고 존엄성을 유지하기 위한 매개적 존재였다. 삶의 밑바닥에서 표류하던 여성들은 다자이 문학 속에서 생동감 있는 형태로 표현되면서 남성과 동반자적 관계를 형성한다. 기성의 권위와 윤리에 반역을 시도한 다자이는 자기고백적 문학, 즉 자전적 소설로 작가적 고뇌를 표출했는데 이는 그의 독자성과 정체성을 확립하는 과정에 다름 아니었다.

신현선(전북대 강사)

작가연보

1909년	6월 19일 아오모리 현 키따쯔가루에서 고리대금업으로 급성장한 대지주의 11남매 중 열번째이면서 여섯째 아들로 태어남. 본명은 쯔시마 슈우지(津島修治).
1916년	카나기 심상소학교 입학.
1923년	귀족원 의원이던 부친 별세. 아오모리 중학교 입학.
1927년	중학교 4년 수료 후 히로사끼 고등학교 문과 입학. 심취해 있던 작가 아꾸따가와 류우노스께의 자살에 큰 충격을 받음. 게이샤 오야마 하쯔요와 알게 됨.
1928년	동인지 『세포문예』를 창간하여 「무간나락(無間奈落)」 발표.
1929년	공산주의에 심취해 자신의 출신 계급에 혐오감을 가지고 있던 중 칼모틴으로 자살을 기도함.
1930년	히로사끼 고등학교 졸업. 토오꾜오 제국대학 불문과 입학. 소설가 이부세 마스지(井伏鱒二)를 만나 사사받음. 좌익운동에 관여함. 큰

형이 분가 조건으로 게이샤 하쯔요와의 결혼을 허락함. 긴자의 까페 여급 타나베 아쯔미와 동반 자살을 기도하나 여자만 사망함. 자살방조로 조사받았으나 기소유예로 풀려남.

1931년 시나가와에서 하쯔요와 동거 생활 시작. 토오꾜오 제국대학의 반제국주의 학생연맹에 가입.

1932년 아오모리 경찰서에 자수하고 공산주의 활동에서 손을 뗌.

1933년 「추억」「열차」「어복기」 발표.

1935년 신문사 입사시험에서 떨어진 후 카마꾸라 산속에서 자살 기도. 「역행」으로 아꾸따가와상 차석. '일본 낭만파'에 합류. 맹장 수술 후 복막염이 생김. 치료를 위해 복용한 마약성 진통제 파비날에 중독됨. 유급을 반복하다 수업료 미납으로 대학에서 제적됨.

1936년 첫 소설집 『만년』 간행. 마약중독 치료를 위해 정신병원에 강제 입원하면서 정신적으로 큰 충격을 받음.

1937년 아내 하쯔요의 간통 사실을 알고 괴로워함. 아내와 동반 자살을 시도하나 미수에 그친 후 헤어짐. 「20세기 기수」「HUMAN LOST」「등롱」 발표.

1938년 이부세 마스지의 소개로 이시하라 미찌꼬와 맞선을 보고 약혼함.

1939년 이부세의 자택에서 결혼식을 올리고 안정적으로 작품활동을 함. 「후지 산 백경」「피부와 마음」 발표. 미따까로 이사. 단편집 『여학생』 간행.

1940년 「달려라 메로스」「직소」「여자의 결투」「아무도 모른다」 발표. 중견작가로서 입지를 굳힘. 『여학생』으로 키따무라 토오꼬꾸 상 수상.

1941년 「토오꾜오 팔경」 발표. 장녀 소노꼬 출생. 『신 햄릿』 간행.

1942년 『유다의 고백』 출간. 모친 별세.

1943년 『우대신 사네또모』 간행.

1944년 장남 마사끼 출생.「눈 오는 밤 이야기」발표. 집필 의뢰를 받고『츠가루』씀. 이를 위해 5월에 츠가루 지역을 여행함.『츠가루』간행.

1945년 토오꾜오의 집이 공습을 받자 코오후로 옮겼다가 카나기 생가로 이동.『석별』『옛날이야기 책』간행.

1946년 '무뢰파'임을 선언. 미따까로 돌아옴.「화폐」발표.『판도라의 상자』간행.

1947년 애인 오오따 시즈꼬를 방문함. 차녀 사또꼬(현재 작가로 활동중인 쯔시마 유우꼬) 출생. 나중에 동반 지살을 같이할 야마자끼 토미에를 알게 됨.「오상」「비용의 아내」발표. 패전 후 소멸해가는 귀족에 대한 만가인『사양』간행. 최고의 인기를 누림. 시즈꼬와의 사이에서 하루꼬 출생.

1948년 「향응 부인」발표. 자전적 소설「인간 실격」발표 후 극심한 피로감에 시달림. 미완의 소설「굿바이」를 남기고 6월 13일 야마자끼 토미에와 함께 타마가와조오스이(玉川上水)에 투신. 6월 19일 생일에 시신 발견. 미따까에 있는 젠린지(禪林寺)에 안장됨.

고전의 새로운 기준, 창비세계문학

오늘날 우리는 인간의 존엄과 개성이 매몰되어가는 시대를 살고 있다. 물질만능과 승자독식을 강요하는 자본주의가 전지구적으로 확산되면서 현대사회는 더 황폐해지고 삶의 질은 크게 훼손되었다. 경제성장만이 최고의 선으로 인정되고 상업주의에 물든 문화소비가 삶을 지배할수록 문학은 점점 더 변방으로 밀려나고 있다. 삶의 본질을 성찰하는 문학의 자리가 위축되는 세계에서는 가진 자와 못 가진 자 할 것 없이 모두가 불행할 수밖에 없다.

이 시대야말로 인간답게 산다는 것의 의미가 무엇인지 근본적인 화두를 다시 던지고 사유의 모험을 떠나야 할 때다. 우리는 그 여정에 반드시 필요한 벗과 스승이 다름 아닌 세계문학의 고전이라는 점을 강조한다. 고전에는 다양한 전통과 문화를 쌓아올린 공동체의 경험이 녹아들어 있고, 세계와 존재에 대한 탁월한 개인들의 치열한 탐색이 기록되어 있으며, 새로운 세상을 꿈꾸는 아름다운 도전과 눈물이 아로새겨 있기 때문이다. 이 무궁무진한 상상력의 보고이자 살아 있는 문화유산을 되새길 때만 개인의 일상에서 참다운 인간적 가치를 실현하고 근대적 삶의 의미와 한계를 성찰하는 지혜를 얻을 수 있을 것이다.

'창비세계문학'은 이러한 문제의식에서 출발한다. 세계문학의 참의미를 되새겨 '지금 여기'의 관점으로 우리의 정전을 재구성해야 할 필요성이 그 어느 때보다 절실하다. '정전'이란 본디 고정된 목록으로 존재하는 것이 아니라 그때그때 주어진 처소에서 새롭게 재구성됨으로써 생명을 이어가는 것이다. 우리는 먼저 전세계 문학들의 다양성과 차이를 존중하면서 국가와 민족, 언어의 경계를 넘어 보편적 가치에 기여할 수 있는 가능성에 주목하고자 한다. 근대를 깊이 성찰한 서양문학뿐 아니라 아시아와 라틴아메리카, 중동과 아프리카 등 비서구권 문학의 성취를 발굴하고 재평가하는 것 역시 세계문학의 지형도를 다시 그리려는 창비의 필수적인 작업이 될 것이다.

여러 전집들이 나와 있는 세계문학 시장에서 '창비세계문학'은 세계문학 독서의 새로운 기준이 되고자 한다. 참신하고 폭넓으면서도 엄정한 기획, 원작의 의도와 문체를 살려내는 적확하고 충실한 번역, 그리고 완성도 높은 책의 품질이 그 기초이다. 독서시장을 왜곡하는 값싼 유행과 상업주의에 맞서 문학정신을 굳건히 세우며, 안팎의 조언과 비판에 귀 기울이고 독자들과 꾸준히 소통하면서 진정 이 시대가 요구하는 세계문학이 무엇인지 되묻고 갱신해나갈 것이다.

1966년 계간『창작과비평』을 창간한 이래 한국문학을 풍성하게 하고 민족문학과 세계문학 담론을 주도해온 창비가 오직 좋은 책으로 독자와 함께해왔듯, '창비세계문학' 역시 그러한 항심을 지켜나갈 것이다. '창비세계문학'이 다른 시공간에서 우리와 닮은 삶을 만나게 해주고, 가보지 못한 길을 걷게 하며, 그 길 끝에서 새로운 길을 열어주기를 소망한다. 또한 무한경쟁에 내몰린 젊은이와 청소년 들에게 삶의 소중함과 기쁨을 일깨워주기를 바란다. 목록을 쌓아갈수록 '창비세계문학'이 독자들의 사랑으로 무르익고 그 감동이 세대를 넘나들며 이어진다면 더없는 보람이겠다.

2012년 가을
창비세계문학 기획위원회
김현균 서은혜 석영중 이욱연 임홍배 정혜용 한기욱

창비세계문학 44

사양

초판 1쇄 발행/2015년 7월 30일
초판 6쇄 발행/2023년 10월 5일

지은이/다자이 오사무
옮긴이/신현선
펴낸이/강일우
책임편집/김경은 · 김성은
펴낸곳/(주)창비
등록/1986년 8월 5일 제85호
주소/10881 경기도 파주시 회동길 184
전화/031-955-3333
팩시밀리/영업 031-955-3399 편집 031-955-3400
홈페이지/www.changbi.com
전자우편/lit@changbi.com

한국어판 ⓒ (주)창비 2015
ISBN 978-89-364-6444-8 03830